파리에서 길을 잃다

파리에서 길을 잃다

엘리자베스 톰슨 장편소설 ～ 김영옥 옮김

하빌리스

파리 여행을 보내 주고, 책상에 점심 식사와 꽃을 가져다 주고, 격려해 주고, 한 단계씩 나아갈 때마다 샴페인으로 축하해 주고, 무엇보다 늘 조건 없는 사랑을 보내 준 마이클에게 이 책을 바칩니다. 또 처음으로 파리를 보여 줄 기회를 준 제니퍼와 프랑스에서의 삶을 가능하게 해 준 (그리고 샴페인을 마실 수 있게 해 준) 아버지 짐에게도 이 책을 바칩니다.

차례

프랑스 파리

나의 다이어리에게,

아마도 어렴풋이 잠에서 깨면서 속눈썹을 파르르 떨며 눈을 뜨기 직전이었던 듯해. 모든 게 한낱 꿈일까 봐 두려웠어. 눈을 뜨면 들람브르 거리의 낡은 아파트로 다시 돌아가 있을 것 같았거든.

하지만 보드라운 리넨 시트에 누워 높다란 여닫이창에 드리운 하늘하늘한 커튼으로 들어오는 햇살을 받고 있자니 현실이 실감되더라.

나는 지금 새 아파트에 있어. 협탁의 대리석 상판에는 아직도 내 생일 파티의 흔적들이 널려 있어. 먹다 남은 케이크며 샴페인에, 빈 잔도 있고 샴페인이 반쯤 든 잔도 있고. 옆자리 베개엔 쪽지가 놓여 있어.

'내 사랑, 잘 잤어? 잠든 모습이 너무 아름다워서 깨우기 싫었어. 이따 저녁에 봐.'

캐노피가 달린 침대에서 푹신푹신한 이불로 맨몸을 감싸고 누워 있는 내가 여왕처럼 느껴져. 모든 것이 좋고 옳고 완벽하다고 감히 말할 수 있을 것 같아. 있잖아, 인생에서 몇 안 되는 그런 시간들. 영원히 이 순간에 머물고 싶어.

　파리에 온 후 처음으로 드디어 부모님께 잘 지낸다는 편지를
쓸 수 있을 것 같아.

1

2018년 12월 31일 오후 3시

영국 배스

'고집불통인 여자(제인 오스틴의 소설《오만과 편견》의 한 구절 - 옮긴이)'라 새겨진 티셔츠를 입은 '피츠윌링스' 독서 모임 회원들이 쑥덕거리며 샐리 런 하우스에 대한 내 설명을 또다시 방해하고 있었다. 스캔들이나 특별히 재미있는 이야기를 하던 게 아니라서 나는 클리블랜드의 한 독서 모임에서 온 여섯 명의 미국 여자들에게 잡담을 마저 털어 낼 기회나 주자, 하고 잠깐 말을 멈추었다.

장장 6일에 걸친 '궁극의 제인 오스틴 투어'가 마지막 2시간만을 남겨 두고 있었다. 그들의 마음을 모르는 건 아니었다. 6일 동안 투어 일행은 제인 오스틴을 샅샅이 탐구했다. 치아형 장식이 달린 처마, 대칭을 이룬 창문, 제인이 먹고 자고 산책한 장소까지, 제인 오스틴이 관련된 모든 것을 정말이지 지겨우리만치 흡수했다. 솔직히 제인 오스틴을 열렬히 숭배하는 사람들을 대상으로 먹고사는 나조차 오늘은 제인 오스틴의 'ㅈ'만 들어도 지긋지긋할 정도였다.

정확히 1시간 58분 후 일행을 서미 배스 스파의 온천탕으로 데려다주면 내 임무는 끝이었다. 즉 일행을 그쪽에 넘기는 순간 휴가란 소리였다. 나는 일주일의 휴가 기간 동안 테이크아웃해 온 인도 커리를 마구 퍼먹고, 파자마 차림으로 느긋하게 드러누워 TV에 나와 바보짓을 자처하는 멍청이들에게 우월감을 느끼며 '러브 아일랜드'를 정주행할 예정이었다.

이야기가 잠시 옆길로 샜다. 아무튼 자칭 피츠윌링스 무리는 여전히 떠들어 댔고, 그 가운데서 나는 평정심을 잃지 않기 위해 고군분투하는 중이었다. 나는 분란이라면 질색하는 사람이라 말 한마디 한마디에 신중을 기했다. 그때 위스콘신에서 온 중년의 고등학교 영어 교사 제리 샌더스가 전형적인 선생님 말투로 말했다.

"거기 숙녀분들, 다른 일행분들께 들려줄 얘기라도 따로 있어요?"

그러지 않아도 제리와 피츠윌링스는 투어 내내 티격태격했었다. 내가 믿거나 말거나 식으로 흥미 위주의 이야기를 들려줄 때마다 번번이 태클을 거는 제리의 나쁜 습관은 뭐 그러려니, 했다. 다만 내가 어떤 설명 중일 때 일행의 누군가 입만 벙긋해도 이러쿵저러쿵 지적질을 하는 건 신경이 쓰였다.

"아니요. 없어요, 제리 씨." 루시 피츠윌링이 말했다. "어쨌거나 관심은 고맙네요."

제리는 잔뜩 인상을 쓰고 루시를 쳐다보았다.

투어 내내 이 모양이었다. 뒤에 흥분한 피츠윌링스가 떠들기 시작하고 그럼 제리가 한마디하고 또 그럼 양쪽 다 잠시 조용해졌다. 그러고 나서 얼마 지나지 않아 같은 일이 반복되었다.

"말씀드린 대로 샐리 런 하우스는 배스에서 가장 오래된 건물입니다. 역사를 따지자면 1482년까지 거슬러 올라간답니다. 샐리가 이곳에서 산 건 1600년대 후반입니다. 샐리 런 하우스는 중세 시대의 건축 양식을 잘 보여 주는 대표적인 건물입니다. 혹시 전면에 붙어 있는 조그만 돌조각 보셨어요? 그리고 우리 뒤편의 우아한 건물에 있는 창문이 건물 크기에 비해 상대적으로 작아 보이는 걸 눈치채셨을까요?"

일행이 뒤돌아서 건물을 볼 수 있도록 잠깐 말을 멈춘 사이 내 스마트워치가 진동했다. 업무 중이라 통화는 할 수 없고 누구인지 확인만 하려고 액정을 힐끗 보았다. 엄마였다.

우리 엄마, 말라와 나의 사이는 말하자면 좀 복잡했다. 크리스마스 때 나누었던 어색한 5분간의 통화, 그것도 내가 먼저 걸었던 그 통화를 제외하면 여름이 끝날 무렵 할머니 장례식에 참석하기 위해 올랜도에 갔던 때가 마지막이니까 우리가 대화다운 대화를 나눈 지도 벌써 몇 달이 흘렀다.

나는 크리스마스에 안부 인사도 전하고 할머니 집 매매가 어떻게 진행되는지도 물어볼 겸 엄마에게 전화를 했었다. 엄마와 나는 할머니 집을 공동으로 상속받았는데 집을 정리하고 부동산에 내놓는 일은 엄마가 맡기로 했다. 그때까지도 엄마는 할머니의 유품 정리를 끝내지 못했고, 집을 내놓기 전에 버려 없애야 하는 잡동사니에 대해 투덜대고 있었다. 그런 엄마가 별로 안쓰럽진 않았다. 할머니가 남긴 물건을 정리하는 대신 엄마가 원하는 건 무엇이든 팔아서 수익을 챙겨도 된다는 데 합의했기 때문이다. 엄마는 올랜도에, 나는 런던에 살다 보니 집을 팔려면 이 방법밖에 없었다.

싸한 냉기가 빨간색 울 코트를 뚫고 들어왔다. 나는 목도리를 여미고 주머니에 양손을 찔러 넣었다. 전화는 런던에 돌아가면 해야겠다. 아니면 내일 하든가.

"제인 오스틴은 샐리 런에 자주 왔었다고 합니다. 이곳은 지금도 커다란 브리오슈 번으로 유명합니다. 여러분 배가 좀 고프면 좋겠습니다. 이따 차를 마시면서 브리오슈 번도 맛볼 거라서요. 제인 오스틴은 1801년 언니 카산드라에게 보낸 편지에서 샐리 런의 번에 대해 언급한 적이 있습니다. '확실히 두 개까지는 무리일 거 같긴 한데, 배스 번으로 위를 마비시켜서라도 도전해 보겠어.'라고 했답니다."

피츠윌링스 두 사람이 다시 수군거리기 시작했다. 둘은 제리를 힐끔거렸다. 나는 목소리를 높였다.

"편지 구절로 미루어 보아 제인 오스틴이 샐리 런의 번에 대해 아주 잘 알고 있었다는 사실을 알 수 있습니다."

일행 사이에서 큭큭 하고 웃는 소리가 파문을 그리며 번져 나갔다.

"물론 저는 지금 샐리 런의 엉덩이가 아니라 브리오슈 번에 대해 말하고 있습니다(영어 번(bun)에는 엉덩이를 속되게 이르는 뜻도 있다 - 옮긴이)."

13

웃음소리가 더욱 커졌다.

"제인 오스틴은 카산드라와 함께 배스에 사는 리-페럿 고모네를 방문할 때면 자기가 묵던 방에 샐리 런의 번을 자주 숨겨 뒀다고 합니다. 아마도 고모가 차려 주는 식사로는 부족했던 모양입니다."

여자들의 웃음소리는 더욱 커졌고 이제는 아예 대놓고 쑥덕거렸다. 제리의 시선은 목표물을 조준하는 저격수처럼 그녀들에게 꽂혀 있었다.

긴 한 주였다. 투어는 런던에서 시작해서 2005년 영화 '오만과 편견'에서 다아시의 펨벌리 저택으로 나온 채츠워스 하우스로 이어졌다. 우리는 1995년 드라마 '오만과 편견'에서 펨벌리 저택으로 등장한 체셔의 라임 파크도 둘러보았다. 6일째에는 배스를 한 바퀴 빙 돌면서 제인 오스틴 관련 장소들을 모조리 훑었다.

여자들은 제리가 소리를 뻭 지를 때까지 그가 짜증이 난 걸 눈치채지 못했다.

"같이 웃읍시다. 우리도 재미있는 얘기 좀 알자고요. 뭐가 그렇게 웃긴지 말해 보세요."

여자들이 입을 다물었지만 제리는 멈추지 않았다.

"어서요." 제리가 말했다. "해나 씨를 방해해도 괜찮을 정도로 끝내주게 재미있는 일이 대체 뭔지 말해 보라고요."

"제리 씨, 괜찮습니다." 내가 말했다. "건물은 충분히 본 것 같으니까 이제 차를 마시러 갑시다. '하트 투 하트 투어' 이름으로 예약돼 있습니다. 조금 일찍 가도 상관없을 겁니다."

'제발, 상관없길.'

나는 어떻게든 분위기를 바꾸어 보려고 사람들을 레스토랑으로 떠밀었다. 투어 일행을 데리고 샐리 런 하우스로 들어가서 레스토랑 매니저에게 예약을 했다고 말했다. 다행히 우리 테이블이 이미 준비되어 있었다.

나는 투어 고객들부터 먼저 자리로 들여보냈다. 바로 그때 한 남자가 눈에 들어왔다. 그는 테이블에 홀로 앉아 있었다. 골똘히 뭔가 쓰느라 종이 위로 고개를 푹 숙인 채였다. 목부터 단추를 채운 검은색 셔츠, 진청 스키니 진에 부츠 차림을 한 그 남자 옆에 놓인 빈 의자에 짙은 남색 피코트와 타탄 스카프가 걸쳐져 있었다. 그는 로큰롤이나 올드 소울에 걸맞을 법한 참신한 멋이 느껴지는 분위기를 뿜어냈다. 그러면서도 글 쓰는 데 몰두하느라 은연중에 찌푸려진 듯한 이맛살에 도드라진 열정은 소설 속 다아시를 떠오르게 했다. 문득 피츠윌링스가 남자를 보았는지 궁금해졌다.

스마트워치가 다시 진동하는 바람에 나는 몸을 움찔했다. 그가 고개를 들자마자 나와 눈이 딱 마주친 걸로 보아 움찔하는 나를 곁눈으로 본 게 분명했다. 순간 그의 얼굴에 뭔가 알아보는 듯한 표정이 언뜻 스쳤다. 그가 실눈을 뜨고 나를 바라보았다. 얼굴이 낯익은데……확실하진 않았다.

'혹시 우리 아는 사이인가요? 아니라면, 지금부터라도 당신을 좀 알고 싶은데요.'

나는 내 머릿속 파일들을 쭉 훑어 나갔다. 유명인인가? 아니다. 배

15

스에서 알게 된 사람인가? 아, 아니면 배스가 아니라 다른 데서 일 때문에 만난 사람인가? 좀처럼 떠오르는 사람이 없었다. 대학 때 알던 사람인가? 아니다. 내 룸메이트들이 데이트했거나 나한테 소개해 주려 했던 사람인가? 아닌 거 같다. 런던에서 왔나? 아니, 다 아니다. 마치 나와 남자를 둘러싼 시간이 멈추어 버리고 그 사이에 오직 우리 두 사람만 있는 느낌이었다. 레스토랑 매니저가 나에게 말을 하고 있다는 사실을 깨닫기 전까지는.

"이쪽입니다, 손님." 레스토랑 매니저가 말했다.

나는 남자에게서 시선을 거두고 매니저를 따라갔다. 정신을 차리려고 스마트워치를 확인했다. 또 엄마였다.

내 문자 확인했니??? 지금 당장 전화해!
아주 중요한 일이야!!!

엄마가 문장 부호를 마구 찍어 댄 것이 진짜로 중요해서인지, 인내심이 부족해서인지 알 수 없었다. 어쨌거나 지금은 엄마와 이야기할 상황이 아니었다.

주문을 하고 나자 피츠윌링스 중 몇몇이 나에게 질문을 퍼붓기 시작했다.

"해나 씨, 어떻게 가이드 일을 하게 됐어요?" 루시가 물었다. "완전 꿈의 직장이잖아요. 출근길이 너무 즐거울 것 같아요."

나는 내 상사이자 하트 투 하트의 대표인 에마를 존경했다. 에마는 상사라기보다 친구에 가까웠다. 나에게 임시직 자리를 내주고 일이 절실했던 나를 계속 일할 수 있게 해 준 그녀에게 어떻게 다 보답할 수 있을까. 그뿐만이 아니었다. 내가 지금의 제인 오스틴 투어를 만들 수 있었던 것도 에마의 적극적인 지원이 있었기에 가능했다.

그러니까 내가 왠지 모르게 발이 묶인 느낌이 드는 건…… 절대 에마 탓이 아니었다. 나는 아직 스물일곱 살밖에 안 되었고, 원하면 언제든 떠날 수 있었다.

"아니, 진짜로," 루시가 더욱 강한 어조로 말을 이어 갔다. "해나 씨는 미국인인데 영국에서 어떻게 이런 멋진 일을 꿰찬 거예요? 회사에서 비자 처리도 해 주고 일도 할 수 있게 해 주는 거 맞죠?"

나는 고개를 끄덕이며 대답했다. "운이 좋았어요."

하지만 피츠윌링스는 이내 다른 이야기에 정신이 팔려 버렸다. 나는 '진지한 다아시'를 건너다보았다. 그는 다시 종이 위로 시선을 돌리고 무엇인가 미친 듯이 휘갈겼다. 조금 전에 나눈 눈빛은 그저 내 착각이었던 모양이다.

그때 피츠윌링스 무리가 이야기를 나누다가 박장대소했다. 순간 그 남자가 고개를 드는 바람에 또다시 그를 훔쳐보던 눈길을 들키고 말았다. 그는 내 숨을 멎게 한 바로 그 웃음기 없는 당당한 시선으로 내 눈을 바라보았다. 분명히 나만의 착각이 아니었다. 하지만 나는 먼저 시선을 피했다.

주문한 음식과 음료가 나온 뒤 루시가 말했다. "해나 씨, 딴 얘기하느라 깜빡했어요. 어떻게 이 일을 시작하게 됐는지 말해 주세요."

나는 차를 한 모금 마시고 말했다. "대학 다닐 때 일을 해야 했거든 요. 근데 이쪽으로 올 생각은 전혀 못했어요."

"대학을 여기서 다닌 거예요?" 글로리아 피츠윌링이 물었다.

"네. 학부는 미국에서 다녔는데 여기서 여름 계절 학기를 들을 기 회가 있었어요. 그러다 영국에 푹 빠져 버렸죠. 그래서 이곳에 다시 돌아와 여기서 24킬로 거리에 있는 브리스톨 대학에서 문학 석사 과 정을 밟았어요. 그때 하트 투 하트에서 한 시즌만 임시직으로 일하려 고 한 것이…… 제가 아직도 여기 있는 걸 보면 아무래도 그 '시즌'은 끝나지 않을 건가 봐요."

루시가 한숨을 푹 쉬더니 꿈꾸듯 멍한 표정으로 번을 한 입 크게 베 어 물었다. 그 모습이 꼭 다람쥐 같았다.

"너무나 이해되는데요." 루시가 레스토랑을 휘익 둘러보며 말했다. "할 수만 있다면 저도 여기 오고 싶어요. 그럼 진짜 살아 있는 다아시 를 만나 아름다운 다아시의 자식들을 낳을 수 있을 테니까요."

나는 '진지한 다아시'의 테이블을 다시 한 번 슬쩍 쳐다보았다. 자 리는 비어 있었다. 멋진 남자가 자리를 뜬 것도 몰랐다니. 에휴, 내가 하는 일이 다 그렇지, 뭐.

"아, 좋아…… 너무 좋아…… 너무 좋아!" 폴리 피츠윌링이 고개를 뒤로 젖히고 오르가슴을 느끼듯 과장된 소리를 질렀다. "다아시의 아 이를 가진다는 건 다아시랑 잔다는 말이잖아. 다아시랑 잘 수만 있다 면 24시간 내내 침대에서 나오지 않을 거야."

그때 제리가 테이블을 손으로 쾅 하고 내리쳐 찻잔과 잔 받침이 쟁

그랑거렸다. "정신이 나갔네. 헛소리도 정도껏 해야지."

제리의 모욕적인 언사에 우리의 대화가 끊겼다. 피츠윌링스 둘은 얼굴을 찌푸렸고 나머지 한 명은 입을 꾹 다물었다. 제리의 부인 프랜시스는 당황한 듯했다. 루시가 제리를 노려보았다.

"뭘 그렇게까지 심하게 말씀하세요, 제리 씨? 그냥 웃자고 한 말인데요. 너무 진지하게 받아들이시네요." 루시가 이렇게 말했을 때까지만 해도 상황이 그냥저냥 지나갈 줄 알았다.

나는 내 얼굴에 여행 가이드 특유의 기계적인 유쾌함이 그대로 박제되어 있길 바랐다.

제리의 얼굴이 벌개졌다. "그쪽과 그쪽 친구들이 투어 내내 떠들어 대고 있잖아요. 내가 심한 게 아니라 당신들 뇌가 텅텅 빈 것 같은데."

"아, 그만, 그만하세요!" 내가 나섰다. "다들 그만해요."

"네. 그럽시다." 제리가 테이블 너머에서 몸을 벌떡 일으켜 세우자 의자가 마룻바닥을 긁으며 끼익했다. "저 여자들이 끝도 없이 지껄이는 웃기지도 않은 잡소리가 아주 지긋지긋해졌거든요."

처음이었다. 이제껏 내가 맡은 여행객들 사이에서 싸움을 중재해야 했던 적은 단 한 번도 없었다.

프랜시스가 자기 남편의 팔에 한 손을 올리고는 중얼거렸다. "여보, 제발 좀 앉아요."

제리가 고함을 쳤다. "당신은 입 다물어."

레스토랑이 조용해졌다. 다른 사람들이 우리 쪽을 쳐다보았다.

"그만하세요." 나는 나지막하지만 단호한 목소리로 말했다. "다른

19

손님들 생각도 하셔야죠. 안 그러면 우리 모두 쫓겨날 거예요."

"그럼 제가 모두를 위해 일을 쉽게 만들어 드리죠." 제리가 말했다. "집사람이랑 난 여기서 빠지겠습니다."

"여보, 제발 앉으라고요." 프랜시스가 애원했다. "아직 차도 다 안 마셨잖아요."

"우린 이딴 차 안 마셔. 지금 당장 나갈 거니까."

제리가 프랜시스의 팔을 붙잡고 식탁에서 확 끌어내서 떠나는 모습을 보니 아무리 지우려 해도 지울 수 없는 기억이 떠올랐다. 올랜도의 무더운 여름밤이었다. 당시 나는 열세 살이었다. 그날은 엄마가 마지막으로 나를 할머니 집에서 데리고 나간 날이었다. 엄마는 이번에는 꼭 일을 성사시킬 거라고, 우리가 함께 살 수 있을 거라고 약속했었다. 거기에는 엄마의 애인이었던 에드의 눈치를 살피며 살얼음판을 걷는 듯한 마음으로 지내야 하는 과제가 딸려 왔다. 에드가 언제 어떤 일로 분노를 폭발시킬지 나로서는 전혀 알 수 없었다. 에드가 분노를 터뜨리는 대상은 주로 엄마였지만 나라고 그 화풀이 범위에서 크게 자유로운 건 아니었다.

나는 자리에서 일어나 제리와 프랜시스를 쫓아가면서 그 기억을 떨쳐 보려 했지만 머릿속에 박힌 사운드트랙이 기어코 울리고 말았다. 주먹 뼈가 빠지직 부서지는 소리. 비상 사이렌이 울리는 소리. 엄마가 구급차에 오르면서 나에게 비명처럼 질러 대던 소리. '네 잘못이야, 해나. 다 너 때문이라고.' 목덜미에 식은땀이 나면서 속이 메슥거렸다. 아주 오랜만에 그날 밤이 떠올랐다. 오늘 엄마한테서 좋지 않은 타이밍에 걸려 온 전화와 제리의 분노 때문에 내가 유년기와 현재의 삶 사이에 세워 놓은 벽의 틈새로 그 기억이 스며들었나 보다.

나는 머릿속이 이렇게 복잡한 와중에도 겉으로는 제리와 프랜시스를 부르고 있었다. 제리가 몸을 돌려 내 얼굴을 똑바로 쳐다보며 말했다. "해나 본드 씨, 본인 이름을 걸고 투어를 이끌려면 기본적인 통제는 할 줄 알아야죠."

우리는 입 다물고 그저 듣기만 하는 교실에 앉아 있는 게 아니었다. 피츠윌링스는 자기들 방식대로 투어를 즐길 권리가 있었다. 심지어 그 방식이 소설 속 인물을 두고 야한 농담을 하는 것이라 할지라도 전혀 문제 될 건 없었다. 하지만 이런 말은 지금 상황에선 도움이 되지 않을 터였다.

"제리 씨, 자리로 돌아가세요. 부인이 차를 마저 마실 수 있게……."

"우리 집사람은 차 안 마셔요. 다 됐고 난 그쪽 상사와 얘기 좀 해야겠어요."

제리는 다짜고짜 핸드폰으로 내 어깨를 거세게 밀쳤다. 나는 떠밀리지 않기 위해 옆으로 비키려 했지만 삐져나온 자갈에 신발이 걸려 균형을 잃고 말았다. 아드레날린이 피부를 뚫고 나올 듯 솟구치는 찰나 든든한 두 손이 내 상체를 일으켜 세웠다. 하마터면 땅바닥에 나동그라질 뻔했다.

"이봐요, 거기, 진정해요." 스코틀랜드 억양의 굵직한 남자 목소리가 날카롭게 울려 퍼졌다. 그 목소리는 나를 구한 손만큼이나 든든했다. "여성분께 매너를 지키셔야죠."

굳이 돌아보지 않아도 남자가 아까 그 '진지한 다아시'란 걸 알 수 있었다. 그는 생각보다 키가 크고 건장했다. 제리를 노려보는 모양새로 보아 하니 빈말이 아닌 듯했다. 제리도 분위기를 파악했는지 몇 걸음 뒤로 물러났다.

"당신이 상관할 일이 아니에요." 제리가 말했다. 하지만 방금 전의 험악한 어조는 온데간데없었다.

"길거리에서 여자에게 폭력을 휘두르는 남자를 본다면 제가 상관할 일이 되겠죠. 어떻게, 경찰을 불러서 상황을 처리할까요?"

"됐고, 별일 아니니까 신경 쓰지 말고 가던 길이나 마저 가시라고요." 제리가 한껏 방어적으로 대답했다.

사람들이 발걸음을 멈추고 우리를 지켜보았다.

"아니요. 가던 길 가야 할 사람은 제가 아니라 그쪽인 것 같은데요. 당신이 자리를 뜰 때까지 전 여기 있을 거예요." 다아시는 물러서지 않았다. 그러고는 주먹을 꽉 움켜쥔 채 알아듣지 못할 말을 중얼거리는 제리를 노려보았다.

"어차피 여기 더 있을 생각도 없었어요." 제리가 자기 부인을 향해 말했다. "빨리 와, 프랜시스."

나는 제리의 부인이 걱정되었다. 제리의 엇나간 분노를 오롯이 감내해야 할 테니 말이다. 제리를 만류하기 위해 무슨 말이라도 해야 했다. 그런데 다아시가 나보다 빨랐다.

"부인, 남편분과 함께 가지 않으셔도 돼요."

프랜시스는 턱을 치켜들었다. "전 괜찮아요." 언짢은 목소리였다.

"제가 알아서 해요." 프랜시스가 나를 보며 말했다.

우리 엄마처럼 도움을 구하기는커녕 도움을 받아들이는 법조차 모르는 사람들이 꼭 있었다.

"프랜시스 씨, 도움이 필요하면 언제든지 말씀하세요."

그녀는 나를 쳐다보다가 저만치 앞서가는 제리 쪽으로 고개를 돌렸다. 프랜시스는 주저하고 있었다. 나는 잠깐이나마 어쩌면 그녀가 남편을 따라가지 않을지도 모른다고 생각했다. 하지만 프랜시스는 결국 몸을 돌려 남편을 뒤따라갔다.

"아, 그쪽 상사한테는 꼭 연락할 거요." 제리가 노스퍼레이드 거리를 걸어가며 어깨 너머로 소리쳤다.

'제리가 연락하기 전에 에마에게 먼저 전화해야 해.'

나는 일단 다아시를 향해 몸을 돌렸지만 뭐라고 하면서 입을 떼야 할지 몰랐다. 이럴 땐 무슨 말을 해야 할까? '고마워요. 근데 굳이 도와주실 필요는 없었어요?' 만약 그가 끼어들지 않았다면 어떻게 되었을까?

구경꾼들이 대부분 흩어지기 시작했지만 샐리 런 하우스의 내닫이창으로 내다보는 사람들을 비롯해 여전히 남아 있는 사람들의 호기심 어린 시선이 따갑게 느껴졌다. 나는 정중하게 감사 인사를 하기로 마음먹었다.

"도와주셔서 감사합니다."

"미국인이시군요."

그의 목소리는 한결 가벼워져 있었지만 제리를 쳐다보던 강렬한 시선만큼은 그대로였다. 다만 화는 사라지고 그 자리에 무언가 다른 게 채워져 있었다……. 그게 무엇인지는 알 수 없었다.

"네. 맞아요."

제리가 한바탕 거리 공연을 펼친 뒤라 시끄럽고 추한 미국인 관광객들에 대한 남자의 비난을 받아들일 준비가 된 상태였다.

"괜찮으시다면 정확히 무슨 일이 있었는지 물어봐도 될까요?" 그가 물었다.

남색 피코트 안쪽에 동여맨 타탄 스카프가 보였다. 그의 짙은 머리카락이 헝클어져 있었다. 섹시하게 뻗친 머리를 보니 막 잠에서 깬 남자의 모습이 궁금해졌다. 나는 앞서가는 생각을 붙들어 매고 말했다.

"전 여행 가이드예요. 오늘이 투어 마지막 날이고요. 저분은 잡담을 하면서 투어를 방해하는 일부 여행객들을 제대로 통제하지 못한다고 화가 나셨어요. 제가 일 처리를 잘 못했다고 생각하셨나 봐요. 제 상사에게 알리겠다고 하시네요. 그리고 전 저분이 말하기 전에 먼저 상사에게 연락을 해 놔야 하고요."

나는 그의 강렬한 시선에서 눈을 뗄 수 없었다. 이런 상황에서 어이없게도 그의 눈빛에 숨이 멎어 버릴 지경이었다. 새가 새장을 부수고 날아오르려 발버둥 치듯 심장이 갈비뼈를 쿵쿵 때렸다. 그는 할 말이 있어 보이는 얼굴이었지만 그냥 고개만 가로저었다.

"그래요. 전화부터 하는 게 최선일 겁니다." 그가 손목시계를 내려다보았다. "전 제 갈 길을 가는 게 최선이고요. 기차 시간이 다 돼서요."

"다시 한 번 감사드려요."

"도움이 됐다니 다행이에요. 모쪼록 몸조심하시길 바랄게요."

그의 목소리는 버터 스카치처럼 풍미가 깊고 그보다 갑절로 달콤했다. 나는 남자의 걸어가는 뒷모습을 보면서 스코틀랜드 억양에 취해 사는 삶이 얼마나 행복할까 상상했다. 순간 이름을 물어보지 않았다는 사실이 떠올랐다. 남자를 부르려고 입을 열었지만 그는 이미 저만치 멀어져 있었다. 그가 호랑가시나무와 담쟁이와 마지막 크리스마스 축하주들이 잔뜩 진열된 가게 쇼윈도에 코를 박고 있는 취객 무리 사이로 사라질 때쯤 가벼운 눈발이 날리기 시작했다. 피츠윌링스가 이 여행에서 다아시를 발견하는 게 목적이었다면 기회는 이미 물 건너 간 거나 다름없었다. 나는 이런 생각을 하면서 잠시나마 웃고 싶었지만 다급한 문제가 마음을 짓누르고 있었다.

레스토랑으로 돌아가기 전에 에마에게 전화부터 걸었다. 하지만 바로 음성 사서함으로 넘어갔다. "해나예요. 문제가 생겼어요. 생사를 오가는 일은 아니고, 그냥…… 좀 전에 작은 다툼이 있었어요. 시간 될 때 전화해 주세요."

그러고는 레스토랑 안으로 들어가 샐리 런 하우스 매니저에게 레스토랑 안에서 벌어진 소동에 대해 사과했다.

나는 서미 배스 스파에 제리가 나타나 피츠윌링스를 곤경에 빠트릴 경우를 대비해 대책을 세워야겠다는 생각이 들었다. 보통 그런 유의 남자들은 입만 살아서 실제로 행동을 취할 확률이 적지만 그래도 앞일은 알 수 없는 노릇이니까. 내가 진행한 투어에서 성질을 내고 이탈한 사람은 제리가 처음이었다. 나는 테이블로 돌아가며 남아 있는 열 명의 고객들에게 남은 에너지를 집중하기로 했다.

"죄송합니다, 여러분."

"해나 씨!" 루시의 눈에서 눈물이 솟구쳤다. "아니에요. 사과해야 할 사람은 저예요. 일이 그렇게 될 줄 몰랐어요. 우린 그냥 재미로 그런 건데. 저 사람 대체 왜 저래요?"

"괜찮아요. 본인이 가겠다는 결정을 내린 거예요. 걱정하지 마세요." 이 상황에서 괜찮다는 말 외에 달리 할 말이 뭐가 있겠는가.

기적처럼 때맞추어 핸드폰이 진동했다.

"죄송하지만 꼭 받아야 할 전화라서요. 금방 올게요."

나는 행여 음성 사서함으로 넘어가기라도 할까 봐 레스토랑을 미처 빠져나가기도 전에 전화를 받았다. "아, 사장님, 바로 전화해 주셔서 감사해요. 통화하러 나가고 있어요. 잠깐만 기다려 주세요. 지금 샐리 런 하우스에 있어서요."

한참을 아무 대답이 없기에 전화가 끊긴 줄 알았다. 잠시 후 전화기 너머에서 흘러나오는 목소리를 들었을 때 차라리 전화가 끊겼다면 좋았을걸 싶었다.

"해나, 엄마야. 왜 전화 안 했니? 나 지금 런던 히스로 공항에 있어. 네가 나 좀 데리러 와 줘야겠어."

1927년 2월
———
영국 런던

나의 다이어리에게,

오늘 엄마가 갑자기 나를 찾아왔어. 엄마는 나의 새 이튼 크롭 (짧게 깎아 올린 단발머리 - 옮긴이) 스타일에 대해 무자비한 평가를 내렸어. 엄마는 전형적인 옛날 아주머니답게 한숨을 푹 쉬며 내 머리카락을 한 움큼 쥐더니 내가 어떤 식으로 내 미모를 망쳐 놨는지에 대해 말하고 또 말했어. 내가 남자애 같아 보여서 그 어떤 남자도 날 좋아하지 않을 거라면서 말이야. 나는 엄마에게 이튼 크롭 스타일은 여성의 자신감을 표현하고, 그 자신감은 결국 여성성을 돋보이게 한다고 말해 주고 싶었어. 하지만 이건 그저 한번 해 본 헤어스타일일 뿐이고 어차피 머리는 다시 자랄 거라고 중얼거리기만 했지.

엄마는 손에 로니에트(긴 손잡이가 달린 안경, 18세기 말부터 상류층 부인들 사이에 유행한 액세서리 - 옮긴이)를 든 채 못마땅한 눈초리로 내 슈미즈 원피스를 쳐다봤어. 내 직장 상사가 가져가도 괜찮다고 한 자투리 천으로 내가 직접 만든 원피스였어. 나는 허리 라인이 직선으로 떨어지는 헐렁한 스타일에 무릎 아래까지 오는 그 옷이 좋았어. 거기에다 스타킹을 신고 옥스퍼드 슈즈를 맞춰 신었어. <보그>에서 본 코코 샤넬 디자인에서 영감을 받은 스타일이었다고.

엄마가 나를 샅샅이 뜯어보는 사이 나는 빙그르르 돌면서 내 원피스가 마음에 드는지 물었어. 좀 과장된 행동인 건 알았지만 가만히 서서 엄마의 질책만 받고 싶진 않았거든. 엄마는 무슨 악취라도 맡은 듯 킁킁거렸어. 엄마의 반응을 보니 그냥 니커스를 입고 지난주에 만든 타이나 맬걸 싶더라. 거기에다 아가일 무늬 양말까지 신었다면 여성스럽지 못한 조합에 엄마는 아마 뒷목을 잡고 쓰러졌을 거야.

샤넬이 남자 옷에서 영감을 받아 이전의 거추장스럽고 억눌린 스타일에서 탈피해 훨씬 편한 옷으로 여성을 해방시켰다며 엄마를 설득하려 들었다면 애꿎은 내 입만 아팠을 테지. 그래서 요즘 상류층 여자들은 간편한 옷에 더 많은 돈을 쓰고 있고, 나도 곧 이런 옷들로 돈을 벌게 될 거라고만 말해 뒀어. 돈이라는 단어만큼 엄마가 제일 잘 알아듣는 말도 없거든.

엄마는 고개를 절레절레 흔들며 내가 브리스톨에서 런던으로 오고 나서부터 망가졌다고 하면서, 지금 내 모습이 그 증거라고 했어. 그러고는 브리스톨에 있는 홀아비 장의사 앨리스터 허천이 결혼 상대를 구하는 중인데 나한테 관심이 있다고 하는 거야. 앨리스터 허천은 내가 아니라 아빠와 비슷한 연배가 아니냐고 따져 물으니까 엄마가 혀를 쯧쯧 찼어. 그런 헛소리를 하기엔 내 나이가 너무 많대. 심지어 아직은 얼굴이 봐 줄 만하고 여자로서의 명예가 실추되지 않았으니 바보 놀음을 접고 브리스톨로 돌아가야 한다는 막말까지 서슴없이 내뱉었어. 내가 아직 결혼을 할 수 있을 때 돌아가야 한다는 소리겠지.

나는 날 돌봐 줄 남편 따위 필요 없어. 앨리스터 허천이 늙은 건 사실이잖아. 화가 치밀어 올라서 마음을 진정시키려고 부엌으로 건너가 차를 내리기 시작했어.

여러모로 나는 잘 해 오고 있었어. 올바른 결정을 턱턱 잘 내렸고 먹고살 만한 돈도 충분히 벌었어. 매트리스 밑에 비상금도 좀 숨겨 뒀는걸.

사실 오늘 엄마가 방문했을 때 드디어 런던을 떠나기로 했다고, 하지만 브리스톨로 돌아가진 않을 거라고 말할 작정이었어. 엄마와의 대화가 이어지는 모양새로 보아 일찌감치 그 소식을 꺼내 놔야겠다는 확신이 들었어. 준비된 차를 들고 나가서는 용기가 사라지기 전에 곧바로 그 소식을 터뜨렸어. 파리에 있는 코코 샤넬의 부티크에서 수습생으로 일하기 위해 친구 헬렌과 파리에 가겠다고.

엄마가 테이블에서 의자를 밀쳐 냈어. 나무가 긁히면서 나던 끼익하는 외마디 비명 같은 소리는 영원히 잊지 못할 거야. 분노로 이글거리는 눈빛으로 나를 쳐다보던 엄마의 파란 눈동자도. 엄마는 핸드백을 챙기더니 함께 브리스톨로 돌아가지 않을 거면 다시는 집에 발 들일 생각일랑 하지 말라고 했어. 내가 절대로 환영받지 못할 거라는 말도 빼놓지 않았지.

엄마가 가고 나서 엄마의 최후통첩이 현실로 다가오니 브리스톨로 돌아가면 어떤 삶을 살게 될지 눈앞에 쫙 그려졌어. 파리에 못 간 걸 후회하면서 평생 독신으로 시들어 가겠지. 아니면 앨리스터 허천과 결혼하거나. 생각만으로도 소름이 끼쳤어. 그러자 내 결심은 더없이 확고해졌어.

2

2018년 12월 31일 오후 5시

배스 스파 기차역

2시간 후 나는 투어 일행을 서미 배스 스파에 데려갔다. 제리와 프랜시스는 보이지 않았다. 에마와 통화했지만 아무런 연락도 없었다고 했다. 제리는 분명 위스콘신으로 돌아가는 내내 속을 부글부글 끓이다 도착 즉시 에마에게 끔찍한 메일을 보낼 것이었다. 환불을 요구할지도 모르겠지만 어쨌거나 그걸로 상황이 종료될 것 같긴 했다.

배스역으로 가는 길에 차가운 바람이 휘몰아쳤다. 영국 날씨는 내가 자란 플로리다 날씨와 아주 달랐다. 여기가 훨씬 추운 건 말할 것도 없고, 예고 없이 갑자기 안개가 내려앉아 뼛속으로 스미기 일쑤였다. 가로등 불빛에 비친 안개가 주위에 깔린 어스름과 짝을 이루어 일렁였다. 안개는 서글픈 푸른빛으로 저녁 공기를 감싼 채 나를 어린 시절로 실어 날랐다. 내가 어렸을 때 이 '푸른 시간'은 부재하던, 아니 아주 가끔씩만 제자리를 지키던 엄마를 그리워하는 시간이었다. 차가운 바람이 몸을 가르자 나는 텅 빈 채 버려졌던 그 밤들로 되돌아갔다.

'엄마가 왜 런던에 있는 거야?'

아까 통화할 때 에마에게서 전화가 오는 바람에 엄마의 대답을 듣지 못했다. 나는 엄마에게 에마의 전화를 꼭 받아야 한다고 했다. 그리고 다른 데 일하러 와 있어서 엄마를 데리러 갈 수 없다고 했다. 실제로 그랬으니까. 다만 오늘 밤에 집으로 돌아간다는 말은 하지 않았다. 시간을 좀 벌고 싶었다. 나는 엄마에게 내가 런던으로 돌아갈 때까지 캠던 로크에 있는 홀리데이 인에 묵으라는 문자를 보냈다. 호텔비도 적당하고 우리 아파트에서 걸어서 5분 거리였기 때문이다.

엄마가 그토록 가까이 있다고 생각하니 휴가를 앞두고도 마음이 무거웠다. 엄마와 나 사이에 대서양이 없다는 건 우리의 갈등을 막아 줄 완충제가 없다는 의미였다. 이 말인즉슨 엄마가 손에서 놓쳐 버린 풍선처럼 내 인생에서 날아가 버리기 전까지 좋든 싫든 엄마와 직접적으로 부딪쳐야 한다는 의미이기도 했다. 이유는 모르지만 엄마는 지금 런던에 있고 이 팩트에 대해 내가 할 수 있는 일은 없었다.

나는 기차에 올라 자리를 찾아 앉으면서 배스역에서 패딩턴역까지 가는 1시간 45분 동안 조금이라도 눈을 붙일 수 있길 바랐다. 하지만 스마트워치가 귀신같이 문자 알림을 보냈다. 휴대폰을 확인하기 전에 만일 문자가 엄마한테서 온 거라면 스마트워치를 풀어서 가방에 넣어 버려야겠다고 마음먹었다. 문자를 보낸 주인공은 엄마가 아니었다. 룸메이트인 크레시다와 탈룰라가 보낸 그룹 채팅 메시지였다.

크레시다 : 해나, 집에 몇 시에 와?

나 : 지금 막 기차 탔어. 7시 30분쯤 도착 예정.

크레시다 : 오늘 밤 널 위해 남자를 준비했다…….

메시지를 보기만 했는데도 무시무시한 말을 읊어 대는 크레시다의 목소리가 귓가에 들리는 듯했다.

나 : 고맙지만 사양할게.

크레시다 : 저기요, 해나 씨, 제드는 널 만나고 싶대.

크레시다의 소개팅 주선 역사는 끔찍했다. 게다가 제드라는 이름 부터 개선의 여지가 없어 보였다. 다행히 탈룰라가 끼어들었다.

탈룰라 : 젬마네 파티에 뭐 입고 갈 거야?

나 : 플란넬 파자마랑 수면 양말.

탈룰라 : 와우, 섹시.

크레시다 : 섹시는 무슨 섹시. 부추기지 좀 마. 난 해나가 연 말에 수면 양말을 신고 있게 내버려 두지 않을 거야. 해나가 하고 싶은 대로 하게 놔두면 쭈그러져서 하루 종일 러브 아 일랜드나 몰아 볼걸.

탈룰라 : 그건 그래. 우리가 해나를 구제해 줘야지.

나 : 러브 아일랜드가 뭐 어때서?

크레시다 : 우리가 해나를 제드의 커다랗고 능수능란한 손에 넘겨줘야 해.

나 : 저기요? 나도 다 보고 있거든요.

크레시다 : 좋아. 그렇다면 우리가 널 제드에게 맡길 거야. 내가 제드의 커다란 손 이야기를 했나?

나 : 제드? 도대체 제드라는 이름을 가진 남자는 어떤 사람인 거야? 꼭 영화 속 악당 이름 같잖아.

크레시다 : 아니. 제드는 섹시해. 넌 제드를 만나고 싶을 거야.

나 : 그럼 탈룰라 소개해 줘.

탈룰라 : 탈룰라는 이미 상대가 있답니다.

크레시다 : 어, 나 가 봐야겠다. 누가 왔나 봐.

크레시다의 소개팅 주선 능력은 세 단어로 요약되었다. 출현 순서와 불쾌한 정도 순으로 '분노 조절 장애남, 냄새 도착남, 그냥 지질남'. 분노 조절 장애남은 테니스를 치자며 데려가서는 내가 이기니까 불같이 화를 냈다. 냄새 도착남은 발 성애자였다. 농담이 아니라 진짜 발에서 성적 쾌감을 느끼는 사람이었다. 더 일찍 알아차렸어야 했다. 그 사람은 여자의 신발에 대해 일반 남자들이 아는 수준을 넘어 지나치게 많이 알고 있었다. 내가 주방에 가서 와인 한 병을 들고 돌아왔더니 그 남자가 내 검정 펌프스의 냄새를 맡고 있었다.

번개가 한곳에 두 번 치는 일이 있을 법한가 싶겠지만 내 소개팅 흑역사를 놓고 본다면 100퍼센트 가능했다.

매트는 크레시다가 발목이 부러진 줄 알고 찾아간 병원에서 만난 응급실 의사였다. 크레시다는 만나는 사람이 있었기 때문에 매트를 나에게 넘겼다. 시작은 괜찮았다. 매트는 시간 약속을 잘 지켰고 정중했다. 그는 데이트를 위해 프렌치 레스토랑 뤼미에르에 미리 예약까지 해 두는 준비성도 보였다. 그리고 근사한 와인과 나누어 먹을 애피타이저를 주문하면서 캐비아를 곁들인 토스트를 반드시 먹어 보아야 한다고 강력히 주장했다. 대화가 술술 이어졌다. 와인도 술술 넘어갔다.

'직업도 좋고 취향도 훌륭해. 분노 조절 장애도 확실히 없고. 여자 신발 얘기는 단 한마디도 꺼내지 않았어. 이 남자라면 괜찮을 것 같아.'

애피타이저를 다 먹어 갈 때쯤 매트의 핸드폰이 울렸다. 그는 메인 요리로 안심 스테이크와 랍스터를 주문해 놓은 상태였다.

"미안해요." 그가 자리에서 일어나며 말했다. "병원이에요. 전화를 받아야 할 거 같아요."

5분 후 그가 문자를 보냈다.

> 정말 죄송해요. 응급 호출을 받았어요. 얼마나 빨리 처치하느냐가 관건이라. 해나 씨가 오늘 밥값을 계산해 주시면 제가 나중에 드릴게요.

마지막 줄에 적힌 밥값 부분을 읽기도 전에 한도액 가까이 다다른 내 신용 카드로는 그날의 저녁 식사 비용을 감당할 수 없겠다는 생각을 하는 중이었다. 나는 자존심을 죽이고 그에게 답장을 보냈다.

> 매트 씨, 미안하지만 제가 지금 이만큼의 금액을 감당할 만
> 한 돈이 없어서요. 물론 제 밥값은 제가 낼 건데요. 나머지
> 는 당신이 레스토랑에 전화해서 신용 카드 번호를 알려 주
> 시면 안 될까요?

그는 내 문자를 씹었다. 이 길고도 추한 이야기는 '크레시다가 와
서 나를 구제해 주어야만 했다'라는 말로 마무리되는 듯했다. 크레시
다는 주선을 잘못한 대가로 식사비를 전부 내고 뤼미에르 근처 술집
에서 술까지 한잔 사겠다고 했다.

그런데 최악의 시나리오는 거기서 끝나지 않았다. 손님이 바글바
글한 술집에서 사람들을 헤집고 들어가다 누구를 보았을까? 바 테이
블에 배를 척 갖다 대고 맥주잔을 든 채 양옆에 금발 쌍둥이를 끼고
앉아 신나게 떠들던 그 사람이 과연 누구였을까? 바로 매슈 브루어라
는 이름의 의사 나부랭이였다. 그 시간 안에 매트가 런던 시내의 교
통 체증을 뚫고 응급 환자를 보러 갔다가 술집으로 다시 돌아올 가능
성은 제로였다.

소개팅에서 식사비를 덤터기 쓰고 대차게 까였다는 사실보다 그에
게 한마디도 못했다는 사실이 더 수치스러웠다. 나는 468.37달러짜
리 청구서를 그의 면전에 집어 던지지 못했다. 맥주잔을 와락 잡아채
그의 머리 위로 쏟아붓지도 못했고, 그가 내뱉는 말을 하나라도 놓칠

세라 귀를 쫑긋 세우고 있던 쌍둥이에게 경고조차 해 주지 못했다. 물론 그러고 싶은 마음이 굴뚝같았지만 공공장소에서 난리를 피우기 싫은 마음이 더 컸다.

나는 크레시다가 매트를 보기 전에 이렇게 말했다. "여긴 사람이 너무 많다. 숨통 좀 트일 만한 데로 가자."

혹시 내가 분란을 싫어한다고 이야기했던가?

프랑스 파리

나의 다이어리에게,

헬렌과 나는 카르디날 르모앙 거리의 조그만 아파트에 도착했어. 아파트가 우리의 기대와 전혀 달랐다는 말을 하려니 속상해지네. 더 솔직히 말하면 아파트는 끔찍했어.

우리는 어둠 속에서 건물 밖으로 나 있는 금방이라도 무너질 듯한 나무 계단을 올라 꼭대기 층으로 갔어. 그리고 몸을 숙여 조그만 문을 통과하고는 등유 램프에 불을 붙여서 방 안을 밝혔어. 쥐인지 야생 고양이인지 모를 동물이 우리를 향해 식식거리다가 숨을 데를 찾아 도망갔어. 당장 자리를 박차고 나가고 싶었지만 갈 곳이 있어야 말이지. 둘러보니 그곳은 우리가 런던에서 세 들어 있던 아파트의 4분의 1 크기밖에 안 되는 조그만 다락방이었어. 외풍이 숭숭 불고 습한 데다 역겨운 냄새도 났어. 튀긴 양파, 아니면 벽이나 삐걱대는 마룻바닥 아래 썩어 가는 동물의 사체 냄새 같다 할까. 아까 우리를 반겨 준 정체 모를 동물이 그 사체와 관련 있지 않으려나 싶더라. 변변한 주방 하나 없고 수도도 없었어. 녹슨 프레임 위에 지푸라기로 꽉꽉 채운 트윈 사이즈 매트리스 두 개가 각각 양쪽 벽면에 바짝 붙어 있었고, 옷장도 달랑 하나였어. 집주인은 벽장을 화장실인 것마냥 꾸며 놨지만 실제로는 양동이 하나만 떡하니 있었다니까.

우리는 배를 타고 도버(영국 동남부의 항구 도시 - 옮긴이)에서 칼레(프랑스 북부 파드칼레주의 주도 - 옮긴이)로 왔어. 그런 다음 기차를 타고 파리에 도착했지. 집주인인 아르팡 씨네 문을 두드 렸을 땐 자정을 훌쩍 넘긴 시간이었어. 아르팡 씨의 부인이 우리 가 머물 방을 안내해 주면서 내일 자기 남편이 집세를 받으러 올 건데 그때 방 상태가 괜찮은지도 좀 봐줄 거라고 했어.

방은 당연히 괜찮지 않았어. 그나마 오늘 밤에는 이것저것 의 논하지 않아도 되는 것만으로 기쁠 지경이야. 너무 지친 데다 내 일 아침에 샤넬의 부티크에서 있을 면접 때문에 극도로 긴장한 상태거든.

내일 또 쓸게. 내일은 부디 좋은 소식과 미래에 대한 더 확실 한 비전에 대해 말해 줄 수 있길 바라면서, 이만 자야겠다.

3

2018년 12월 31일 오후 7시 30분

영국 런던

패딩턴역에서 버스로 환승한 다음 30분 거리에 있는 캠던역에 내려 잠깐 걸으면 집이었다. 앞쪽으로 웨스트엔드(런던 서쪽의 번화가로 극장, 상점, 호텔이 밀집해 있다 - 옮긴이)처럼 번쩍이는 우리 아파트가 보였다. 빨갛게 래커 칠이 된 현관문까지 번쩍이는 듯했다.

열쇠를 밀어 넣는데 닫힌 문과 창문으로 웃음소리가 들려왔다. 누군가 음악을 틀었다. 파티라도 하는 모양이었다. 나는 아파트에 들어서기도 전에 의무적인 사회생활의 무게에 짓눌려 한숨을 푹 내쉬었다. 그러고 보니 오늘은 올해의 마지막 날이었다. 내가 지쳤다고 온 세상이 쥐 죽은 듯 조용해야 하는 건 아니었다. 다른 날도 아니고 새해 전야인데.

혹시 크레시다와 탈룰라가 다른 친구들도 불렀다면 애들 사이에 묻혀서 젬마네 파티가 끝나기만을 조용히 기다리면 되었다. 그래, 차라리 파티가 낫겠다. 사람이 많으면 더 좋고.

집 안으로 들어가 현관 옷장에 코트를 걸고 부츠에서 발을 빼냈다. 그때 음악 너머로 목소리가 들려왔다. 오, 맙소사, 안 돼. 제발 엄마가 아니라고 말해 줘. 엄마는 우리 집 주소도 모르잖아. 혹시 알고 있나?

"엄마?" 나는 거실로 걸어가면서 말했다. "여기서 뭐 해?"

누군가 음악 소리를 낮추었다.

엄마가 벌떡 일어나 20대 초반의 젊고 쌩쌩한 여자마냥 민첩한 몸놀림으로 나에게 다가왔다. 엄마는 선글라스를 쓰고 있었다. 커다란 붉은색 테는 엄마의 진홍색 립스틱과 적갈색 머리카락에 전혀 어울리지 않았다. 선글라스 양쪽에 박힌 황금색 로고가 온몸으로 샤넬을 외치고 있었지만 왠지 모르게 2프로 부족해 보였다. 짝퉁이 분명했다. 하지만 엄마의 트레이드마크인 샤넬 향수에서 나는 톡 쏘는 꽃과 과일 향만큼은 진짜였다. 엄마는 오랫동안 같은 향수를 고수해 왔다. 한쪽 구석에서 시들어 가는 크리스마스트리에서 엄마의 향수 냄새가 났다.

"오, 해나! 너 정말 최고의 친구들을 뒀더구나. 집까지는 택시 타고 왔고, 크레시다랑 타불라가 집에서 기다리라면서 들어오라고 해 줬다. 애들이 어찌나 착한지."

"타불라? 엄마, 타불라가 아니고 탈룰라."

룸메이트들이 폭소를 터뜨렸다. 속이 부글부글 끓어올랐다.

'너희 취했구나. 우리 엄마이자 알코올 중독자인 이 사람을 집에 들

이다니. 혹시 우리 엄마가 알코올 중독자라고 말 안 하던?'

"오, 미안. 내가 실수했네." 엄마가 멋쩍게 웃으며 본인의 말실수를 내쫓기라도 하듯 손을 휘휘 저었다.

"네 친구들 정말 마음에 든다. 애들이 샴페인도 한 병 땄어. 올해 마지막 밤인데 다 같이 파티하자. 새해를 함께 맞게 되다니 너무 행복하네. 새해 시작부터 느낌이 좋아."

엄마가 두 팔로 나를 꼭 껴안았다가 풀어 주었다. 엄마는 아주 왜소했다. 그럼에도 어떻게든 남의 이목을 끌 줄 알았고, 그런 엄마의 모습은 여전했다. 엄마에게는 사람들을 끌어당기는 에너지가 있었다.

엄마의 어깨와 등에 굵은 컬이 진 기다란 머리카락이 내려뜨려져 있었다. 엄마는 레이스가 달린 검정색 브래지어가 그대로 비치는 얇은 검정색 나일론 블라우스에 검정색 가죽 바지를 입고 있었다. 엄마는 용케도 노출이 심한 패션을 잘 소화해 냈다. 이것저것 주렁주렁 달린 목걸이며 달랑거리는 귀걸이며 양 손목에 가득한 뱅글까지, 화장, 액세서리, 향수에 관해서라면 더할 수 있는 데까지 더하는 게 바로 엄마가 추구하는 스타일이었다.

나는 카키색 카고 팬츠와 빨간색 폴로 셔츠를 입고 있었다. 셔츠 왼쪽 가슴에는 하트 투 하트를 상징하는 맞물린 하트 두 개가 있었다. 엄마 앞에 서 있자니 내 모습이 초라해 보였다. 나는 6일짜리 투어를 갈 때면 보통 회사 유니폼을 입었다. 이것저것 고민할 필요가 없어서 편했기 때문이다. 유니폼 바지와 셔츠는 링클 프리라 다림질도 필요 없었다. 게다가 투어당 평균 125,000보 정도 걷는데 예쁜 신발은 사치였다.

"돈 아저씨는?"

돈은 엄마의 약혼자였다. 나는 할머니 장례식장에서 돈을 만났었다. 돈을 찾아 거실을 쓱 둘러보았다. 엄마의 캐리어와 코트를 한번 보고 방 안을 눈으로 훑었지만 아무것도 없었다.

엄마의 입꼬리가 축 처졌다. 엄마는 집게손가락으로 선글라스를 밀어 올렸다. "그 사람이랑은 헤어졌어. 내가 파혼하자고 했어."

엄마는 어깨를 활짝 펴고 마치 스스로에게 자신이 옳은 일을 했다는 확신이라도 심어 주려는 듯 턱을 치켜들었다. 하지만 내 눈을 속일 순 없었다.

"난 이제 싱글이야."

엄마는 혼자인 걸 싫어했다. 그렇다 하더라도 엄마가 나에게서 위로라도 받고 싶어 여기까지 왔을 리 만무했다. 엄마의 평소 행동 패턴으로 보아 그 음침하고 수상쩍은 아저씨를 차 버리기 전에 이미 다른 남자를 준비해 놓았을 테니까. 그럼 엄마는 왜 여기 온 걸까? 대체 왜 내일까지 기다릴 수 없다고 한 걸까? 새해까지 기다리지 못할 이유가 뭐길래?

속으로 엄마에게 던질 질문을 정리하는데 크레시다가 먼저 침묵을 깨며 말했다. "해나, 어머니께서 이렇게 재미있는 분이라고 왜 말 안 했어? 너무나 사랑스러우시기도 하고."

엄마가 나 대신 대답했다. "크레시다야말로 사랑스럽고 다정하지. 집도 너무 멋지고. 아가씨들이 돈이 많은가 봐."

43

엄마가 천천히 한 바퀴 돌며 아파트를 둘러보았다. 나는 엄마의 시선을 따라가며 거실을 훑어보았다. 윤기가 좌르르 흐르는 가구, 값비싼 그림, 나무 마루에 깔린 페르시안 카펫. 엄마 말마따나 아주 멋진 집이었다. 대학 친구였던 크레시다가 두 번째 룸메이트가 승진해서 두바이로 떠난다며 빈방을 쓰겠냐고 물었을 때 이게 웬 행운인가 싶었다. 특별한 상황이 아니라면 내 월급으로 이만한 집은 어림도 없었고 언감생심 꿈도 꾸지 못할 것이었다. 사실 이 타운 하우스는 크레시다네 가족이 소유하고 있는 집이었고, 나는 집세 명목으로 관리비 일부만 부담하고 있었다.

엄마가 내 주거 상황을 위태롭게 할 뭐라도 한다면 맹세컨대 앞으로 절대 엄마와 말을 섞지 않을 것이었다. 잠깐, 어차피 우리는 대화다운 대화도 하지 않았다.

"네 친구들이 내 짐을 네 방에 갖다 뒀어. 괜찮지? 꼭 파자마 파티 하는 것 같다, 얘."

엄마는 사람 좋은 미소를 지었다. 하지만 나는 선글라스에 가려진 엄마의 눈이 내쫓을 수 있으면 어디 한번 그렇게 해 보라고 말하는 중이라는 걸 잘 알고 있었다.

"온다고 미리 말해 주면 좋잖아." 나는 사과든 변명이든 들어나 보려고 하던 말을 멈추었다. 하지만 어색한 침묵만이 흘렀다.

"일단 오늘 밤은 여기서 자고, 내일 엄마가 런던에 있는 동안 지낼 만한 괜찮은 호텔이 있는지 같이 찾아보자. 내 방엔 침대가 하나야. 엄마도 알다시피 난 다른 사람이랑 같이 못 자."

엄마가 미간을 찌푸렸다. 나는 숨을 죽이고 엄마가 곤란한 내 입장을 고려해 재치 있는 답을 해 주길 기다렸다. 긴장 좀 풀고 즐기면서 산다면 침대 옆자리가 비어 있을 틈이 없을 거라는 농담 정도면 될 것 같았다. 그러나 엄마는 침묵을 깰 생각이 없어 보였다.

"여기 얼마나 있을 거야?" 하는 수 없이 내가 먼저 운을 떼었다.

"상황 봐서."

"무슨 상황?"

엄마가 머뭇거렸다. 어떤 꿍꿍이가 있는 게 분명했다. "최대 이틀이나 사흘 밤. 호텔방을 하나 잡을 수도 있겠지만 연말연시라 엄청 비쌀 거야. 신경 안 쓰이게 할게."

크레시다와 탈룰라가 엄마와 나를 문제 있는 모녀가 등장하는 리얼리티 쇼의 주인공인 것마냥 흥미진진한 눈으로 지켜보고 있었다. 엄마나 나 둘 중 하나가 테이블을 엎어 버리거나 상대의 머리채, 그것도 아주 공을 들인 붙임 머리를 쥐어뜯기 직전인, 말 그대로 폭풍 전야를 보듯 말이다. 나는 붙임 머리 같은 건 하지 않았지만 엄마라면 이야기가 달랐다. 엄마의 머리는 플로리다에서 런던까지 날아왔다고 하기에 지나치게 완벽해 보였다.

엄마가 최대치로 꾸몄을지언정 기본적으로 타고난 미모까지 부정할 생각은 전혀 없었다. 흠잡을 데 없는 하얀 피부, 타고난 뼈대, 길쭉하고 호리호리한 몸매 덕에 엄마는 꽤 오래 모델 일을 해 왔고, 부자 남자 친구들을 만나며 일상생활의 다양한 특혜를 누려 왔다. 이걸 엄마에게 내려진 일종의 저주이자 축복이라고 해야 할까.

까놓고 말해서 엄마를 조금이라도 질투하지 않았다면 그건 거짓 말일 것이었다. 나는 엄마의 섬세한 외모를 물려받지 못했다. 아빠를 한 번도 만난 적은 없지만 큰 코와 두꺼운 입술이 아빠에게서 온 게 아닐까 짐작했다. 엄마는 내 친부가 누구인지 모른다고 딱 잘라 말했었다. 어린 시절 아빠에 대해 물어볼 때면 엄마는 늘 이렇게 말했다. '해나, 너무 많은 걸 묻지 마.' 내가 크면서 엄마는 이런 말도 덧붙였다. '엄마 평생에 제일 엉망진창으로 살던 시절이었어. 남자들이 많아도 너무 많았어.' 엄마는 이런 말들로 내 호기심을 잠재울 수 있다고 생각한 모양이었다.

"이틀이나 사흘 밤?" 나는 정신을 차리고 현실로 돌아왔다. "이렇게 불쑥 찾아와서 우리더러 엄마를 재워 달라고? 그것도 새해 전야에? 참나!"

"해나, 며칠 밤만 좀 참아 줄 순 없니? 넌 나이 든 엄마가 불쌍하지도 않아?" 내가 대답이 없자 엄마가 웃었다. "네 친구들이 괜찮다고 했어. 그렇지, 아가씨들?"

크레시다와 탈룰라는 미소만 지을 뿐 아무 말도 하지 않았다. 아마 엄마가 기대했던 반응은 아니었을 것이다. 엄마의 '재미있는 엄마' 연기가 친구들의 혼을 완전히 빼놓지 않아서 천만다행이었다. 그리고 그 점이 바로 내가 친구들을 사랑하는 이유였다. 가끔 대폭망 삼위일체 소개팅처럼 판단 오류가 생길 때도 있었지만, 어쨌든 나를 생각해서 소개팅을 주선한 거였고 문제가 발생하면 항상 내 편이 되어 주었다.

"다른 데 가면서 중간에 들른 거지?" 나는 흔들림 없이 물었다.

엄마에게 숨은 동기가 없었다면 지난주에 통화했을 때 이 대서양 횡단 여행기에 대해 함구할 이유가 없었을 터다.

"엄마가 새해 전야에 날 놀래 주려고 런던까지 오진 않았을 거 아냐."

엄마가 입술을 오므렸다. 엄마는 전력을 다해 아무것도 들리지 않는 척하는 크레시다와 탈룰라 쪽에 구원의 눈길을 보냈다. 하지만 크레시다는 잡지를 휙휙 넘기고 있었고, 탈룰라는 핸드폰을 들여다보고 있었다.

"마침 그 얘길 꺼내 줘서 고맙네." 엄마가 말했다. "둘이서만 얘기할 수 있게 자리 좀 옮길까? 자세한 얘기는 거기서 해 줄게."

"저희가 자리를 비켜 드릴게요." 크레시다가 말했다. "오늘 밤 젬마네에 들고 갈 술을 사야 하거든요. 탈룰라, 우리 같이 가자."

"오, 좋은 생각이야." 탈룰라가 다소 오버하며 대답했다.

"아니야. 왜 너희들이 나가. 그러지 마." 나는 고집을 부렸다. 그 이면에는 '제발 가지 마.'라는 마음이 숨겨져 있었다. 엄마와 나만 남겨 놓고 가지 말라고.

노파심에서 말하는데 엄마는 연쇄 살인범 같은 흉악범이 아니었다. 다만 엄마는 지독한 감정 뱀파이어라서 크레시다와 탈룰라가 있어야 나를 지켜 낼 정신적 지원을 받을 수 있을 것 같았다.

"아니. 진짜 괜찮아." 크레시다가 현관 쪽으로 가면서 말했다. "나중에 갈 바에야 지금 사 오는 게 나아."

"20분쯤 걸릴 거야." 탈룰라가 말했다. "충분해야 할 텐데."

친구들이 밖으로 나가고 엄마와 나만 덩그러니 남았다. 우리는 서로를 바라보았다. 아니, 엄마는 어떤지 모르겠지만 적어도 나는 엄마의 오버사이즈 선글라스를 쳐다보고 있었다. 갑자기 주위가 아주 차갑게 느껴졌다.

"엄마, 대체 무슨 일이야?"

"우리 뭐 좀 마실까?" 엄마가 말했다.

"또 술 마셔?" 질문이 아니라 일종의 진술이었다.

엄마는 상처받은 얼굴로 움찔했다. "아니. 나 알코올 중독 아니야. 네가 그런 뜻으로 한 말이라면. 그냥…… 새해에 축배를 들지 않으면 불운이 따른다고들 하니까."

내 기억대로라면 엄마가 술을 마시면 항상 불운이 따랐다. 그 술 때문에 엄마는 교도소에 갔고 교도소에서 나온 뒤로는 한 번도 나와 함께 산 적이 없었다.

"그냥 차나 한잔하자는 소리였어." 엄마가 말했다.

엄마는 나를 최악의 부모라도 되는 것처럼 대하고 있었다. 나는 엄마로 인해 형성된 비정상적인 역할을 거부해 왔다. 그럼에도 지금껏 우리의 역할은 바뀌어 있었다.

할머니가 세상을 떠나기 전까지는 할머니가 최선을 다해 엄마로부터 나를 지켜 주었다. 할머니는 당신이 할 수 있는 선에서 최대한 내가 정상적인 유년기를 보낼 수 있도록 해 주었지만, 엄마가 이따금씩 들이닥쳐 나를 데려갈 때면 속수무책으로 지켜볼 수밖에 없었다.

엄마가 교도소에 들어가기 전까지 할머니는 법적인 양육권을 주장하지 않았다. 내가 법정 싸움에 휘말릴까 봐 걱정했기 때문이다. 엄마는 돌아올 때마다 아주 진지해 보였고, 자신의 행동을 욕하고 반성하며 할머니와 내가 기회를 주는 것만이 자신의 진심을 증명할 수 있는 유일한 방법이라고 했다. 엄마는 자기를 따라가기 싫어하는 나와 그런 나를 보호하려는 할머니를 나쁜 사람들로 몰고 죄책감을 느끼게 했다. 그런 사람이 바로 엄마였다. 책임 회피와 피해자 코스프레의 일인자.

"온다고 미리 알려 줬으면 좋았잖아." 내가 말했다.

"그러려고 했지. 근데 네가 전화를 안 받아서."

"런던에 도착하기 전에 말이야. 지난주에 통화할 때 왜 말 안 했는데?"

엄마는 어깨를 으쓱하더니 내가 억지 주장이라도 편다는 듯 땅이 꺼져라 한숨을 내쉬었다. "그때까지만 해도 여기 올 생각을 못했었어."

"어떻게 생각을 못해? 즉흥적으로 미국에서 영국까지 날아오는 사람이 몇이나 될 거 같아?" 내 말은 엄마를 제외한 대부분의 사람들은 장거리 여행을 떠나기 전에 미리 계획이란 걸 한다는 소리였다.

나는 주방으로 가서 주전자에 물을 올렸다. 엄마가 뒤따라오더니 대리석으로 된 아일랜드 식탁 앞에 놓인 스툴에 앉았다. 식탁에는 빈 샴페인 병과 잔 세 개 외에는 아무것도 놓여 있지 않았다. 아까 엄마는 술을 마시지 않았다고 했었다. 그나마 셋이서 한 병을 마신 모양이었다.

나는 하얀 도자기 찻주전자에 다르질링을 계량해 넣고, 냉장고에서 노란색과 파란색이 섞인 조그만 크림 단지를 꺼냈다. 조용한 가운데 나를 응시하는 엄마의 시선이 느껴졌다. 엄마는 보통 때와 달리 극도로 말을 아끼고 있었다.

"선글라스 좀 벗어. 눈이 안 보여서 불편해." 나는 몸을 돌려 팔짱을 낀 채 엄마를 보았다. 엄마가 잠시 머뭇거리다 선글라스를 벗었다. 그러자 두꺼운 화장으로도 미처 가리지 못한 검붉은 멍 자국이 드러났다.

"어머, 눈이 왜 그래?"

엄마가 멍 부위를 조심스럽게 어루만졌다. 그러고는 수색하듯 뜯어보는 내 눈길을 막기 위해 손으로 눈을 가렸다.

"어쩌다 그런 거야?" 내가 물었다.

"문에 부딪혔어."

"진짜?"

할머니 장례식 때는 엄마의 다리에 멍이 들어 있었다. 교회에서 돈과 엄마가 낮은 목소리로 논쟁을 벌이는 와중에 돈이 엄마의 팔을 꼬집는 장면을 본 기억도 떠올랐다. 문에 부딪혔다는 건 거짓말이 분명했다. 물이 끓으면서 휘휘 소리를 내기 시작했다. 나는 가스레인지에서 주전자를 내리고 찻주전자에 물을 부었다.

"고급스럽네." 엄마는 주제를 바꾸어 보려 했다. "난 평소에 그냥 립톤 마시는데."

우리는 차가 우러날 때까지 다시 조용히 앉아 있었다. 나는 차를 머그 컵에 따라서 엄마 앞으로 밀어 주었다. 엄마에게 준 컵에는 이런 글귀가 적혀 있었다.

집에 머무는 것이야말로 가장 진정한 휴식이다.
　- 제인 오스틴

《에마》(제인 오스틴의 소설 - 옮긴이)에 나온 문장이었다.

엄마는 파란 눈을 가늘게 떴다. 엄마의 입술이 글귀를 따라 읽으며 움직였다. "직장에서 받은 거니? 네가 하는 그 투어, 맞지?"

"작년에 제인 오스틴 투어에 참가했던 커플이 감사 인사로 선물해 준 거야. 근데 멍 보니까 엄청 심하게 부딪혔나 봐. 병원은 가 봤어?"

"그 정도는 아니야." 엄마는 차를 후후 불어 후루룩 소리를 내며 마셨다.

"돈 아저씨가 때렸어?"

엄마는 꽤 한참을 미동도 없이 앉아 있더니 결국 얼굴을 일그러뜨리며 고개를 끄덕였다. "그래서 파혼한 거야."

엄마는 내 시선을 피해 고개를 숙이고는 애꿎은 컵만 내려다보면서 다시 차를 후후 불고 후루룩 마셨다.

"그래서 런던에 온 거고?"

"여러 이유 중 하나지. 해나, 네 도움이 필요해." 엄마는 차분하고 무덤덤하게 말했다. 평소 엄마가 다른 사람들에게 자기 삶이 얼마나 힘든지 납득시키려 할 때 쓰는 멜로드라마 같은 말투는 섞여 있지 않았다. "나 올랜도로 다시 못 가. 돈이 날 죽일지도 몰라."

그럼 그렇지. 드라마의 시작을 알리는 큐 사인이 떨어졌다.

"여긴 안 돼." 내 말이 얼마나 냉정하게 들릴지 알고 있었다. "미안해. 근데 여긴 크레시다네 집이지 내 집이 아니야."

내 벌이로는 이런 집을 절대로 얻을 수 없을 거라고 말하려다가, 이런 말은 엄마에게 여기 머물 빌미만 제공해 줄 뿐이란 생각이 들어 입밖에 내지 않았다.

"여기서 같이 살자는 소리가 아니야." 엄마는 침을 꿀꺽 삼키고는 다시 컵을 살폈다. "너한테 이런 선물을 준 걸 보니 그 사람들이 네가 정말 좋았나 보다."

나는 무슨 말을 해야 할지 몰라 차만 홀짝거렸다.

"아무튼 아니야. 정말로. 얹혀살려는 게 아니라고." 엄마가 강조했다. "보니까 알아서 일 잘하고 사는 것 같네."

"노력 중이야."

"우리 해나 똑똑한 거 하나는 알아줘야지. 네 할머니 닮아서 그럴 거야. 한 대 건너서 유전된 건가." 엄마는 양손을 따뜻하게 데우기라도 하려는 듯 컵을 감싸 쥐고 있었다.

나는 엄마가 여기 온 다른 이유를 묻고 싶은 충동과 싸우고 있었다. 엄마는 돈이 '이유 중 하나'라고 했다. 할머니가 돌아가셨으니 엄마가 돈한테서 도망칠 곳은 어쩌면 여기뿐이었을 거다. 그 아저씨가 엄마를 죽이고 싶어 한다는 말이 꾸며 낸 이야기인지 아닌지는 확인할 길이 없었다. 하지만 어쨌거나 그 사람이 엄마 얼굴에 흔적을 남긴 건 확실했다. 그건 꾸며 내고 어쩌고 할 만한 일이 아니니까.

"하룻밤은 괜찮아. 근데 딱 하룻밤만. 더 이상은 안 돼."

내일 엄마에게 호텔방을 찾아 줄 테다. 필요하다면 엄마의 가방들도 기꺼이 옮겨 줄 수 있었다.

"고마워, 해나." 엄마가 눈물을 흘렸다. "정말 고마워."

나는 곧 엄마가 두 팔에 얼굴을 묻고 눈물을 펑펑 쏟아 낼 줄 알았다. 하지만 갑자기 엄마가 컵을 내려놓았다.

"잠깐만," 엄마가 말했다. "보여 줄 게 있어. 어디 가지 말고 여기 있어 봐. 금방 올게."

"어디 안 가. 여기가 내 집인데, 무슨."

엄마는 내 비아냥거림을 못 들은 척하며 가더니 잠시 후 커다란 종이봉투를 들고 돌아왔다. 그러고는 자리에 앉아 식탁에 봉투를 놓고 그 위에 깍지 낀 손을 올렸다. 으레 그랬듯 나는 엄마가 던진 미끼를 물었다.

"그게 뭐야?"

엄마가 봉투를 건네주었다.

"내가 여기 온 또 다른 이유. 열어 봐."

나의 다이어리에게,

면접은 대참사나 다름없었어. 오늘 아침 일자리 문의에 답을
해 준 잔느 부인을 만나러 캉봉 거리 31번가에 있는 마드무아
젤 샤넬의 부티크로 향할 때까지만 해도 나는 희망에 잔뜩 부
풀어 있었어.

나는 부인이 편지에서 알려 준 대로 뒷문으로 나 있는 계단을
이용했어. 내가 계단 꼭대기에 올라 문 앞에 섰을 때였어. 등 뒤
에서 달그락거리는 소리가 들리는 거야. 그러더니 어떤 여자가
나를 휙 제치며 문을 열고는 작업실 안으로 뛰어들었어. 근엄한
분위기의 노부인이 모두가 있는 자리에서 숨을 헐떡이는 그 가
여운 여인을 야단쳤어. 여인의 이름은 브리지트였는데 늦은 게
처음이 아닌 듯했어. 브리지트는 노부인을 잔느 부인이라 부르
면서 손이 발이 되도록 빌었어. 하지만 소용없었어. 잔느 부인
이 더 이상 일할 필요 없다면서 브리지트를 그 자리에서 잘라
버렸으니까. 그러고 나서 잔느 부인은 분노의 화살을 나에게 돌
려 고함을 쳤어.

"그쪽은 누구시죠?"

나는 실제보다 자신감 있어 보이려고 턱을 치켜들었어. 그리고 부인에게 내 이름을 말하고 면접을 보러 왔다고 했어. 가여운 브리지트의 불운을 기뻐하고 싶지 않았지만 방금 전에 부티크에 자리가 난 게 분명했으니 희망을 품지 않을 수 없었지.

부인은 자기를 따라오라고 손짓하더니 복도로 걸어갔어. 누가 봐도 샤넬이 분명한 디자인 스케치들이 복도 벽면에 도배돼 있었어. 잠깐 동안은 부인이 내 꿈의 장소이자 쿠튀르의 성지로 나를 인도하는 줄 알았어. 나는 마드무아젤 샤넬이 나타나 축복받은 성모 마리아 같은 미소로 나를 환영해 주지 않을까 기대하며 주위를 두리번거렸어. 하지만 근엄한 잔느 부인은 샤넬이 아닌 자신의 사무실로 들어가서 책상 앞에 가 앉더라. 그러고는 손을 내밀어 손가락을 까딱까딱했어. 나는 부인이 원하는 걸 내가 정확히 이해했길 바라며 스케치북을 건넸어. 부인이 스케치북을 휙휙 넘기는 사이 나는 그 자리에 서서 부인의 생각을 읽을 수 있게 제발 부인이 한마디 말이나 어떤 표정이라도 지어 주기를 기다렸어. 그렇지만 부인은 얼굴에 아무런 감정도 보이지 않았어.

마침내 부인이 스케치북을 덮고는 책상 위로 스르륵 밀었어. 부인의 시선이 내 머리 꼭대기에서 발끝까지 천천히 훑어 내려갔어. 원래는 부인이 먼저 말할 때까지 기다릴 작정이었지만 입을 다물고 있으면 바보 같아 보일까 두려워졌어. 그래서 나 자신을 증명할 기회를 얻어서 정말 기쁘다고 말했지. 그러고는 분위기를 띄워 보려고 나는 절대 늦지 않을 거라는 말도 덧붙였어. 부인의 표정을 보고 내 입을 원망했지만.

부인은 내 말은 듣지도 않고 다짜고짜 내가 입고 있는 정장이 어디 건지 물었어. 부인이 내 정장을 알아봐 줘서 얼마나 흥분됐는지 몰라. 나는 면접을 위해 특별히 직접 만들었다고 했어. 마드무아젤 샤넬의 작품에서 영감을 받아 내 기술을 보여 주기 위해 디자인을 재창조했다고 말했지. 부인이 자리에서 일어났어. 그러더니 내 팔을 들고 소맷단을 살폈어. 재킷을 확 젖혀서 안감도 보고 칼라까지 꼼꼼하게 확인했어. 부인이 내 훌륭한 작품에 대해 뭐라고 중얼거렸어. 나는 취업이 됐구나 싶었어. 그런데 부인이 내가 마드무아젤 샤넬의 디자인을 훔쳤다며 비난을 퍼붓기 시작하는 거야.

나는 너무 당황한 나머지 웃음을 터뜨리고 말았어. 너무나 터무니없어서 부인이 농담이었다고 하며 따라 웃을 줄 알았지. 하지만 부인은 웃지 않았어. 내 재능을 증명하기 위해 만든 의상이, 부인이 처음에 훌륭하다고 인정한 바로 그 의상이 순식간에 나를 도둑으로 만들어 버린 상황을 이해해 보려고 애썼어. 심장이 미친 듯이 펄떡거렸어. 나는 재킷을 벗어 부인에게 내밀며 가져도 된다고 했어. 나는 그저 내 능력을 증명하고 싶었을 뿐 누구에게서 그 어떤 것도 훔치지 않았단 말이야. 부인이 손을 내저으며 마드무아젤 샤넬은 자신의 부티크에서 능력을 증명하는 일 따위는 결코 원하지 않는다고 했어. 그러고는 샤넬의 디자인을 훔친 다른 디자이너에 대해 언급하면서 당시 마드무아젤 샤넬이 그 디자이너를 초가 있는 쪽으로 밀어붙여서 옷에 불을 붙여 버렸다고 했어.

부인은 비아냥거리듯 입꼬리를 올려 웃으며 마드무아젤 샤넬이 자신의 부티크에 걸어 들어와 도둑질한 샤넬 정장을 자기 거라 우기는 뻔뻔하고 보잘것없는 여자를 어떻게 처리할지 상상해 보라고 했어. 나는 전혀 그런 의도가 아니라고 설명하려 했지만 부인은 당장 나가라고 했어.

나는 스케치북을 챙겨 그곳을 뛰쳐나왔어. 샤넬의 직원들은 부티크 곳곳에 놓인 재봉사의 마네킹들처럼 조용했어. 재봉틀만이 윙윙 돌아가며 유일한 소음을 만들어 냈어. 공기 중에 짙게 밴 절망의 냄새가 벽을 타고 줄줄 흘러내리는 것만 같았어.

문으로 걸어가는데 부인이 나에게 그곳에 샤넬 디자인을 입고 있는 사람이 아무도 없다는 사실을 눈치챘어야 했다고 외쳤어. 순간 재봉틀이 딱 멈췄어. 뒤이어 나를 향한 모두의 시선이 느껴졌어. 나는 부인을 향해 돌아서서 직원들의 옷이 추한 잿빛 작업복 속에 감춰져 있어서 무슨 옷을 입고 있었는지 미처 몰 랐다고 했어. 그러면서 나는 잿빛을 좋아하지 않는다고 말했어.

　나는 고개를 꼿꼿이 들고 내 발로 들어갔던 길을 걸어 나오면 서 내 재능을 한낱 재로 만들어 버리는 곳이 아니라 내 가치를 인정해 주는 데서 일해야 한다고 나 자신을 위로했어.

4

나는 엄마가 건네준 봉투를 열어 안을 들여다보았다. 종이가 두세 장 들어 있었다.

"어서 봐 봐." 엄마가 코끝으로 내가 들고 있는 봉투를 가리키며 말했다.

나는 무슨 증서 같아 보이는 종이를 꺼냈다. 집문서인가? 종이에는 프랑스어로 뭐라고 적혀 있었다. 왼쪽 상단 모서리에 프랑스어로 된 누런 명함 한 장이 꽂혀 있었다.

식탁에 봉투를 내려놓는데 쿵 소리가 났다. 안에 금속의 무게감 있는 무엇인가 들어 있었다. 봉투를 뒤집어 털었더니 커다란 구식 황동 열쇠가 식탁의 대리석 상판 위에 쨍그랑하고 떨어졌다. 나는 설명을 듣기 위해 엄마를 쳐다보았다.

"적당히 좀 해. 대체 이게 뭔데?"

"네 할머니 다락방을 청소하다가 발견한 거야. 아이비 할머니가 쓰던 향나무 상자 안에 있었어. 거기 다른 물건들도 있었지만 이게 제일 중요한 거였어."

아이비 할머니는 할머니의 엄마였다. 내 증조할머니이자 엄마의 할머니인 아이비 할머니는 89세까지 살았다. 아이비 할머니는 내가 겨우 여섯 살이었을 때 세상을 떠났다. 아이비 할머니는 내 원복을 만들어 주고, 아이비 할머니가 나고 자란 영국에서의 생활을 추억 삼아 들려주곤 했다. 기억은 가물가물하지만 어린 시절 아이비 할머니가 나에게 준 영향력이 지금의 내가 영국 예찬론자가 되는 데 한몫하지 않았을까.

증조할아버지인 톰 할아버지가 돌아가신 뒤 아이비 할머니는 지금의 할머니 집으로 와서 살았기 때문에 아이비 할머니의 물건이 다락방에 남아 있는 게 그리 특별한 일은 아니었다. 아이비 할머니의 소지품은 침실 세 개, 욕실 하나, 그리고 그 안을 채운 물건들과 함께 할머니가 남긴 유산의 일부가 되었을 터였다.

나는 어린 시절 대부분의 시간을 할머니 집에서 보냈다. 내가 아는 안전하고 안정적인 장소는 오직 할머니 집뿐이었다. 나는 인지상정으로 그 집을 계속 지키고 싶었으나 엄마 때문에 집을 파는 데 동의할 수밖에 없었다. 엄마는 추억이 아니라 돈이 필요했다. 돈을 대하는 엄마의 태도는 엄마가 나를 대하는 태도와 다를 바가 없었다. 매사에 무모하고 충동적인 엄마는 내일이 없는 사람처럼 하루하루를 살았다.

그러니 큰돈은 아니지만 자신이 겨우 모은 돈을 애인들이 탕진하게 내버려 두지 않았을까.

"아직도 이게 뭔지 모르겠어." 내가 말했다.

"패트릭 스털링 씨 기억나? 할머니 변호사." 엄마가 물었다.

"응. 기억나." 그는 할머니의 유언장을 담당한 변호사였다. 우리 셋은 내가 올랜도에 살 때 만났었다.

"내가 스털링 씨한테 그걸 가져갔거든. 스털링 씨 말로는 그게 파리에 있는 아이비 할머니 명의의 아파트 문서라는 거야. 근데 글쎄, 그게 우리 소유래."

나는 차를 거의 뿜을 뻔했다.

"뭐?"

나는 컵을 내려놓고 더 자세히 살폈다. 이해할 수 없는 프랑스어 사이로 아이비 브레이스웨이트라는 이름이 보였다.

"스털링 씨가 확인해 줬어?"

엄마가 고개를 끄덕이고는 종이 한 장을 내밀었다. 나는 엄마가 종이를 손에 쥐고 있는 줄도 모르고 있었다.

"스털링 씨가 지난주에 알아봤는데 명함에 있는 프랑스인 변호사는 20년 전에 사망했대. 그래서 스털링 씨가 같은 회사의 다른 변호사에게 연락해 줬어. 그 사람이 우릴 도와줄 거래. 그쪽 변호사 이름은 에밀 레베스크래."

"그러니까 이게 진짜란 말이야?" 내가 물었다.

"그런 것 같아."

"근데, 잠깐만……," 나는 집문서를 다시 들여다보았다. "아이비 할머니가 언제 미국에 왔지?"

"그건 모르고, 네 할머니는 1940년 12월에 플로리다에서 태어났대."

"그러니까 이 아파트가 전쟁 전부터 비어 있었단 소리야? 아니면 누가 거기 살고 있었나?"

나는 눈을 가느다랗게 뜨고 엄마를 바라보았다. 엄마가 어깨를 으쓱했다. "나도 모른다니까. 그래서 파리에 가서 눈으로 직접 확인하고 싶어. 네가 함께 갔으면 좋겠는데. 이게 내가 런던까지 온 가장 큰 이유야."

나는 엄마가 하는 말을 듣긴 했지만 대답은 하지 않았다. 여전히 상황이 제대로 이해되지 않았기 때문이다.

"아이비 할머니나 할머니가 파리의 아파트에 대해서 말한 기억이 없어. 만약에 그런 게 있었다면 두 분 중 한 분이라도 우리한테 아파트 얘기를 하지 않았을까? 이건 말이 안 되잖아."

"스털링 씨랑 프랑스 변호사 말로는 이 집문서가 여전히 아이비 할머니 이름으로 돼 있고, 네 할머니가 가장 가까운 핏줄이라서 할머니에게 상속된 거래. 그리고 할머니의 유언장에 따라 모든 물건이 우리 둘한테 상속된 거고. 스털링 씨 말로는 우리가 상당한 금액의 상속세도 내야 한대."

아, 그렇지. 이제야 뭐가 어떻게 돌아가는지 알겠다. 엄마가 하는 일은 항상 돈으로 귀결되었다.

"그래서, 엄마는 이 아파트를 팔고 싶은 거야?" 내가 물었다.

"모르겠네." 엄마가 말했다. "아직 그 집을 보지도 않았고. 게다가…… 파리에 있고."

"엄마, 난 상속세를 낼 돈이 없어. 엄마가 여기 온 이유가 그거라면 말이야."

잠깐, 할머니의 유산을 공동으로 상속받은 거니까 엄밀히 따지면 나는 상속세의 절반만 내면 되는 거 아닌가.

엄마가 교통경찰처럼 손을 들어 올렸다. "앞서가지 말고. 어쨌든 결국엔 세금을 내야 할 거야. 근데 스털링 씨 말로는 아직 시간이 좀 있대. 너 곧 휴가라고 하지 않았니?"

지난주에 통화할 때 휴가 이야기를 하긴 했었다. 엄마는 어쩜 그렇게 기억하지 않았으면 하는 것들만 기억하는 걸까? 나는 대답하지 않았다. 그저 꼼짝 않고 내 앞에 놓인 서류들을 빤히 쳐다보고만 있었다.

"해나, 엄마랑 같이 파리 가자. 재밌을 거야."

"잘 모르겠어."

"딸, 좀 즐기면서 살아. 상품이 걸린 보물찾기라고 생각해. 손안에 집문서도 있잖아. 최소한 숙박비는 아낄 수 있다고. 어쩜 그리 쉽게 싫다는 대답이 나오니?"

"누가 그 아파트에 살고 있으면 그땐 어쩔 건데? 엄마는 우리가 어디로 가야 하는지도 잘 모르잖아."

"그러니까 너한테 같이 가자는 거지. 혼자 가긴 좀 무서워서."

나는 황당한 듯 눈동자를 굴렸다. 재미는 무슨. 엄마는 그냥 경호원이 필요했던 것이다.

"그 프랑스 변호사한테 우리 대신 확인해 달라고 부탁할 수도 있잖아?" 내가 물었다.

"시간당 300유로인데?"

"그래? 그럼 돈을 쓰거나 아니면 엄마 혼자 가거나 해."

"아니면 너랑 나랑 같이 파리로 가거나."

엄마는 애원하듯 가슴 앞에서 두 손을 맞잡았다. 나는 조용하고 아늑한 휴가가 손아귀에서 스르르 빠져나가는 걸 느끼며 눈을 감았다. 다시 눈을 뜨니 엄마가 간절한 눈길로 나를 쳐다보고 있었다. 그제야 제대로 시야에 들어온 엄마의 시퍼렇게 멍든 눈이 마음을 아프게 했다.

"우리 둘 다 관계자야, 해나. 우린 공동 상속자잖아. 갑작스럽겠지만 넌 나와 함께 가야 할 의무가 있어."

뭐라고?

"네가 그 집에 대한 권리를 포기하고 여기서 접고 싶지 않다면 말이야." 엄마가 미소를 지었다.

"좋은 시도였어, 엄마. 나도 프랑스로 날아가고 싶지만 그럴 수가 없네. 불가능해. 지금은 안 된다고."

엄마가 장난스럽게 웃었다. "비행기 안 탈 건데? 파리는 네 집 뒷마당이나 마찬가지 아니야? 처널(영국과 프랑스를 연결하는 해저 터널 – 옮긴이)로 가자. 꼭 지나가 보고 싶었어."

엄마 말이 맞았다. 파리는 사실상 우리 집 뒷마당이나 다름없었다. 기차로 2시간 반도 안 걸렸다. 그럼에도 오래전 유학할 때 파리에 간 게 전부고 이후로는 파리에 가 본 적도, 처널을 건너 본 적도 없었다.

나는 엄마가 이제는 우리 것이라는 말과 함께 내놓은 집문서를 내려다보았다. 문득 지금 시점에서 내가 집중해야 할 건 바로 이 집문서라는 생각이 들었다. 새해 전야였다. 패트릭 스털링 씨와 프랑스 변호사의 사무실은 새해 첫날인 내일뿐만 아니라 이후로도 며칠은 더 문을 닫을 것이었다.

"준비도 없이 덜컥 떠나지 말고 그쪽 변호사랑 통화부터 해야겠어."

나는 황동 열쇠를 집어 들었다. 화려하게 장식된 열쇠는 우리를 프랑스 부동산의 세계로 들여보내 줄 통행권이라기보다 그저 장식품 같아 보였다. 누가 알겠는가. 지금껏 누군가 아파트를 무단 점유해 왔고 열쇠도 바꾸어 놓았을지.

"잠깐만," 갑자기 혹시 모를 문제가 떠올랐다. "재산세나 그 밖에 프랑스 정부에서 부과하는 각종 세금 같은 건? 아이비 할머니가 다 냈으려나? 그게 아니라면 정부에서 이미 집을 처분하지 않았을까?"

"마침 말 잘했네. 스털링 씨가 프랑스 변호사한테 그걸 물어봤거든. 잠깐만, 가방 좀 갖고 올게. 확실하게 하려고 내가 스털링 씨한테서 달라고 했지."

엄마가 의자를 밀치고 일어서서 하이힐을 또각거리며 거실로 갔다가 잠시 후 가방을 들고 돌아왔다. 엄마의 손에 들린 퀼팅 백은 엄마의 빨간 샤넬 선글라스처럼 정교하면서도 어딘가 짝퉁 같은 느낌을 주었다. 엄마는 본인이 들고 다니는 모조품을 짝퉁 업자한테서 직접 구매한 걸까. 엄마가 앉아서 또 다른 봉투를 꺼내고는 그 안에서 접힌 종이를 끄집어냈다. 뭔가 타이핑 된 편지지였다.

엄마는 돋보기안경을 꺼내 조심스럽게 콧등에 걸치고는 얼굴을 찡그려 가며 초점을 맞추었다. 안경 때문에 멍이 도드라져 보였다. 보고 싶지 않았지만 어쩔 수 없었다. 다른 모든 일에도 불구하고 얼룩덜룩한 보라색의 타박상 흔적을 보니 마음이 좋지 않았다. 어떻게 사람이 같은 사람에게 그런 잔인한 상처를 남길 수 있는지 상상이 되지 않았다. 엄마가 늘 내 곁을 지켜 준 건 아니었지만 결단코 나에게 손을 댄 적은 없었다……. 엄마의 애인들이 엄마를 그 따위로 대했는데도 불구하고 말이다.

"여기 이렇게 적혀 있어. 누가 세금을 충당하려고 연금을 걸어 놨대. 그리고 프랑스 변호사가 현재까지 미납금이 전혀 없다고 확인해 줬고. 우린 상속세만 내면 돼. 스털링 씨 말로는 상속세가 현재 시장 가격을 근거로 하는지, 마지막 거래가로 결정되는지는 확실하지 않대. 그 문제는 프랑스 로펌에서 맡아서 해 줄 거야. 그래도 부동산 감정은 받아야 해. 아, 이것도 까먹고 있었네."

엄마가 블라우스 목선 안으로 손을 넣더니 금목걸이를 꺼냈다. 엄마가 내민 목걸이에는 빨간 돌이 박힌 정교하고 조그만 금반지가 걸려 있었다.

"그건 뭐야?" 내가 물었다.

"루비 반지."

"어디서 났어?"

"집문서랑 열쇠랑 같이 있더라. 목걸이 체인은 내 건데, 반지가 너무 작아서 내 손가락에 안 들어가는 거야. 그래서 잃어버리지 않게 목걸이에 걸었어. 너만 괜찮다면 내가 갖고 싶은데. 네가 네 할머니 다락방에 남아 있는 잡동사니들은 뭐든 가져도 된다고 했잖아. 나 혼자서 정리하는 대가로 말이야."

느닷없는 엄마의 말에 실소가 터져 나왔다. 엄마는 빈정이 상한 듯했다.

"뭐가 그렇게 웃기니?"

나는 고개를 가로저었다. 그 반지는 분명 잡동사니가 아니었다. 하지만 엄마가 찾은 걸 가져도 된다고 합의를 보긴 했다. 나는 엄마가 이 아파트에서만큼은 그런 앙큼한 행동을 하지 않길 바랐다. "이런 거 저런 거 다 떠나서 상속세를 낼 만한 돈이 없어."

"있어." 엄마가 미소를 지으며 말했다. "올랜도에 있는 네 할머니 집을 팔아서 그 돈으로 상속세를 내면 되잖아."

물론 할머니 집을 판 돈으로 상속세를 충당할 수도 있을 터였다. 하지만 그 방법 또한 썩 간단하진 않을 것 같았다.

"아이비 할머니가 파리의 아파트에 대해 뭐라고 말한 적 있었어?" 나는 다시 물었다.

엄마는 고개를 저었다. "다시 생각해 보니까 톰 할아버지가 돌아가시고 아이비 할머니가 우리 집으로 들어왔을 때 내가 집에 거의 없었더라고. 그래서 난 네가 혹시 아이비 할머니한테서 무슨 말을 듣지 않았을까 싶었지."

나는 고개를 절레절레했다. "아니. 전혀. 아이비 할머니가 돌아가셨을 때 난 너무 어렸어. 아이비 할머니의 과거에 대해 아는 거라곤 전쟁이 났을 때 영국 브리스톨에 있었다는 것 정도야. 할머니는 미 공군이었던 톰 할아버지를 거기서 만났대. 결혼하고 나서 할아버지가 할머니의 안전을 위해 할머니를 미국으로 보냈대."

엄마가 봉투를 집어 들었다. 엄마는 내 이야기에 전혀 집중하지 않았다.

"여기," 엄마가 말했다. "이거 봐. 이것도 같이 있었어."

엄마가 누르스름한 신문 한 장을 내밀었다. 프랑스어로 적혀 있었고 전간기(1차 세계 대전이 끝난 후부터 2차 세계 대전이 발발하기 전까지의 시기 – 옮긴이)에 거트루드 스타인과 교류하던 예술가 중 한 명이었던 유명한 프랑스 작가 앙드레 아르망의 얼굴이 보였다.

"내가 이 사람을 인터넷에서 검색해 봤거든." 엄마가 말했다. "기사에 나온 이 남자 말이야. 이름이 뭐라더라?"

엄마가 고갯짓으로 내 손에 있는 너덜너덜한 신문을 가리켰다.

"앙드레 아르망." 내가 말했다.

엄마가 고개를 끄덕였다. "보아 하니 당시에 아주 잘나가던 프랑스 작가였나 봐. 들어 본 적 있어?"

"당연히 들어 봤지." 나는 반사적으로 '엄마는 못 들어 봤어?'라고 하려다가 말았다. 엄마는 그 작가에 대해 모르는 게 분명했다. 굳이 엄마를 당황하게 만들 이유는 없었다. 게다가 엄마는 그런 걸로 당황해할 사람이 아니었으므로 말해 보았자 괜히 나만 우스워질 터였다.

내 프랑스어 실력은 썩 훌륭하진 않지만 기사는 앙드레 아르망의 사망에 관한 내용인 듯했다. 나는 휴대폰에서 번역기를 찾아 기사의 첫 몇 줄을 입력했다.

"내가 맞았어."

"뭐가?"

"이건 부고야. 아르망은 2차 세계 대전이 일어나기 직전에 죽었어. 기사는 그의 시신을 발견했다는 이야기이고. 아르망은 레지스탕스(2차 세계 대전 당시 프랑스에서 일어난 지하 운동 단체 – 옮긴이)에서 활동하다 사망했어."

나는 기사에 있는 사진을 살펴보았다. 지금껏 앙드레 아르망의 사진을 여러 번 보았지만 이렇게 하나하나 자세히 뜯어보진 않았었다. 아르망은 미남이었다.

"이게 집문서랑 같이 있었다고?" 내가 물었다.

엄마가 고개를 위아래로 끄덕거렸다. "같이 있던 거 다 갖고 온 거야."

나는 번역기를 끄고 앙드레 아르망과 거트루드 스타인을 검색했다. 관련 페이지만 수십 장이었다. 맨 위에 뜬 기사 제목은 이랬다. 《변화의 바람》– 스타인이 후원한 앙드레 아르망, 전쟁 전 파리를 소설 속에 생생하게 담아 내다'. 나는 앙드레 아르망을 알았지만 솔직히 그의 작품에 대해서는 잘 몰랐다. 헤밍웨이나 피츠제럴드같이 미국 고등학생들이 필수적으로 읽어야 했던 해외 거주 미국인 작가들만큼 잘 알려져 있진 않았기 때문이다.

"아이비 할머니가 이걸 왜 집문서와 함께 뒀는지 궁금하네. 혹시 나한테 보여 준 거 말고 다른 것도 있어?"

엄마는 대답 대신 고개를 좌우로 흔들었다. "프랑스 관련 물건들을 한데 두고 싶어서 집문서랑 같이 놔둔 건가?"

"그럴 수도 있고," 내가 말했다. "근데 왜? 이게 할머니한테 무슨 의미이길래? 그냥 프랑스 신문에서 오려 낸 기사잖아. 어쩌면 아무 의미도 없을 수 있어. 단지 아이비 할머니가 아르망의 작품을 좋아해서 스크랩해 둔 걸 수도 있고. 내가 영국에 처음 왔을 때 제인 오스틴 기념품을 수집했던 것처럼 아르망의 사망 시기에 할머니가 그 사람 작품에 빠져 있었는지도 모르지. 나도 특별한 의미가 있어서 기념품을 모은 게 아니라 그저 오스틴의 작품이 좋아서 그랬거든."

"뭐 먹을 것 좀 없니?" 엄마가 갑자기 딴소리를 했다. "배고파 죽겠다."

엄마는 자리에서 일어나 다짜고짜 주방 찬장을 열더니 아직 뜯지 않은 비스코프 쿠키(벨기에 제과 회사 로투스에서 나오는 커피 맛 과자 - 옮긴이)를 찾아냈다.

"그건 안 돼." 내가 말했다. "내 거 아니란 말이야."

엄마는 인상을 찌푸리더니 과자의 포장지를 뜯기 시작했다. "내가 다시 사다 놓을게."

당연히 엄마는 새 과자를 사다 놓지 않을 것이었다. 건성으로 하는 약속, 즉 입에서 나오는 순간 온데간데없이 사라지고 마는 약속은 엄마가 습관적으로 하는 의미 없는 말일 뿐이었다. 엄마는 자신이 그런 상황을 교묘히 빠져나갈 수 있다는 사실을 너무나 잘 알았다. 그래서 그런 식으로 행동하는 거였다. 나는 엄마가 한쪽 엉덩이를 조리대에 기대고 과자를 와그작와그작 씹어 먹는 모습을 지켜보며 머릿속의 마트 쇼핑 목록에 비스코프 쿠키를 추가했다.

현관문이 열렸다가 닫히는 소리가 들렸다. 크레시다와 탈룰라가 돌아왔다. 둘은 평소답지 않게 조용했다.

"들어와도 돼." 크레시다와 탈룰라가 돌아오자 안도감이 들었다.

나는 파리 관련 물건들을 봉투에 주섬주섬 집어넣기 시작했다. 친구들에게 어떻게 설명해야 할지 감이 오지 않아서였다. 여전히 뭔가 꿈같은 이야기라서 언제라도 엄마가 웃으며 '농담이야. 너 완전히 속았어.'라고 할 것 같았다.

"다 괜찮은 거지?" 크레시다가 마치 인질극 현장으로 걸어 들어오듯 조심스럽게 다가오며 물었다.

탈룰라도 어찌해야 할지 모르겠다는 듯 쭈뼛거리고 있었다.

"응. 괜찮아." 내가 말했다. "들어와. 차 마실래?"

"얘를 정말 이해할 수가 없어." 엄마가 내 쪽을 고갯짓하며 눈동자를 굴렸다. "아직도 설득 중이야. 파리에 가자는 제안이 어떻게 설득해야 할 일이 될 수 있는 거니?"

엄마가 나한테 말하기 전에 친구들한테 벌써 아파트 이야기를 한 건가? 그래서, 그게 뭐 놀랄 일인가? 나는 설사 일이 진행되더라도 결국엔 아파트를 파는 것으로 모든 게 마무리될 거라며 스스로를 달래야 했다.

"생각을 좀 해 봐." 엄마가 말했다. "올랜도에서 북쪽으로 3시간을 가면 잭슨빌에 도착해. 남쪽으로 3시간을 가면 클루이스턴이지. 런던에서 똑같은 시간을 투자하면 프랑스 한가운데에 갈 수 있단 말이야."

"가." 탈룰라가 말했다. "파리야, 해나. 네가 안 가면 내가 갈 거야."

나는 탈룰라가 주방에 서서 크레시다의 쿠키를 씹어 먹고 있는 엄마의 본모습을 깨닫는 데 얼마나 오랜 시간이 걸릴지 궁금했다. 만약 내 룸메이트들이 엄마와 함께 파리에 갔는데 그 마법의 아파트가 사람이 살 만한 데가 못 되는 곳이거나 단순한 거짓 나부랭이였다는 사실을 발견한다면, 엄마는 탈룰라에게 호텔비를 빌붙고도 남을 사람이었다.

오랜 세월 동안 비어 있었던 아파트에 사람이 들어가서 바로 살 수 있을 가능성이 얼마나 되겠는가. 그 집이 우리 것이 맞는지조차 의심스러운 마당에.

나 대신 가겠다는 탈룰라의 제안은 아주 솔깃했지만 나는 이렇게 말했다. "이제 막 얘기 들었어. 상황을 이해할 시간조차 없었다고. 어쨌거나 오늘 밤에 우리가 할 수 있는 건 없어. 오늘은 올해 마지막 날이잖아."

"맞아." 크레시다가 말했다. "그리고 우린 가야 할 파티가 있고. 어머니도 가실래요?"

"아니!" 엄마가 대답하기도 전에 내가 먼저 소리쳤다.

세 사람이 동시에 머리를 내 쪽으로 휙 돌렸다.

"나 파티 좋아하는데." 엄마가 말했다.

"엄마는 못 가." 나는 애초에 싹을 잘라 버리기로 했다. "초대도 못 받았잖아. 그냥 가면 좀 그렇지."

"해나, 젬마네 파티인데 무슨 상관이야." 크레시다가 말했다. "초대 장 같은 것도 없었는데 뭘. 사람도 엄청 많을 테고. 어머니가 술 한 병 만 들고 가시면 젬마는 신경도 안 쓸걸."

"아! 근데 엄마가 들고 갈 술이 없네."

그리고 알코올 중독에서 벗어나고 싶다는 사람은 술이 넘쳐 나는 파티장에 얼씬거리면 안 되었다.

"우리가 많이 샀어." 탈룰라가 말했다. "네 것도 샀으니까 술 핑계 대고 파티에 빠질 생각은 하지도 마."

"뭐 하러 그랬어. 정말 긴 한 주였어. 난 조용히 새해를 맞이하고 싶다고."

"아가씨들," 엄마가 말했다. "해나가 그러고 싶다면 그냥 집에 있 게 놔두자. 우린 새해 전야를 재미있게 보내는 법을 아는 사람들이 니까 파티에 가고."

순간 테이블 위에서 술병을 들고 춤을 추는 엄마의 이미지가 머릿 속에 스쳐 정신이 번쩍 들었다. 젠장. 런던은 더 스켈칭 웰리스라는 펑크 밴드의 광팬이었던 엄마가 그 밴드를 쫓아다니며 전성기를 보 낸 곳이었다. 엄마가 여기서 다시 전성기 때처럼 살고 싶다는 마음이 들까 봐 가슴이 철렁 내려앉았다. 엄마가 어리석은 짓을 하지 않도록 확실히 해 둘 필요가 있었다. 엄마를 자식 돌보듯 감시해 가며 휴가를 보내거나 새해를 맞이하게 될 줄은 상상도 못했다. 하지만 우리 중 하나는 책임감을 가지고 만일의 사태를 방지해야 했다.

"알았어. 나도 파티에 같이 갈게."

크레시다가 박수를 쳤다. "제드가 정말 좋아할 거야."

'에휴, 잊고 있었다. 거기서 제드를 만나겠네. 뭐 그렇다고 그 사람이랑 반드시 데이트를 해야 하는 건 아니니까.'

크레시다가 손목시계를 확인했다. "난 슬슬 준비해야겠어."

크레시다와 탈룰라가 자리를 뜨면서 파티 의상에 대해 의논하기 시작했다. 내가 플란넬 파자마에 수면 양말 차림으로 파티에 나타나면 어떻게 될까?

'제드 씨, 안녕하세요. 해나라고 해요.'

소개팅 상황은 그걸로 종결될 것이었다.

"나 먼저 샤워해도 돼? 아님 네가 먼저 할래?" 엄마가 물었다.

"엄마 먼저 해." 내가 말했다. "그전에 샴페인 잔 좀 씻어 놔. 주방 세제는 싱크대 오른쪽 스테인리스 통에 있어."

"안 쓴 건데?" 엄마가 말했다.

"애들이랑 샴페인 마신 거 아니었어?"

엄마가 고개를 저었다. "난 안 마셨어. 내가 술을 멀리하는 중이라고 말했잖아."

"응. 그랬지." 내가 말했다. "잘 됐네."

"해나, 엄마는 새 출발을 하려고 노력하는 중이야. 하던 걸 계속하면서 살면 똑같은 일들을 반복적으로 겪게 되지 않겠니? 이젠 그런 게 지긋지긋하다, 얘."

"이해해." 나는 엄마를 믿고 싶었다. 하지만 과거에 엄마가 깨 버린 숱한 약속과 지키지 못한 선언 때문에 받았던 상처가 주마등처럼 스쳐 지나갔다.

"그래서 파리는 어떡할 거야?" 엄마가 물었다. "같이 갈 거지?"

1927년 3월

—————

프랑스 파리

나의 다이어리에게,

재앙 같았던 면접을 끝내고 다락방으로 돌아왔는데 집주인 아르팡 씨와 맞닥뜨렸어. 얼핏 봐도 아파트의 청결 상태만큼이나 개인적인 위생에 절대 자부심을 가질 수 없는 유의 사람이었지. 일단 면도를 좀 해야 할 것 같았어. 기름이 덕지덕지 묻은 잿빛 바지에 꼬질꼬질한 흰색 민소매 셔츠를 입고 있었는데 셔츠의 겨드랑이 부분이 누렇게 변색돼 있는 거야. 몸에선 땀이며 담배, 위스키에 푹 전 양배추 냄새가 났고. 헬렌 옆에 가서 서려고 그 사람 옆을 지나갈 땐 숨을 참아야 했다니까.

아르팡 씨는 우리를 음흉하게 쳐다보면서 입맛을 다셨어. 뭐라고 중얼거리는데 시선이 헬렌의 가슴에 꽂히더라. 그 사람은 뻔뻔하게 말했어. 우리 둘 중 헬렌이 더 예쁘지만 나도 그렇게 될 수 있대, 참나. 나도 그렇게 될 수 있다? 일단 나는 이게 무슨 말인지 이해할 수 없었어. 그런데 갑자기 그가 웃음을 터뜨리며 징그럽게 윙크를 하는 거야. 등골이 오싹해지더라.

나는 문 쪽으로 걸어가서 그 사람한테 나가 달라고 했어. 그런데 그가 버티고 서서 집세를 내라는 거야. 서신을 주고받을 때 우리가 합의했던 한 달 집세 대신 두 달 치를 선불로 내라고 했어. 그는 입을 삐쭉거리며 상황이 바뀌었다고 했어. 여기서 계속 지내려면 돈을 건넬 수밖에 다른 도리가 없었어. 그가 프랑스어로 중얼거리면서 손가락 두 개를 들어 올렸어. 손톱에 시커멓게 때가 껴 있고 손가락 마디마디에 털이 수북했어. 그 사람이 풍겨 대는 악취가 방 안을 가득 채워서 질식할 지경이었어.

헬렌과 나는 그를 설득하려고 한 달 치 집세를 더 벌려면 일을 해야 한다고 했어. 그러면서 돈이 생기는 대로 집세를 내겠다고 말했어. 그는 꿈쩍도 하지 않았어. 그때 헬렌이 나에게 눈짓을 보냈어. 헬렌은 애교가 잔뜩 섞인 목소리로 대처 방안을⋯⋯ 내놓기 시작했어. 아마 내가 헬렌을 잘 몰랐다면 그 상황을 걱정했을지도 몰라. 참, 내 친구 헬렌은 타고난 배우였어. 헬렌은 상황을 자기에게 유리하게 만들기 위해 그때그때 다양한 자아를 끄집어내는 데 일가견이 있었어. 다만 지금 같은 위기 상황은 아니었지만.

어쨌거나 효과는 있었어. 아르팡 씨는 입을 헤벌쭉하면서 헬렌이 사랑스럽네 어쩌네 중얼거리더니, 헬렌이 어떤 조건에 응하면 우리를 받아 줄 수도 있다고 했어. 헬렌이 지글지글 끓어오르는 눈빛과 관능적인 목소리로 아르팡 씨를 졸라 대는 모습을 보고 있자니 속이 메스꺼웠어. 내가 아는 헬렌은 절대로 자기 몸뚱이를 집세와 바꿀 사람이 아니야. 그건…… 매춘부나 하는 짓이니까. 나는 마음속으로 이건 진짜가 아니다, 헬렌은 그냥 연기를 하는 것뿐이다, 하고 되뇌어야 했어. 결국 아르팡 씨는 헬렌의 주문에 완전히 걸려들었어.

그가 헬렌에게 손을 대려고 하자 헬렌이 몸을 피하면서 새로운 합의 조건을 알려 주겠다고 했어. 이틀간 거리를 두면서 앞으로 다가올 즐거움을 고대하고 있어야 한다는 게 바로 그 조건이었지.

아르팡 씨가 지금 당장 새 합의 조건을 실시해야 한다고 우기자 헬렌이 그의 팔을 비틀었어. 그리고 무릎을 들어 올려 그의 사타구니 쪽으로 가져가서 그를 놀려 댔어. 그는 키가 작고 체구가 다부진 남자였어. 그리고 욕정에 반쯤 미쳐 있었고. 나는 헬렌이 그를 너무 밀어내면 그가 판을 엎어 버릴까 봐 겁이 났어. 헬렌은 불장난을 하고 있었어. 물론 아르팡 씨가 헬렌을 밀어뜨려 힘으로 제압하면 끝날 일이었지만, 그는 불평을 늘어놓으면서도 헬렌의 조건을 받아들였어.

헬렌은 손가락 두 개를 들어 올리며 이틀 동안 우리에게 아무 말도 하지 말고 기다리라고 했어. 어기면 시간이 재조정될 거라고 했어. 어기는 순간 그때부터 또 다른 이틀을 기다려야 하는 벌칙이 주어질 거라고 했지. 그러고는 이제 가 보라며 그를 문

쪽으로 밀었어.

헬렌은 아르팡 씨가 다른 말을 하기 전에 그의 면전에서 문을 닫고 잠가 버렸어. 나는 골칫덩어리 사내를 뚝딱 요리해 낸 헬렌의 순발력에 완전히 넋을 놓았어. 혼을 쏙 빼서 내쫓는 그 기술에 전율까지 일더라니까. 마침내 헬렌이 가면을 벗고 고개를 숙였어. 그리고 얼굴을 찌푸리며 토하는 시늉을 했어. 나는 헬렌에게 연기가 얼마나 실제 같던지 하마터면 진짜로 믿을 뻔했다고 말했어.

그나저나 아르팡 씨가 빨리 돈을 내놓으라 하면 어떡해? 우리와 맺었던 계약을 바꾼 전적이 있잖아. 한밤중에 우리 방으로 쳐들어오면 어떡하지? 헬렌은 이런 가능성에 대해선 생각해 본 적도 없다는 듯 인상을 쓰면서 이틀 안에 다른 아파트를 찾아야겠다고 말했어. 우리는 아르팡 씨가 갑자기 들이닥쳐서 기함할 일이 생기지 않도록 문 앞에 옷장을 끌어다 대 놨어.

좀처럼 기분이 나아지지 않더라. 하지만 헬렌은 아무렇지도 않은지 침대에 앉아서 입술에 빨간 립스틱을 바르고는 핸드백에서 콤팩트를 꺼내더니 얼굴을 꼼꼼히 살폈어.

헬렌은 늘 그랬듯 세상일에 통달한 듯한 표정으로 나를 보며 왼쪽 눈썹을 치켜세웠어. 헬렌은 우리는 지금 파리에 있고, 남자들은 다 똑같다는 현실을 받아들여야 한다고 했어. 그리고 그런 남자들을 제대로 요리하지 못하면 잡아 먹히고 말 거라고도 했어. 안전하지도 않고, 돈까지 없다는 생각이 드는 순간 불현듯 집이 사무치게 그리워졌어. 부끄러웠지만 어쩔 수 없었어. 그저 너무 멀리 와 버렸다는 후회 때문만은 아니었어.

헬렌은 정오도 되지 않은 시간에 바에 가자고 나를 달달 볶아 댔어. 딩고 바라는 데서 새로운 친구들을 만나기로 했다는 거야. 나는 방금 전의 수모를 겪고도 그토록 이른 시간에 술집에 가자고 조르는 헬렌이 도저히 이해가 안 가더라.

이제는 왜 그렇게 파리에 오고 싶어 했는지 그 이유조차 잘 모르겠어.

5

시내를 가로질러 첼시에 있는 젬마의 아파트에 도착했을 땐 이미 파티가 한창이었다. 스피커에서 크리스마스 재즈가 울려 퍼졌다. 라운지와 주방이 사람들로 북적거리다 보니 손님들이 뒷마당 정원까지 나가 있었다.

"동네 사람들을 전부 다 초대한다는 게 핵심이야." 젬마가 라운지에 설치한 간이 바 뒤쪽의 기둥 옆에 서서 말했다. 젬마의 길고 가는 손가락에 담배가 들려 있었고, 반대 손으로는 하이볼(위스키나 보드카 같은 술에 얼음과 소다수를 섞은 음료 - 옮긴이) 잔을 들고 있었다. "초대를 해도 진짜로 파티에 오는 사람은 드물어. 근데 일단 초대라도 하면 내가 깍 잡고 파티를 벌이더라도 최소한 딴소리는 안 하거든."

젬마는 담배를 입에 물고, 잔에 차례대로 얼음, 보드카, 크랜베리를 넣어 나에게 건넸다. "쭉 들이켜. 맨정신으로 새해를 맞으면 운이 안 좋아."

젬마와 잔을 부딪치고 한 모금 마시자니 엄마가 비슷한 말을 했던 게 생각났다. 생각난 김에 엄마를 찾아 두리번거렸다. 엄마는 이미 사람들 사이에 묻혀 버렸는지 보이지 않았다. 주변에 흘러넘치는 술 때문에 엄마가 흔들리는 건 아닌지 걱정이 되었다.

나는 술잔을 비우고 사람들을 어깨로 밀쳐 가며 복도를 지났다. 구름 떼 같은 담배 연기와 진동하는 향수 냄새를 뚫고 마침내 상쾌한 공기가 흐르는 파티오로 나갔다. 파티오에는 키가 큰 적외선 램프가 있어 따뜻했으며, 줄줄이 걸린 크리스마스트리 전구가 반짝이고 있었다. 군데군데 장식된 미슬토 뭉치들도 보였다.

파티오에서 크레시다가 대니와 대화를 나누고 있었다. 두 사람은 1년 가까이 만남과 이별을 반복 중이었다. 무슨 이유에선지 나는 대니를 정식으로 소개받은 적이 없었다. 짧은 검정 원피스를 입은 크레시다는 정말 근사했다. 목둘레를 수놓은 비즈 장식으로 보아 고가임이 틀림없었다. 뭐, 크레시다 옷장에선 비싸지 않은 옷을 찾는 게 더 힘드니까. 대니의 가죽 재킷이 크레시다의 어깨에 걸쳐져 있었다. 두 사람은 마주 보고 있었고 대니의 양손이 크레시다의 엉덩이 위에 올라가 있었다. 크리스마스트리 전구가 반짝거릴 때마다 크레시다의 금발 머리에 흩뿌려진 은색 글리터도 덩달아 무지갯빛 백금처럼 반짝였다.

"새해 복 많이 받아." 나는 대니에게 인사를 건넸다. 대니가 대답으로 고개를 끄덕였다. 그러고는 턱을 들어 칠흑 같은 밤하늘에 새하얀 담배 연기 도넛을 연달아 만들어 냈다. 대니는 컴퓨터 관련 일을 하고 뿔테 안경을 쓰는 남자였다. 대니가 지나치게 말이 없는 게 단지 숫기가 없어서인지, 아니면 특별히 추구하는 콘셉트가 있어서인지는 알 수 없었다.

"혹시 우리 엄마 못 봤어?" 내가 크레시다에게 물었다. 야외용 스피커에서 재즈 버전의 '렛 잇 스노'가 흘러나오기 시작했다.

"아까 봤어." 크레시다가 파티오를 둘러보다가 살짝 균형을 잃을 뻔했다. 대니가 크레시다를 잡아당겼다. 나는 집 안으로 돌아가려고 몸을 돌렸다.

"아, 해나, 제드도 여기 왔대. 찾으러 가 보자."

"괜찮아." 내가 말했다. "천천히 보면 되지."

"자기야, 나 금방 갔다 올게." 크레시다가 대니에게 말했다. "해나에게 소개시켜 주고 싶은 사람이 있거든. 꼼짝 말고 여기 있어. 내 술잔 좀 채워 주고."

크레시다가 완벽하게 손질된 네일을 뽐내는 두 손가락 사이에 끼워진 샴페인 잔을 달랑거렸다. 대니가 술잔을 받아 든 다음 몸을 숙여 크레시다의 귀에 대고 뭔가 속삭였다. 크레시다가 웃음을 터뜨렸다. 그러자 대니가 크레시다에게 키스했다. 크레시다를 사랑하지 않는다면 대니는 멍청이가 분명했다. 크레시다는 영리하고 재미있고 돈도 많고 예쁘기까지 했다. 크레시다는 한 남자에게 목맬 필요가 없었다. 만나는 남자마다 크레시다에게 푹 빠졌기 때문이다.

크레시다가 키스에 열중한 사이 나는 제드를 소개받아야 하는 어색한 자리를 피할 기회를 얻었다. 아마 제드도 나를 소개받는 일에 별다른 열의가 없으리라. 최대한 빨리 도망가기 위해 몸을 돌린 순간, 말 그대로 가슴 대 가슴으로 누구와 부딪힐 뻔했다. 예상치 못한 충돌 사고에 놀란 눈으로 상대방의 얼굴을 보고는 또 한 번 놀랐다. 배스의 샐리 런 하우스에서 본 '진지한 다아시'가 눈앞에 서 있었다. 아니면 그 남자의 일란성 쌍둥이거나.

"어머, 죄송해요." 내가 말했다. 나는 두 손바닥으로 그의 가슴 근육을 짚고 있었고 그는 팔로 내 허리를 감싸고 있었다. "앞을 제대로 봤어야 했는데."

순간 남자가 나를 뚫어져라 쳐다보았다. 그가 분명했다. 샐리 런 하우스에 앉아 있던 그를 처음 보았을 때처럼 또다시 전율이 일었다. 시간이 멈추어 버린 것 같았다. 오늘 낮에 느꼈던 그 느낌 그대로였다.

"다시 만나서 반가워요. 그 고객하고는 더 이상 문제가 없었나요?"

사랑스러운 억양도 그대로였다. 강렬한 시선이 그의 이마에 주름을 만들었다. 평소에도 그런 찌푸린 표정을 짓고 있는지 궁금했다.

"아니요. 덕분에 그 사람이 겁을 먹고 자리를 떴어요. 제가 성함을 여쭤 보기도 전에 먼저 가 버려서."

"제드, 거기 있었네요." 크레시다가 나타났다. 대니는 보이지 않았다. "해나, 이쪽은 제드. 너한테 소개해 주려고 했던 사람."

이 사람이 제드라고? 크레시다의 시선이 아래로 내려갔다. 나는 그의 팔이 여전히 내 허리를 감싸고 있다는 사실을 눈치챘다. 순간 그가 당황한 듯 재빨리 몸을 뺐고 그제야 우리 둘 사이에 공간이 생겼다.

"내가 보기에 두 사람이 아는…… 사이 같은데. 뭐야, 내가 없어도 됐었네. 둘이 알아서 찾아냈잖아."

크레시다가 생일에 조랑말을 선물 받은 아이처럼 신나게 박수를 쳤다. "두 사람이 잘 통할 줄 알았어. 제드, 해나한테 한번 물어봐요. 내가 소개팅 주선에 얼마나 재능이 있는지."

나는 이전에 있었던 세 번의 재앙 같았던 시도들이 떠올라 웃음을 터뜨렸다. 하지만 지금은 그 이야기를 꺼낼 타이밍이 아니었다.

"진짜 희한한 일이네요." 내가 말했다. "그쪽이 제드 씨라고요?"

그가 고개를 끄덕였다. "사실 제 이름은 에이든 제드릭입니다. 줄여서 제드라 부르기도 해요."

"오늘 낮에 배스의 샐리 런 하우스에 투어 고객들을 데리고 차를 마시러 갔는데 거기 에이든 씨가 있었어. 거기서 문제가 좀 있었는데…… 에이든 씨가 도와주셨어."

"아, 정말 아무것도 아니었어요." 에이든이 짝다리를 짚었다. 관심의 중심에 서게 되어 불편한 기색이었다.

"저한텐 큰일이었어요." 내가 말했다. "다시 한 번 감사드려요."

"별일도 아니었는걸요."

그의 찌푸린 얼굴이 곤혹스러운 표정으로 바뀌었고 나도 덩달아 어색해졌다.

"두 사람 정말 귀엽다." 크레시다는 대놓고 에이든과 나를 엮어 댔다. "이렇게 완벽하게 어울릴 줄 알았다니까."

대니가 샴페인 잔 두 개를 들고 크레시다 뒤에 나타났다.

"대니, 봐 봐." 크레시다가 대니에게 몸을 기대며 말했다. "제드랑 해나, 두 사람 정말 잘 어울리지 않아?"

대니는 대답 없이 나에게 샴페인 잔을 하나 건네고는 크레시다를 데려가 버렸다.

"에이든 씨는 크레시다를 어떻게 아세요?" 내가 에이든에게 물었다. 나는 그를 제드라 부르고 싶지 않았다.

"사실 잘 몰라요. 젬마를 통해 만났어요. 제가 이 동네에 살거든요. 몇 주 전에 젬마가 크레시다 씨와 함께 제 레스토랑으로 저녁을 먹으러 왔었어요."

"레스토랑을 운영하세요?"

그가 어깨를 살짝 으쓱했다.

"그건 아니고, 레몬 앤 라벤더의 총괄 셰프예요."

나는 샴페인을 한 모금 마셨다.

"총괄 셰프라면서 어떻게 새해 전야에 쉴 수가 있죠? 연중 가장 바쁜 저녁 아닌가요?"

"우리 레스토랑은 크리스마스이브부터 새해 첫날까지 문을 닫고 1월 2일부터 열어요."

"그럼 휴가라서 배스에 여행 가셨던 거예요?"

"아니요. 일하고 있었어요. 일종의 정찰 미션을 수행하는 중이었죠. 레스토랑 사장님이 일요일에 하이 티(영국인들이 초저녁에 즐기는 홍차와 간단한 식사류 - 옮긴이)를 내고 싶어 하거든요. 하이 티로 유명한 장소들을 뽑아서 둘러보고 있었어요. 샐리 런도 그중 한 곳이었고요."

"휴가가 휴가 같지 않았겠어요."

"먹는 게 힘든 노동은 아니니까요. 특히 다른 사람이 요리를 해 줄 때는 말이죠."

에이든과 나는 놀라울 만큼 대화가 잘 통했다. 시간이 눈 깜짝할 사이에 지나갔다. 파티에 모인 사람들은 어느새 시끌벅적하게 한 해의 마지막을 카운트다운하고 있었다. 음악이 열정적인 재즈 버전의 '올드 랭 사인(로버트 번스의 가곡, 그리운 옛날이라는 뜻으로 우리나라에서는 '석별의 정'이라고도 한다 - 옮긴이)'으로 바뀌어 있었다. 사람들은 키스를 하거나 파티용 피리를 불어 대며 연신 '새해 복 많이 받으세요!'를 외쳤다.

누군가 폭죽을 터뜨렸는지 금빛, 은빛, 무지갯빛 종잇조각들이 풀풀 날아다녔다. 에이든이 내 이마에서 종잇조각 하나를 털어 내고는 몸을 숙여 나에게 키스했다. 간단한 입맞춤보다는 진했지만 그렇다고 정확히 연인 관계의 서막을 여는 키스도 아니었다. 그의 입술이 내 입술을 스치는데 가벼운 새해 키스가 이렇게까지 사람을 흥분시킬 수 있는 건가 싶은 생각이 들었다. 문득 그의 등에 올린 내 두 손에 셔츠 아래의 단단한 근육이 느껴졌다. 나는 그에 대해 더 알고 싶었다. 하지만 지금 당장은 그럴 수 없었다. 타이밍이 좋지 않았다.

"우리 레스토랑에 한번 오세요." 그가 말했다. "제가 저녁 대접할게요."

심장이 쿵쾅거렸다. 한 줄기 희망이 보였다.

"좋아요."

나는 그를 또 보고 싶었다. 그리고 그와 또 키스하고 싶었다.

"젬마와 크레시다 씨와 내일 저녁에 오실래요? 지금 막 1월 1일이 됐으니 1월 2일이에요. 레스토랑 여는 날 오세요."

"그러고 싶지만 엄마가 여기 와 계셔서요."

"어머니도 같이 오세요."

'맙소사, 절대 안 될 말씀.'

"말씀은 정말 감사하지만 엄마와 전 며칠 동안 영국을 떠나 있을 예정이에요."

"어디 가세요?"

"파리요."

"재미있겠네요."

나는 어깨를 으쓱했다. "사실 사업차 가는 거예요."

'이것도 비즈니스라면 비즈니스이니까.'

대화를 나누는 사이 에이든이 피츠윌리엄 다아시와 닮은 점은 짜증스러운 눈빛과 짙은 갈색 머리카락과 눈동자가 전부라는 사실을 깨달았다. 하나부터 열까지 제인 오스틴과 엮어서 생각하는 건 일종의 직업병이었다. 나는 제대로 된 휴가가 필요했다. 혼자만의 휴가. 아니면 최소한 엄마라도 없는 휴가가 필요했다.

엄마는 나름의 방식으로 파티를 즐기고 있었다. 엄마의 웃음소리가 들려왔다. 엄마는 파티오 끝 쪽 적외선 램프 아래에 놓여 있는 야외용 소파에 앉아 있었다. 선글라스를 쓴 엄마가 남자들의 관심을 한

몸에 받으며 즐겁게 대화를 나누고 있었다. 남자 중 한 명은 내가 아는 사람이었다. 제시였다. 제시는 한쪽 팔을 엄마 등 뒤의 소파 위에 툭 걸쳐 놓고 있었다. 그나마 팔이 엄마 몸에 닿아 있진 않았다. 엄마가 보기엔 제시가 그저 편안한 자세로 앉아 있는 것뿐이라 여길 여지가 충분해 보였다. 하지만 나는 제시의 행동이 그런 뜻이 아니라는 걸 잘 알고 있었다. 그건 엄마에게 접근하기 위한 시동 단계였다.

우웩. 엄마뻘인 사람한테 왜 저러나 싶었다. 백번 양보해서 누나 정도라 쳐도 여전히 아닌 건 아니었다. 제시는 이런 파티에서 온갖 방법을 동원해 내가 아는 대부분의 여자들과 침대로 직행했다. 탈룰라도 몇 번이나 제시의 수법에 걸려들었었다. 제시는 심지어 나에게 접근한 적도 있었다. 그래서 나는 제시가 어떤 식으로 나올지 짐작이 갔다.

"그럼 파리에서 돌아오시면 레스토랑에 오세요." 에이든이 말했다. "언제든 환영이니까요."

에이든의 미소에 내 마음이 사르르 녹아내렸다. 후회할 만한 짓을 저지르기 전에 아무래도 집에 가는 게 나을 듯했다. 나는 엄마를 건너다보았다. 이제 제시의 팔은 노골적으로 엄마의 등을 감싸고 있었고, 손이 엄마의 가슴에 거의 닿을 지경이었다.

'나 원 참, 엄마, 지금 뭐 하는 거야?'

"꼭 들를게요." 내가 말했다. "한번 가 보고 싶어요."

"휴대폰 좀 봐도 될까요?" 그가 말했다.

"왜요?" 내가 물었다.

휴대폰을 내밀자 그가 번호를 찍고 통화 버튼을 눌렀다. 그의 휴대폰이 울렸다.

"당신 폰으로 내 폰에 전화했어요. 이제 서로 전화번호를 갖고 있는 거예요."

에이든은 내 감정이 일방적이지 않다는 걸 보여 주었다. 그러니까 우리 중 누구든 서로에게 연락할 수 있다고 확인시켜 준 것이었다. 나는 더할 나위 없이 기뻤다.

"해나! 여기 좀 와 봐!" 음악 너머로 엄마의 목소리가 들려왔다. 엄마는 양손을 흔들며 내 행복의 순간을 망치고 있었다. "제시랑 인사해."

"금방 돌아올게요." 내가 에이든에게 말했다.

나는 엄마에게 에이든을 보여 주고 싶지 않았다. 아직은 그랬다. 이후로도 보여 주고 싶을 일은 없을 테지만.

나는 걸어가면서 제시를 노려보았다. "이미 우리 엄마를 아는 것 같으니 소개할 필요도 없겠네. 엄마, 집에 가자. 빨리."

"그건 안 되지. 이렇게는 못 가." 제시가 양팔로 엄마를 안아 자기에게로 끌어당겼다. 제시가 약에 취한 건지 술에 취한 건지, 아니면 둘 다인 건지 알 수 없었지만, 뭐가 되었든 그것에 단단히 취한 건 확실했다.

"혼자 가." 엄마가 말했다. "내가 제시를 집에 데려다주겠다고 약속했어. 제시가 운전대를 잡을 상태가 아니라서."

"그럼 엄마는 집에 어떻게 오려고?" 내가 물었다.

"해나, 내 걱정은 하지 마." 엄마가 말했다. "난 네 엄마야. 내 일은 내가 알아서 해."

엄마는 취하지 않은 것 같았다.

"여긴 도로 방향이 반대라는 거 기억하지?" 내가 말했다. "다른 사람이 제시를 데려다주는 게 나을 것 같은데."

엄마가 손을 휘이휘이 내저었다. "쓸데없는 걱정은 넣어 둬. 난 괜찮을 테니까."

에이든을 건너다보았다. 그는 여전히 같은 자리에 서 있었다. 눈이 마주치자 그가 미소를 지었다.

"알았어, 엄마." 내가 말했다. "하고 싶은 대로 해. 난 갈게."

나는 엄마가 알아서 하도록 내버려 두고 에이든에게 작별 인사를 하러 돌아갔다.

1927년 3월

프랑스 파리

나의 다이어리에게,

딩고 바에 가면서 헬렌은 내가 샤넬 부티크로 면접을 보러 간 사이 새로운 남자들을 만났다고 했어. 커피를 사러 나갔다가 만났는데, 그 남자들이 딩고 바에서 보자며 우리를 초대했대.

헬렌은 아침부터 술집에 가는 걸 꽤 멋지다고 생각하는 모양이었어. 하지만 나는 대체 어떤 술집이 이 시간에 문을 열며, 또 거기 오는 손님들은 어떤 사람들일지 의아하기만 했어. 그 사람들은 직업도 없는 건가? 적어도 파리에 불쌍한 백수가 나뿐만이 아닌 건 분명했지. 어쨌든 바깥바람을 쐬니 샤넬에서의 끔찍했던 대참사를 어느 정도 잊을 수 있었어.

문득 헬렌이 내 면접이 어땠는지 묻지 않았다는 사실을 깨달았어. 헬렌은 가끔씩 지나치게 자기 자신에게만 몰입하는 경향이 있었지.

또 헬렌은 원하는 걸 얻는 데 수단과 방법을 가리지 않았어. 이를테면 내가 외출하고 싶지 않다고 하니까 헬렌이 자신의 빨간색 클로슈(1920년대에 유행한 종 모양의 여성용 모자 - 옮긴이)를 내 머리에 얹어 줬어. 내가 그 모자를 얼마나 탐내는지 알고 있었거든. 그러고는 내가 자기와 함께 나가면 모자를 가져도 된다고 하면서, 뒤로 넘어간 내 머리카락을 뺨 위로 빼내서 정리해 주며 모자 모양을 다듬어 주더라고. 이렇게까지 하는데 내가 어떻게 거절할 수 있겠어? 헬렌은 내 손을 붙잡고 문밖으로 끌어냈어. 물론 안 가겠다고 말할 수도 있었지만 그놈의 모자 때문에…….

카르디날 르모앙 거리에서 몽파르나스의 들람브르 거리에 있는 딩고 바까지 한참을 걸어야 했어. 뤽상부르 공원에 도착했을 때쯤엔 신선한 공기와 헬렌의 활기 덕분에 기분이 많이 나아졌어. 온화한 날씨와 푸르디푸른 하늘을 제대로 만끽할 수 있었어. 악취 나는 좁은 돼지우리 같은 방과 처참했던 아침과는 사뭇 달랐어.

딩고 바는 덧문이 달린 창과 빨간 차양이 있는 흰색 스투코로 마감된 건물의 1층에 있었어. 내부는 붐비고 시끌벅적했어. 재즈 4중주단이 흥이 넘치는 곡을 연주하고 있었어. 아침 시간에 춤을 추고 담배를 피우고 술을 들이켜는 사람들의 모습이 매우 자연스러워 보였어. 마치 아침 시간에 할 일은 그것뿐이라는 듯 말이야. 땀과 향수와 김빠진 술 냄새가 진동했는데 왠지 모르게 그런 냄새야말로 즐거운 시간을 보내는 사람들이 풍기는 향이 아닌가 싶은 거야. 그 사람들 중에서 밤을 꼴딱 새운 이가 몇이

나 될지 궁금했어.

　바에 도착하자마자 헬렌은 북적이는 테이블에서 자기 친구를 찾아냈어. 강렬한 눈빛에 매력적인 미소를 지닌, 가무잡잡하고 잘생긴 남자였어. 우리가 다가가자 그가 일어서서 헬렌의 두 뺨에 입을 맞추고는 우리를 위해 나란히 앉을 공간을 만들어 줬어. 그의 이름은 파블로 피카소라고 했어. 스페인에서 온 화가인데 파리에 산다고 했어. 음악이 흐르는 가운데 파블로가 모두에게 우리를 소개시켜 줬어. 런던에서 온 지 얼마 안 됐으며 헬렌은 여배우고, 나는 패션 디자이너라고 했지. 나는 파블로가 잘못 알고 있는 부분을 고쳐 주려고 아직은 그저 재봉사일 뿐이라고 말했어. 그렇지만 파블로는 내 말은 듣지도 않고 그날 아침 길에서 헬렌을 만난 이야기로 모두의 귀를 즐겁게 해 주느라 여념이 없었어. 그는 헬렌더러 지금껏 자기가 만난 여자 중에서 가장 아름답다며, 일생을 찾아다닌 뮤즈라고 치켜세웠어. 심지어 헬렌이 자기 그림의 모델이 돼 줄 때까지 그의 영혼은 고통에 허덕일 거라고도 했어. 파블로는 많이 취한 것 같았어.

　갑자기 좌중이 시끄러워지기 시작했어. 다행히 대부분 영어를 쓰고 있었어. 대화 내용은 잘 몰랐지만 오랜만에 익숙한 언어를 들어서 그런지 마음이 편했어. 자리에서 그냥 듣기만 해도 되니 한숨 돌리게 되더라. 그때 파블로가 테이블 맞은편에 앉은 영리해 보이는 여자를 가리켰어. 폴린이라는 이름의 여자는 옆에 앉은 잘생긴 남자의 말에 열중하고 있었어. 파블로는 폴린이 <보그>의 기자고, 그녀가 패션계에 재능 있는 새로운 인물들을 찾아내서 잡지에 실릴 기회를 준다고 했어. 그녀야말로 내가 알아야 할 사람이었던 거야. 폴린은 턱 바로 위까지 오는 까만 보브 커트를 하고 있었어. 이마를 날카롭게 가로지르는 뱅 헤어는 커다란 눈을 돋보이게 했어. 흠잡을 데 없는 화장에 값비싼 의상이며 귀에서 달랑거리는 에메랄드 귀걸이까지 모든 것이 무심한 듯 세련돼 보였어.

내가 폴린이 있는 테이블의 끄트머리로 가자 그녀 옆에 있던 잘생긴 남자가 의자 하나를 들고 와서 자신과 폴린 사이에 놓았어. 폴린은 그 남자를 어니스트 헤밍웨이라 소개했지만 그는 본인을 헴이라 불렀어. 폴린은 마치 내가 그 자리에 없는 것처럼 아무렇지 않게 내 얘기를 하기 시작했어. 내가 예쁘다면서, 딱 어니스트가 좋아할 타입이라나 뭐라나. 어니스트가 폴린의 말에 동의하자 가뜩이나 편치 않던 마음이 극도로 불편해졌어. 폴린이 그에게 샴페인을 한 병 갖다 달라고 했고 그가 자리에서 일어서자 어색한 분위기는 겨우 진정이 됐어. 폴린은 내 일에 대해 묻기 시작했어. 폴린이 스케치를 보여 줄 수 있냐고 했을 때 나는 너무 좋아서 감정을 주체할 수 없을 지경이었어.

나는 폴린에게 언제 시간이 되는지 물었어. 그런데 그녀가 대답하기 전에 어니스트가 샴페인을 들고 돌아와서는 코르크 마개를 따서 내 쪽에다 대고 거품을 흩뿌려 댔어. 사람들이 환호했지만 폴린은 눈동자를 굴리며 나에게 냅킨을 건넸어. 그러면서 어니스트가 새로 출간된 책을 자축하느라 흥분했다며 신경 쓰지 말라고 했어. 신간이 호평을 받아서 한껏 도취돼 있다고. 폴린이 난리 법석을 피우느라 좋은 샴페인을 낭비했다고 어니스트를 질책하자 그는 더 과한 행동을 취하기 시작했어. 그는 내 손을 덥석 쥐더니 자기 품으로 끌어당겨 몸을 바짝 붙였어. 그러고는 탱고를 추면서 테이블 사이를 누비고 다녔어. 나는 너무나 곤혹스러워서 그 자리에서 사라지고 싶었어. 볼 수는 없었지만 내 등을 뚫어 버릴 듯 이글거리는 폴린의 눈길이 느껴졌어.

나는 우아하게 춤을 추며 어니스트에게서 빠져나와야 했어. 그렇지 않으면 <보그>와의 연결 고리를 눈앞에서 놓칠 것 같았어. 그런데 풀려났다고 생각한 순간 그가 나를 끌어당겨 내 몸을 뒤로 살짝 젖혔어. 그가 입을 벌리며 막무가내로 키스를 하려고 들이대는 순간 나는 고개를 휙 돌려 버렸어. 그의 입술이 내 목과 쇄골 사이에 내려앉았어. 그가 나를 다시 일으켜 세웠을 땐 세상이 빙글빙글 돌고 있었어.

6

다음 날 아침 2층에 있는 내 방의 창을 뚫고 들어온 햇살이 미소를 지으며 새해를 알렸다. 에이든과의 약속이 떠올랐다. 거듭된 실패로 땅에 떨어졌던 크레시다의 명예는 에이든으로 말미암아 한 방에 회복되었다. 에이든은 분노 조절 장애남, 냄새 도착남, 지질남 같은 구석이 전혀 없었다. 그런데 엄밀히 따지자면 에이든을 먼저 발견한 건 나이니까 크레시다에게 점수를 주기가 조금 애매하긴 했다.

알람 시계를 힐끔 보니 11시하고도 몇 분이 지난 시간이었다. 나는 침대 옆으로 다리를 휙 내려 털 슬리퍼에 발을 밀어 넣고 가운을 입었다. 집 안은 고요했다. 내가 젬마 집을 떠날 때 크레시다와 탈룰라가 한창 신나게 즐기는 중이었던 걸 감안하면 오후가 되어도 이 고요함이 유지될 듯싶었다. 나보다 늦게 돌아온 엄마가 소파에서 잠들었을 지도 모른다고 생각하며 아래층으로 내려갔지만 엄마는 없었다. 아니, 엄마가 집에 있었던 흔적이 전혀 보이지 않았다. 광란의 밤을 보낸 엄마가 지금 이 시간에 있을 만한 암울한 장소들이 최소 열두 곳가량 머릿속을 스치면서 심장이 철렁 내려앉았다. 유치장? 쓰레기통? 제시의 침대?

하지만 엄마는 휴대폰이 있었다. 무슨 일이 있었으면 분명 전화를 했을 것이다. 혹시 엄마가 전화했나? 내가 자느라 못 들은 건가? 나는 후다닥 계단을 올라 방으로 돌아가서는 클러치에서 휴대폰을 꺼냈다. 두 개의 문자가 와 있었다. 하나는 엄마가, 다른 하나는 에이든이 보낸 것이었다. 나는 에이든의 문자부터 확인했다.

새해 복 많이 받아요. 파리에서 돌아오면 연락 주세요. 당신을 만나고 싶어요.

가슴이 쿵쾅거렸다. 오래 생각할 것 없이 바로 답장을 보냈다.

새해 복 많이 받으세요. 파리행은 확정이에요. 돌아와서 봐요.

나는 문자 끝에 '마음을 담아'라고 썼다가 보내기 전에 지워 버렸다. 그러고는 엄마의 문자로 넘어갔다. 순간 좋았던 기분이 완전히 가라앉았다.

해나, 새해 복 많이 받아. 오늘 못 들어갈 거 같아. 네가 생각하는 그런 건 아니다. 엄마가.

'네가 생각하는 그런 건 아니다.'

하. 어젯밤 파티에서 제시가 엄마한테 딱 들러붙어 가슴에 손을 대려고 생난리를 치던 걸 보았을 때 내가 어떤 생각이 들었을 것 같은가. 그다음에 벌어졌을 일은 상상조차 하고 싶지 않았다. 상관하고 싶지도, 엮이고 싶지도 않았다.

그래도 한 가지 다행인 점은 엄마가 외박에 대해 나한테 알렸다는 사실이었다. 자기가 나타나지 않으면 내가 걱정할 거라고 생각할 만큼 철이 들었다는 소리였으니까. 우습게 들리겠지만 엄마와 침대를 함께 쓰지 않고 어젯밤을 넘겼다는 것도 좋았다.

물론 엄마는 하고 싶은 대로 해도 되는 성인이었다. 숱한 남자들과 밤을 보낸 성인 여자 말이다. 다만 지금까지 엄마가 밤을 보낸 남자 중에 내 친구는 없었다. 엄마의 과하게 자유분방한 행동이 파티 후에 사람들의 입방아에 오르면 얼마나 당황스러울까. 파티에 가지 말고 엄마와 집에 남았어야 했다. 그렇지만 파티에 가지 않았다면 에이든을 만나지 못했을 것이다.

나는 아래층으로 내려가 커피를 내렸다. 그러고 나서 커피를 들고 욕실로 가 세면대 옆쪽에 커피와 휴대폰을 두고 샤워기를 틀었다. 20분 후 젖은 머리를 수건으로 감싸고 욕실을 나왔다. 딱히 운동 계획은 없었지만 편안한 운동복을 입었다. 운동보다 더 중요한 문제들이 있었다. 이를테면 엄마가 오늘 밤 지낼 곳을 찾는 일 같은 것 말이다. 만에 하나 엄마가 제시네 집에서 지내겠다고 하면 어떡하지? 그런 불상사를 막기 위해서는 최대한 빨리 파리의 아파트를 확인하러 가야 했다. 엄마는 반발 심리에서 외박 같은 돌발 행동을 하는 걸지도 몰랐다. 엄마를 이대로 내버려 둘 순 없었다.

주방으로 가다가 엄마의 활기 넘치는 '굿 모닝' 소리에 소스라치게 놀라서 순간 비명을 지를 뻔했다. 나는 손가락을 내 입술에 가져다 대고 말했다. "쉿, 크레시다와 탈룰라가 아직 자고 있어."

놀란 엄마의 입술이 동그래졌다. 엄마는 손으로 입을 막았다.

"미안." 엄마가 속삭였다.

"간밤에 집에 안 왔잖아. 어떻게 들어온 거야?"

"현관문이 열려 있던데."

"뭐? 문이 왜 열려 있어?" 나도 모르게 언성이 높아졌다.

"쉿," 엄마가 말했다. "아직 다들 잔다며. 내가 열어 둔 거 아니니까 나한테 소리 지르지 마."

크레시다와 탈룰라에게 좀 더 조심하라고 당부해야겠다는 생각이 스쳤다.

엄마가 냉장고를 열고 이리저리 살폈다. "크림은 없니?"

엄마는 오늘도 그 우스꽝스러운 선글라스를 쓰고 있었기에 눈을 볼 수 없었다. 엄마의 적갈색 곱슬머리가 부스스했다. 외박을 하고 돌아온 엄마의 모습은 흐트러져 있었고 일면 창백해 보이기도 했다. 지금 내가 보는 엄마의 모습이 엄마가 말하던 더 스켈칭 웰리스 시절의 스냅샷이 아닐까.

"작은 단지에 있어. 파란색, 노란색 섞인 거."

"비어 있는데?"

"그래? 다 떨어졌나 봐. 거기 탈지유도 있을걸."

엄마는 실망한 듯 혀를 찼다. "탈지유를 어디다 쓰라고. 탈지유는 커피 맛을 묽게 만들 뿐이야."

엄마는 커피를 내려서 블랙으로 둔 채 찬장을 열고는 어제 본인이 뜯어 버린 크레시다의 비스코프 쿠키를 먹었다. 나는 엄마가 제시와 밤을 보낸 일을 뉘우치는 최소한의 예의조차 보이지 않는다는 사실에 화가 치밀었다. 여느 때처럼 엄마는 내가 화가 났다는 사실을 눈치채지 못했다.

"집에서까지 꼭 그렇게 선글라스를 쓰고 있어야겠어?"

"많이 거슬려?" 엄마가 선글라스를 벗어 식탁에 툭 내던졌다. "오늘 기분이 별로인가 봐. 그 남자랑 잘 안 됐니?"

에이든 이야기인 줄 알고 있으면서도 무슨 소린지 모르겠다는 표정으로 눈을 깜빡거리며 엄마를 쳐다보았다.

"무슨 말이야?"

"어제 너랑 있던 남자 말이야. 새해 되자마자 키스한."

우리가 키스하는 걸 보았다고? 나는 엄마에게 에이든에 대해 미주알고주알 이야기하고 싶지 않았다. 아직은 마법 같으면서도 실현 가능성이 충분한 일 같아서 될 수 있는 한 오랫동안 이 느낌을 맛보고 싶었다. 지금까지의 내 연애는 늘 끝이 좋지 않았다. 에이든을 다시 볼 생각을 하기 전에 일단 엄마와 함께 파리 사태부터 해결하는 게 현명할 것 같았다. 나를 보고 싶다던 그의 말이 진심이라면 내 상황을 이해해 줄 것이었다. 현 시점에서 그에 대해 아는 건 그가 에든버러에서 나고 자랐으며 요리 학교를 다니기 위해 런던으로 왔다는 것밖에 없었다. 내 전화가 늦어지더라도 그 사이에 그의 마음이 식지 않기만을 바랐다. 아니지. 연락하지 않은 사람은 나니까 내 마음이 식은 게 되는 건가? 모르겠다. 이렇게까지 복잡하게 데이트란 걸 해야 하는 건가?

"잘 안 됐다니 유감이네." 엄마가 의자를 꺼내 식탁 앞에 앉으며 말했다. "엄마랑 얘기 좀 할래?"

"할 얘기 없어. 데이트도 아니었는데 뭐."

"근데 키스는 했잖아! 맙소사, 밤일이 영 시원찮았던 거야? 해나, 그건 아주 중요한 문제야. 우리 인생은 그렇게 길지가 않다고. 그러니까……."

"아니라고! 그 남자랑 안 잤어. 난 엄마랑 달라. 난 만나는 모든 남자랑 자는 그런 여자가 아니란 말이야."

엄마가 뺨이라도 맞은 것마냥 움찔했다. 그 모습을 보니 왠지 통쾌했다. 너무 많은 남자들과 자는 바람에 자기 자식의 아빠가 누군지도 모르는 여자는 상처받을 권리가 없다. 나는 엄마에게 등을 돌리고 네스프레소 머신에 새 캡슐을 집어넣었다.

"해나, 엄마 이제 안 그래."

나는 몸을 돌려 엄마 쪽을 보았다. 엄마도 내 시선을 피하지 않고 똑바로 받았다. 눈가에 진 멍이 희미해지고 있었다. 하지만 여전히 내

상식으론 그런 일이 벌어질 수 있다는 게 이해가 되지 않았고, 그래서 더 엄마가 안타까웠다.

"파리로 떠나기로 했을 때, 그러니까 돈을 떠나기로 했을 때, 난 이 시간을 기회로 삼겠다고 맹세했어. 새 출발, 내 인생을 제대로 살 기회 말이야. 어쩌면 잘못된 걸 바로잡을 수 있지 않을까 싶기도 했고."

잘못된 것이라 함은 엄마와 나의 관계를 두고 한 말인 건지 궁금했지만 굳이 물어보진 않았다. 우리의 관계를 바로잡아야 할 필요는 없었다. 엄마도 알아야 했다. 그건 엄마에게서 배운 것들 중 하나였다. 나약해지지 마라. 그러면 상처받지도 않을 것이다.

"그래서 맹세가 얼마나 갔는데? 24시간?" 내가 말했다. "24시간을 채우긴 했어? 잠깐, 엄마가 올랜도에서 탄 비행기가 몇 시에 출발했더라?"

"너 엄마한테 그게 무슨 말버릇이니?" 엄마는 불쾌감을 드러냈다. 그러나 나는 엄마의 수법을 알고 있었다.

"엄마, 난 엄마가 파리에서 새 출발을 하고 싶다는 말을 진심으로 믿고 싶어. 하지만 엄마가 런던에 온 첫날 만난 남자랑 잔 이상 그 말을 믿기가 힘드네."

엄마는 커피를 위스키인 양 쳐다보았다. 엄마는 아주 슬퍼 보였다. 그래. 최소한 후회하는 시늉이라도 해야지. 어떤 엄마가 말도 없이 나타나 딸의 친구가 초대한 파티에 따라와서 본인 나이의 반밖에 안 되는 남자와 밤을 보내느냔 말이다. 근데 그런 사람이 바로 우리 엄마였다. 엄마는 절대 바뀌지 않을 것이었다.

엄마는 영혼 없이 웃었다. "너 엄마가 제시랑 잤다고 생각하니? 그래서 이러는 거야?" 엄마는 혀를 쯧쯧 차더니 눈동자를 굴렸다. "아, 해나, 엄마도 그 정도 분별력은 있어. 아들뻘인 애랑 무슨."

"엄마, 나 상관하지 말고 원하는 대로 해. 그렇지만 내 눈을 보면서 삶의 방식을 바꾸네 어쩌네 하는 말은 제발 하지 마. 말만 그렇지 늘 하던 대로 하잖아."

"아이고, 넌 그렇게 완벽해서 좋겠다." 엄마가 중얼거렸다.

"내가 언제 완벽하대? 난 그저 가식 떨지 않고 내가 약속한 대로 할 뿐이야."

엄마가 의자에서 허리를 꼿꼿이 세우고 턱을 치켜들었다. 지난밤에 발랐던 립스틱과 립 라이너로 얼룩진 입술을 앙다문 채였다.

"네 생각이 그렇다니 유감이네."

이 또한 엄마가 늘 쓰는 수법 중 하나였다. 감언이설로 속일 수 없다면 죄책감을 느끼게 할 것.

"제시가 여자 친구랑 헤어진 지 얼마 안 됐대." 엄마가 말했다.

나는 쓴웃음을 지으며 대꾸했다. "아, 제시가 그래? 제시는 여자 친구 같은 거 없어. 바람둥이라고. 엄마를 침대에 데려가려고 되는 대로 거짓말을 던진 거라고."

"아니. 제시는 상처받았어. 여자 친구가 그 파티에서 다른 남자랑 있었거든."

"그러거나 말거나 관심 없어."

나는 엄마에게서 몸을 돌리고는 토스트를 만들기 위해 빵을 꺼냈다. 배가 고프진 않았지만 뭔가 할 일이 있어야만 했다.

"아니다. 여자 친구라고까진 할 수 없고," 엄마가 말했다. "정확히 여자 친구는 아니라고 했으니까. 어쨌든 계속 만나던 여자가 있었고 제시는 그 여자를 진짜 사랑했대. 실은 너도 아는 애야. 근데 걔는 제시한테 아무 감정도 없었나 봐. 제시는 너무너무 절망한 상태라 얘기할 상대가 필요했던 거야. 간밤에 제시의 아파트에 있었던 건 맞아. 우린 새벽 5시까지 얘기를 나누다가 소파에서 잠들었어. 당연히 둘 다 옷은 입고 있었지."

엄마는 파자마 파티에 갔던 10대 소녀가 다음 날 아침 부모에게 파티 자리에 남자애는 단 한 명도 없었다고 둘러대듯 자신의 외박에 대해 구구절절 변명을 늘어놓았다. 엄마가 하는 말이 진짜인지 아닌지는 알 길이 없었다. 무엇보다 나는 관심이 없었다. 아, 관심은 있었지만 관심을 두고 싶지 않았다.

나는 빵 두 조각을 토스터기에 넣으며 말했다. "내가 아는 여자라고? 제시의 영혼을 산산조각 낸 여자를 내가 안다고?"

엄마가 다시 턱을 치켜들고 어디 한번 추측해 보라는 듯 씩 웃었다. 나는 엄마가 나를 가지고 논다는 걸 알고 있었지만 궁금함을 참지 못하고 물어보았다. "누군데?"

엄마가 고개를 끄덕이더니 눈을 반짝이며 테이블에 몸을 기대고 주먹에 턱을 괴었다. "맞혀 봐."

"싫어. 엄마도 말하지 마. 비밀인 것 같은데."

엄마가 커피를 후후 불어 후루룩 마셨다. "제시가 아무한테도 말하지 말라고 했으면 애초에 얘기를 꺼내지 않았겠지. 네가 내 딸인데 그 사실을 처음으로 알게 될 사람이 너라는 걸 설마 제시가 몰랐을 것 같니?"

"제시를 너무 과대평가하는 거 아냐? 제시가 매력적이긴 하지만 그렇게까지 사려 깊은 사람은 아닐걸."

"아니. 네가 틀렸어. 넌 그게 문제야, 해나. 너무 비판적이라고. 넌 이 사람은 어떻고, 저 사람은 저떻다고 결론을 내려 버려. 너 같은 완벽녀 앞에서는 실수를 하면 안 되겠다. 안 그럼 영원히 낙인찍힐 테니."

나는 팔짱을 꼈다. "아까부터 왜 자꾸 나보고 완벽하대? 왜 이렇게 빈정거리는데?"

"엄마가 더 나은 인생을 살아 보겠다고 아등바등하는데, 내 남은 생을 알코올 중독자로 낙인찍는 너보다야 심할까."

엄마와 논쟁을 벌일 때면 지금처럼 논리 없는 말장난이 끝없이 반복되었다. 나는 고개를 절레절레 흔들었다.

"냉정하게 말하고 싶진 않지만 그게 바로 내가 평생 봐 온 엄마의 모습이니까 어쩔 수 없어. 이번에만 해도 엄마는 뜬금없이 나타나선 다짜고짜 외박을 했어. 사실이 그렇잖아, 엄마. 내 눈으로 본 사실이 그렇다고. 내가 아는 한 엄마는 늘 그랬어."

"네 할머니가 날 그렇게 보게 만든 거지."

"할머니가 여기서 왜 나와. 할머니랑 아이비 할머니는 내 전부였어. 엄마는 오직 본인만을 위해 사느라 내 옆에 없었잖아. 할머니 탓은 꿈에도 하지도 마."

"네 할머니가 너한테 잘했다는 거 알아. 하지만 네가 모르는 얘기가 많아."

"그만해. 이제 좀 그만하라고."

나는 두 손으로 귀를 틀어막고 싶었다. 엄마가 할머니를 모욕하면 나는 엄마의 가방을 모조리 들고 나가 길거리에 내놓을 참이었다. 할머니는 내가 자라는 동안 실제로 곁에 있어 준 유일한 엄마 같은 존재였다. 올랜도에서의 우리 일상이 엄마 기준으로는 지루해 보였을 수 있었다. 하지만 적어도 할머니는 나를 위해 그 자리에 있어 주었다. 내 머리 위에 지붕을 씌워 주고, 내 배에 음식을 채워 주었을 뿐만 아니라, 나에게 문학을 사랑하는 법을 가르쳐 주었다. 할머니는 나를 대학에도 보내 주었다. 할머니는 나를 가치 있는 사람으로 키워 주었다.

말이 나온 김에 짚고 넘어가고 싶은 게 있었다. 내가 생각해도 나는 비판적인 사람이었다. 하지만 나는 나쁜 년은 아니었다. 비판적인 사람은 다른 사람들에게 대놓고 맞서지만, 나는 분노의 감정을 마음속 저쪽으로 밀쳐 버리는 타입이었다. 마음속 생각을 털어놓으면 엄마 같은 사람들이 나를 비판적이라고 단정 지었고 이야기는 다시 원점으로 되돌아왔다.

"미안해. 네 할머니 얘기는 금단의 영역이란 거 알아. 네 할머니와 난 전혀 다른 부류의 사람이었지만, 네 할머니가 너한테 잘했다는 거 하나는 인정해."

나는 어깨를 으쓱했다. 우리는 잠시 말없이 앉아 있었다. 나는 커피를 홀짝이면서 할머니가 나에게 얼마나 다정하고 따뜻했는지, 하지만 당신 딸에게는 얼마나 냉정했는지에 대해 생각해 보았다. 엄마는 사랑하기 힘든 사람이었다. 한마디로 골칫거리였다. 내 두 눈으로 똑똑히 보았듯이 내가 알고 있는 할머니와 엄마가 알고 있다고 주장하는 할머니는 절대 같은 사람이라고 할 수 없었다. 그러나 나의 유년기가 담긴 그 안전한 영역을 지금 여기서 해체 분석하고 싶지는 않았다. 엄마는 툭하면 완벽주의 운운하지만 이 세상에 완벽한 사람은 없다. 할머니도 사람인지라 분명 결점이 있을 터였다. 다만 나는 엄마가 할머니의 숨겨진 결점을 들추어내기를 바라지 않았다. 엄마의 깜짝 등장부터 제시와 엄마, 엄마의 외박, 그리고 우리가 함께 해결해야 하는 파리의 아파트 문제까지 다른 일들만으로도 너무 버거웠다.

"제시한테 전화해서 어젯밤에 대해 물어보고 싶니?"

엄마의 말도 안 되는 제안에 정신이 번쩍 들었다.

"아니. 내가 제시랑 왜 통화를 해."

"그럼 내 말을 믿니?"

"알겠어. 아무렴 어때."

'진심으로 관심 없다고.'

"그럼 누가 제시의 마음을 아프게 했는지 맞혀 봐." 엄마가 몸을 바짝 당겨 앉으며 눈썹을 치켜올렸다. "힌트 줄게. 네가 매일 보는 사람이야."

이쯤 되고 보니 이 바보 같은 스무고개에 참여하는 게 정상적인 분위기로 돌아가기 위한 최선의 방법처럼 느껴졌다.

"매일 보는 사람이라면 크레시다나 탈룰라 말고는 딱히 떠오르는 사람이 없는데?"

엄마가 눈을 반짝이며 입술을 오므렸다. "아주 좋은 접근이야."

탈룰라는 작년에 제시와 데이트를 했다. 사실 가볍게 만나 즐기는 관계였는데 탈룰라는 진지했다. 탈룰라는 제시를 변화시킬 수 있으리라 믿었고 관계가 발전되길 바랐다. 하지만 탈룰라가 매달릴수록 제시는 점점 멀어졌다. 결국 둘의 관계는 끝장이 났고 탈룰라는 크게 상처를 받았다. 제시가 갑자기 180도 돌변했다는 게 이상하긴 했다……. 문득 불 앤 손 펍에 갔던 밤, 크레시다와 제시가 지나치게 다정해 보였던 게 기억났다. 제시는 크레시다에게 다트 던지는 법을 알려 주고 있었다. 제시는 양팔로 크레시다의 몸을 감고 조준하는 법을 도와주었다. 그때는 별생각이 없었다.

"크레시다?"

엄마의 얼굴이 크리스마스의 캠던 하이 스트리트(런던 캠던 타운의 메인 거리로 크리스마스 기간에 이 거리를 중심으로 다양한 마켓이 열린다 - 옮긴이)처럼 반짝거렸다. "긍정도 부정도 하지 않을게."

"왜? 말하지 말라고는 안 했다면서."

"응. 근데 내가 너한테 알려 준 거에 대해서 크레시다가 어떻게 받아들일지 알 수 없어서. 크레시다가 나한테 얼마나 잘해 줬니. 걔가 화내면 어떡해. 여기 있는 동안만이라도 말썽 피우지 말아야지."

"이미 말했잖아."

엄마가 인상을 찡그리더니 손으로 자기 입을 막았다. "그렇긴 한데, 넌 모르는 척해."

"별로 심각한 일도 아니잖아. 그냥 몇 번 가볍게 만났던 거 아니야?"

"아니야. 한동안 만났나 봐. 거의 작년 내내." 엄마가 다시 인상을 찌푸렸다. "그만하자. 그냥…… 난 아무 말도 안 했던 거다."

눈에 멍이 들어 있는데도 불구하고, 아니 그 멍 때문인지 엄마는 꽤 진지해 보였다. 나는 엄마를 믿고 싶었다. 아무도 비난하고 싶지 않았다. 심지어 크레시다가 제시와 비밀리에 그렇고 그런 관계였다 해도 비난하고 싶지 않았다. 조금 전까지만 해도 엄마를 내쫓을 준비가 되어 있었으면서 다시 마음 약하게 굴고 있는 나 자신이 바보 같았다. 어쩌면 정말 바보인지도 몰랐다. 이제는 나도 잘 모르겠다.

아무튼 이 시점에서 크레시다를 떠보는 건 현명한 일이 아니었다. 가장 뒤탈 없는 길은 아무 일도 없었던 듯 파리로 떠나는 거였다.

"생각해 봤는데," 내가 말했다. "휴가가 끝나기 전에 빨리 아파트를 확인하러 가는 게 좋겠어."

"그래. 그러자." 엄마가 말했다. "내가 약속을 잡아 볼게. 내일 가도 되겠지?"

나의 다이어리에게,

마지막으로 일기를 쓴 지 벌써 몇 주가 흘렀네. 그럴 만한 이유가 좀 있었어. 정말 많은 일이 있었거든. 파블로의 친구 뤽 파브론 덕에 헬렌과 나는 새집을 구했어. 몽파르나스에 있는 작은 아파트야. 화려하진 않지만 일단 깨끗해. 기분 내키는 대로 계약 조건을 바꿔 대는 냄새 나는 호색한도 없고.

헬렌한테 한눈에 반한 듯 보였던 화가 파블로 피카소는 젊은 애인에…… 부인까지 있는 걸로 밝혀졌어. 파블로는 아직 헬렌을 그리지 못했어. 아마 헬렌 때문에 마음이 몹시 상했을걸. 딩고 바에서 다 같이 만났던 날, 파블로가 헬렌에게 동료 화가 뤽을 소개해 줬는데 글쎄 헬렌이 뤽에게 빠져 버린 거야. 헬렌에게는 여성 편력이 심한 파블로보다야 뤽이 백번 낫지. 일단 헬렌은 뭐든 나눠 갖는 데엔 취미가 없었으니까.

헬렌의 행복과는 별개로 뤽을 만난 건 뜻밖의 선물이었어. 뤽이 당장 들어갈 수 있는 저렴한 아파트를 알고 있었거든. 우리는 그날 밤에 바로 이사를 했어. 덕분에 한밤중에 아르팡이 들이닥치는 위험을 감수하지 않아도 됐어. 뤽과 우리는 이웃이야. 뤽이 얼마나 기뻐했는지 몰라. 헬렌이 그랬듯 뤽도 헬렌에게 홀딱 반했거든. 내 친구의 열정이 지속될지 여부를 말하기엔 아직 이른 감이 있지만 설사 그렇지 않다 하더라도 헬렌은 김빠진 로맨스를 우정으로 바꾸는 방법을 잘 아는 애야. 뤽이 헬렌의 사랑을 독차지하는 모습을 보면서 분노를 불태우고 있는 파블로에게는 그 방법이 먹히지 않은 것 같지만.

헬렌은 발레 뤼스(1909년 세르게이 디아기레프가 프랑스에서 조직한 발레단 - 옮긴이)에서 입단 제의를 받으면 사랑이고 뭐고 뒤도 안 돌아보고 떠나 버릴걸. 나는 그저 뤽이 그 사실을 알고 있길 바랄 뿐이야. 아무튼 지금 두 사람은 행복해. 그리고 헬렌과 나는 새집에서 안전하게 잘 지내.

처음으로 딩고 바에 간 날 오후 헬렌과 나는 아르팡이 평소처럼 술에 취해 곯아떨어질 때까지 카르디날 르모앙 거리에 가지 않기로 했어. 밤이 되자 뤽과 다른 친구들(파블로만 제외하고)이 우리가 안전하게 짐을 쌀 수 있도록 함께 가 줬어. 나는 굳이 남자들이 따라가야 하나 싶었어. 그 시간쯤 되니 남자들은 이미 취할 대로 취해서 "그 자식이 두 분을 쳐다보기만 해도 우리가 저세상으로 보내 버릴 겁니다."라고 외쳐 대는데, 이런 상태로 막상 필요할 때에 주먹이나 쓸 수 있을지 의심스럽더라.

나는 극적인 상황이 연출되는 걸 원하지 않았어. 그냥 조용히 짐을 챙겨서 아르팡과 그 썩어 빠진 다락방을 과거의 한 장면으로 넘겨 버리고 싶었어. 당장은 일자리를 구해서 돈을 벌고 내 몫의 집세를 내는 일이 더 중요했으니까. 새집은 파리 기준으로는 저렴하지만 카르디날 르모앙 거리에 있는 예전 집보다는 확실히 비쌌어. 그래도 더 이상 존엄성을 위해 싸워야 하는 값비싼 대가를 강요받지 않아도 된다는 점을 고려해 보면 그 정도 추가 비용은 충분히 낼 만한 가치가 있었어.

새 아파트에 정착하고 얼마 지나지 않아 폴린이 내 디자인을 보고 <보그>에 소개해 줄 새도 없이 햄과 함께 파리를 떠나 버렸다는 사실을 알게 됐어. 듣자 하니 두 사람은 결혼할 예정이래. 햄이 나한테 한 짓을 생각하면 폴린이 나와의 약속을 지키지 않은 게 그리 놀랍진 않았어. 물론 실망스럽긴 했지.

딩고 바에서 아델이라는 여자를 만났는데 햄이, 그러니까 어니스트 헤밍웨이가 쉴 새 없이 한눈을 팔고 여기저기 찌르고 다닌다며 나더러 조심하라는 거야. 게다가 그는 해들리라는 여자와 이미 결혼한 상태에서 폴린을 만났대. 아델에 따르면 폴린은 자기 여동생 지니와 헤밍웨이 부부를 만났는데 첫눈에 그에게 반했대. 폴린은 헤밍웨이에게 접근하려고 해들리와 친구로 지낸 게 분명해. 폴린이 나를 도와주려고 했던 것도 진짜로 돕고 싶었다기보다 친구 관계를 유지하면서 연적이 될지도 모를 여자를 가까이 두고자 했던 게 아닐까. 그런데 폴린은 쓸데없는 걱정을 하고 있었어. 나는 폴린의 남자를 유혹할 생각은 추호도 없었어.

어쨌든 혹시 모를 연줄은 확실히 사라졌어. 이제 나에게는 선택의 여지가 없어. 나는 밖으로 나가서 직접 고급 부티크를 돌며 일자리를 구해야 하는 상황에 맞닥뜨렸어. 그래도 괜찮아. 패션의 성지 파리에 분명 나를 위한 일자리가 있을 거야.

7

다음 날 엄마와 나는 세인트 판크라스역에서 기차를 타고 처널을 통과해 파리 북역까지 2시간 15분을 달렸다.

"우리 지하철 타지 말자." 기차역 앞 됭케르크 거리의 보도에서 엄마가 말했다. 엄마가 휴대폰에서 구글 맵에 찍힌 호텔 주소를 가리켰다. "걸어가자."

우리는 파리 1구 루브르 박물관 근처에 있는 조그만 호텔을 예약했다. 우리가 걸어 들어갈 아파트가 어떤 데인지 아직 잘 모르므로 호텔을 구해 두는 게 현명할 것 같았다. 호텔은 파리 9구에 위치한 아파트와 살짝 거리가 있었지만, 제법 좋은 동네에 있었고 평점도 좋은 편이었으며 호텔치고 가격도 적당했다.

엄마가 휴대폰을 내밀었다. "지금 우리가 있는 곳이 호텔에서 11

분 거리래. 내내 기차에 갇혀 있었으니 운동 좀 해도 될 듯한데. 걸어
갈래?"

"응. 나도 걷고 싶었어."

아침에 출발하기 전에 프랑스 쪽 로펌에 미리 연락을 했었는데 운
좋게 레베스크 씨의 비서와 통화가 되었다. 우리는 4시 30분에 그쪽
사무실에서 레베스크 씨를 만나기로 했다. 지금이 3시니까 호텔에서
체크인부터 한 다음 몽파르나스에 있는 사무실에 가면 될 것 같았다.
걸으면서 파리 구경도 하고 일석이조 아닌가. 파리의 거리를 걸을 기
회가 생겼다는 데에 설레는 내 모습이 새삼 낯설었다. 마치 파리의 아
파트가 실재할지도 모른다는 막연한 희망이 닫혀 있던 새장을 열고
나온 느낌이라 할까.

나는 천천히 걸으며 번화한 됭케르크 거리를 달리는 차와 오토바
이가 내는 경적 소리, 넓은 보도와 기차역 건너에 줄줄이 서 있는 6층
짜리 오스만(19세기 파리의 도시 미화 계획을 추진한 인물 - 옮긴이) 스타일
건물을 오가는 행인들의 웃음소리를 만끽했다. 위풍당당한 한 석조
건물의 2층 창문이 열려 있었다. 창 안으로 스쳐 지나는 어떤 이의 실
루엣이 보였다. 각종 가게들과 빨간 캐노피가 달린 카페 위에 자리 잡
은 그곳에 사람들이 살고 있었다.

나는 그들이 누구인지, 어떻게 하다가 그곳에 살게 된 건지 궁금했
다. 언젠가 나도 저 사람들처럼 파리의 아파트에 살게 될까? 길거리
에서 누군가 내 아파트를 올려다보며 어떤 사연으로 그곳에 살게 되
었는지 궁금해할까? 파리에서 살 생각을 하니 너무 떨려서 숨이 잘

쉬어지지 않았다. 그래도 여전히 신중할 필요가 있었다. 모든 게 시시하게 끝나 버릴 수도 있으니 과도한 흥분은 금물이었다.

파리의 거리에 빼앗겼던 시선을 겨우 돌리고 보니 파리 북역 앞에 조그만 집이 보였다. 그 집은 보도 쪽으로 기울어진 것 같기도 하고 녹아내리는 것 같기도 했다.

"우와, 저게 뭐야?"

엄마가 내 시선을 좇아 같은 쪽을 쳐다보았다. 그러고는 곧장 건물로 걸어가기 시작했다. 녹아내리는 건물 바로 옆 보도에 박힌 황동 인조석에 그 건물이 레안드로 에를리치라는 아르헨티나 예술가의 작품이라는 설명이 적혀 있었다. 작품명은 '메종 폰드'였다. 내 생각이 맞았다. 의도적으로 집이 보도 위로 녹아내리는 것처럼 보이게 만든 작품이었다. 2015년 유엔의 기후 변화 회의를 기념해 만든 작품으로 지구 온난화가 지구에 미치는 어마어마한 영향과 미래 세대의 삶을 형상화한 것이란다. 혹시 녹아내리는 건물처럼 파리의 아파트와 관련된 일들도 파국을 맞는 건 아닐까. 나는 이 모험 같은 여행이 거대한 재앙으로 녹아 버리지 않길 속으로 바랐다.

나는 캐리어를 틀어 엄마 쪽으로 몸을 돌렸다. "대체 뭐가 우릴 기다리고 있을까?"

엄마가 휴대폰을 만지작거렸다. "뭐?"

"너무 오랜 세월이 흘렀잖아. 그 아파트가 어떤 모습으로 남아 있을지 궁금해서."

"곧 알게 되겠지." 엄마가 중얼거렸다. 하지만 엄마의 관심은 휴대폰에 가 있었다. "어디 보자. 아…… 배터리가 바닥이네. 빨리 호텔로 가는 게 좋겠다."

엄마와 나는 캐리어를 끌며 파리 북역을 오가는 군중을 헤치고 나아갔다. 머릿속에는 온통 우리가 파리의 아파트를 물려받았다는 생각뿐이었다. 나는 어느새 바보처럼 헤벌쭉거리고 있었다. 한 건장한 남자가 엄마와 나 사이로 비집고 들어와 내가 미처 몸을 피하기도 전에 나를 훑어보며 어깨로 밀치는데도 전혀 거슬리지 않았다.

됭케르크 거리에서 로셰슈아르 도로로 코너를 돌아 몇 걸음 더 가자 몽마르트르 언덕에 자리한 사크레쾨르 대성당의 한쪽 면이 보였다. 새하얀 돔이 눈부신 푸른 하늘을 배경으로 완벽하게 만들어진 머랭처럼 번쩍였다. 숨이 턱 막히도록 아름다웠다.

나는 엄마의 팔을 잡고 성당 쪽으로 고개를 까딱했다. "저것 봐." 엄마와 나는 그 자리에 멈추어 서서 경건하게 성당을 응시했다.

"예쁘다. 그렇지?" 엄마가 말했다. "떠나기 전에 저기 가 볼 수 있으려나?"

나는 고개를 끄덕였다. "파리에 와 본 적 있어?"

"응." 엄마가 미소를 지었다. 엄마는 꿈꾸듯 멍한 눈빛으로 다시 발걸음을 떼며 말했다. "오래전에."

"좋았어?" 엄마의 과거를 엿볼 수 있을지도 모른다는 생각이 불현듯 스쳤다. 할머니와 아이비 할머니가 목소리를 낮추어 못마땅한 투로 속닥거리던 말들을 제외하면 나는 엄마의 과거에 대해 아는 바가 전혀 없었다. 엄마의 몽환적인 얼굴이 혹시 아빠와 관련이 있는 건 아닐까? 엄마의 삶에는 미스터리가 많아도 너무 많아서 어떤 일이 생겨도 놀랍지 않을 것 같았다.

"응. 좋았어." 엄마가 말했다. "열일곱 살 때였는데, 엄마가 제일 좋아하는 밴드를 막 쫓아다녔어."

"더 스켈칭 웰리스?" 내가 끼어들었다. 공감을 표시하기 위한 나름의 시도였다.

엄마는 놀란 듯했다. "맞아. 웰리스. 런던에서부터 쫓아다녔는데 투어의 다음 목적지가 파리였어."

심장이 뛰었다. 엄마는 열여덟 살에 임신해 열아홉 살에 나를 낳았다. 나는 엄마가 겁을 먹고 입을 닫아 버리지 않도록 침착한 척했다. 그러면서 문답식으로 대화를 이끌어 가되 너무 절실해 보이진 않기로 했다. 우리는 나란히 캐리어를 끌면서 행인들을 피해 가며 걷고 있었기 때문에 이 방법은 충분히 시도할 만했다.

"근데 어떻게 한 거야?" 내가 물었다.

"뭘?"

"그러니까 그때 엄마는 어렸잖아. 할머니랑 같이 유럽에 왔던 거야?"

엄마가 코웃음을 쳤다. "농담해?"

"아니. 그냥 궁금해서. 할머니는 보호 본능이 강한 분이니……."

"그건 너한테만 해당되는 말이고. 네 할머니 입장에선, 그 더운 여름에 펑크 밴드를 쫓아다니겠다고 모은 돈을 탕진하려는 나 같은 골칫덩어리를 쫓아낼 수 있는 더없이 좋은 기회 아니었을까."

119

"그래서 그렇게 한 거고?"

"음……," 엄마는 보도 한가운데에 멈추어 서서 다시 휴대폰을 확인했다. "왼쪽…… 어디로 가야 하는데. 잠깐만…… 아, 아니다, 그쪽이 아니야. 그래, 이 길이네. 이 도로를 쭉 따라가야 돼."

그곳은 됭케르크 거리보다 더 북적대는, 가로수 중앙 분리대로 나누어진 4차선 도로였다. 우리는 바깥에 목재 테이블과 의자가 있는 크레이프 가게를 지나쳤다. 운동화가 실린 카트들을 내놓은 신발 가게도 몇 군데 있었다. 호텔, 담배 가게, 그리고 초밥부터 케밥, 커리까지 온갖 음식을 파는 각종 레스토랑도 보였다. 프랑스 음식에 대체 무슨 짓을 한 건지.

"혼자였어?" 나는 대화를 이어 가기로 마음먹고 물었다.

"언제?"

"엄마가 더 스켈칭 웰리스를 쫓아다녔을 때."

"아니. 해나, 엄마는 모험을 좋아한 거지 바보는 아니었어. 캐롤라인이라는 친구랑 같이 갔어. 근데 캐롤라인은 2주만 있었어."

"그럼 그분이 엄마만 놔두고 집에 가 버린 거야?"

"원래 2주만 있다 가는 일정이었어. 근데 막상 와 보니 더 있고 싶은 거야. 아니, 전화가 왜 이래?"

엄마가 휴대폰을 흔들다가 떨어뜨릴 뻔했다.

"핸드폰을 흔든다고 문제가 해결될까?"

"이 망할 핸드폰이 자꾸 먹통이 되니까 그렇지."

우리는 계속 걸었다. 주변 풍경이 확실히 좀 더 지저분하게 바뀌어 있었다. 우리가 스쳐 지나는 가게 입구들은 물결 모양 철제문으로 굳게 닫혀 있었고 새빨간 그래피티가 그 위를 덮고 있었다. 가족 친화적인 레스토랑 대신 지루한 신고전주의 양식 건물이 거리를 차지하고 있었다. '성인 전용'이라고 크게 써진 극장도 하나 있었고, 걸으면서 본 성인 용품, 속옷 가게만 대여섯 개는 족히 되었다. 우리는 더 이상 엽서 속 파리에 있지 않은 게 분명했다. 나는 캐리어를 몸에 더 가까이 붙인 채 끌었다. 성인 전용 '서점' 문턱에 걸터앉은 반쯤 벌거벗은 여인의 시선을 피하며 내가 물었다.

"호텔이 1구라고 하지 않았어?"

엄마가 멍한 표정으로 고개를 끄덕였다.

"1구는 도시 한가운데야. 똑바로 가고 있는 거 맞아? 사크레쾨르 대성당은 도시 외곽 쪽이었던 것 같은데."

"난 구글 맵이 가라는 대로 가는 거야. 아니면 네가 길을 좀 확인해 보든가."

"안 돼. 내 휴대폰 배터리 없어."

"그럼 불평하지 마." 엄마가 휴대폰을 다시 흔들었다. "핸드폰이 됐다 안 됐다 해. 전화가 잘못된 건지 통신사가 이상한 건지 통 모르겠네."

"껐다 다시 켜 봐. 그럼 될 때가 있더라. 여기 오기 전에 데이터 로밍은 알아본 거지?"

그때 지나가던 남자 셋이 발걸음을 늦추고 엄마와 나를 힐끔거렸다. 그들이 프랑스어로 무슨 소리를 하는지 알아들을 순 없었지만 팔

꿈치로 서로를 꾹꾹 밀쳐 가며 음흉한 시선으로 웃는 모양새에 마음이 불편해졌다.

"일단 이 동네에서 빠져나가야 할 거 같아." 내가 엄마에게 말했다. "이 동네 너무 싫어."

"오, 된다! 제대로 가고 있어. 이 길이 맞아."

최대한 빠른 걸음으로 걸으면서 사람들과 말을 섞거나 엮이지만 않으면 괜찮을 것 같았다. 일단 곤두선 신경을 가라앉히려면 아까 나누던 대화를 다시 이어 가는 게 최선이라는 생각이 들었다.

"그러니까 캐롤라인이라는 친구분이랑 엄마가 여행 비용을 절반씩 부담한 거네?"

"응. 예산이 아주 빠듯했지. 10대가 무슨 돈이 있겠니. 그냥 콘서트 보고 싼 데서 잠이나 자면 그만이었지. 다음 날 되면 기차 타고 다음 콘서트 보러 가고."

엄마는 마음의 눈으로 뭔가 보고 있는 듯 저 멀리 앞쪽을 똑바로 쳐다보고 있었다.

"친구분이 돌아간 다음에 엄마는 뭐 했어? 다른 사람이랑 같이 방을 쓴 거야?"

엄마가 웃었다. "오, 해나, 그때쯤엔 난, 말하자면 '밴드와 함께'였어."

'어……, 어!'

"어떻게? 혹시 밴드 멤버랑 사귀었어?"

'설마 아빠가 더 스퀠칭 웰리스 멤버였나?'

엄마는 다시 발걸음을 멈추었다. 이번에는 물랭 루주의 상징적인 빨간 풍차 앞이었다. 엄마가 휴대폰을 쳐다보며 인상을 찌푸렸다. "오, 제발 좀! 네가 말한 대로 껐다 켜 봐야겠어. 어떻게 하는 거야? 아니다……. 잠깐만, 그럴 필요 없겠어. 다시 되네. 가자……. 이쪽으로."

나는 엄마를 따라갔다.

"내 질문에 대답 안 했잖아. 밴드 멤버랑 사귄 거냐고?"

엄마가 휴대폰을 쥐고 있던 손을 휘휘 저으며 말했다. "그렇게 간단하게 말할 게 아니야, 해나. 옛날 일이잖아. 다른 얘기하자. 우린 파리에 있어. 현재를 살자고. 과거 말고."

엄마가 내 질문이 거슬렸던 건지, 되다 안 되다를 반복하는 휴대폰에 짜증이 난 건지 알 수가 없었다. 기차에서 내내 아파트를 두고 온갖 토론을 벌인 터라 딱히 더 할 말도 없었다. 우리는 다음 몇 블록을 말없이 걸었다.

마침내 한가운데에 동상이 있고 그 주위로 사람들이 돌아다니는 커다란 로터리에 도착했다. 엄마가 급히 왼쪽으로 방향을 틀어 앞으로 나아갔다. 그런 엄마를 따라잡기 위해 나는 발걸음을 재촉해야 했다. 곧 교통량이 줄어들었다. 주변은 주거지와 입구 바깥쪽에 물건을 내놓고 파는 상점들이 섞인 평온한 가로수길로 바뀌어 있었다. 우리는 복사점, 은행, 인터넷 카페 두세 곳, 식료품 가게, 그리고 약국 몇 곳을 지나쳤다.

몇 분 후 모퉁이를 돌자 보행자 전용으로 된 시장 거리가 나왔다. 마치 카페와 가게가 도로 위로 쏟아져 나온 듯했다. 시선이 닿는 모든 장소에 직접 만든 음식을 파는 가게, 꽃 행상, 과일과 채소 가판대가 있었고, 얼음판 위에 생선을 내놓은 어시장도 있었다. 받침대에 꽂힌 엽서, 에펠 탑 모양 소품, 노트르담의 꼽추 모습을 본뜬 석상, '아이 러브 파리'라고 적힌 모자, 관광객들이 30유로를 주고 샀다가 당장 다음 날부터 옷장 구석에 고이 모셔 두게 될 스카프를 파는 기념품 가게들도 즐비해 있었다. 아이러니하게도 이런 모습이 바로 파리가 가진 마법이었다. 이 마법의 일부라도 집으로 가져가고 싶어 하는 사람들의 마음을 결코 비난할 순 없으리라.

갑자기 우리가 너무 오래 걸은 게 아닌가 하는 생각이 들어 발걸음을 멈추고 손목시계를 확인했다. "엄마, 거의 1시간이나 걸었어. 엄마가 11분 거리라고 하지 않았어?"

"응. 근데 자꾸 불평만 하면 더 늦어지겠지."

"여기서 다시 확인해 봐야 할 것 같아." 내가 말했다. "엄마 전화기 좀 줘 봐."

엄마가 휴대폰을 건네주었다. "좋아. 네가 나보다 잘할 수 있다고 생각한다면 그렇게 해."

휴대폰이 다시 멈추었다. 하지만 멈추기 직전 얼핏 본 바로는, 우리는 시내 중심에 위치한 호텔에서 훨씬 북쪽으로 와 있었다.

"이게 뭐야? 호텔이랑 반대 방향으로 왔잖아."

"뭐?" 엄마가 말했다. "아니야. 그럴 리가 없는데."

엄마가 휴대폰을 낚아챘다.

"아니야. 이게 틀린 거야." 엄마가 말했다. "이 봐. 또 연결이 끊겼잖

아. 호텔은 저쪽 코너를 돌면 바로 나올 거야."

지저분한 홍등가를 지나는 걷기 투어를 무려 1만 보나 했으니 분명 가까워야 할 터였다. 나는 이 말을 하려다가 비판적이라는 꼬리표를 추가하고 싶지 않아서 입을 다물었다.

"별것도 아닌 일로 난리 좀 치지 마." 엄마가 말했다. "껐다 다시 켜 볼 거야. 그럼 괜찮아지겠지. 11분은 차로 갈 때 그렇단 말 아닐까?"

갑자기 온 우주가 내 입을 닫게 하려는 듯 초콜릿 향기를 흘려보냈다. 나는 후각이 잘못된 게 아닌지 확인하려고 숨을 깊이 들이쉬었다. 초콜릿 향이 맞았다. 깊고, 풍부하고, 입안에 침이 가득 고이게 만드는 향기. 예상치 못한 위로였다. 내가 기억하는 파리는 초콜릿과 빵 냄새가 가득한 곳이었다. 홍등가를 지나면서 그 환상이 깨져 버렸다고 생각한 순간 우리가 서 있는 곳에서 두 집 건너에 있는 초콜릿 가게를 보았던 것이다.

"나 저기 갈래." 나는 그 예쁜 가게를 손으로 가리키며 엄마에게서 한 걸음 떨어져서는 그 가게에 가면 답이 있다는 듯 손을 흔들어 댔다.

가게 안으로 캐리어를 밀고 들어가니 맛있는 코코아 향이 났다. 유리 진열장 속에 있는 초콜릿들은 감동적인 하나의 작품이었다. 기분이 좋아졌다. 각양각색의 화려하고 달콤한 초콜릿, 케이크, 과자가 가득 담긴 투명 접시들이 줄줄이 늘어서 있었다. 색색의 포장지에 포장된 초콜릿도 있고, 진열대에서 온전하고 찬란한 몸체를 고스란히 드러낸 채 선택되길 기다리는 초콜릿도 있었다. 천국의 향기가 따로 없었다. 마치 초콜릿 꿈에 빠진 것 같았다.

하얀색 앞치마를 두른 한 여인이 카운터 뒤에서 나를 보며 미소 지었다.

"봉주르, 마담." 나는 파리지앵처럼 인사했다. 이 정도면 누구라도 나를 파리지앵으로 착각하지 않을까. 이런 나에게 점원이 할 일은 프랑스어로 답례를 하는 것이었다. 그러면 나는 깜짝 놀라는 척하며 미국인이라고 실토할 예정이었다.

"안녕하세요." 손님의 국적을 제대로 본 점원은 영어로 말했다. 평범한 인사도 아름다운 노래처럼 들리게 하는 기분 좋고 리드미컬한 목소리였다. "찾으시는 게 있으세요?"

"종류별로 모두 하나씩이요." 당연히 농담이었다. 하지만 그녀의 동그래진 눈은 내 농담을 전혀 이해하지 못했다고 말하고 있었다.

"다 너무 맛있어 보여서," 내가 말했다. "도저히 못 고르겠기에 농담한 거예요."

"아!" 그제야 내 말을 알아들은 점원이 웃으며 고개를 끄덕였다. "크림 드 누아제트를 추천해 드려도 될까요? 아…… 영어로는…… 헤이즐넛 크림이에요."

"네. 좋아요. 여섯 개 주세요."

그녀가 여섯 개의 완벽한 초콜릿 조각을 선택하는 사이 나는 진열장 안의 모든 초콜릿을 맛볼 수 있다면 얼마나 좋을까 상상하며 진열장으로 빨려 들어갈 기세로 몸을 숙였다. 나는 코코아 가루를 입힌 전통 다크 초콜릿 트러플 열두 개와 카카오 닙스가 들어간 커버추어 초콜릿 한 봉지를 샀다. 엄마에게 선의의 표시로 나누어 주기 위해 넉넉하게 산 것이었다.

점원이 내 달콤한 보물들을 포장해 황금색 티슈 페이퍼로 가득 채워진 종이 가방에 넣어 주었다. 그녀는 선물 같은 꾸러미를 나에게 내밀었다. 나는 런던으로 돌아가기 전에 다시 오고 싶어질 경우를 대비해 명함 한 장을 뽑아 지갑에 넣었다. 그런데 명함에 적힌 우편 번호가 75017이었다. 잠깐, 우편 번호 뒷자리가 17이라는 건 우리가 지금 17구에 있다는 소리잖아. 마지막으로 파리를 방문한 지 오랜 시간이 흘렀다. 지도 없이는 길을 찾지 못하지만 우리가 머물 호텔이 1구에 있는 루브르 박물관에서 그리 멀지 않다는 정도는 인지하고 있었다. 또 파리가 20구로 이루어져 있다는 것도, 1구가 있는 도시 한복판에서 시작해 시계 방향으로 일종의 달팽이 껍데기처럼 나선형을 그리며 구역이 나누어진다는 것도 기억하고 있었다. 우리가 17구에 있다면 도중에 방향을 한두 번 잘못 튼 게 분명했다.

"메르시 보쿠." 내가 말했다. "가게가 정말 사랑스러워요. 여긴 17구죠?"

그녀가 뿌듯한 미소를 지었다. "맞아요. 가족이 운영하는 곳이에요. 여기서 30년째 초콜릿 가게를 하고 있어요."

"여기서 루브르 박물관까지 걸어가려면 얼마나 걸릴까요?"

그녀가 눈을 커다랗게 뜨더니 내 질문을 심각하게 고민 중이라는 듯 입술을 오므렸다.

"어…… 45분 정도요? 한참 걸어야 할 거예요."

"그렇군요."

가게를 나가자마자 엄마가 말했다. "네 말이 맞았네. 길을 잃었나 봐. 미안. 나도 어떻게 된 건지 모르겠지만 이 망할 것이 길을 잘못 안 내해 줬어." 엄마가 양처럼 순한 웃음을 지었다. "화내지 마, 제발."

"화 안 났어." 처음부터 구글 맵을 보는 역할을 맡지 않은 나 자신이 원망스러울 따름이었다.

"화났는데?" 엄마가 말했다.

"화 안 났다니까." 나는 다시 한 번 말했다. "하지만 벌써 4시가 넘었어. 계획을 수정해야 해. 레베스크 씨한테 전화해서 사무실 말고 그 아파트에서 바로 만날 수 있는지 물어봐. 난 택시를 부를 테니까."

나의 다이어리에게,

나는 파리의 모든 부티크의 문을 두드렸어. 그리고 줄줄이 퇴짜를 맞았어. 일부 부티크에선 내 탁월한 바느질 실력을 알아봐 줬지만 미적 감각이 자기들과 맞지 않다고 했어. 당황스러웠어. 내 미적 감각은 샤넬에 견줄 만한데 말이야. 나머지는 내 소개를 듣기도 전에 자리가 없다며 문전박대하더라.

절망감이 고개를 들기 시작했어. 그 와중에 헬렌은 눈치 없이 내 신경을 계속 건드렸어. 내가 맥없이 지내며 흥을 깬다고 나무라면서 계속 뤽과 함께 밖에 나가자고 졸라 대지 뭐니. 나는 일이 없으니 당연히 돈도 없다고 했어. 집세를 내기도 힘든데 하물며 술값은 어떻겠냐고 했지.

헬렌은 무조건 다 잘될 거래. 헬렌은 발레 뤼스 오디션에 떨어졌어. 이번에는 딱 한 자리밖에 없었는데 수석 발레리나의 조카가 그 자리를 꿰찼대. 그런데도 헬렌은 다음에 또 오디션이 있을 거라며 전혀 걱정하지 않더라. 어떤 면에선 헬렌을 닮고 싶기도 해. 헬렌은 머리 위에 구름이 드리울 때도 햇살처럼 밝은 기질을 빛내거든. 하지만 수입이 있으니 햇살이 되기가 더 쉬울 거야.

어쨌거나 헬렌은 카바레에서 춤을 추고 뤽의 모델로 일하며 돈을 벌고는 있으니까 나보단 낫겠지.

몸에 관한 한 헬렌은 아주 자유로운 영혼의 소유자야. 물론 헬렌은 좋은 친구야. 이것만은 확실해. 하지만 헬렌이 노출증이 있다는 건 부인할 수 없는 사실이야. 우린 정숙함에 대한 시각이 달라. 나는 옷을 단단히 여며 입고 헬렌은 풀어 젖혀. 파리에서 지낸 2주 동안 헬렌은 런던이었다면 지켜야 했을 제약이나 거리낌을 모조리 벗어던져 버렸어. 내가 이렇게 일기를 쓰는 사이에도 헬렌은 속을 훤히 드러낸 잠옷 가운 차림으로 소파에 늘어져서 잡지를 읽는 중이야.

좀 전에 내가 일자리를 못 찾으면 런던으로 돌아가겠다고 했을 때 우리 사이에 언쟁이 벌어졌었어. 현실을 고려해서 헬렌에게 새로운 룸메이트를 찾아야 할지도 모른다고 말했더니 헬렌이 나더러 패배자라는 거야. 헬렌은 내가 런던에서는 훨씬 용감해 보였는데 왜 이렇게 변했냐고 몰아세웠어. 성공이 코앞에 있는데 여기서 꼬리를 내리고 브리스톨로 돌아갈 생각이냐며, 그 바람에 일생일대의 기회를 놓치면 어떡할 거냐고 했어. 집세 내는 날이 돌아와서 내가 내 몫의 집세를 내놓지 못해도 헬렌이 여전히 그 의견을 고수할지 궁금하더라. 꿈을 추구하는 것과 돈을 벌어 자기가 감당해야 할 몫을 책임지는 것은 별개의 문제잖아.

변화된 현실에서 너무 오래 머무르고 있는 것 같아 두려워. 매일 딩고 바에 가서 함께 어울려 준다는 명목으로 남자들에게 술을 얻어먹는 게 우리의 현실이야. 그런 친절이 얼마나 오래갈 것 같니? 조만간 그 남자들은 공짜 술에 대한 대가로 뭔가 요구하게 될 거야.

언쟁 후에 헬렌이 흥분을 가라앉히더니 부티크 구직을 계속하면서도 돈을 벌 방법이 있다고 했어. 왠지 헬렌이 내 속에 거슬리는 이야기를 꺼낼 것 같았어. 역시나 헬렌은 말도 안 되는 소리를 제안이랍시고 했어. 뤽에게 화가 친구가 있는데 모델을 구하고 있다는 거야. 벌이는 적지만 시간을 많이 쓰지 않아도 되기 때문에 그 일을 하면서 내가 원하는 일자리를 알아볼 수 있을 것 같다면서 말이야. 혹시 옷을 벗어야 하는 거냐고 물었더니 헬렌이 피식 웃더라. 당연히 옷을 벗어야 했어. 누드화를 그리는데 코트를 껴입고 있으면 그림을 그릴 수가 없잖아.

당황스러웠어. 벗은 몸을 내보이는 건 내 자존심이 허락하지 않는다고 했어. 헬렌이 움찔하더니 나보고 대뜸 자기를 창녀라 생각하느냐고 물었어. 그러고는 이해할 수 없다는 듯 웃음을 터뜨리더니 나더러 남자들 앞에서 속바지가 보일까 봐 안절부절못하는 얌전한 소녀 같다며 빈정대기 시작했어. 나는 차라리 잘됐다 싶어 직설적으로 묻기로 했어. 뤽 앞에서 옷을 벗는 게 수

치스러웠던 적이 없느냐고. 헬렌은 어떤 일에 경계선을 긋는 건 앞길을 막는 장벽이나 마찬가지라고 했어. 그러면서 자기가 문을 열어 주지 않았으면 뢰은 절대 그 벽을 넘지 않았을 거라고 했어. 헬렌은 장벽을 제어할 수 있는 능력이야말로 궁극적으로 자신의 역량을 제어할 수 있는 힘이라고 했어. 그러고는 자신은 이미 뢰과 모든 것을 나눈 사이라는 사실을 알려 주려는 듯 의미심장한 미소를 지었어.

지금껏 한 번도 이런 생각을 해 본 적이 없었는데, 내가 디자인하는 옷이 나와 세상 사이에 놓인 갑옷이자 장벽이었나 싶더라. 나는 그릇에 담긴 과일을 쳐다보듯 나를 응시하는 남자를 위해 갑옷이자 장벽인 옷 없이 누워 있는 내 모습이 도저히 상상이 안 돼. 혹시 그 과일이 나 자신이고 내가 금기를 정하는 주체라면, 그리고 금기를 깨뜨려서 내가 원하는 걸 얻을 수 있다면 대담해질 수 있으려나?

8

2019년 1월 2일 오후 4시 20분

프랑스 파리 9구 라브뤼예르 광장

아파트 건물은 화려하게 장식된 대문과 철제 울타리로 둘러싸여 있었다. 엄마와 나는 들어가야 하나 말아야 하나 고민 중이었다. 레베스크 씨는 퇴근길 교통 체증으로 아직 도착 전이었다. 그는 아파트가 공식적으로 우리 소유가 되기 전에 몇 가지 서류에 사인을 해야 한다고 말했었다. 열쇠가 우리 손에 있긴 했지만 (누군가 열쇠를 바꾸지 않았다는 가정하에) 우리는 규칙을 따르기로 하고 각자의 캐리어 위에 대충 걸터앉았다.

나는 아름다운 5층짜리 황갈색 석조 건물을 바라보며 잠시 머릿속을 정리했다. 커다란 아치형 창문 주위로 정교한 석조 장식이 붙은 오스만 스타일의 앞면과 줄리엣 발코니를 이루는 철제 난간이 간간이 보였다. 정문의 한쪽에 분수가 있었고 분수와 건물 사이에 조그만 정

133

원이 있었다. 이파리가 없는 커다란 나무 두세 그루가 길가에 보초병처럼 꼿꼿이 서 있었다. 나는 나뭇잎이 초록빛으로 무성하게 우거진 여름을 상상해 보았다. 그 나무들이 그늘을 드리워 우리가 있는 곳에서 건물의 정문까지 이어지는 도보에 내리쪼일 늦여름 햇살을 걸러 줄 것이었다. 삭막한 겨울임에도 그곳은 위풍당당하고 우아했다. 그리고 아주 고급스러웠다.

나는 지갑에 손을 뻗어 아파트 주소를 적어 둔 종이를 꺼내 다시 한 번 우리가 똑바로 찾아왔는지 확인했다. 주소로 보아서는 맞게 찾아온 듯했다. 심장이 쿵쾅거렸다. 나는 닫아 두었던 수문을 활짝 열었다. 그간 부정하고 있던 모든 희망을 마음껏 쏟아 냈다. 날은 추웠지만 아파트 건물을 바라보며 이런저런 상상을 하다 보니 어느새 두 뺨이 달아올라 있었다.

아파트 내부가 어떨지 전혀 알 수 없었지만 겉보기엔 적어도 멀쩡히 서 있긴 했다. 그때였다. 검정 소형차 한 대가 도로변에 정차했다. 60대 초반 정도의 말쑥하게 차려입은 키 크고 마른 남자가 다가와 손을 내밀었다. "봉주르, 숙녀분들. 기다리게 해서 죄송해요. 전 에밀 레베스크라고 해요. 잘 부탁드려요."

"봉주르, 레베스크 씨." 내가 그와 악수하며 말했다. "전 해나 본드예요. 이쪽은 저희 엄마 말라 본드고요. 급히 연락드렸는데 여기까지 와 주셔서 감사해요."

"당연히 와야죠. 드디어 두 분을 직접 뵐 수 있어서 너무나 기뻐요."

레베스크 씨는 미소를 지으며 따뜻한 눈길로 나를 바라보았다. 나는 단번에 그가 마음에 들었다.

레베스크 씨가 가죽 서류철을 열고 종이 몇 장을 획획 넘겼다.

"형식적인 절차는 그리 오래 걸리지 않을 거예요. 먼저 사랑하는 가족분의 죽음에 애도를 표합니다. 플로리다의 스털링 씨께서 고인은 단순한 고객이 아니라 친구였다고 하시더군요. 그리고 고인이 두 분을 아주 많이 사랑하셨기 때문에 상속 과정에서 골치 아픈 일이 없었다고 들었어요."

'할머니가 우리 둘을 아주 많이 사랑했다고?'

문득 할머니가 그런 말을 직접 한 건지, 아니면 그저 그럴 거라는 가정인 건지 궁금해졌다. 어쨌든 사실이길 바랐다. 할머니가 엄마를 상속에서 제외하지 않았다는 사실에 마음이 놓였다. 어쩌면 엄마가 상속에서 제외되면 껄끄러운 나와 엄마의 관계가 완전히 무너질지도 모른다는 걱정이 마음 한구석에 자리하고 있었는지 모른다.

게다가 할머니가 상속 조건으로 엄마와 내가 함께 절차를 밟아야 한다는 조건을 붙이지 않아 마음이 한결 가벼웠다. 결과적으론 함께하고 있지만 그건 의무가 아니라 어디까지나 우리의 선택이었다.

나는 평소답지 않게 얌전해 보이는 엄마를 힐끗 보았다.

"저에게 고인의 유서 복사본이 있어요. 고인께서는 두 분이 모든 것을 절반씩 상속하게 된다고 직접 명시하셨어요. 거기에는 라브뤼예르 광장의 아파트도 포함돼 있고요. 저는 두 분께서 파리에 계시는 동안 필요한 일들을 도와 드릴 거예요. 우선 서류에 두 분의 서명이 필요해요. 소소한 세금 관련 건이 있긴 하지만 납입 기한이 넉넉해요.

슬슬 아파트를 보러 가실까요?"

우리는 가지고 있던 열쇠로 화려한 정문을 열었다. 레베스크 씨는 몇 걸음 뒤로 물러나 우리에게 먼저 들어가라는 몸짓을 했다.

"혹시 아파트를 확인해 보셨어요?" 엄마가 건물로 들어서면서 물었다. 엄마는 복도에서 머뭇거렸다. "아무도 안 살고 있는 거 확실하죠? 불법 침입자가 되고 싶진 않거든요."

레베스크 씨가 미소를 지었다. "죄송하지만 저희에게는 열쇠가 없어서 아파트에 들어갈 수 없었어요. 그래도 관리는 할 수 있어서 난방이라든가 전기, 수도는 미리 신청해 뒀으니 즉시 사용 가능하실 겁니다."

엄마가 애교 섞인 웃음소리와 함께 말했다. "정말 친절하시네요, 레베스크 씨."

엄마는 요염한 눈썹을 아치형으로 만들어 가며 미소를 보냈다. 레베스크 씨도 미소로 화답하고 엄마의 캐리어를 받아 끌며 우리를 2층으로 데려다줄 엘리베이터로 향했다. 엘리베이터에서 내려서 복도를 따라 걷던 레베스크 씨가 어느 문 앞에서 발걸음을 멈추었다.

"자, 바로 여기예요." 레베스크 씨가 나에게 문을 열 수 있는 영광을 넘겨주었다.

나는 황동 열쇠를 밀어 넣었다. 열쇠를 돌리는데 심장이 마구 쿵쾅댔다. 그런데 묵직한 목재 문은 꿈쩍도 하지 않았다.

"제가 해 볼게요." 레베스크 씨가 문이 끼익 소리를 내며 열릴 때까지 몸으로 밀었다.

이내 먼지와 곰팡이, 그리고 낡고 오래된 것에서 나는 냄새가 코를 찔렀다. 수십 년 동안 닫혀 있던 장소에서 날 법한 그런 냄새였다. 엄마와 나는 스카프로 코를 덮고 안으로 들어갔다. 입구 벽에 있는 전등의 스위치를 켰지만 불이 들어오지 않았다.

"비서에게 알려서 가능한 한 빨리 등을 갈아야겠어요." 레베스크 씨가 말했다.

"감사합니다." 나는 어둠 속을 응시하며 말했다.

눈이 적응되면서 눈앞에 펼쳐진 광경이 보이자 냄새가 뇌리에서 자취를 감추었다. 커튼 사이로 비쳐 든 오후 햇살에 드러난 그곳은 흡사 시간이 멈춘 공간 같았다. 심장의 두근거림은 여전했다.

거미줄을 헤치며 창 쪽으로 걸어가 묵직한 벨벳 커튼을 걷어 젖히자 먼지가 풀풀 일어 재채기가 났다. 천이 너무 낡아서 무슨 색깔인지 알 수 없었지만, 높다란 아치형 덧창으로 들어오는 가느다란 초저녁 불빛과 방 저쪽 건너 금박 거울에 반사된 빛에 비추어 보아 한때는 버건디나 진보라색이었을 것 같았다. 나는 벽에 붙어 있는 굵직한 태슬이 달린 커튼 타이백으로 커튼을 한데 묶었다. 태슬 장식의 일부가 손안에서 바스러졌다. 나는 목재 덧창을 열고 그 신비로운 장소를 감상하기 위해 뒤로 돌아섰다.

재 같은 먼지와 가느다란 거미줄 아래 어느 누가 남긴 삶의 흔적이 고스란히 담겨 있었다. 아파트에서는 '잠자는 숲속의 미녀'의 배경에 흐를 법한 공기가 흘렀다. 누군가 돌아오기를 기다리는 동안 모든 것이 시간 속에 멈추어 있었던 것 같았다. 2시 47분에서 정지한 벽시계. 옷걸이에 걸린 코트. 녹슨 구리 스탠드에 비스듬히 꽂혀 있는 우산. 문 옆에 놓인 남성용 구두. 입구 맞은편 목재 테이블 위에 걸린 화려한 거울. 벽에 걸린 액자 사이사이와 각종 틈새에 어김없이 잔뜩 껴 있는 잿빛 솜사탕 같은 거미줄.

"부서진 데도 없고 누가 살고 있는 것 같지도 않네요. 그렇죠?" 레베스크 씨가 입과 코를 장갑 낀 손으로 막고 출입구 주변을 둘러보며 말했다. "근데 이렇게 먼지를 흡입해도 괜찮은지 좀 걱정되네요. 이곳을 쾌적하게 만들어 줄 청소업체를 구해 드릴게요."

엄마와 내가 뭐라 대답하기 전에 그가 덧붙였다. "제가 열쇠를 갖고 있었더라면 두 분이 도착하시기 전에 이미 청소를 해 뒀을 텐데요."

아파트는 그리 크지 않았다. 입구와 거실을 지나면 침실과 욕실이 하나씩 있었고 내가 꼭 둘러보고 싶었던 주방도 있었다.

"말만으로도 감사해요, 레베스크 씨." 내가 말했다.

하지만 나는 행여나 불법 침입자가 되는 사태가 벌어질까 걱정이었지 먼지와 닳아 빠진 물건들은 크게 신경 쓰지 않았다. 엉망이긴 해도 있는 모습 그대로 볼 수 있어서 외려 좋았다.

레베스크 씨가 고개를 끄덕였다. "괜찮으시다면 전 바깥 복도에서 기다릴게요."

"그러세요." 내가 말했다. "오래 걸리지 않을 거예요."

소형 아파트인데도 불구하고 층고가 상당히 높았다. 천장은 화려한 메달 모양 장식과 아름다운 크라운 몰딩이 되어 있었다.

'요즘은 방 하나짜리 아파트를 이렇게 짓진 않겠지.'

먼지와 거미줄로 뒤덮여 있는데도 그 아파트는 정말이지 너무나 멋졌다. 내가 상상했던 것보다 훨씬 더 고급스럽고 우아했다. 무엇보다 오랜 세월이 흘렀는데도 여전히 그곳에는 혼이 담겨 있었다.

창문 옆에 놓인 조그만 책상 위에 서신 같은 게 보이기에 그쪽으로 다가갔다. 먼지 때문에 눈물이 줄줄 흘렀다. 레베스크 씨가 한 말이 맞았다. 이런 식으로 먼지를 흡입하는 건 건강에 좋을 게 하나 없을 것 같았다. 그렇다고 이대로 자리를 뜰 순 없었다. 아파트를 나서기 전에 아이비 할머니가 여기 살았다는 사실을 증명할 증거를 찾아야 했다. 서신 같아 보였던 건 사용하지 않은 편지지였다. 구식 잉크병과 잉크를 찍어 쓰는 만년필 옆에 마치 누군가 정리하러 오길 기다리듯 편지지가 아무렇게나 널브러져 있었다. 책상에는 화려한 장식이 달린 빗, 책 두어 권, 숙녀용 장갑 한 켤레가 놓여 있었다.

사람들은 평생 물건을 모으고 수집한다. 하지만 결국 사람은 떠나고 한때 그토록 중요했던 물건만이 쓰레기가 되어 남겨진다.

나는 어떤 흔적이라도 찾아보려고 테이블에서 장갑을 집어 들었다. 숨을 참으며 얼굴을 가리고 있던 스카프를 내리고 이니셜을 확인하기 위해 쩍쩍 갈라져 바스러지는 잿빛 가죽을 검지로 문질렀다. 'IB'. 아이비 브레이스웨이트? 심장이 미친 듯이 뛰기 시작했다. 박물관에서 손대지 말라는 전시품을 흩뜨려 놓기라도 한 듯 죄책감을 느끼며 주위를 둘러보았다. 레베스크 씨는 밖에서 휴대폰을 들여다보며 기다리는 중이었다.

아무래도 먼지를 제거해 줄 전문가의 도움을 받기 전까지 그곳을 떠나 있어야 할 것 같았다. 아마 거미가 수백 마리는 있을 것이었다. 평소의 나라면 벌레를 보는 순간 몸서리를 치며 자리를 박차고 뛰쳐 나갔겠지만 경이로움에 취해 방을 훑어보느라 두 발이 아파트에 그 대로 박제되어 있었다.

"레베스크 씨, 이거 가져가도 될까요?" 나는 장갑을 들어 올렸다.

"그럼요. 아파트에 있는 모든 게 두 분 소유이니까요. 뭐든 가져 가 서도 돼요."

순간 엄마를 잊고 있었다는 사실을 깨달았다. 평소답지 않게 엄마 가 너무 조용했다. 거실에 보이지 않는 걸 보니 침실에 있는 듯했다.

"몇 분만 더 주실래요?" 내가 레베스크 씨에게 물었다.

"얼마든지요."

레베스크 씨에게 미안했다. 이제 가도 된다고 말해야 했지만 나는 레베스크 씨가 있어 주길 바랐다. 내 프랑스어는 기껏해야 초등학생 수준이라 수십 년 동안 이곳에 아무도 발을 들이지 않았다는 사실을 감안할 때 이웃이 경찰을 부르거나 무슨 일인지 질문이라도 하러 온 다면 레베스크 씨 없이는 상황 설명이 힘들 것이었다.

"엄마 좀 찾아볼게요. 나가 계셔도 돼요." 내가 말했다.

"네. 알겠습니다." 레베스크 씨는 다시 휴대폰에 집중했다.

먼지가 뒤덮인 거실을 조용히 경건하게 이동하는데 열린 문 너머 에서 엄마의 새된 소리가 들려왔다.

"세상에! 해나! 여기 와 봐. 빨리!"

아름다웠다. 여섯 개의 그림이 한쪽 침실 벽면에 미술관의 전시물처럼 걸려 있었다. 엄마가 그중 한 액자의 먼지를 닦아 내자 침대에 누워 있는 여인의 나신(裸身)이 드러났다. 여인은 침대 시트에 살짝 가려져 있었고 연인의 눈을 응시하는 듯한 눈빛을 하고 있었다. 그림을 바라보고 있자니 두 사람의 은밀한 대화 속으로 걸어 들어간 느낌이었다. 연인 간의 비밀스런 약속, 혹은 황홀한 밤을 보내고 나누는 달콤한 속삭임 같은 것 말이다. 살짝 음란하되 너무나 사랑스러운 작품이었다. 엄마는 뚫어져라 그 작품을 보고 있었다. 그런데 겁에 질린 표정이었다. 나는 대혼란에 빠진 듯한 엄마의 반응이 이해되지 않았다. 화려한 과거사를 지닌 엄마가 이까짓 그림 하나에 수줍음을 타는 순진한 아이 같은 반응을 보이다니.

내 마음이라도 읽었다는 듯 엄마가 속삭였다. "해나, 저 모델 누군지 모르겠니?"

나는 힌트라도 하나 달라는 듯한 눈으로 엄마를 쳐다보았다.

"갑자기 왜 속삭이는데?" 내가 물었다.

"아이비 할머니잖아." 엄마가 나지막이 말했다. 엄마는 그림을 향해 고갯짓을 했다.

나는 그림을 자세히 들여다보았다. 갑자기 그림 속 여인이 그림 밖으로 튀어나온 듯 입체감이 살아났다. 증조할머니의 젊은 시절 사진이 떠올랐다. 그러고 보니 침대 위에 있는 아름다운 그림 속 여인은 아이비 할머니와 닮아 있었다. 살짝 붉은빛이 도는 금발 머리의 아이비 할머니는 나와도 닮은 구석이 있었다. 엄마와 내 얼굴에서 예쁜 데만 골라 섞어 놓은 아름다운 얼굴이었다.

엄마는 너무 놀란 나머지 넋이 나가 있었다. "우리 가족 중에서 젊은 시절을 거침없이 열정적으로 살았던 사람이 엄마 혼자만은 아니었던 게 분명하네."

"아닐 거야. 솔직히 내가 그런 건 인정하는데……." 엄마는 할 말을 잃은 듯 고개를 저었다.

"이게 그렇게까지 충격받을 일이야?" 내가 물었다.

나는 내가 엄마처럼 놀라지 않은 이유 또한 궁금했다. 아이비 할머니가 파리에서의 생활에 대해 언급하지 않은 이유를 이해할 수 있는 첫 단서가 될 것 같았다. 아이비 할머니가 파리에서 화가의 누드 모델로 일했었나? 생각지도 못한 가능성에 온몸에 전율이 일었다.

겹겹이 쌓인 먼지 때문에 그림을 제대로 보기 힘들었지만 눈을 크게 뜨고 벽에 걸린 나머지 그림들을 살펴보려는데 침대 옆 테이블 아래의 뭐가 눈에 들어왔다. 나는 침대와 테이블 사이에 낀 두터운 거미줄을 걷어 낼 물건을 찾아 주위를 두리번거렸다.

"아무 문제없으시죠?" 레베스크 씨의 목소리에 깜짝 놀랐다. 레베스크 씨가 손으로 코와 입을 가린 채 침실 문 앞에 서 있었다.

"저 그림 속 여인이," 내가 말했다. "제 증조할머니세요."

엄마가 나를 쏘아보더니 아이비 할머니의 품위를 지켜 주기라도 하려는 듯 초상화 앞으로 자리를 옮겼다. 엄마가 급히 몸을 움직이는 바람에 바닥에 깔려 있던 먼지가 구름이 되어 뭉게뭉게 피어올랐다. 레베스크 씨는 콜록콜록 기침을 하며 다시 밖으로 나갔다.

책상에 있던 때 묻은 신문지를 집어 거미줄을 이리저리 헤치자 조그만 가죽 장정 책자가 보였다. 손에 놓고 보니 일기장이었다. 나는 일기장을 가져가기로 했다.

"엄마, 이제 진짜 가야 돼. 호텔에 체크인도 해야 하고 레베스크 씨 시간도 너무 많이 뺏었어."

"난 아직 준비가 안 됐어." 엄마의 목소리에서 불만이 묻어났다.

"그럼 여기 혼자 있든가. 난 갈래. 내일 다시 와서 청소를 시작하면 되잖아."

나는 장갑과 조그만 일기장을 움켜쥐고 엄마를 그 자리에 둔 채 복도에 있는 레베스크 씨에게 갔다.

"먼지 때문에 숨쉬기 힘드시죠?" 내가 말했다.

레베스크 씨가 웃었다. "괜찮아요. 다만 한 가지, 내일 제가 파리에 없을 거라는 점을 알려 드려야겠네요. 제 동료 가브리엘 체니에게 두 분 일을 맡겨 둘게요. 여기 가브리엘의 명함이요. 원하신다면 청소업체를 찾아 내일 아침에 이 아파트에서 두 분을 만날 수 있게 해 드릴 수도 있어요. 일단 깨끗해지면 제대로 보실 수 있을 테니까요."

"고맙습니다." 내가 말했다. "정말 큰 도움이 될 거 같아요."

그가 고개를 끄덕였다. 그러고는 내가 핸드백에서 휴지를 몇 장 꺼내 먼지 낀 장갑과 일기장을 감싼 뒤 안전하게 가져갈 수 있도록 캐리어 바깥쪽 주머니에 집어넣는 모습을 지켜보았다.

"그동안 세금을 충당해 온 연금도 꼭 확인해야 할 거예요. 연금액과 비용을 충당하는 데 들어간 금액에 차이가 날 수 있으니까요."

가슴이 철렁했다. 비용이 발생할 수 있다는 사실을 잠시 잊고 있었다. 만약 내야 할 재산세가 있다면 정부에서는 상속세 납부와 다르게 기한을 넉넉히 주지 않을지도 모르는 노릇이었다. 만에 하나 아파트를 부동산 시장에 내놓아야 하진 않을까 두려워졌다. 설사 올랜도 집이 팔린다 해도 추가 비용을 지불할 만한 돈을 마련할 방법이 떠오르지 않았다. 아파트를 파는 건 왠지 옳지 않은 일 같았다. 아이비 할머니가 아파트를 계속 가지고 있었던 데에는 그럴 만한 이유가 있었으리라. 분명 아파트가 아이비 할머니에게 어떤 중요한 의미가 있는 곳이었을 터다. 게다가 아이비 할머니가 그 오랜 세월 동안 비밀을 유지한 걸 보면 파는 것이 그냥 썩게 내버려 두는 것보다 더 짐스러운 일이 될지도 모를 일이었다.

엄마가 복도로 나왔다. "기다리게 해서 미안."

엄마의 퉁명스러운 목소리가 창피했다. 나는 다른 이야기로 주의를 돌렸다.

"레베스크 씨, 도와주셔서 다시 한 번 감사드려요."

어쩌면 레베스크 씨의 동료인 가브리엘 체니 씨가 부동산 중개인을 연결해 줄 수 있을지도 몰랐다. 가급적이면 영어를 할 줄 아는 사람이면 좋을 것 같았다. 모든 게 내 능력 밖의 일이었다. 눈치 없고 멍청한 미국인 둘을 데려다 사기를 치지 않을 누군가 필요했다. 물론 패트릭 스털링 씨에게 전화하면 언제든지 도움을 받을 수 있긴 했다. 문제는 돈, 돈이었다. 하지만 법률 자문을 구한다는 건 곧 우리 스스로를 보호한다는 의미 아니겠는가. 후회할 일을 만드느니 안전한 길을 택하는 게 나았다.

머리가 빙글빙글 돌고 위장이 꼬르륵거렸다. 심하게 허기가 졌다. 엄마와 나는 점심을 먹을 틈이 없었던 데다 8킬로미터 가까운 길을 걸었더니 식욕이 솟구쳤다.

"레베스크 씨, 저녁 식사를 할 만한 좋은 레스토랑 좀 추천해 주세요." 건물 출구를 나왔을 때 내가 말했다.

레베스크 씨에게 함께 식사를 하자고 해야 할지 말아야 할지 헷갈렸다.

"어떤 음식을 좋아하시는지 알려 주세요." 그가 말했다. "프랑스 음식을 좋아하지 않는 분들도 계셔서요."

"미국인들이 패스트푸드만 먹고 사는 건 아니에요." 엄마가 툭 내뱉었다.

"긴 하루였어요. 감정 소모도 심했고요." 나는 엄마의 태도에 대해 변명하듯 말했다. "저녁을 잘 챙겨 먹어야 할 것 같네요. 괜찮으시면 레베스크 씨도 함께 가실래요?"

"말씀은 감사합니다만, 집에 가 봐야 해서요. 여기서 별로 멀지 않은 곳에 작은 식당이 하나 있어요. 카페 브르타뉴라는 식당인데요. 아마 두 분도 만족하실 거예요. 플라 뒤 주르를 추천해요."

"플라 뒤 주르가 뭔데요?" 엄마는 마치 레베스크 씨가 우리를 속여서 말고기나 말고기에 상응하는 역겨운 음식을 주문하게 만들려고 한다는 듯 의심의 눈초리로 물었다.

"오늘의 특별 요리란 뜻이야, 엄마." 내가 말했다.

레베스크 씨가 고개를 끄덕였다. "맞아요. 셰프가 당일 아침 시장에서 구입한 아주 훌륭하고 신선한 재료로 만든 요리예요. 실패할 수 없는 메뉴죠."

레베스크 씨는 모자를 들어 우리에게 작별을 고한 뒤 황혼 속으로 사라졌다. 우리는 그대로 선 채 서로를 쳐다보다가 건물 쪽으로 얼굴을 돌려 이제는 우리 두 사람의 소유인 아파트의 창문을 올려다보았다. 차가운 바람이 불어 발치에 놓여 있던 마른 낙엽들이 휘리릭 날아올랐다. 엄마와 나는 목에 두른 스카프를 단단히 여몄다.

"난 네가 그렇게 서둘러 나오자고 한 이유를 도통 모르겠다." 엄마가 쏘아붙였다. "처음 간 건데 시간을 더 줄 수도 있었잖아."

"그래? 그럼 지금 다시 가든가." 내가 말했다. "열쇠 있잖아. 먼지를 더 마셔도 괜찮으면 다시 가라고."

생각만으로도 폐가 뒤틀릴 것 같은 데다, 개인적으로는 더 많은 사실을 알아내기 전에 일단 오늘 일부터 정리하고 싶었다. 솔직히 모든 게 너무 벅찼다.

"밥이나 먹으러 가." 내가 말했다. "내일은 내일의 태양이 뜰 거야."

"나도 내일은 다른 태양이 뜨고, 모레 또 다른 태양이 뜬다는 거 알아. 근데 난 이 순간을 원했어."

나는 레베스크 씨가 추천해 준 식당으로 걸어가는 사이 행여나 누가 엄마의 극심한 히스테리를 목격할까 봐 주위를 두리번거렸다.

"엄만 지금 배가 고파서 짜증이 나는 거야." 내가 말했다. "뭘 좀 먹어. 그런 다음 호텔로 가서 먼지 좀 씻어 내고 푹 자자고."

사실 나는 호텔로 가서 제일 먼저 일기장부터 열어 볼 참이었다. 거기에 내가 알고 싶은 몇 가지 핵심 질문에 대한 답이 있을 것 같다는 운명 같은 예감이 들었다.

1927년 6월
프랑스 파리

    나의 다이어리에게,

    있잖아, 나 새로운 깨달음을 얻었어. 아파트를 벗어나는 게 일자리 때문에 느끼는 불안감을 덜어 낼 최고의 방법이었어. 헬렌과 나 사이에 거리를 둘 수 있을 뿐 아니라, 밖을 돌아다니다 보면 기회는 어디에나 있을 수 있다는 사실을 재차 떠올리게 되거든. 헬렌의 편견 어린 시선을 애서 무시해 가며 집 안을 맴돌고 있다간 절대 새 일자리를 찾을 수 없을 거야.

    오늘은 목적지를 특별히 정하지 않고 길을 나섰어. 나는 튈르리 정원에서 서성이고 있었어. 루브르 박물관과 콩코드 광장 사이에 자리 잡은 튈르리 정원에는 줄줄이 늘어선 정돈된 라임 나무와 느릅나무, 자갈길이 나 있는 잔디밭이 있어. 파리에서 내가 제일 좋아하는 장소라 그런지 정원의 역사가 궁금해서 살짝 알아봤어. 글쎄 튈르리 정원이 파리에서 가장 오래된 정원이래. 그리고 시민들이 이용하는 공원이 되기 전에는 카트린 드 메디시스 왕비의 궁전 중 한 곳이었대. 하지만 궁전은 왕이 죽고 한참 뒤 파리 코뮌 시기에 붕괴됐대.

    나는 아름다운 풍경 한가운데서 벤치에 앉아 눈을 가느다랗게 뜨고 그곳이 웅장하고 당당한 궁전이었을 때를 상상해 봤어. 나는 가난을 잊고 왕족, 아니 적어도 왕실의 일원이 된 것처럼 그 옛날의 영광스러운 순간을 머릿속에 재현해 봤어. 상상만으로도 너무나 즐거웠어.

오늘 새 친구도 사귀었어. 벤치에 앉아 있는데 귀엽고 조그만 갈색 개가 달려와서 내 발치에 몸을 던지는 거야. 귀 뒤를 긁어 주려고 몸을 숙였더니 그 개가 감정이 듬뿍 담긴 까만 눈동자로 나를 올려다봤는데 꼭 이렇게 말하는 것 같았어. "어디 있었던 거예요? 당신을 찾고 있었어요." 하지만 시간을 더 보낼 새도 없이 공원 건너편에서 소녀와 소년이 휘파람을 불어 개를 불렀어. 개는 내 손을 핥고는 주인을 향해 신나게 달려가 버렸어. 언젠가 제대로 자리를 잡으면 꼭 개를 한 마리 키울 테야.

개가 가고 나서 배 속이 꼬르륵거리기 시작했어. 배가 너무 고팠어. 집으로 가려고 리볼리 거리를 따라가다가 피라미드 광장의 잔 다르크 동상 앞에서 잠깐 발걸음을 멈췄어. 잔 다르크와 카트린 드 메디시스와 교감하고 나니 강인한 두 여인에게서 힘을 얻은 것 같았지.

하지만 현실은 냉혹했어. 루아얄 거리의 맥심에 다다랐을 때 내가 할 수 있는 일이라곤 그 고급 레스토랑의 창에 코를 박고 안을 들여다보는 것밖에 없었어. 신발도 더러웠고 공원의 자갈 길에서 온통 먼지를 덮어쓴 상태였거든. 그렇지만 나는 고개를 꼿꼿이 들고 맥심에 식사를 하러 온 것마냥 문 쪽으로 걸어갔어.

순간 아주 멋진 아이디어가 떠올랐어. 맥심에서 호화로운 식사를 할 형편은 안 되지만 나 자신을 위해 맛있는 음식을 만들 순 있잖아. 집에 도착할 즈음이면 헬렌이 뤽과 외출하고 없을 시간이었어. 나는 여왕에게 걸맞으면서 가난한 지갑을 털지 않아도 될 음식을 생각하며 길을 걸었어. 그런데 너무 깊이 생각에 잠겨 있다가 길을 잘못 들고 말았어.

갑자기 내가 길을 잃었단 걸 깨달았지…… 그 자리에 멈춰 주위를 빙 둘러보다 살면서 본 가장 인상 깊은 건물을 발견했어. 성당인데 파리 성당이라기보다 로마 신전 같아 보였어. 그 장엄한 건물에 너무나 들어가고 싶었지만 다음에 다시 와야 할 것 같았어. 어둠이 내려앉고 있었거든. 집에 가는 길도 찾아야 하지만 시장을 찾아서 저녁거리도 사야 하니까.

오늘은 일단 돌아가기로 하고 그곳을 걸어 나오면서 카트린 드 메디시스와 잔 다르크에게는 어떤 수프가 어울릴지 생각해 봤어……

9

호텔에 짐을 풀고 나니 가벼운 눈이 내리기 시작했다. 우리가 묵는 3층 방 창문에 눈송이가 쌓였다.

진정한 파리지앵 스타일의 저녁 식사는 화려한 음식과 끝없는 인내심을 요구하는 느긋한 서비스가 특징이었다. 다만 갑자기 날씨가 추워지는 바람에 우리는 택시를 불러 급히 호텔로 돌아와야 했다. 차라리 그편이 더 나았다. 엄마와 나는 이미 지칠 대로 지쳐 있었고 하루를 마무리할 준비가 되어 있었다. 호텔방은 좋았다. 침대 두 개와 욕실 하나가 딸린 아주 고풍스러운 프랑스식 방이었다. 호텔에서는 내가 동종 업계 종사자라는 이유로 할인도 해 주었다.

"네가 먼저 샤워할래? 아니면 나 먼저 할까?" 엄마가 세안 용품 파우치를 들고 화장실 앞 복도에 서서 물었다. 엄마는 먼저 샤워할 생각이나 예의상 물어본 듯했다.

"엄마 먼저 씻어."

나는 엄마가 먼저 씻어서 내심 기뻤다. 일기장을 꺼내 보고 싶어 미칠 지경이었기 때문이다. 일기장의 내용을 엄마에게 숨길 생각은 아니었지만, 일단은 엄마 없이 혼자서 먼저 일기장을 보고 싶었다.

아직도 그 아파트가 한때 아이비 할머니의 집이었다는 사실이 꿈만 같았다. 유언장은 거짓말을 할 리 없겠지만 내가 알던 증조할머니와 그림 속 여인이 같은 사람이라니 도저히 믿기지 않았다. 아이비 할머니가 '거기' 살았던 그 여인이라니……. 게다가 파리라니. 아이비 할머니가 비밀스러운 삶을 살면서 파리를 누비고 다녔을 걸 생각하니 기분이 묘했다. 무엇보다 그토록 오랜 세월 동안 그 사실을 감춘 이유가 너무나 궁금했다.

엄마가 욕실로 들어간 걸 확인하고 캐리어에서 조그만 일기장을 꺼냈다. 일기장을 감쌌던 휴지로 조심스럽게 먼지를 닦아 냈다. 작은 파란색 일기장 표지 왼쪽 상단에 금박으로 1940이라는 숫자가 새겨져 있었다. 선물용인 듯 일기장의 네 면에 새틴 끈이 둘러져 있었고 앞면으로 다소 엉성하게 리본이 묶여 있었다. 먼지가 어찌나 잔뜩 꼈는지 리본이 회색이 되어 있었다. 일기장의 주인이 애정을 쏟아 가며 이 조그만 일기장의 테두리를 쌌을 당시에는 분명 발레 슈즈의 리본처럼 광이 나는 핑크색이었을 것이다. 리본 조각이 손가락 사이에서 바스러질지도 몰라 조심스럽게 리본을 풀었다. 다행히 흠 하나 없이 멀쩡히 리본을 풀어 내는 데 성공했다.

첫 페이지를 펼치는데 제본용 접착제가 갈라진 것 말고는 놀라우리만치 상태가 좋았다. 속지 커버에 '1940년 나의 다이어리'라 새겨져 있었다. 남색 잉크로 휘갈긴 아이비 브레이스웨이트라는 글자를 보자 약속이나 한 듯 또다시 심장이 뛰기 시작했다. 손가락으로 그 예쁜 글자를 쓸어 보았다. 아이비 할머니가 손수 쓴 것이었다. 아이비 할머니가 살아서 이 자리에 있는 듯 글자들이 나에게 말을 걸어 왔다. 일기장은 내가 잘 알았던, 그리고 사랑했던 할머니가 내 나이였을 때와 지금의 나를 이어 주는 연결 고리가 될 터였다.

사이사이 긴 먼지가 속지를 버려 놓을까 봐 일단 일기장에서 손을 뗐다. 아무래도 책장을 넘겨도 전혀 문제가 없을 만큼 잘 닦은 다음에 읽어 보는 게 낫지 싶었다. 그때 엄마가 샤워기의 물을 트는 소리가 들렸다. 순간 지금부터 약 15분간이 내일 이 시간이 될 때까지 오롯이 혼자 있을 수 있는 마지막 기회일지도 모른다는 생각이 스쳤다. 지금이 아니면 기회는 없었다. 전체 페이지를 휘리릭 넘겨서 4월 16일이 마지막 일기라는 걸 확인하고는 나를 여기까지 데려온 젊은 여인을 만나기 위해 첫 페이지를 펼쳤다.

프랑스 파리

나의 다이어리에게,

새해, 새 일기장. 보통 때 같았으면 새 출발을 시작하는 행복한 시간이었을 텐데. 하지만 지금은 뭘 어떻게 생각해야 할지 모르겠어. 올해 나에게 어떤 일들이 벌어질지 알 수가 없어. 작년 이맘때 나를 사로잡았던 가볍고 무의미한 소원들은 이제 기억조차 나지 않아. 모든 게 달라졌어. 앙드레와 나는 새로운 10년을 기념하는 파티조차 열지 않았어. 모두가 기분이 좋지 않아. 뭔가 잘못된 느낌이야. 우리는 파티를 여는 대신 집에서 조용히 밤을 보냈어. 심지어 자정이 되기도 전에 잠이 들었어. 지난해가 훌쩍 지나가 버리고 새로운 불확실성의 시기가 밀려왔어. 우리 삶의 면면에 스며든 고요함이 현재 이 세상에서 벌어지고 있는 일들을 대변하는 듯해.

히틀러가 가을에 폴란드를 침공하자 영국과 프랑스가 독일에 전쟁을 선포했어. 때문에 사람들은 지금의 이 고요함을 '가짜 전쟁'이라 불러. 파리는 군대를 동원하기 시작했지만 이렇다 할 군사 행동은 취하지 않고 있어. 나는 지대한 관심을 갖고 뉴스에 귀를 기울이는 중이야. 그러면서 집에서 소식이 들려오기만을 바라고 있어. 듣자 하니 영국은 아주 평온하대.

특별한 전투 없이 수개월이 지나갔기 때문에 (오해하지 마. 전쟁을 선포했지만 전투가 없는 이 상황이 나쁘다는 말이 아니니까. 오히려 그 반대야.) 앙드레가 그렇게까지 걱정하지 않았다면 난 이 '가짜 전쟁'에 대해 별생각 안 했을 거야.

앙드레는 왼쪽 귀에 청각 장애가 있어서 참전을 거부당했어. 그 뒤로 줄곧 화가 나 있고. 전쟁에는 못 나가도 프랑스가 전쟁에 돌입하면 후방에서 도울 거래. 요즘 앙드레는 오로지 레지스탕스에 관한 이야기만 해. 그는 자기 아파트에서 주간 모임을 열고 있어. 나는 거기서 엿들은 이야기를 설명해 달라고 하진 않았어. 그랬다간 필시 앙드레가 폭발해 버릴 테니까. 평소에 앙드레는 아주 신사적이고 다정한 남자야. 그저 싸우지 않고 불확실하게 대기나 해야 하는 현실이 나를 포함한 수많은 사람들을 위험에 빠뜨리는 일이라 생각해서 답답한가 봐.

앙드레가 전투에 나가 싸우지 않아도 된다는 데에 내가 이토록 기뻐한다는 게 좀 끔찍하지 않니? 난 이기적이고 나약한 인간이야. 앙드레는 내 약점이자 내 세상이야. 내가 바라는 건 오직 하나야. 우리 둘이서 이 조그만 둥지에서 같이 사는 거. 이 아파트는 우리 둘의 집이야. 원칙적으로는 내 아파트이지만 거의 매일 밤 앙드레가 여기 머물기 때문이지. 그의 아파트는 레지스탕스 모임의 본거지가 돼서 비밀스러운 계획을 세우는 장소로 사용되는 중이야. 난 괜찮아. 덕분에 앙드레가 내 아파트에서 나와 지낼 수 있으니까. 나는 그가 여기 있는 게 좋아. 그는 소설에, 나는 바느질에 몰두하면서 이렇게 함께 있는 게 너무 좋아.

새해를, 새로운 10년을 불확실한 일기로 시작해야 하는 현실이 싫어. 내일은 너에게 더 행복한 소식을 들려줄 수 있길 간절히 바랄 뿐이야. 앙드레가 인간의 선한 면을 들여다볼 여유가 없다 하더라도, 나는 우리 두 사람을 위해 마음속 희망을 잃지 않으려 해.

"뭐 보는 거야?"

나는 엄마의 목소리에 화들짝 놀랐다. 일기에 너무 몰두한 나머지 샤워 물줄기가 멈추는 소리라든가, 욕실 문이 열리는 소리를 전혀 듣지 못했던 것이다. 엄마는 호텔 샤워 가운을 입고 수건으로 적갈색 머리를 닦으며 욕실 앞에 서 있었다.

잠깐 동안 일기장에 대한 언급을 하지 말까, 하는 생각이 들었다. 마음이 내키지 않았다. 아직 제대로 알아낸 게 하나도 없었다. 일기에서 아이비 할머니가 말한 앙드레가 앙드레 아르망인가? '그는 소설에……'라 쓰여 있는 걸 보니 그런 듯했다. 그래서 그 신문 기사를 보관하고 있었던 건가? 아이비 할머니는 그를 아주 가까운 사이로 묘사하고 있었다. 두 사람은 각자 아파트를 소유하고 있었지만 할머니의 아파트에서 함께 살았던 게 분명했다.

"뭔데 그래?" 엄마가 물었다. "너 지금 유령이라도 본 얼굴이야."

"아파트에서 아이비 할머니의 일기장을 발견해서 갖고 왔어."

엄마는 눈이 휘둥그레져선 머리를 닦던 손길을 멈추었다.

"아파트에 있던 걸 그냥 갖고 와도 돼?"

"레베스크 씨가 괜찮다고 했어. 안 될 이유가 없잖아."

엄마가 눈을 깜박거렸다. 그러고는 어깨를 으쓱했다.

"이제 우리 아파트잖아." 내가 다시 말했다. "아파트에 있는 건 전부 우리 거라고. 엄마가 언제부터 그렇게 규칙을 잘 지켰다고 그래?"

엄마가 코웃음을 쳤다.

"물건을 막 가져온다는 게 좀 이상해서. 아, 나도 그림 몇 점 들고 올걸."

"그렇다고 아파트를 하나하나 해체시켜야 한다는 소린 아니고." 내가 말했다.

"오, 미안하다. 네가 일기장을 가져오는 건 괜찮고 내가 그림을 가져오는 건 안 된다?"

내가 눈동자를 굴리며 말했다. "알았어. 그럼 그림 가져와. 근데 어디다 둘 거야?"

엄마는 호텔방을 한번 둘러보더니 커다란 에펠 탑 유화 그림을 향해 고개를 까딱했다. "호텔에 얘기해서 저 그림을 떼어 달라고 하고 저기다 걸면 되겠네."

"저건 아마 벽에 고정돼 있을걸. 과연 호텔이 우리를 위해 저 그림을 떼어 낼까? 게다가 우린 아파트 청소가 마무리되는 대로 거기 들어갈 건데."

마치 아이와 협상하는 느낌이었다. 엄마가 에펠 탑 그림이 벽과 일체형인지 몰랐다는 사실이 새삼 놀라울 따름이었다.

"할머니 일기장은 어때?" 엄마가 내 침대 끝으로 와 몸을 기울였다. "뭐 재미있는 이야기라도 있어?"

내키지 않았지만 일기장을 펼쳐 아이비 할머니가 자기 이름을 써 놓은 부분을 엄마에게 보여 주었다.

"엄마가 말하는 재미있는 이야기가 아이비 할머니가 말한 당시 파리의 전쟁 불확실성에 대한 거라면 여기 있어."

"아이비 할머니가 전쟁 때 여기 있었다고?"

"나도 잘 몰라. 아직 거기까진 못 알아냈어. 할머니는 1월 1일에 일기를 쓰기 시작했어. 어쩌다 한 번씩 쓰긴 했지만 독일군이 침공하기 직전에 파리에 살았던 건 확실해. 아파트 이야기도 있었어. 그게 라브뤼예르 광장에 있는 바로 그 아파트인 것 같아. 앙드레라는 이름의 남자 이야기도 있었어."

엄마가 왼쪽 눈썹을 치켜올렸다. "그게 바로 내가 말한 재미있는 이야기야. 그 남자가 신문 기사에 있던 작가 양반인지 궁금하네."

"앙드레 아르망? 그럴 수도 있어. 소설에 대한 언급이 있었거든. 할머니가 말한 앙드레가 동명이인의 독서 애호가로서 수많은 소설을 소장하고 있었다는 소리일 수도 있지만."

엄마는 일기장을 넘겨 보다가 한 페이지에서 눈을 가느다랗게 떴다. "1940년 일기라고?"

나는 대답 대신 고개를 끄덕였다.

"네 할머니가 1940년 12월생이잖아."

우리는 서로를 바라보았다. 나는 엄마가 지금 무슨 생각을 하고 있는지 알 수 있었다. 가슴이 철렁 내려앉았다.

"할머니가 12월생이면 아이비 할머니가 이 일기를 쓰기 시작한 몇 달 후인 1940년 3월에 임신을 했단 거잖아."

"잠깐…… 이 일기를 쓸 때 아이비 할머니가 톰 할아버지를 만나고 있던 건가? 톰 할아버지를 언제 만났지?"

엄마가 일기장을 거칠게 넘겼다. 나는 엄마에게 일기장이 파손되지 않도록 조심해서 다루어 달라고 말하고 싶었다. 일기장이 최신판

〈코스모폴리탄〉은 아니니까.

"페이지가 많이 비어 있네. 마지막 일기는 1940년 4월 16일 같은데. 네 증조할아버지 이름도 어디 나와 있었어?"

"아니."

우리가 아는 바로는, 아이비 할머니는 전쟁이 발발하기 직전 브리스톨에서 톰 할아버지를 만나 결혼했다. 톰 할아버지는 참전이 확정되자 자신의 본가가 있는 플로리다로 아이비 할머니를 보냈다.

아이비 할머니에게 구체적인 날짜나 자세한 이야기를 물어볼 생각은 해 본 적이 없었다. 우리가 아는 거라곤 할머니가 참전 군인의 아내였다는 게 다였다. 그때 이후로 아이비 할머니는 여생을 플로리다에서 보냈다. 사실 아이비 할머니가 살아온 세월에 대해 더 깊이 파고들 특별한 이유가 없었다.

"아이비 할머니가 살아 계실 때 어떤 인생을 사셨는지 왜 더 자세히 여쭤 보지 않았을까?" 내가 말했다. "그랬다면 할머니한테서 직접 대답을 들을 수 있었을 건데."

엄마가 쯧쯧 혀를 찼다. "할머니가 우리한테 이런 이야기를 해 줬다고 생각해 봐. 그러니까 할머니가 톰 할아버지와 앙드레를 동시에 만났다고……. 이건 폭탄선언이나 마친가지야. 안 그러니? 더군다나 그 옛날 그 시절에 양다리라면 더 그렇지."

"그렇긴 해. 아이비 할머니와 톰 할아버지가 결혼기념일에 대해 언급하거나 그날을 기념한 적이 있었어?"

엄마가 코를 찡긋했다. "기억 안 나. 그땐 별로 신경 안 썼는데 지금 생각해 보니까 이상하긴 해. 근데 전에도 말했지만 톰 할아버지가 돌아가시고 나서 아이비 할머니가 우리 집으로 들어오셨을 땐 내가 수시로 집을 들락날락하던 시절이라."

엄마가 어깨를 으쓱하고는 한숨을 푹 내쉬었다.

나는 톰 할아버지를 한 번도 본 적이 없었다. 할아버지는 내가 태어나기 전에 세상을 떠났다. 두 할머니가 다 미망인이고 엄마는 결혼을 하지 않았으므로 결혼이나 결혼기념일에 대해 이야기할 기회가 없었다. 갑자기 전기가 나간 듯 머리가 돌아가지 않았다.

"샤워 좀 해야겠어. 나 씻고 나오면 얼른 자자. 지금 우리에게 필요한 건 잠이야." 내가 말했다. "말했듯이, 내일은 내일의 태양이 뜨겠지. 일기가 어디 가는 것도 아니고 어차피 단서도 없고."

1927년 6월

프랑스 파리

나의 다이어리에게,

정말 기뻐! 오늘 저녁에 헬렌이랑 뤽이랑 같이 나갔다가 어떤 여자를 만났는데 그 여자가 갤러리 라파예트 백화점에서 판매원을 모집 중이라는 거야. 왜 일찌감치 이런 생각을 못했을까? 갤러리 라파예트 백화점은 런던에서 내가 일했던 셀프리지 백화점과 별반 다르지 않아. 사실상 완벽한 직장이라고. 적어도 내가 디자이너로 일할 곳을 찾을 때까진 말이야. 부티크에서 일자리를 찾는 데만 혈안이 돼 있던 바람에 다른 기회를 놓치고 있었지 뭐야.

내일 눈뜨자마자 지원서부터 낼 생각이야. 디자이너로서 일할 수 있다면 더할 나위 없겠지만 급료만 두둑이 쳐 준다면야 어떤 일이든 할 수 있어. 수입이 쏠쏠한 일자리만 잡으면 헬렌이 나한테 피에르와 일하라고 등 떠밀 일도 없겠지. 너한테만 하는 말인데 피에르는 지금까지 만난 사람 중에서 제일 최악이거든.

행운을 빌어 줘!

10

2019년 1월 3일 오전 8시

프랑스 파리

다음 날 엄마와 나는 호텔 옆 카페에서 커피와 크루아상으로 간단히 아침을 때웠다. 우리는 돈을 아끼기 위해 레베스크 씨가 제안한 청소업체를 고용하는 대신 직접 아파트를 청소하기로 했다. 우선 호텔의 안내 데스크 직원에게 근처에 철물점이 있는지부터 물었다. 직원이 한 군데를 알려 주었다. 파리에서 철물점을 찾게 될 줄이야. 뭐 파리도 사람 사는 곳이고, 제아무리 파리지앵이라도 집을 고치려면 장비는 필요하겠지. 이렇게 우리도 파리의 실거주자가 되어 가는 건가 싶었다.

직원이 알려 준 철물점은 좁은 통로에 철제 선반이 빽빽이 들어찬 조그만 가게였다. 우리는 양동이, 대걸레, 걸레, 키친 타월, 다목적 세제, 고무장갑, 먼지 차단용 플라스틱 고글, 그리고 먼지에 질식되는 걸 막기 위한 분진 방지 필터 마스크를 구입했다. 또 새 침대를 구입할 때까지 임시 잠자리가 되어 줄 에어 매트리스도 두 개 샀다. 80년 동안 한자리를 지켜 온 아파트 안에 뭐가 있을지 뜯어볼 생각을 하니 너무나 설렜다. 나는 계산대에서 머리에 쓸 반다나도 두 개 집었다. 초록색은 엄마 거, 핑크색은 내 거였다. 고글, 마스크, 스카프까지 갖추었으니 적어도 상체는 충분히 보호될 것이었다.

엄마는 계산을 나에게 맡겨 놓고 가게 점원과 시시덕거렸다.

우리는 쇼핑 꾸러미를 들고 가게 앞에 서서 할 일을 의논했다.

"아파트에 들어간 비용을 정산할 때 영수증이 필요할 테니까 잘 보관해 둘게." 내가 말했다.

엄마가 동의한다는 듯 고개를 끄덕였다. "철물점에 다시 들어가서 물걸레 겸용 진공청소기를 사야겠어. 먼지를 휘젓고 다녀야 하잖아. 거미줄이 많으니 분명 거미도 있을 거고."

"물 뿌려서 가라앉히면 먼지가 별로 안 날릴걸?" 내가 말했다.

엄마는 팔짱을 끼고 이맛살을 찌푸렸다. "먼지로 진흙이라도 만들게? 천장 쪽을 진공청소기로 빨아들이는 게 좋을 거야⋯⋯. 거미 때문에라도."

내가 대답이 없자 엄마가 말했다. "자, 이거 좀 들고 있어 봐." 엄마가 대걸레와 이런저런 용품이 가득 든 양동이를 나에게 떠밀었다. 엉겁결에 엄마가 내민 물건을 받으려다 내가 들고 있던 것들을 떨어뜨릴 뻔했다. "금방 올게."

"꼭 사야겠어?"

"해나, 청소기가 있어야 해. 청소기 값은 엄마가 낼게."

엄마는 45유로 정도 하는 18리터짜리 청소기를 유심히 들여다보았다. 과연 그게 해묵은 더께를 얼마나 버텨 줄지 모르겠지만 엄마가 자비로 사고 싶다면 굳이 사네 마네 논쟁할 이유는 없었다. 몇 분 후 엄마가 빈손으로 가게를 나왔다.

"왜? 그새 마음이 바뀌었어?"

엄마는 대걸레와 양동이를 다시 받아 들었다. "아닌데? 계산대에 있는 매력남이 배달해 주시겠대." 엄마는 눈 하나 깜짝 안 하고 닭살 멘트를 날렸다.

아파트까지 걸어서 20분이면 충분했다. 우리는 장엄한 갤러리 라파예트 백화점과 생트리니테 성당을 지나쳤다. 나는 쌀쌀한 아침 공기와 주위를 둘러싼 파리의 경이로움을 만끽하며 거리를 걸었다. 간밤에 내린 눈은 흔적도 없이 사라져 있었다. 어찌나 푹 잤는지 몸이 아주 개운했다. 어제 레베스크 씨를 만나 서류에 서명한 뒤 마침내 그 아파트가 우리 소유라는 확신이 선 덕분이었다. 나는 그 아파트와 거기 엮인 모든 비밀스러운 역사를 우리의 것이라 부를 수만 있다면 얼마든지 거미줄, 먼지와 씨름할 수 있을 것 같았다.

"오늘따라 너무 말이 없네." 건물에 도착해 정문을 열려고 양동이를 내려놓자 엄마가 말했다. "무슨 생각을 그렇게 골똘히 하는 거니?"

"지난주까지만 해도 파리에 도착한 지 이틀 만에 청소용품을 한가득 안고 낡고 오래된 아파트에서 하루 종일 청소를 하게 될 줄은 상상도 못했거든. 생각해 보니 명색이 파리에 왔는데 아직 에펠 탑도 못 봤잖아."

엄마가 키득거렸다. "에펠 탑 구경이야 언제든지 하면 되지. 샹젤리제 거리의 관광객들한테 한번 물어봐. 관광을 할지, 아니면 청소만 하면 손에 넣을 수 있는 아파트 청소를 할지. 백이면 백 모두 아파트를 청소하는 쪽을 택할걸."

"불평하는 건 아니고. 여기 있다는 자체가 믿기지 않는단 거지, 내 말은."

"할 거 다 할 테니 걱정 마. 이 일부터 끝내고 나서."

나는 '일 먼저, 노는 건 나중에'라는 말이 얼마나 엄마답지 않은지 꼬집으려다 말았다. 대신 이렇게 말했다. "알았어. 약속한 거다? 두고 볼 거야."

조용히 엘리베이터를 타고 올라가면서 한쪽 손에 들고 있던 무거운 양동이를 다른 손으로 옮겨 들었다. 우리는 닫혀 있는 묵직한 목재 문 앞에 경건한 자세로 섰다.

"들어가기 전에 앞에서 걸칠 거 다 걸치고 들어가자." 엄마가 제안했다.

"좋은 생각이야."

우리는 비닐 포장지에서 고글과 하얀색 마스크를 꺼내 쓰고 서로의 머리에 반다나를 씌워 주었다. 착장을 완료하고 보니 꼭 한 쌍의 사마귀 같았다. 그 자리에 선 채 서로를 쳐다보며 웃음을 터뜨리고 있는데 복도 건너편 집의 문이 열렸다. 나이 지긋한 부인이 고개를 빼꼼히 내밀고 한숨을 쉬더니 프랑스어로 뭐라 중얼거리고는 문을 쾅

닫았다.

"어, 경찰에 신고하는 거 아닐까?" 내가 물었다.

"아마도. 나라도 복도에 이 꼴로 서 있는 사람들을 봤다면 신고했겠다. 얼른 안으로 들어가자."

우리는 신경질적인 이웃을 무시하고 열쇠로 문을 딴 다음 몸으로 문을 밀치며 들어갔다. 일단 안에서 안전하게 문을 걸어 잠그고 다시 한 번 웃음을 터뜨렸다.

"아까 그 할머니가 놀랄 만해." 엄마가 말했다. "우리 꼴 좀 봐. 잠깐만."

엄마가 현관 조명을 켰다. 놀랍게도 전구 하나가 살아 있었다. 다른 두 전구는 반응이 없었다. 머릿속으로 전구를 사야겠다고 생각하는데 엄마가 휴대폰을 꺼냈다. "이럴 땐 셀카지."

"안 찍을래." 나는 셀카를 거부했다. "이런 모습으로 SNS에 오르고 싶지 않아. 최악이야."

"안 올려. 약속해."

엄마 말을 믿어야 할지 알 수 없었지만, 어쨌거나 엄마는 내 어깨에 한쪽 팔을 두르고 내 뺨에 자기 뺨을 가져다 댔다. 케케묵은 세월이 남긴 찌든 때와 냄새 사이로 엄마의 샤넬 향이 밀려왔다. 이상하게도 마음이 편안해졌다. 엄마와 마지막으로 사진을 찍은 게 언제였는지 기억나지 않았다. 이렇게 거대한 사마귀 인간 같은 모습으로 엄마와 셀카를 찍게 될 줄은 몰랐다. 우리 인생에 정말 많은 변화가 있었다. 나는 우리가 이 이상한 파리 여행을 끝내고 나면 어떻게 변해 있을지 궁금했다.

"문자로 보내 줄게." 엄마가 말했다.

"흐으음." 나는 어두컴컴한 거실을 지나 창가로 갔다. 커튼을 타이백으로 묶고 덧창을 열었다. 햇살이 집 안으로 쏟아져 들어왔다. 나는 돌아서서 아파트를 살폈다. 공기 중에 파우더 같은 먼지가 춤을 추고 있었다. 그래도 어제 잠깐이나마 우리가 그곳을 휘젓고 다닌 덕분인지 거실을 뒤덮고 있던 대부분의 거미줄이 이제는 전등, 가구 틈새, 벽에 걸린 화려한 액자 정도에만 끼어 있었다. 두 번째 덧창을 여는데 휴대폰에서 문자 알림 소리가 났다.

"사진 지우지 마. 약속." 엄마가 명령하듯 말했다.

"안 지워. 그렇다고 액자에 넣어 걸겠다는 소리는 아니니까 오해마." 나는 나지막이 말했다.

"그럼 엄마가 액자에 넣어 줄게." 엄마가 세 번째 창문으로 다가가 덧창을 열어젖혔다. 엄마는 파리의 봄을 얼마나 사랑하는지에 대해 목청껏 노래를 불렀다. 그러고는 왈츠를 추며 침실로 들어갔다.

아직은 겨울이지만 갑자기 봄에 대한 기대로 가슴이 부풀어 올랐다. 엄마와 나는 여기에 오기까지 아주 먼 길을 돌아와야 했다. 우리가 과연 어디서 새로운 계절을 맞이할지 궁금했다. 엄마는 지루하거나, 역경에 직면하거나, 더 반짝이는 새로운 길이 열리면 하던 일을 미련 없이 그만둔 전적이 수두룩했다.

"어디서부터 시작할까?" 내가 물었다.

사상 최악의 거미줄이 거실과 침실에 깔려 있었다. 게다가 욕실과 주방은 아직 보지도 못했다. 현장에 와 보니 해야 할 일의 규모가 어제 생각한 것보다 훨씬 벅차게 느껴졌다. 해 질 녘 어스름이 깔릴 무렵의 아파트는 신비롭고 초현실적이었다. 무대 세트, 혹은 내가 하는 제인 오스틴 투어 프로그램에 포함되어 있는 실물 크기의 영화 촬영지처럼 보였다. 하지만 무자비한 한낮의 햇살 아래에선 현실을 직시할 수밖에 없었다. 아이비 할머니의 아파트는 엄마와 나의 특권이자 문제였다.

엄마가 대답이 없기에 침실로 가 보았다. 엄마는 어제 엄마가 서 있던 바로 그 자리에서 침실 벽면에 붙은 금박 액자 컬렉션을 뚫어져라 쳐다보고 있었다.

"내 말 들었어?" 내가 물었다.

"응?" 엄마의 목소리가 갈라졌다. "아, 아니. 미안. 뭐라고 했는데?"

나는 엄마 옆에 서서 그림들을 쳐다보며 대체 뭐가 엄마를 그렇게 얼어붙게 만드는지 알아내려 했다. 의심의 여지없이 거기 보이는 모델은 모두 아이비 할머니였다. 솔직히 나도 증조할머니의 누드를 보는 게 마냥 속 편하진 않았다. 어쨌거나 아이비 할머니도 한창인 때가 있었을 테고, 젊은 날에 부리는 객기의 의미로 옷을 벗어 던진 게 아닐까. 나는 엄마에게 그러는 엄마는 혼자서 나를 임신한 거냐는 농담을 던지고 싶은 충동이 일었다. 그런데 가만히 보니 엄마가 그 그림을 진심으로 거슬려 하고 있었다. 나는 쓸데없이 엄마의 속을 긁지 않기로 했다.

마침내 엄마가 벽을, 그러니까 그림들을 가리키며 말했다. "너무 이상해. 우리 할머니…… 내가 기억하던 할머니랑…… 너무 달라."

엄마가 놀랄 만도 했다. 그도 그럴 것이 아이비 할머니는 엄격하고 품위가 넘치는 분이었다.

"난 어릴 때 봤던 증조할머니가 전부라서. 할머니는 항상 뭐랄까…… 몸이 약했어. 그래도 날 위해 옷을 만들어 주시고 책 많이 읽으라고 조언해 주시고. 맞다. 할머니는 편지 쓰는 일에 되게 열정적이셨어. 엄마도 기억나지?"

"응. 기억나." 엄마가 나를 향해 몸을 틀었다. 갑자기 예전 기억이 떠오른 듯 놀란 얼굴이었다. "아이비 할머니는 외국의 정부 지도자들에게 정치범을 석방하고 인권 강화를 촉구하라는 편지를 쓰곤 했지."

"난 어린 마음에도 그게 할머니에게 중요한 일이란 걸 알고 있었던 것 같아." 내가 말했다. "할머니 집 침실에 놓여 있던 카드 테이블이 기억나네. 테이블에 아이비 할머니만의 규칙대로 분류된 봉투들이 높다랗게 쌓여 있었는데. 당시 나는 아이비 할머니랑 더 가까워지고 싶어서 무슨 일을 하시는 건지 알아내려고 애썼거든. 편지가 아이비 할머니한테 아주 중요해 보이는 데다 항상 다른 사람들한테 편지를 쓰고 계셨으니까 나도 아이비 할머니한테 편지를 써야겠다고 마음먹었어. 난 그 테이블에 앉아서 쌓여 있는 봉투 하나와 종이 몇 장을 좀 빌려 썼어. 근데 내가 봉투를 헤집는 사이에 아이비 할머니가 분류해 놓은 게 엉망이 됐었나 봐. 된통 혼나고 이후로는 아이비 할머니 방에는 얼씬도 못했잖아."

"그래." 엄마가 골똘히 생각하더니 말했다. "내가 기억하는 할머니도 딱 그랬어. 난 할머니 옆에 있을 때마다 혼났어. 심술궂은 노인네 같으니라고."

"아니거든." 나는 봉투 한 장 빌려 썼다고 난리를 쳤던 그 칼 같은 성격의 여인과 이 아파트에 살았던 관능적인 그림 속 여인을 일치시켜 보려 애쓰며 대꾸했다. 역시나 쉽지 않았다.

"뭐, 어쩌면 살짝 심술궂다고도 할 수 있겠네." 결국 엄마의 말을 인정할 수밖에 없었다.

"맞지. 심술궂었지." 엄마가 보란 듯이 말했다. "아니라면 어떻게 이런 아파트를 가족들에게 비밀로 할 수 있었겠니? 아파트의 존재를 알았다면 그동안 파리로 휴가를 올 수도 있었을 건데. 그리고 캐롤라인이랑 내가 그해 여름 파리에 왔을 때 여기 머물 수도 있었을 거고."

그때 노크 소리가 들렸다. 우리는 깜짝 놀란 얼굴로 서로를 쳐다보았다.

엄마가 눈을 크게 뜨며 속삭였다. "아까 그 복도 건넛집 여자가 경찰에 전화한 거 아닐까?"

"뭔가 수상한 걸 봤다고 생각했다면 그랬을지도 모르지. 신고하는 게 맞기도 하고."

나는 문으로 걸어가면서 목소리를 높여 말했다.

"하지 마!" 엄마가 쉿소리를 냈다. "대답하지 말라고."

"왜? 우린 아무 잘못 없어. 이 집에 침입한 게 아니잖아. 우린 집주인이야. 그리고 휴대폰에 변호사 번호도 저장돼 있고."

엄마가 나를 보며 눈을 깜빡거렸다. 내 말이 틀린 게 하나 없으니

할 말이 없다는 눈치였다.

"어차피 이웃집에 인사도 해야 하잖아. 우리가 집주인이란 걸 빨리 알릴수록 좋지. 아니면 철물점 남자가 진공청소기를 배달하러 왔을 수도 있고." 내가 어깨 너머로 말했다.

옛날 문이라 그런지 외시경이 없었다. 그래서 문 저쪽에 누가 있는지 모르는 상태에서 대답할 수밖에 없었다. 나는 마스크를 벗었다. 엄마한테 큰소리치긴 했지만 혹시나 긴장감 따위가 겉으로 드러나기라도 할까 봐 더욱 자신 있고 당당해 보이기 위해 턱을 들고 자세를 곧추세웠다. 문을 열자 경찰이나 이웃집 자경단 대신 검은색 톱코트 속에 슈트를 쫙 빼입고 넥타이를 맨 너무나 잘생긴 남자가 서 있었다.

"봉주르, 아, 굿 모닝." 그가 형광등 백 개를 켠 듯한 환한 미소를 지었다.

순간 나는 그의 훤칠한 몸매와 조지 클루니만큼 잘생긴 얼굴에 취해 할 말을 잃고 말았다. 퀴퀴한 담배 냄새와 고급 향수 향이 뒤섞인 진한 아저씨 냄새가 풍겨 왔지만, 양 눈가의 잔주름과 어우러진 갈색 눈동자며 살짝 옆으로 기운 앞니가 그의 체취를 무마시켜 주고 있었다.

"전 가브리엘 체니라고 해요." 그는 내가 자신을 알고 있어야 한다는 듯이 다시 미소를 지었다. 그의 영어는 유창했지만 운동화 속 내 발가락을 오그라들게 하는 프랑스어 억양이 강하게 섞여 있었다.

순간 내 차림새가 떠올랐다. 머리에는 우스꽝스러운 핫 핑크 반다나를 눌러쓰고 눈에는 보호용 고글을 착용하고 있었다. 반다나와 고글을 확 잡아 빼는 찰나 청소 미션을 수행하러 온다고 화장을 하지 않았다는 사실이 퍼뜩 떠올랐다. 젠장.

"에밀 레베스크 씨의 의뢰인이시죠?" 그가 물었다. "오늘 아침에 레베스크 씨를 대신해 제가 오기로 돼 있었는데, 알고 계실까요?"

"네. 들어오세요." 나는 문을 활짝 열고 한 걸음 뒤로 물러서서 그에게 들어오라는 몸짓을 했다. 순간 그의 멋진 코트가 자석에 철 가루 붙듯 먼지를 빨아들일 거라는 생각이 스쳤다. "아파트가 좀 지저분해요. 입고 계신 코트를 다 버릴 것 같은데. 혹시 캐시미어예요?"

나는 손을 뻗어 코트를 한번 만져 보고 싶은 충동을 겨우 참았다. 그가 입을 다문 채 프랑스식으로 어깨를 으쓱하고는 문간에서 안을 들여다보았다. 남자는 끙 하고 신음 소리를 내며 그 자리에서 움직이지 않았다. "그렇네요. 많이 지저분해 보이네요. 그런데 당신은요?"

순간 나는 그의 말을 잘못 알아듣고 나 또한 아주 지저분해 보인다고 하는 줄 알았다. 그러다 이내 그가 내 이름을 묻고 있다는 걸 깨달았다.

"아! 제 소개를 안 했네요. 전 해나 본드예요."

"전 말라고요." 엄마가 내 옆으로 슬그머니 다가와 손을 내밀었다. "본드. 말라 본드예요."

엄마는 완전히 유혹 모드로 전환되어 있었다. 조금 전 침실에 서서 자기 할머니의 누드화를 노려보며 오만상을 쓰던 이 여인에게 갑자기 무슨 일이 벌어진 건가. 엄마의 손을 잡는 가브리엘 체니의 손가락에 결혼반지가 없었다. 엄마가 가브리엘의 침대에 눕기까지 과연 시간이 얼마나 걸릴까.

"반갑습니다, 마드무아젤 본드."

엄마가 킥킥거렸다. 내 옆에 오기 전에 고글과 반다나를 벗고 머리를 매만져 한껏 부풀린 엄마는 아주 예뻐 보였다. 엄마는 쇠퇴된 도시 한가운데에 피어난 한 떨기 장미 같았다. 가브리엘 체니는 엄마보다는 젊고 나보다는 나이 들어 보였다. 그리고 분명 우리 둘 중에 엄마가 더 매력적이라고 생각할 것 같았다. 갑자기 왜 그런 생각을 했는지 모르겠지만 아무튼 그랬다. 나는 머릿속에 떠오른 쓸데없는 생각을 얼른 지워 버렸다. 가브리엘이 복도로 물러섰다. 엄마와 나도 그를 따라 복도로 나갔다.

"저런 먼지 구덩이 속에 계시면 몸에 안 좋아요." 그가 말했다. "제 비서에게 두 분을 위해 청소업체를 구하라고 일러 둘게요. 분명 오늘 오후까지 작업을 맡아 줄 업체를 찾을 수 있을 거예요. 전문가들이 오면 순식간에 정리될 거고요."

"아니요. 괜찮아요." 내가 말했다. "감사하지만 저흰 이미 청소용품을 구입했어요. 진공청소기도 샀는걸요. 곧 배달될 거예요."

그가 미심쩍으면서도 재미있다는 눈빛으로 나를 뚫어져라 쳐다보았다. 그러고는 입으로 휘익 바람 소리를 냈다. "이건 아름다운 여성분들이 할 일이 아니에요. 오늘같이 멋진 날엔 나가서 즐기셔야죠. 오늘은 모처럼 날이 따뜻하지만, 내일부터 다시 매섭게 추워진다고 해요. 이 좋은 날씨를 누릴 수 있을 때 누리세요."

그가 얼마나 전문적인 업체를 구해 줄지 알 수 없는 노릇이었지만,

아파트 청소를 위해 소매를 걷어붙이고 손에 먼지를 묻히는 일이 싫지 않았다. 아니, 오히려 행복했다. 물론 전문가처럼 완벽하게 해낼 자신은 없었다. 하지만 나에게 주어진 일이라면 기꺼이 내 손으로 해야 할 터였다. 아파트가 혼자서 깨끗해질 리는 만무하니까 말이다.

"해나, 가브리엘 씨 너무 다정하시지 않니?" 엄마의 유혹 모드는 최고조에 달해 있었다. "마음 써 주셔서 너무너무 감사해요." 엄마가 말했다. "우리를 위해 청소업체를 불러 주신다면 더할 나위 없이 좋죠."

어느새 엄마는 도움이 필요한 가련한 아가씨 역으로 갈아탔다.

"네. 당장 그렇게 할게요." 가브리엘 체니는 고개를 끄덕이며 코트 주머니에서 꺼낸 휴대폰으로 시선을 돌렸다.

그가 전화를 걸어 프랑스어로 말했다. 너무 빨리 말해서 무슨 말인지 알아들을 수는 없었다. 가브리엘은 전화를 끊고 나서 먼저 엄마를 보고 그다음엔 나를 보며 웃었다. 그의 시선이 내 눈에서 입술로, 입술에서 다시 내 눈으로 이동했다. 나는 애써 당황하지 않은 척했다.

"청소업체 직원이 금방 도착할 거예요. 비용은 내지 않으셔도 되고요." 그가 웃으며 말했다. "저희 로펌에서 이걸…… 미국에서는 뭐라고 하나요……. 그…… 집들이 선물? 아무튼 선물로 드릴 수 있어서 기뻐요."

"오, 집들이 선물요?" 신기하게도 엄마의 미국 남부 출신 특유의 느릿한 말투가 사라졌다. 엄마는 아주 기뻐하면서 마치 '내가 뭘 했는지 봤지? 보고 배워.' 하듯이 나를 곁눈질했다. 엄마가 곤경에 처한 가련한 아가씨 역할에 몰입한 사이 가브리엘의 관심은 분명 나를 향하고 있었다. 하지만 내 안의 회의론자가 자리를 박차고 일어나 이렇게 속삭였다. '세상에 공짜는 없어. 항상 함정이 숨겨져 있지.'

청소업체에서 제대로 된 장비로 무장하고 와 준다면 아파트를 하루나 이틀 안에 사람이 거주할 만한 공간으로 만들 수 있을 것이었다. 그렇게만 되어도 우리는 일주일 치 호텔비를 절약할 수 있었다. 비용 면에서 손해 볼 게 없고, 런던으로 돌아가기 전에 며칠 밤이라도 아파트에 머물 수도 있었다.

"레베스크, 라신, 체니 로펌에서 드리는 파리 방문 기념 선물이라 생각하세요." 그는 파리라는 단어를 '빠-히'처럼 발음했는데 그 음성이 너무나 매력적이었다. 나는 그에게 고맙지만 괜찮다고 말했다. 그가 어깨를 으쓱하고는 말했다. "왜요? 전 우리 로펌에 지분이 있는 파트너 변호사예요. 규칙을 정하는 사람이 바로 저란 말이죠."

와우. "아, 그러니까 당신이 레베스크, 라신, 체니 로펌의 그 체니라는 말씀이세요?" 나는 내심 놀랐지만 겉으로는 심드렁하게 물었다.

"네." 내 말이 끝나기가 무섭게 그가 눈썹을 치켜올리며 대답했다.

"해나, 체니 씨가 네 생각해서 그러는데 눈치 없이 왜 그러니?" 엄마가 타박을 놓았다.

나는 억지로 미소를 짓고는 나중에 엄마한테 이런 식으로 나를 공격한 일에 대해 단단히 따져야겠다 싶었다. 나를 키우지도 않은 엄마는 나를 창피하게 만들 권리도 없었다.

"업체는 언제쯤 도착할까요?" 엄마가 물었다. "우리가 기다렸다가 그분들한테 여길 직접 보여 드릴 필요가 있나요? 어차피 청소 작업을 하러 오시는데 우리가 여기서 어슬렁거릴 필요가 있을까 싶어서요. 그냥 해나의 전화번호만 남기고 우리는 아침을 먹으러 가면 안 될까요? 아침에 크루아상 하나밖에 못 먹었더니 벌써 배가 다 꺼져 버렸어요."

"아주 좋은 생각이에요." 가브리엘이 또다시 나를 보며 말했다.

"아침은 저희가 대접할게요." 엄마가 말했다. "감사의 의미로요. 베풀어 주신 거에 비하면 아무것도 아니지만요."

엄마가 지갑을 여는 시늉만 하고 결국은 가브리엘이 계산할 거라는 데에 50달러를 걸겠다.

가브리엘은 청소업체에 전화해서 도착 전에 연락해 달라고 말한 뒤, 엄마와 나를 그 동네에서 자기가 제일 좋아한다는 카페로 데려갔다. 자리를 잡고 앉았는데 가브리엘이 자신은 이미 아침을 먹었다고 했다. 나는 아침에는 식욕이 별로 없는 편이라 철물점에 가기 전에 먹은 크루아상과 커피만으로도 충분했다. 가브리엘과 나는 카페오레를 주문했다. 엄마는 달걀프라이, 소시지, 베이컨, 해시 브라운, 통밀빵(흰 빵보다 건강에 더 좋으므로) 토스트가 같이 나오는 미국식 아침 메뉴를 주문했다.

"다른 할 일이 있으시면 가세요. 저희 때문에 여기 계시지 않으셔도 돼요." 내가 가브리엘에게 말했다.

엄마가 테이블 밑으로 내 발을 찼다. 나는 소리를 지를 뻔한 걸 겨우 참았다.

"무슨 문제라도 있습니까?" 가브리엘이 나를 향해 몸을 돌렸다. 너무 가까웠다. 그의 숨결에서 담배와 커피 냄새가 났다. 나는 카페오레를 다 마시면 꼭 껌을 씹어야겠다고 생각하며 의자 등받이에 기대앉았다.

"아니요. 전혀요." 나는 엄마를 쳐다보았다. 엄마는 아이처럼 천진난만하게 토스트를 오물거리고 있었다. "다른 일이 있는데 저희 때문에 여기 계신 건 아닌가 해서요."

그는 나에게서 눈을 떼지 않은 채 커피를 한 모금 들이켜고는 잔을 컵 받침 위에 내려놓았다. "배려해 주셔서 감사합니다. 그런데 제 비서가 오늘 아침 제 스케줄을 두 분을 위해 오롯이 비워 뒀어요."

가브리엘의 머리 굴리는 소리가 나에게까지 들리는 듯했다.

"그나저나 숨겨진 아파트라니 뭔가 색다르네요. 그렇게 생각하지 않으세요?" 그가 물었다. "깨끗이 청소하고 나면 아파트가 어떤 모습일지 진심으로 궁금해요."

그의 휴대폰이 진동했다. 가브리엘이 휴대폰을 들고 메시지를 확인했다. "저…… 두 분이 불쾌해하지 않으셨으면 좋겠는데……. 사실은 제가 청소 전후 사진을 찍을 사진사 하나를 고용했어요." 그가 자신의 휴대폰을 가리켰다. "식사를 마치고 돌아가면 사진사가 우리를 기다리고 있을 거예요."

"전후 사진이요?" 엄마가 물었다.

가브리엘이 고개를 끄덕였다. "그렇게 오랜 역사를 지닌 장소를 볼 수 있는 일은 결코 흔하지 않죠. 그 아파트는 이 도시의 보물이에요."

그제서야 대형 로펌의 명망 있는 파트너 변호사가 우리의 '입주'를 돕기 위해 스케줄을 비우고 먼지 긴 아파트에 청소업체까지 불러 준 이유를 알 것 같았다. 그와 그의 회사에 도움이 될 만한 거리가 있었던 거다. 역사라고까지 언급하니 우리가 과거를 싹 지워 버리기 전의 모습을 기록할 수 있다는 생각에 전율이 일었다. 내 마음 한 켠에서는 어김없이 회의론이 일었지만, 그럼에도 불구하고 전후 사진을 남기는 건 모두에게 득이 되는 일 같았다.

엄마가 이맛살을 찌푸렸다. "솔직히 말할게요. 우린 전문 사진사에게 지불할 돈이 없어요. 제 결혼식 때도 사진사를 고용했는데 얼마나 비쌌던지. 아무튼 레베스크, 라신, 체니 로펌에서 사진 촬영을 원한다면 하시되, 전 어…… 그러니까, 저희는 돈을 낼 수가 없어요."

엄마는 커피를 후루룩 마시는 걸로 말을 끝냈다.

가브리엘이 입술을 삐쭉하더니 대답했다. "비용은 저희가 기꺼이 지불할게요."

"후일을 위해 저장하는 것 말고 다른 어떤 계획이 있으신가요?" 내가 물었다.

"원하신다면 저희 쪽에서 신문사에 제보할 수도 있어요." 그가 말했다. "만일 아파트를 팔려는 생각이 있으시다면 값을 높이는 데 도움이 될 거고요. 역사의 일부를 갖고 싶어 하는 사람은 많으니까요. 그걸 얻기 위해 기꺼이 웃돈을 얹을 사람들도 물론 많을 거고요."

"워워, 너무 앞서가진 마세요." 엄마가 마지막 달걀과 감자를 포크에 찍고는 허공에 휘휘 돌리며 끼어들었다. "집을 판다는 얘긴 안 했잖아요."

"글쎄, 아마 그래야 할걸." 내가 말했다.

"아직 아파트 안이 어떤지 속속들이 살펴보지도 못했잖아." 엄마는 이렇게 말하고는 마지막 한 입을 입안에 쏙 집어넣었다.

"당연하죠." 그가 말했다. "아파트를 팔지 말지 지금 결정할 필요는 없죠. 언제든 두 분이 공개할 준비만 된다면 언론에서는 분명히 아파트의 존재에 관심을 보일 거라는 말씀을 드리는 거예요."

"그렇게 되면 당연히 레베스크, 라신, 체니 로펌도 좋은 홍보 효과를 얻을 테고요." 내가 말했다.

"그럼요." 그가 살짝 도전적인 눈빛을 보였다. "왜요? 좀 그러세요?"

엄마와 나는 서로를 마주 보았다.

"음…… 그렇다면 로펌 수수료도 협상의 여지가 있어 보여서요." 내가 말했다.

가브리엘이 고개를 끄덕였다. 그의 얼굴에 서서히 미소가 번졌다. "전 사업 머리가 좋은 여자분들이 그렇게 멋있을 수가 없더라고요."

그가 새하얀 커피 잔을 들고 의자에 등을 기댔다. 그의 눈길이 좀 지나치다 싶을 정도로 오랫동안 내 얼굴에 머물렀다. 유혹하는 눈빛인지 잡아먹고 싶은 눈빛인지…… 아니면 그냥 프랑스 스타일인지 알아차리기 힘들었다. 뭐가 되었건 가브리엘의 눈빛에 왠지 모르게 마음이 불편해졌다.

프랑스 파리

나의 다이어리에게,

갤러리 라파예트 백화점에선 일자리를 얻지 못했어. 담당자가 고객들을 상대하기엔 내 프랑스어 실력이 턱없이 부족하다고 대놓고 말하더라고. 수선 쪽에는 공석이 없었고. 나는 심란한 마음으로 그 자리를 떠야 했어. 헬렌이 거봐, 하면서 누드 모델 일을 옹호하는 소리가 귓가에 들리는 듯했어. 정말 헬렌의 말이 맞는 걸까? 육체는 그저 뼈와 살일 뿐 신성함의 여부와는 상관이 없는 걸까?

나는 아파트로 돌아가기 전에 한참을 정처 없이 걸으며 어떤 선택을 해야 할지 고민했어. 걷다 보니 헬렌의 꿈의 무대인 팔레 가르니에 오페라 하우스도 보였어. 발레단원이 돼서 그 무대에 서는 것이 헬렌의 꿈이거든. 헬렌은 비록 지금은 퇴짜를 맞은 신세이지만 언젠가 꿈을 실현하리라는 신념은 결코 놓지 않을 거라고 했지.

어느새 나는 건물 정면이 아름다운 로마식으로 지어진 마들렌 성당에 와 있었어. 마들렌 성당은 길을 잃었던 어느 밤에 우연히 맞닥뜨렸던 곳이야. 비록 가톨릭 신자는 아니지만 기도를 하고 싶었어. 길을 잃었던 그날 어떤 끌림을 느꼈었거든. 이번에는 성당 안으로 들어가서 금색으로 빛나는 화려한 성당 한가운데에 무릎을 꿇었어. 종교가 무엇이든 상관없이 신이 기도에 답해 줄 거라 생각했어. 나는 신에게 내가 무엇을 해야 할지 계시를 내려 달라고 간청했어.

그러고는 튈르리 정원으로 돌아갔어. 튈르리 정원에 있는 연못에서 아이들이 작은 배를 띄우고 있었어. 쇠구슬 굴리기 게임을 하는 노인들도 보였어. 내가 이 정원에서 제일 좋아하는 장소는 오랜 세월 동안 온갖 시련을 견뎌 낸 고대 조각상들이 곳곳에 자리 잡은 조각 공원이야.

나는 님프 상 앞에서 발걸음을 멈췄어. 다른 남자 조각상들은 대부분 옷을 입고 있었는데, 님프만이 보란 듯이 자랑스럽게 나신을 드러내고 서 있었지. 님프의 발치에 개가 한 마리 있었어. 지난번 같은 자리에서 본 사랑스러운 조그만 생명체가 떠오르더라. 님프는 마치 나를 내려다보며 말을 하는 것처럼 살짝 고개를 숙이고 있었어. "나는 수많은 세월을 참아 냈어. 네가 강인한 사람이라면…… 너도 충분히 할 수 있을 거야." 참고로, 님프는 대리석을 깎아 만든 받침대 위에 우뚝 서 있었어.

아, 나는 그저 뼈와 피부, 가슴과 엉덩이로 이뤄진 존재일 뿐이야. 나는 집을 나와 떠돌다 길을 잃은 새끼 고양이이고, 파리는 이런 나를 언제든 덮치려고 대기 중인 수고양이 같아. 자아를 찾겠다고 호언장담하며 런던을 떠났지만 정작 마음의 준비는 전혀 되지 않았나 봐.

님프 상 앞에 서서 나는 님프의 속삭임을 들었어. "우리는 하나야. 너와 나는 같은 존재야. 넌 괜찮을 거야. 하지만 너무 자만하면 안 돼."

해 질 녘 아파트로 돌아오니 뤽의 동료 화가인 피에르 장이 있더라. 피에르는 나에게 자신의 모델이 돼 달라고 했어. 무슨 일을 해야 할지 계시를 내려 달라고 먼저 청한 건 나였지만 이에 대한 신의 대답이 피에르라고 믿고 싶진 않았어.

11

내 예상대로 가브리엘이 식사비를 지불했고 그의 운전기사가 우리를 아파트까지 데려다주었다. 레스토랑에서 아파트로 가는 길에 마치 영화처럼 창밖으로 펼쳐지는 파리의 아침 풍경을 지켜보았다. 한 손에 테이크아웃 커피를 들고 다른 한 손에는 목줄을 잡고 반려견을 산책시키는 사람들. 유모차를 밀며 조깅하는 여자. 불룩한 그물 장바구니를 팔에 걸고 기다란 바게트를 옆구리에 낀 채 느긋하게 걷는 나이 지긋한 남자.

아파트에 도착하자 키 크고 호리호리한 금발의 사진사가 정문 밖에서 우리를 기다리고 있었다. 그녀를 보조하는 두 남자도 함께였다. 한 명은 조명 판을 정리 중이었고 다른 한 명은 세팅이 완료된 카메라 본체를 몇 개 들고 있었다.

전문 사진사가 촬영한 아파트 사진을 남겨 놓는다는 아이디어는 너무나 옳았다. 내가 왜 여태 그 생각을 못했는지 이해가 가지 않았다. 가브리엘의 말이 맞았다. 집안의 가보이기 전에 그곳은 얼어붙은 시간 속 역사의 한 조각으로 기록되어야 마땅한 장소였다. 내 마음속에 잠들어 있던 역사광적 기질이 슬슬 발동하기 시작했다.

가브리엘은 금발의 사진사에게 몸을 기울여 프랑스식으로 양쪽 뺨에 입을 맞추었다. 그 의식이 너무 긴 거 아닌가 싶었지만 그녀는 개의치 않는 듯했다.

"오늘 사진을 찍어 주실 아나스타샤 지라드입니다. 아나스타샤는 영어를 못해요. 그렇지만 문제는 전혀 없을 겁니다."

아나스타샤는 키가 크고 예뻤다. 커다란 담갈색 눈과 도톰한 입술을 한 그녀는 평상시에도 카메라 앞에 선 듯, 혹은 잡지 표지에 나오는 듯 당당하게 포즈를 취할 것 같았다. 과거 가브리엘과 그녀 사이에 뭔가 있었을 것 같은 느낌이 왔다…… 아니면 진행 중? 둘은 아름다운 한 쌍이 되리라. 나는 두 사람 사이에 오가는 기류에 완전히 빠져 버렸다. 아나스타샤가 그 완벽한 턱을 당겨 길고 짙은 속눈썹 사이로 가브리엘을 올려다보는 모습에서 미묘한 유혹의 물결이 일었다. 가브리엘의 시선은 애무하듯 그녀의 얼굴에 머물러 있었다. 둘 사이에 넘쳐흐르는 성적 긴장감에 숨이 막힐 지경이었다. 아직 아무 일도 벌어지지 않은 상황이라면 그들의 감각은 지금쯤 무르익을 대로 무르익었을 터다.

"아나스타샤가 만나 봬서 반갑다고 하네요. 두 분이 준비되는 대로 아파트에 들어가겠다고 해요." 가브리엘이 말해 주었다.

"가브리엘 씨가 여기 계시면서 통역해 주실 건가요?" 엄마가 물었다.

가브리엘이 아나스타샤를 쳐다보았다. 아나스타샤는 아파트 안으로 이동하기 위해 카메라들을 케이스에 집어넣고 있었다. 그녀의 신중한 손길을 보니 우리 아파트도 조심스럽게 잘 다루어 줄 것 같았다.

"다른 일 많으실 텐데," 내가 말했다. "제 프랑스어 실력이 출중하진 않지만 그럭저럭 쓸 만해요. 번역기도 있고요. 우린 괜찮을 것 같아요."

가브리엘이 내가 한 말을 쫓아내듯 손사래를 쳤다. "기꺼이 같이 있어 드릴게요. 이미 말씀드렸듯이 오늘 아침은 두 분을 위해 비워 뒀으니까요. 사무실에 잠깐 전화만 좀 할게요."

그가 자리를 옮겨 전화 통화를 했다. 그러고는 아나스타샤에게 프랑스어로 뭐라고 말했다. 그녀는 몸을 돌려 엄마와 나를 보고 고개를 끄덕였다.

우리는 다 같이 건물 안으로 들어갔다. 엘리베이터가 너무 작아서 엄마와 카메라 장비를 든 아나스타샤만 먼저 올라가기로 했다. 엄마가 그녀와 함께 가서 문을 열어 줄 작정이었다. 빈 엘리베이터가 돌아오자 가브리엘이 아나스타샤의 보조 직원들에게 엘리베이터에 타라는 몸짓을 했다. 그리고 가브리엘과 나 둘만 남았다. 비좁긴 했겠지만 엘리베이터에 네 사람이 탈 수도 있었다. 하지만 나는 엘리베이터를 기다리며 가브리엘과 이야기를 나누는 것이 좋았다.

"런던에 돌아가기 전에 로댕 미술관에 꼭 가 보세요." 그가 말했다. "최고로 멋진 곳이거든요. 제가 파리 전체를 통틀어 가장 좋아하는 장소예요. 로댕의 조각상들이 전시돼 있죠. 정원도 있는데 한겨울에는 아름다움이 좀 덜하지만 야외에 앉아 파리를 즐기기에 여전히 완벽한 장소예요."

"로댕 미술관이 무슨 저택 안에 있다고 들은 거 같은데."

"맞아요. 비롱 저택이요. 18세기 초반에 지어졌어요."

"로댕이 거기서 산 거예요?"

"네. 혼자 산 건 아니고요. 당시엔 장소를 나눠서 1층에 있는 방 몇 개를 임대했대요. 그가 죽고 나서 저택이 철거되고 그 자리에 아파트가 지어질 뻔했는데 당시 사람들이 사수해 냈어요. 그러고는 로댕을 기리는 미술관으로 만들었죠. 로댕 미술관은 100년이 넘도록 그 자리를 지키고 있고요."

"로댕 미술관에 대해 아는 게 많으시네요."

"제가 파리에서 가장 좋아하는 장소라고 말씀드렸잖아요. 해나 씨도 꼭 방문해 보시면 좋겠네요."

"저도 그럴 수 있었으면 좋겠네요." 내가 말했다. "언젠가는요. 이번엔 자유 시간이 많이 없어요."

"파리에 얼마나 계시나요?"

"다음 주 화요일까지요. 일 때문에 런던에 돌아가야 해서요."

"실례지만 무슨 일을 하세요?"

"제인 오스틴의 행적을 쫓아 영국의 교외 투어를 해 주는 가이드예

187

요. 제인 오스틴의 팬들을 그녀의 소설에 등장한 장소에 데려가죠."

"와, 엄청 흥미로운데요. 고객 대부분이 여자분들인가요?"

"네. 여자분들하고, 별생각 없이 따라온 남편들?"

"해나 씨는 필시 독서 애호가겠군요." 그가 말했다.

좀 전에 가브리엘이 예술가의 향기가 느껴지는 아름다운 아나스타샤와 한껏 므흣한 분위기를 연출하던 장면을 목격하고 난 터라 그 어느 때보다 나 자신이 더할 나위 없는 독서 애호가처럼 느껴졌다. 뭐, 어쨌거나 나는 나이니까.

"책 읽는 거 좋아해요. 책이라면 다 좋아요."

"저도요." 그가 말했다. "저는 개인적으로 전기를 좋아해요. 흥미로운 삶과 그런 삶을 산 사람들에 대한 이야기가 좋아요. 해나 씨는 아주 흥미진진한 직업을 가지셨네요."

"재미있죠. 전 제 투어에 온 사람들을 만나는 게 좋아요. 일주일 동안 시골을 돌다 보니 많은 시간을 함께하는데 그러다 보면 서로 알 기회가 생기거든요. 일 덕분에 인간의 본성에 대해 많이 배우는 중이에요."

그가 나를 보며 웃었다. 그의 시선이 조금 전에 아나스타샤를 애무하던 방식으로 손 하나 대지 않고 나를 만지는 듯한 착각이 잠깐 들었다. 그때 엘리베이터가 도착했다. 마법은 깨져 버렸다. 엘리베이터를 타고 한 층을 오르는 사이 그와 나는 아무 말도 하지 않았다. 엘리베이터 문이 채 열리기도 전에 엄마의 목소리가 들려왔다.

"침실에 있는 그림은 찍지 마세요." 엄마가 외쳤다. "제가 무슨 말하는지 이해했어요?"

집 안에 들어가자 엄마가 침실에 서서 운동 경기 심판마냥 두 팔을 휘저어 대고 있었다.

"침실 벽에 걸려 있는 그림들은 찍으면 안 돼요." 엄마는 크게 말하면 아나스타샤가 더 잘 이해할 거라는 듯 다시 목청을 높였다. 하지만 아나스타샤는 어깨를 씰룩하고는 내 옆에 서 있는 가브리엘에게 애원의 눈길을 보냈다.

"무슨 문제라도 있나요?" 가브리엘이 물었다.

"사진사분이 침실의 그림을 찍지 않았으면 해서요. 거긴 출입 금지예요."

"아." 가브리엘이 알아들었다는 듯 대답했다 그리고는 아나스타샤와 프랑스어로 짧은 대화를 나누었다. 말이 너무 빨라서 둘이 무슨 대화를 했는지 알아듣진 못했다.

마침내 가브리엘이 말했다. "아나스타샤는 아파트 사진을 못 찍게 하는 줄 알았다고 하네요."

"그 말이 아니었어요." 엄마가 신음하듯 말했다.

"나도 엄마가 그 말을 한 게 아니라는 건 알아." 내가 말했다. "하지만 저분은 엄마 말을 못 알아듣잖아. 엄마가 아나스타샤 씨 말을 못 알아듣는 것처럼 말이야. 엄마, 제발 예의 좀 지켜 줘."

엄마가 콧방귀를 뀌더니 팔짱을 꼈다. "오늘은 사진을 찍지 말아야 할까 봐. 모든 게 다 너무 갑작스럽잖아. 우리 눈으로 아파트 내부를 꼼꼼히 살펴볼 시간도 없었고."

"엄마, 일단 나가자." 나는 엄마에게 둘이서만 이야기할 수 있게 복도로 나가자고 손짓했다.

나는 나가면서 가브리엘에게 말했다. "죄송해요. 잠깐만 시간을 주세요. 금방 올게요."

우리 모녀를 정신 병원을 탈출한 한 쌍의 환자인 듯 쳐다보던 아나스타샤와 눈이 마주쳤다. 나조차 그 순간엔 엄마 때문에 반쯤 혼이 나간 상태였는데 누가 그녀를 탓할 수 있을까.

일단 아파트 문밖으로 나가 복도에 서서 엄마에게 말했다. "오늘 저분이 촬영을 못하면, 그러니까 지금 촬영을 못하면 청소업체 직원들이 도착할 거고 우리는 '전' 사진을 영영 손에 넣을 수 없어."

"저 난장판을 찍는 게 뭐가 그렇게 중요한데?" 엄마의 목소리가 다시 높아졌다.

"아주 좋은 거래이니까." 나는 엄마가 나를 보고 본인이 얼마나 흥분한 상태인지 깨닫길 바라며 차분하게 말했다. 하지만 엄마는 늘 그랬듯 비언어적인 단서에 둔감했다. "그리고 그 목소리 좀 낮춰, 제발. 쓸데없이 왜 소란을 피워."

엄마가 더 이상 말하고 싶지 않다는 듯 양팔을 들어 올리더니 엘리베이터 호출 버튼을 눌렀다. 문이 열리자 엄마가 엘리베이터 안으로 걸음을 옮겼다. 나도 엄마를 따라 엘리베이터에 탔다. 우리는 말없이 아래층으로 내려갔다. 1층에서 내린 뒤 아파트 정문을 열어서 엄마가 먼저 나갈 수 있게 잡아 주었다. 밖으로 나와서 상쾌한 아침 공기를 쏘이자 분별력 있게 말할 수 있을 만큼 머릿속이 맑아졌다.

"무슨 일인지 말해 줄래?" 내가 물었다. "사람들이 저 아파트에 오는 게 싫은 더 큰 이유가 있는 거지?"

엄마가 어깨를 씰룩했다.

"왜 그러는지 말해 줘. 엄마가 속으로 무슨 생각을 하는지 알아야 나도 대응을 할 거 아냐."

엄마가 콘크리트 벤치 앞에서 걸음을 멈추더니 무너지듯 주저앉았다. 엄마의 두 눈이 눈물로 반짝였다.

"왜 그래, 엄마?"

엄마가 나를 쳐다보았다. "난 네가 날 엄마라 부르는 게 그렇게 좋더라."

나는 무슨 말을 해야 할지 몰라 가만히 있었다. 그저 엄마 옆자리에서 몸을 숙인 채 엄마가 말을 할 때까지 참을성 있게 기다렸다.

"너 클 때," 엄마가 마침내 말문을 열었다. "늘 혼자 겉도는 느낌이었어. 너한텐 할머니가 있었고. 아이비 할머니는 네 할머니랑 널 두 눈 시퍼렇게 뜨고 감쌌고." 엄마는 고개를 절레절레 흔들었다. "아, 아니다……. 신경 쓰지 마."

"아니야, 엄마. 계속해 봐."

엄마는 무슨 말을 하려 했다가 적당한 단어를 찾을 수 없다는 듯 다시 입을 다물었다.

"그러니까 이곳을 발견한 게 할머니들이랑 내가 속한 삼각형에 들어올 두 번째 기회라 생각했다는 거잖아. 그렇지?" 내가 물었다.

엄마가 어깨를 으쓱하며 눈을 깜빡였다. "그 삼각형을 내가 포함된

사각형으로 바꿀 기회라 생각했어. 바보 같은 소리로 들리겠지만."

"전혀 안 그래." 나는 엄마를 향해 살짝 웃어 보였다. 그러고 나서 무슨 생각이었는지 손을 뻗어 엄마의 손 위에 올렸다. 엄마가 먼저 손을 빼더라도 어쩔 수 없었겠지만 엄마는 그러지 않았다.

"그냥 말하자면 이런 거야……. 이 아파트가 너와 날 위한 무엇으로 느껴진다 할까. 아이비 할머니와 네 할머니가 주신 선물처럼. 네 할머니가 이 아파트에 대해 알고 있었는지 알 순 없지만. 어쨌거나 그건 중요한 게 아니니까. 아무리 생각해도 아이비 할머니가 너와 날 이어 주려고 이렇게 아파트를 남긴 것 같은 거야. 한번은 아이비 할머니가 나한테 이런 말을 한 적이 있었어. 네 할머니와 내 사이가 정말 좋지 않을 때였는데, 내가 캐롤라인과 유럽으로 떠나기 바로 전날이었어. 난 네 할머니와 말도 한마디하지 않았어. 난 정말 나쁜 애였어. 그날 오후 네 할머니가 일을 하는 사이 아이비 할머니가 내 방 문간에 와서 말했어. '우리 애기, 네 엄마가 네 여름휴가 계획을 싫어한다는 거 알아. 우리끼리니까 하는 말이지만 난 네가 유럽에 간다니 기뻐. 사람들은 세상이 마냥 자기들을 기다려 줄 것처럼 살아가지만 그렇지 않아. 게다가 그렇지 않다는 걸 깨달았을 땐 너무 늦어 버리고. 물론 조심해야겠지만, 세상으로 나가서 네가 원하는 걸 좇아 봐.'"

엄마의 목소리가 갈라졌다. 엄마는 침을 꿀꺽 삼키고는 목청을 가다듬었다. 나는 겨우 말문을 연 엄마가 또다시 침묵하게 될까 봐 숨죽이고 가만히 있었다.

"그게 무슨 뜻인지 할머니께 여쭤 봤어야 했어." 엄마가 말을 이어

갔다. "지금 돌이켜 보니 아이비 할머니가 한 말이 할머니가 파리에서 보냈던 시간들과 관련 있을지도 모른다는 생각이 들거든. 하지만 난 내 생각밖에 못하던 이기적인 애였기 때문에 그저 '마침내 이 집에 내 편이 생겼네.'라고 단순하게만 받아들였지. 이젠 상관없지만. 너랑 나……, 우리는 둘 사이에 다른 사람들이 끼면 잘 지내지 못한 것 같기도 해. 난 내가 런던에 와서 우리 사이가 많이 나아졌다고 생각했어. 그런데 외부에서 많은 일들이 우리 사이로 몰려들고 있더라고. 나도 당연히 아파트를 청소해야 한다는 건 알지. 그리고 전후 사진을 찍어 두는 게 얼마나 멋진 일인지도 알고. 하지만 우리 보물을 세상과 공유할 준비가 됐는지 아직 잘 모르겠어."

"알겠어. 엄마 말 완전히 알아들었어. 처음으로 우리가 마음이 맞네." 좀 미약하고 아직 완벽하진 않지만 나도 엄마와 같은 생각이었다. "나도 아파트를 지키고 싶어. 근데 우리가 현재 아파트의 모습을 찍을 유일한 기회가 지금뿐이잖아. 사진을 찍는다고 당장 온 세상에 공개해야 하는 것도 아니고. 가브리엘 씨한테 사진 공개와 관련해서 서류 작업을 해 달라고 말해 놓을게. 단, 사진을 소유하는 것에 대해서까지는 우리가 가브리엘 씨더러 왈가왈부할 순 없을 거야. 그래도 어쨌거나 우린 그 사람 의뢰인이고 변호사가 의뢰인의 요구를 거스르는 무모한 짓을 벌이진 않을 거 같아."

"해나, 넌 항상 사람들에게서 최선의 모습만 보는구나. 어떻게 그래?" 엄마가 웃었다. "아직 젊어서 그런가. 닳고 닳은 생각도 안 하고 냉소적이지도 않고."

엄마가 손을 뻗어 내 얼굴을 어루만졌다. "우리 예쁜 딸, 이렇게 예쁜데 본인만 모르지."

우리는 잠깐 그 자리에 앉아 있었다. 엄마가 한 말들이 뇌리에 훅 들어왔다. 정말 엄마답지 않은 말이었다. 순간 내가 파리지앵이 되어 대체 현실을 살고 있는 느낌이 들었다. 그것은 제인 오스틴을 꿈꾸는 삶은 확실히 아니었다.

✝

1시간쯤 후 아나스타샤가 촬영 장비를 챙기는 사이 청소업체 직원들이 도착했다.

"청소할 때는 여기 안 있어도 될 거 같은데," 가브리엘이 엄마와 나에게 말했다. "밖에 나가서 오늘 하루를 즐겨 보시는 게 어때요? 이따 두 분이 돌아오실 때쯤이면 아파트는 180도 변신해 있을 거예요."

그가 마법이 어떻게 일어나는지 보여 주듯 공중에서 엄지와 중지로 딸깍 소리를 냈다.

"말씀은 고맙지만 전 여기 있을게요." 엄마가 말했다. "어, 거기, 잠깐만요."

엄마가 먼지 낀 소파로 산업용 진공청소기를 들고 가는 청소업체 직원에게 손짓했다. "제발 조심히 해 줘요. 오래된 소파예요. 너무 막 다루시면 안 돼요."

청소업체의 여자 직원이 속도를 늦추고 청소기 흡입 단계를 약하게 낮춘 거 보면 엄마 말을 알아들은 게 분명했다.

"봐, 이래서 내가 여기 있어야 된다니까." 엄마가 말했다. "두 사람은 나가 봐요. 가브리엘 씨, 우리 해나 데리고 나가서 구경 좀 시켜 주시면 안 될까요? 그러면 우리 모두 하고 싶은 걸 하게 될 것 같은데요. 해나가 에펠 탑을 보고 싶다고 했거든요."

엄마는 말을 끝내기가 무섭게 다른 직원에게 외쳤다. "저기요, 그거 조심히 다뤄야 돼요. 아주아주 오래된 램프라고요. 축구공이 아니에요."

엄마가 다급히 한 직원을 향해 걸어가자 가브리엘이 웃음을 터뜨렸다.

"죄송해요." 내가 말했다. "일부러 무례하게 굴려고 저러시는 건 아니에요."

"괜찮으니 사과하실 필요 없어요." 가브리엘이 왼쪽 눈썹을 살짝 올리며 말했다. "아니면 오늘 오후에 제가 로댕 미술관을 보여 드릴 수 있게 허락해 주시는 걸로 사과를 대신하는 건 어때요? 어쩌면 에펠 탑도요."

"생각해 볼게요." 내가 말했다. "지금 당장은 회사에 메일 회신을 해야 해서요."

"휴가 중이신 줄 알았는데요?" 가브리엘이 말했다.

"맞아요. 하지만 제가 휴가를 가더라도 일은 그렇지 않다는 거 아시죠?"

그가 고개를 끄덕이고는 내가 업무를 볼 수 있도록 자리를 비켜 주었다.

몇 분 후 메일을 보내고 나자 엄마가 양팔 가득 금박 액자 세 점을 들고 침실에서 나왔다. 엄마는 의심의 여지가 없이 아이비 할머니가 분명한 여인 그림들을 소파 테이블에 조심스럽게 내려놓고 하나씩 살살 먼지를 털어 내기 시작했다. 엄마는 온 신경을 액자를 깨끗이 하는 데 쏟고 있었다.

나는 가브리엘이 제안한 계획을 들려주며 엄마가 혼자 있어도 괜찮은지 물었다.

"완전 좋은 생각이네." 엄마가 두 손으로 그림을 들고 햇빛에 비추어 보며 말했다. 엄마가 내 쪽으로 몸을 살짝 기울였다. "해나, 가브리엘 씨 멋있는 사람 같아."

가브리엘은 겨우 몇 걸음 떨어진 거리에서 휴대폰을 보고 있었다. 다행히 엄마의 말소리가 묻힐 만큼 진공청소기 소리가 컸다. 그래도 가브리엘이 우리를 향해 미소를 지으며 다가온 거 보면 우리가 자기 이야기를 하고 있다는 걸 감지한 듯했다.

"휴대폰 계속 보고 있을 테니까," 내가 말했다. "뭐든 필요하면 전화해. 엄마 핸드폰도 충전돼 있지?"

"그럼. 해나, 엄마가 어린애니?"

나는 눈을 흘겼다.

"마음은 늘 젊지만," 엄마가 말했다. "아무튼 이젠 네가 젊어질 차례야. 네 나이에 맞게 행동할 때라고."

청소업체 직원이 청소기를 끄자 엄마가 가브리엘에게 말했다. "우리 딸 좀 데리고 나가서 즐기는 방법을 가르쳐 주세요." 엄마의 말이 방 안에 울려 퍼지면서 청소업체 직원들이 휘저어 놓은 먼지들과 함께 빙글빙글 돌며 벽을 따라 춤을 추는 것 같았다.

가브리엘이 조지 클루니 같은 미소를 띠며 말했다. "저에게 그런 임무를 수행할 수 있게 해 주셔서 감사합니다. 사실 제가 가르치는 일에 일가견이 있거든요."

프랑스 파리

나의 다이어리에게,

벌써 일주일이나 흘렀지만 피에르 앞에서 포즈를 취하는 일은 여전히 불편해. 규칙을 거부하는 형편없는 인간 앞에서 벌거벗고 누워 있는 일이 과연 익숙해질 수 있을지 의문이야.

오늘 피에르는 내가 모델 일을 수락하기 전에 아주 분명하게 그어 놨던 선을 넘어 버렸어. 일전에 헬렌이 그런 불상사가 벌어질지도 모른다고 경고하긴 했었는데, 글쎄 피에르가 일을 같이한 지 일주일 만에 내 몸을 자기 마음대로 가져도 된다고 생각한 거야.

어떻게 된 일인지 알려 줄게. 나는 그 사람이 요구한 대로 포즈를 잡느라 애를 먹고 있었어. 그때 그가 다가오더니 내 왼팔을 잡아서 머리 위에 올려놓더라. 그다음에 내 턱을 자기가 생각한 각도에 맞게 들어 올렸어. 그러는 사이에 그 사람 손이 은근슬쩍 내 목을 타고 내려가 쇄골을 지나가더니 내가 미처 손쓰기도 전에 가슴을 감싸 쥔 거야.

나는 피에르의 손을 거세게 뿌리치고 기다란 의자에서 벌떡 일어나서 옷가지를 잡아챘어. 그러고는 내 몸에 손대는 건 절대 허락할 수 없다고 소리쳤어. 피에르는 내가 자기를 유혹한 탓이라며 멋쩍게 웃었어. 유혹? 어떻게 그런 생각을 할 수가 있지? 나는 일을 그만둘 테니 딴 모델을 찾아보라고 했어. 여태껏 살면서 그렇게 빨리 옷을 입은 적은 없었을 거야.

내가 그냥 한 말이 아니란 걸 알아차린 피에르가 애원하며 말했어. 내가 없으면 그림 연작을 완성할 수가 없다고, 제발 있어 달라고. 나는 그런 거 생각하지도 않고 멋대로 내 몸에 손을 댄 거냐고 마구 쏘아붙였어. 그러자 피에르는 의자에 털썩 주저앉아 머리를 두 손으로 감싸 쥐고 이렇게 중얼거렸어. "이런 멍청이 같으니."

맞아. 피에르는 멍청해. 난 더 이상 따지고 들지 않았어. 그 대신 핸드백과 스케치북을 거머쥐고 문밖으로 걸어 나왔지. 피에르가 쫓아와서 한 번만 다시 생각해 달라고 간청했어. 그래도 내가 걸음을 멈추지 않으니까 오늘은 여기까지만 하고 쉬어도 좋다면서 내일 오면 오늘 일당을 모두 주겠다고 했어. 내일 새로운 마음으로 다시 시작하자면서. 피에르는 내가 다른 여자들과 다르단 걸 알고 있었다면서 앞으로는 절대 나에게 손을 대지 않겠다고 맹세했어. 나는 발걸음을 늦췄어.

그가 화실로 달려가 선반에 보관 중이던 녹슨 깡통을 쨍그랑거리며 꺼내는 소리가 들렸어. 나는 걸음을 멈췄지만 그를 쳐다보진 않았지. 내 시선은 그가 내민 손바닥 위의 동전에 꽂혀 있었어. 피에르는 우리가 합의했던 금액보다 더 많다며 자신이 저지른 실수에 대한 보상으로 여기고 받아 달라고 했어. 피에르는 내 손에 돈을 쥐여 주었어. 그러고는 내일 돌아와 달라고 간청했지. 나는 그와 함께 있는 것이 위험하게 느껴지기 때문에 그럴 수 없을 것 같다고 했어. 그러자 피에르가 나를 파리 패션계로 이끌어 줄 사람을 소개해 주겠다며 내가 들으면 솔깃해할 말을 내뱉더라고. 내일 저녁에 그 사람을 만나게 해 주겠대.

　나는 생각해 보겠다고 했어. 피에르에게만큼은 빚을 지고 싶지 않았지만 이대로 브리스톨에 돌아가는 것보다 그의 도움을 받아들이는 게 훨씬 면이 서지 않을까 싶어. 화실로 돌아가지 않으면 브리스톨로 돌아가는 수밖에 없을 테니 말이야. 그렇지만 이 글을 쓰고 있는 지금 이 순간에도 내일 화실로 가야 할지 짐을 꾸려 집으로 가야 할지 결정을 못하겠어.

12

나는 호텔로 돌아가서 아파트에서 뒤집어쓴 먼지를 씻어 내기 위해 샤워부터 했다. 가브리엘을 따라 파리 모험에 나서기 전까지 충분한 시간이 있었다. 나는 공들여 화장을 하고 벨벳 랩 원피스로 갈아입었다. 크레시다가 골라 준 그 원피스는 빨강과 핫 핑크가 섞인 바탕에 검은색 글자가 패턴처럼 들어가 있었다. 검정 스타킹과 부츠를 맞추어 신고 보니 파리의 미술관 방문용으로 손색 없는 착장이 완성되었다.

가브리엘과 나는 로댕 미술관이 있는 옛 저택을 돌아보며 시간을 보냈다. 바둑판무늬로 된 대리석 복도를 따라가니 2층으로 올라가는 웅장한 계단이 나왔다. 가브리엘은 삐걱거리는 판마룻바닥을 가로지르며 저택의 역사를 들려주었다. 거대한 여닫이창을 통해 들어온 완벽하리만치 충분한 햇살이 조각상들을 비추고 있었다. 우리는 나체의 연인이 열정적으로 껴안고 있는 숨 막히게 아름다운 대리석 조각상 '키스' 앞에 섰다. 행여 나도 모르게 부드러운 우윳빛 조각상을 만질까 봐 양손을 등 뒤에서 맞잡았다. 나는 두 연인의 몸이 연결된 부위가 궁금했다. 두 사람이 영원히 함께할 수 있도록 로댕이 돌에서 창조해 낸 완전한 결합을 보고 싶었다.

"제가 즐기는 법을 가르치는 데 성공했나요?" 가브리엘이 물었다.

순간 내가 그 시간을 얼마나 즐기고 있는지 온몸으로 느낄 수 있었다.

"네. 완전. 너무 재밌어요." 내가 말했다. "로댕의 작품이 엄청난 건 두말할 필요도 없고 저택의 내부를 볼 수 있다는 것도 너무나 특별하고 좋아요. 아브라함 페랑 드 모라와 그의 부인이 이곳에서 어떤 삶을 살았을지 눈에 선하기도 하고요."

가브리엘은 지금껏 그 저택이 파리에서 가장 장관을 이루는 장소로 여겨진 이유가 파리의 여느 집들과 달리 다른 집과 벽을 공유하지 않고 독립적으로 서 있기 때문이라고 했다. 또한 파리에서 가장 아름다운 정원을 가지고 있는 곳으로도 유명한데 8,500평에 달하는 아름다운 정원이 지금까지 그대로 남아 있다고 했다.

"옛 저택을 구경하는 게 일하는 것처럼 느껴지진 않나요?" 가브리엘이 물었다.

"전 이런 대저택은 무조건 좋아요. 그리고 이렇게 구경만 하니까 전혀 일하는 것 같지도 않고요. 의뢰인을 미술관에 데려와 안내하는 가브리엘 씨 입장에선 일처럼 느껴지겠지만요. 저 데리고 다니느라 제대로 못 즐기시는 거 아닌가요?"

나는 몸을 돌려 그와 얼굴을 마주했다.

"오, 맞아요. 오늘만큼은 해나 씨가 제 의뢰인이죠." 그가 나에게 강렬한 시선을 보내며 말했다. "하지만 원래 담당 변호사는 에밀 레베스크 씨이니까 레베스크 씨가 돌아오면 당신은 다시 레베스크 씨의 의뢰인이 되는 거예요. 그렇게 되면 해나 씨는 더 이상 제 수중에 있지 않을 테니 전 자유로워진 이 두 손으로 해나 씨를 다른 방식으로 모실 수 있겠죠."

나는 그의 대담한 발언에 웃음을 터뜨렸다. 아무래도 프랑스어를 영어로 옮기는 과정에서 실수를 한 모양이었다.

"수중에 있다는 말이 정확히 뭐라고 생각하세요?"

그가 의도적으로 왼쪽 눈썹을 치켜올렸다. 그의 시선이 내 원피스의 브이넥으로 내려갔다. 갑자기 부담감이 밀려왔다.

"법률 전문가로서 당신을 대하고 있다는 뜻이었어요. 레베스크 씨가 돌아오면 저는 해나 씨를…… 친구로 대할 거예요."

가브리엘이 손목시계를 내려다보았다. "지금쯤 레베스크 씨가 돌아왔겠네요. 이 말인즉슨 제가 업무에서 벗어났다는 소리죠."

대화가 새로운 방향으로 나아가고 있었다. 이대로 둔다면 아주 사적인 영역으로 흘러갈 것이었다. 다만 내가 그걸 원하는지 알 수 없었다. 아니면 그 반대인지도 알 수 없었다. 가브리엘은 신체적, 정신적, 지적으로 다방면에서 너무나 매력적인 사람이었다. 그야말로 섹시함의 삼박자를 고루 갖추었다고나 할까. 입안이 바싹바싹 타들어 갔다. 핸드백에 손을 넣어 껌이라도 하나 꺼내고 싶었다. 이 남자는 프랑스인이고 나보다 나이도 많았다. 즉, 경험이 많았다. 대체 이 남자는 나 같은 여자와 뭘 하고 싶은 걸까?

솔직히 이 남자가 원하는 게 뭔지 전혀 모른다고 한다면 그건 거짓말일 터였다. 하지만 내가 지금 연애라는 감정의 롤러코스터를 탈 생각이 있는 건지 확신할 수 없었다. 불현듯 에이든이 떠올랐고, 이상하게 죄책감이 들었다. 하지만 에이든과 나는 소개팅 아닌 소개팅을 한 뒤로 그 흔한 데이트 한 번 안 한 사이였다. 그러니까 이 상황에서…… 에이든은 가브리엘과 나에게 벌어지고 있는 이 일에서 진지하게 고려될 만한 인물은 아니었던 거다. 그저 즐길 기회일까? 낭만의 도시 파리에서 나누는 담당 변호사와의 가볍고 짧은 만남? 아니면 더 깊은 관계로 나아갈 가능성이 있는 출발점?

마지막 데이트 이후로 정말 오랜 시간이 흘렀다. 찰리 이후로…… 그리고 나는 찰리와의 데이트가 어떻게 막을 내렸는지 똑똑히 기억했다. 어쩌면 내가 단순히 좋게 보면 될 일을 일을 너무 깊게 생각하고 있는지도 몰랐다. 오, 신이시여. 나는 생각이 너무 많아. 한 번쯤은 흘러가는 대로 몸을 맡겨 보아도 되잖아.

"하지만 파트너 변호사라면서요. 그럼 여전히 전 당신의 의뢰인인 셈인데요?"

그가 손을 뻗어 내 뺨 위로 내려온 머리카락을 귀 뒤로 쓸어 넘겨 주었다. 내 앞에서 담배를 피운 적은 없지만 그의 손가락에서 니코

204

틴 냄새가 났다. 그의 손길이 살짝 닿은 뺨이 얼얼한 건 기분 탓일까.

"그 말은 당신이 레베스크 씨의 의뢰인이자 제 친구란 말도 되는 것 같은데, 아닌가요? 해나 씨는 절 친구로 생각하지 않으세요? 전 우리가 아주 좋은 친구가 될 수 있을 것 같은데요."

낮고 섹시한 그의 목소리에 마음이 녹아내렸다. 이 다정한 농담을 이어 갈 위트 넘치는 답변이 도저히 머릿속에 떠오르지 않았다. 나는 이런 게 문제였다. 멋지게 받아 주어야 하는데 그럴 능력이 못 되었다. 몇 시간이 주어진다면 완벽한 답변을 만들어 낼 수 있었겠지만 적절한 타이밍에 대꾸하지 못할 바엔 차라리 안 하는 게 나았다.

"오늘 밤 해나 씨에게 저녁을 만들어 주고 싶은데 허락해 줄래요? 친구 대 친구로서 요리해 주고 싶어요."

오늘 밤 엄마를 홀로 내버려 둘 순 없었다. 아파트를 휘젓고 다니며 청소업체 직원들을 감독하게 놓아 두긴 했지만 우리의 다음 행보를 계획해야 할 파리에서의 두 번째 밤에 엄마를 혼자 있게 한다는 건 다른 문제였다.

"오늘 너무 즐거웠어요." 가브리엘이 말했다. "해나 씨와 이야기를 나누는 게 좋아요. 당신은 아름답고 흥미로운 사람이에요. 당신과 더 많은 대화를 나누고 싶어요. 그뿐입니다. 다른 뜻은 전혀 없어요. 한번 생각해 보시죠."

가브리엘은 정원을 거니는 동안 그 말을 다시 꺼내지 않았다. 아파트로 돌아갈 때도 아무 말이 없었다. 차에서 내릴 때 그가 다가왔다. 그리고 코트 안주머니에서 가죽 수첩과 펜을 꺼내 뭔가 적고는 쪽지를 건넸다. "오늘 밤 해나 씨에게 차를 보낼게요. 하지만 부담 주고 싶진 않아요. 제 주소예요. 당신을 위해 요리하고 싶어요. 2인분을 준비해 놓고 기대하고 있을게요. 오지 않더라도 이해해요." 그가 어깨를 으쓱했다. "남은 음식은 내일 저녁에 먹으면 그만이니까요. 물론 그렇게 되면 전 홀로 밥을 먹으며 또 다른 슬픈 밤을 보내야겠지만요."

"마지막 말은 좀 의심이 되는데요." 나는 주소와 7시라는 시간이 적힌 쪽지를 쳐다보며 말했다. 그의 손 글씨는 단정하고 선명했다. 그에게 딱 어울리는 글씨체였다.

"정말이에요. 저는 요리를 하는 건 좋아하지만, 혼자 먹는 건 질색이라 저만 있을 땐 요리를 잘 안 해요."

"부담 주는 건 아니라고 하셨죠?" 내가 살짝 미소를 흘렸다.

그가 고개를 가로저었다. "절대 아니에요. 그저 있는 그대로를 말씀드렸을 뿐이에요. 절대 부담 줄 생각은 없지만 오늘 당신과 함께한 시간이 너무나 즐거웠다는 걸 꼭 알려 주고 싶었어요. 오늘 밤 해나 씨를 다시 볼 수 있길 바라요."

그가 몸을 숙였다. 순간 내 입술에 키스하려는 줄 알았지만 그저 내 뺨에 대고 살짝 쪽 하고 입을 맞추는 소리만 냈다. 가브리엘은 별다른 말 없이 차를 타고 떠났다.

아파트 건물 로비에 들어섰을 땐 늦은 오후가 다 되어 있었다. 엘리베이터 호출 버튼을 누르고 한 층을 오르는 동안 나는 다른 세상에 가 있었다. 그러다 깨끗한 아파트로 들어서자 다시 현실로 돌아왔다. 아파트는 완전히 달라져 있었다. 먼지와 거미줄이 사라지니 캔자스와 오즈만큼이나 달라 보였다. 처음 본 것처럼 하나하나 살펴보자니 너무 놀라워서 말문이 막힐 지경이었다. 남성용 신발은 여전히 문가에 놓여 있었는데, 낡은 가죽과 닳아 해진 신발 끈이 선명하게 보였다. 희끄무레한 잿빛으로 보이던 신발이 이제 보니 진하고 선명한 갈색이었다. 옷걸이에 걸린 재킷은 진청색이었다. 우산은 너무나 아름다운 샛노란 색이었다. 모든 것이 원래의 모습으로 돌아가 있었다. 나는 진심으로 엄마에게 고마운 마음이 들었다.

때마침 엄마가 거실에 나타났다. "자, 어때? 아주 제대로 청소했지? 안 그러니?" 엄마가 허리춤에 양손을 올린 채 고개를 이쪽저쪽으로 두리번거렸다. 자랑스러움이 가득한 얼굴이었다. 솔직히 엄마가 자랑스러워할 만했다.

"대박이다." 내가 말했다. "직원분들은 언제 간 거야?"

"30분 정도 됐어. 밴이 와서 태워 갔어."

"되게 효율적이네. 우리가 직접 청소하지 않아서 다행이다 싶다. 물건들을 훼손시키지 않고 청소하는 거 엄청 힘들었을 거야."

"가브리엘이 굉장한 선물을 줬지." 엄마가 말했다. "말 나온 김에…… 오늘 어땠어? 네가 너무 빨리 돌아와서 놀랐잖아."

나는 손목시계를 확인했다. "4시간도 넘게 나가 있었는데?"

엄마가 쯧 하고 혀를 찼다. "밤새 같이 있을 수도 있었고."

내가 무슨 미션에 실패라도 했다는 듯한 엄마의 말투에 짜증이 났다.

"오늘 밤에 날 위해 요리해 주고 싶대." 나는 엉겁결에 가브리엘의 제안을 입 밖에 냈다.

엄마의 두 눈이 커다래졌다. "가브리엘이 요리를? 자기 집에서?"

나는 엄마도 함께 가겠다고 나서기를 기다렸다.

"그럼 그래야지. 마음에 드네." 엄마의 눈썹과 양쪽 입꼬리가 올라갔다. "너 그게 무슨 뜻인지 알지? 네가 섹시한 속옷을 준비했길 바란다."

"엄마, 진심이야? 그만해, 좀."

섹시한 속옷이 한 벌 있기는 했다. 속옷을 산 날 바로 런던 집의 옷장 뒷구석에 처박아 두었는데 이후로 줄곧 제자리를 지키고 있었다. 심지어 내가 그걸 왜 샀는지 기억조차 나지 않았다. 아마 가격표도 그대로 붙어 있을 것이었다.

"설마 아무것도 안 가져왔니?" 엄마가 말했다.

"엄마, 잊었어? 우리 여기 일하러 왔어."

"그 여기가 자그마치 파리야, 해나. 어떻게 멋진 속옷 하나 안 들고 올 수가 있니?" 엄마는 나쁜 성적을 받았거나 차 사고를 낸 딸에게 훈계를 하듯 말했다.

"어머니, 죽을죄를 지었습니다."

엄마는 정말 크게 실망했다는 듯 오만상을 찌푸렸다. "내 딸이 프랑스 남자랑 파리에서 데이트를 하는데 할머니 팬티를 입힐 순 없어. 호텔로 돌아가는 길에 새 속옷을 하나 사야겠다."

엄마는 오랜 세월 동안 새 학기 학용품 쇼핑을 함께해 주지 못한 보상으로 섹시한 속옷 쇼핑에 나를 데려가려 했다. 참 쿨하네.

"가브리엘은 오늘 밤 내 속옷을 볼 일이 없을 거야. 설사 내가 그 사람 집에 간다 하더라도 말이야."

"해나, 당연히 가야지."

"아니. 안 갈 건데."

엄마가 목청을 가다듬었다. "외박이야말로 지금 너한테 필요한 일이야. 가브리엘 잘생겼잖아. 너한테 관심도 있고. 파리야, 해나. 좀 즐기면 어때? 난 파리에서 새로운 사람이 되기로 결심했어. 그러니까 너도 널 위해 노력을 해야 공평하지 않겠니?"

╬

아파트 문을 닫고 호텔로 돌아갈 준비를 마치자 엄마가 휴대폰을 꺼냈다. "이거 봐. 여기서 갤러리 라파예트 백화점까지 걸어서 13분이래."

"그거 어제 기차역에서 엄마가 쓰던 구글 맵 아냐?"

엄마가 나를 슬쩍 째려보았다.

농담은 접어 두고, 나는 진심으로 새 속옷을 사고 싶지 않았다. 가브리엘은 아주 고전적인 방식으로 나를 유혹했다. 아마 할머니 팬티가 내 정조대가 되어 주지 않을까. 덤으로 다리털도 밀지 않을 작정이었다.

"아무튼 쇼핑할 일이 생기면 어디로 가야 하는지는 알게 됐네." 나는 이야기를 다른 데로 돌려 보려 했다. "왜? 왜 그렇게 봐?"

"해나, 넌 쇼핑을 가야 해. 넌 새 속옷이 필요하다고."

"아닌데."

"해나, 엄마는 네가 창피당하는 게 싫으니까 그냥 대놓고 말할게. 프랑스 남자들은 네가 여태까지 데이트해 온 영국 남자들이랑 달라. 프랑스 남자들은 어느 정도…… 세련미를 기대한단 말이야."

'영국 남자들?'

우선 나는 엄마가 프랑스 남자와 세련미에 대해 어찌 그리 잘 아는지 물어보고 싶었다. 하지만 진짜로 알고 싶진 않았다. 순간 엄마한테 찰리 이후로 영국 남자는 만나 본 적이 없다고 털어놓을까 싶었지만, 엄마는 찰리의 존재를 몰랐고 그 사람에 대해 설명할 기분도 아니었다. 그 대신 말없이 오늘 밤 내가 얻은 선택권에 대해 더 생각해 보았다. 나는 이제 막 가브리엘을 만났다. 그는 우리 변호사였다. 그리고 그가 미친 듯이 섹시하며, 나를 위해 요리를 해 주고 싶다는 그의 청을 들어준다고 해서 디저트로 그를 원한다는 뜻은 아니었다. 하지만 만약 그렇다면? 지금껏 길고도 메마른 하루하루를 보냈다. 엄마가 어떻게 알았는지 모르겠지만 좀 즐기라는 엄마의 말에 대해 생각해 보았다. 완전 인정! 틀린 말이 아니었다.

우리는 갤러리 라파예트 백화점까지 잠깐 걸었다. 백화점은 길 전체를 다 차지하고 있었다. 외관만큼이나 내부도 숨 막히게 아름다웠다. 4층은 천상의 스테인드글라스로 이루어진 거대한 네오비잔틴 양식의 돔이었다. 전체적으로 아르 데코(1920~30년대 파리에서 유행한 장식 미술 - 옮긴이) 디자인 느낌이 났다. 황금색 나뭇잎 형상의 아치형 구조물과 난간이 돔을 통해 쏟아지는 자연광을 반사시켜 거대한 홀에 배치된 상품들을 다이아몬드처럼 번쩍이게 했다. 나는 떡 벌어진 입을 다물 생각도 하지 않고 관광객 모드가 되어 자리에서 천천히 한 바퀴 돌며 휘황찬란한 인테리어를 감상했다. 우리는 4층의 속옷 코너로 갔다. 규모가 엄청났는데 운동복, 잠옷부터 스타킹, 가터벨트, 슬립, 팬티, 브래지어까지 상상 가능한 모든 속옷들이 그곳에 존재했다.

엄마가 이베트라는 이름의 점원을 불렀다. 두 사람은 한 팀이 되어 선택지를 제시하고 고급 팬티가 자신감 향상에 얼마나 도움이 되는지 침을 튀겨 가며 열변을 토했다.

"이렇게 생각해 보세요." 이베트가 완벽한 영어로 말했다. "손님이 매일, 심지어 장 보러 갈 때조차 좋은 속옷을 입는다면 그건 달콤한 비밀이 될 거예요. 혼자만의 비밀 말이에요. 거기다 손님이 다른 사람과 그 비밀을 공유하기로 한다면 더 짜릿해지겠죠."

이베트는 나와는 다른 유형의 여자였다. 이베트의 옷장은 섹시한 옷으로 도배되어 있을 것이었다.

"덤으로," 엄마가 끼어들었다. "늘 준비된 상태라는 말도 되고."

"아, 알았어요. 알았어." 나는 여성스러운 청보라색 브래지어와 팬티를 가리켰다. 이베트가 내 사이즈를 찾아서 속옷 세트를 들고 왔다. 나는 속옷을 입어 보기 위해 탈의실로 들어갔다. 이베트가 따라오지 않아서 마음이 놓였다. 그런데 정작 속옷 세트에 홀려 버린 건 나였다. 섬세한 반짝이와 정교한 자수가 너무나 마음에 들었다. 그 속옷을 입고 있으니 나 자신이 더없이 여성스럽게, 아, 섹시하게 느껴졌다. 이번 판에선 엄마의 완승이었다.

이베트가 포장을 끝냈을 때 엄마가 물었다. "그랑 마니에르 궁전으로 가려면 어떻게 가야 돼요?"

이베트가 고개를 갸웃했다. 그녀의 윤기 나는 갈색 머리가 가냘픈 어깨 위에 흘러내렸다. 파란 눈동자에 어리둥절함이 가득 찼다. "실례지만, 어…… 뭐라고 하셨죠? 잘 못 알아들었어요."

"팔레이 그랑 마니에르." 엄마가 또박또박 말했다. "아주 크고 멋진 건물이요. 여기 어딘가 있을 텐데. 이 백화점이 너무 거대하다 보니 다른 출구로 나가게 될까 봐 그래요. 목 좀 축이려다 몇 날 며칠을 빙빙 돌아야 될 수도 있으니까요."

이베트는 어깨를 씰룩했다. "죄송해요. 어딘지 모르겠어요."

엄마는 씩씩거리며 휴대폰을 꺼냈다. "여기요. 여기 이렇게 쓰여 있잖아요……."

"아, 르 팔레 가르니에." 이베트가 말했다.

"제 말이 그 말 아니었나요? 어…… 팔레…… 그랑 마니에르?" 이베트의 프랑스어 발음을 따라 '팔레'를 발음하는데 엄마의 눈썹이 같이 일그러졌다.

이베트가 웃음을 참으며 나에게 찡긋 눈짓을 하고는 방향을 알려주었다. 인사를 하고 돌아 나오면서 엄마가 이베트에게 물었다. "이 시간에도 술 팔죠?"

"마담, 르 팔레 가르니에는 오페라 하우스예요." 이베트가 다정하게 말했다. "매표소에 들르시면 사람들이 공연 작품과 입장 시간을 알려 줄 거예요."

"오페라 하우스라고요?" 엄마가 손으로 입을 틀어막았다. 웃음이 살짝 새어 나왔다. "전 그곳이 그랑 마니에르의 본거지 정도 되는 줄 알았어요. 왜, 그랑 마니에르 술 말이에요, 세상에." 엄마의 두 뺨이 붉게 물들었다. "제가 제일 좋아하던 술이거든요. 우리 딸이 데이트 하러 가기 전에 데려가서 한잔 사 주고 싶었는데. 아, 전 커피를 마실 생각이었지만."

엄마가 어깨를 씰룩했다. 엄마가 제풀에 당황하는 모습이 어딘지 모르게 사랑스러웠다. 왠지 알 것 같았다. 속옷 쇼핑은 나에게 배턴을 전달하는 엄마만의 방식이었다. 비록 엄마와 내가 서로 다른 방식으로 살아왔지만 엄마는 여전히 나의 엄마였다. 그리고 엄마는 엄마로서 나에게 가르쳐 주고 싶은 게 많았던 것이다.

프랑스 파리

나의 다이어리에게,

다음 날 마지못해 피에르의 화실로 돌아갔어. 하지만 자기가
저지른 부적절한 행동을 뉘우치기는커녕 뚱하니 짜증만 내는
피에르를 보니 과연 내 선택이 옳았는지 의문이 가더라. 피에르
는 어제 종일 작업을 못한 탓에 일이 밀려 잡담할 시간도 없다면
서 모든 게 내 탓인 것마냥 굴었어. 하지만 나는 상관하지 않았
어. 나는 피에르의 입장을 이해해 줄 생각이 추호도 없었으니까.

화실 내부는 추웠어. 피에르는 불을 피워 주지도 않고 다리
를 펼 휴식 시간도 주지 않았어. 내내 다리를 웅크리고 있었더
니 감각이 없어질 지경이었지. 그는 계속해서 "5분만 더."를 외
쳤어. 자그마치 1시간이 지나서야 다리를 후들거리며 일어서서
겨우 가운을 입을 수 있었어.

피에르가 불만스럽게 그르렁거리며 붓을 내던지더라. 다시
일하기 전에 불 좀 피워 달라고 하니까 오만상을 쓰면서 억지로
불을 피워 주긴 했어. 그러면서 오늘 해야 할 분량을 끝내야 마
감을 지킬 수 있다고 투덜댔어.

피에르는 내가 없으면 어떻게 될지 전혀 깨닫지 못했어. 내가

떠나 버리면 전시를 목적으로 준비 중인 그림 연작을 끝낼 수 없을 건데. 물론 그렇게 되면 나는 일자리를 잃겠지. 그리고 나를 패션업계로 이끌어 줄 사람을 소개받지도 못할 거고. 근데 지금 생각해 보니 피에르가 실제로 그런 사람을 아는지 자체가 의문스럽긴 해.

일단 불이 피어오르자 그가 붓으로 이젤을 툭툭 치면서 외쳤어. "자, 제자리로! 빨리빨리!" 나는 피에르에게 말조심하라고 했어. 어찌나 재수 없게 구는지 나는 그 자리에서 보란 듯이 스케치북을 펼쳐 아침 내내 마음속에 담고 있던 드레스 스케치를 마무리했어.

그가 화실 안을 쿵쾅쿵쾅 걸어 다니기 시작했어. 나는 한참 뒤에 연필을 내려놓으면서 말했어. 그딴 식으로 성질 피우는 건 절대 용납할 수 없다고 말이야. 그 사람과 나는 결국엔 함께 일하지 못하리라는 예감이 스치더라. 그쯤에서 그만둬야 할 것 같았어.

그 뒤로 피에르는 오로지 일에만 집중했어. 피에르가 본업에 몰두할 때만큼은 멀쩡하기 때문에 그제서야 오늘 저녁에 있을 만남에 대해 물어볼 수 있었지. 피에르는 영향력 있는 사람들이 많이 모이는 살롱에 나를 데려가 주겠다고 했어. 나는 '영향력 있는 사람들'이 무슨 뜻인지, 더욱이 '살롱'이 뭘 말하는지 몰랐어. 피에르 말로는 화가, 작가, 그리고 창의적인 인물들이 모이는 곳이래. 거트루드 스타인이라는 미국 여자네 집인데 그 여자가 자기 집을 개방해 토요일 저녁마다 사람들을 불러 모은다는 거야. 그 여자는 새로운 사람들을 만나고 아이디어를 주고받는 모임을 좋아한대. 피에르는 거기서 내 스케치를 봐 줄 사람을 만날 수 있을 거라고 했어.

나를 패션계로 이끌어 주네 어쩌네 하던 말과는 전혀 달랐지만 어쨌거나 뭐가 있는 거 같긴 했어. 다만 피에르를 믿을 수 없으니 헬렌과 동행할 생각이야. 오늘 밤 피에르의 화실에서 같이 스타인 양의 집으로 향하기로 했어.

행운을 빌어 줘.

13

    나는 택시를 타고 가브리엘이 적어 준 16구로 갔다. 그가 차를 보내 주겠다고 했지만 내가 알아서 찾아가는 편이 상황을 통제하기 좋을 거라고 판단했기 때문이다. 나는 검정 니트 원피스를 입고 니 하이 부츠를 신었다. 7시가 조금 지나 그의 집 앞에 도착했다. 잠깐 동안 그 멋진 건물을 감상했다. 정말 아름다웠다. 현지에서 생산되는 밝은 회색 석회암을 조각해 만든 19세기 아파트 건물로 석회암은 파리 건물 특유의 독특함을 잘 보여 주고 있었다. 파리의 부동산을 전혀 모르는 내 눈에도 비싼 동네라는 게 보였다. 수위가 나를 들여보내 주며 엘리베이터를 타고 3층으로 올라가면 된다고 했다. 가브리엘이 나와 내 입술에 가벼운 키스를 하며 맞아 주었다.

    "와 줘서 너무 기뻐요."

그는 눈을 반짝이며 내 코트를 받아 현관 옷장에 걸었다. 그의 시선이 내 몸을 천천히 훑어 내려갔다.

"너무 아름다우세요." 그가 핸드백을 받아 내 코트 위쪽의 선반에 놓으며 말했다.

낮에 미술관에 갈 때 내가 가져온 옷 중에 제일 좋은 옷을 입어 버렸기 때문에 엄마한테 스판덱스 소재로 된 블랙 미니 원피스를 빌려야 했다. 가브리엘은 빈틈없이 몸매를 드러내 나를 신경 쓰이게 만드는 그 스타일에 감사하는 듯했다. 나는 숨을 참아 가며 온 힘을 다해 배를 집어넣고 있다는 사실을 들키지 않길 바랐다. 솔직히 할머니 팬티보다 더 문제가 되는 의상이 있다면 그건 바로 스판덱스로 된 옷이 아닐까. 파리에서 이런 물건을 팔기는 할까?

그가 옷장 문을 닫은 다음 내 등허리에 손을 얹고 나를 거실로 안내했다. 나는 그의 손길과 애프터 셰이브 냄새를 심하게 의식하고 있었다. 담배 냄새가 살짝 가미된 상쾌하고 깨끗한 향이었다. 그에게 기대 향을 더 깊이 들이마시고 싶었다. 새삼 다리털을 밀고 와서 다행이란 생각이 들었다.

거실로 들어서자 그 집이 동네의 명성에 걸맞은 곳이라는 생각이 들었다. 일단 아이비 할머니의 아파트보다 족히 세 배는 컸다. 상상할 수 있는 멋지고 고풍스러운 파리지앵의 가구를 다 갖추고 있었는데 그 때문인지 전통미와 현대미가 동시에 보였다. 벽면은 청량감 있는 밝은 흰색이었고 현관 입구에는 이제 막 닦아 놓은 것처럼 반짝이는 무라노 유리(이탈리아의 무라노섬에서 장인들이 생산하는 유리 제품 – 옮긴이) 샹들리에가 걸려 있었다. 청소업체 직원들이 아이비 할머니의 아파트를 청소하고 나서 이 집에도 들렀나 싶을 정도로 깨끗했다.

어디선가 근사한 향이 훅 밀려왔다.

위장이 요동쳤다. "맛있는 냄새가 나네요."

내 칭찬에 가브리엘이 미소를 지었다. 검정 헨리 넥 셔츠에 청바지를 입은 그에게서 소년미가 물씬 풍겼다. 나는 그의 캐주얼한 스타일이 더 마음에 들었다.

"해나 씨가 배가 좀 고파야 할 텐데요. 거한 만찬을 준비했거든요."

그 말인즉슨 오늘 밤 내가 나타날 거라 확신했단 뜻? 아무튼 오길 잘했다.

가브리엘의 집을 구경할 기회를 놓치지 않아 다행이었다. 덕분에 바닥에서 천장까지 이어지는 여닫이창을 집 안에서 볼 수 있었다. 창들이 덧창과 흰색 투명 필름으로 가려져 있어 아까 내가 서 있던 자리는 보이지 않았다. 하지만 어차피 바깥은 깜깜했고 따뜻한 집 안에는 군침 도는 냄새가 가득했다. 여닫이창 앞 한쪽 구석에 그랜드 피아노가 놓여져 있었다. 건너편에는 대리석으로 가장자리를 두른 현대식 유리 난로에서 난롯불이 타오르고 있었다. 난로는 공간에 현대적인 감각을 더해 주었다. 건물은 세월의 흔적이 보였지만 이 집의 주인은 모든 최신 편의 시설을 즐기고 있었다. 취향도 아주 훌륭해 보였다. 등받이 쪽에 털 담요가 걸쳐진 커다랗고 새하얀 카우치형 소파만 보아도 집주인의 고급스러운 취향을 충분히 짐작할 수 있었다. 소파는 누워서 뒹굴뒹굴하거나 두 사람이 껴안고 쉬기에 완벽해 보였다.

"앉아요." 가브리엘이 말했다. "이럴 때 미국인들이 하는 말이 있던데…… 내 집이라 생각하세요?"

"네. 맞아요!"

내가 생각해도 너무 진부한 반응이었다. 긴장할 때면 그렇게 재미없는 내면의 범생이 기질이 튀어나왔다. 그가 키득거리며 거실을 나가자 마음이 좀 놓였다.

나는 자리에 앉는 대신 아주 고급스러워 보이는 메달 모양의 조각 몰딩이 장식된 높은 천장을 구경했다. 세부적인 부분들은 아이비 할머니의 아파트에 있는 것처럼 프랑스 스타일이되 수준에서 확실히 큰 차이가 났다. 집은 온통 하얀색이었다. 하얀 천장, 하얀 세간, 하얀 벽, 하얀 덧창, 하얀 커튼, 하얀 가구까지, 무라노 유리 샹들리에와 쪽마루에 놓인 새빨간 페르시안 카펫만 제외하면 전부 하얀색이었다. 담배나 재떨이가 보이지 않는 걸로 보아 집에서 흡연을 하지는 않는 듯했다. 가산점 추가.

가브리엘은 여전히 미소를 지은 채 은색 아이스 버킷에 담긴 샴페인과 크리스털 잔 두 개를 들고 돌아와 대리석을 깎아 만든 커피 테이블에 놓았다. 커피 테이블에는 커다란 전시용 양장 책 한 권과 번쩍이는 은색 그릇에 담긴 풍성한 생화 다발, 크기별로 묶어 둔 커다란 은색 촛대들이 있었다. 흡사 〈건축 다이제스트〉지에서 곧바로 튀어나온 듯한 장면이었다.

"거품을 좋아하셔야 할 건데요." 그는 살살 조절해 가며 뻥 터뜨리는 소리 없이 샴페인 뚜껑을 땄다.

그는 잔에 샴페인을 따른 뒤 나에게 한 잔 건네며 내 잔에 자기 잔을 부딪쳤다.

"당신을 위해. 우리가 이렇게 함께 건배를 할 수 있어 정말 기뻐요."

"저도요."

가브리엘이 나를 바라보자 원피스 속 레이스 달린 청보라색 티 팬티와 브래지어가 떠올랐다. 그 작은 비밀이 얼마나 오래 나만의 비밀로 남을 것인가.

그가 소파를 가리켰다. "내 집이라 생각하고 편히 쉬세요. 저는 가서 요리 좀 확인하고 올 테니 그 동안 따뜻한 난롯불 좀 쬐고 계세요."

"뭐 도와 드릴 건 없나요?" 내가 물었다.

그가 고개를 가로저었다. "다 됐어요. 간단한 음식인걸요. 닭고기와 채소에 와인을 붓고 쪄 낸 코코뱅과 감자 요리예요. 몇 분만 더 익히면 돼요."

커다란 공간에 혼자 앉아 있자니 기분이 이상했다.

나는 샴페인을 들고 난로의 양쪽 벽면에 붙박이로 설치된 책장 쪽으로 갔다. 책이 빽빽이 들어차 있었는데 디자이너들이 이렇게 멋진 장소를 꾸밀 때 주로 사용하는 전시용 가죽 장정본은 아니었다. 일부 선반에는 대형 아트 북과 사진 관련 책이 꽂혀 있었다. 다른 선반에는 프랑스의 역사를 다룬 책도 몇 권 꽂혀 있었다. 책 사이에 작은 조각상들이며 알록달록하게 채색된 그릇들, 순은(純銀) 성배들이 자리 잡고 있었다. 그곳에 아주 젊은 모습의 가브리엘이 다른 네 사람과 함께 있는 흑백 사진 액자가 하나 보였다. 나는 연장자로 보이는 남자와 여자를 더 자세히 보려고 액자를 집어 들었다. 가브리엘의 부모님인 것 같았고, 사진 속 소년, 소녀는 가브리엘의 남동생과 여동생인 모양이었다. 그도 그럴 것이 그들은 닮아 보였다. 검은 곱슬머리, 깊은 눈, 갈색 눈동자, 강인해 보이는 체구까지 가족이 분명했다.

뒤에서 발자국 소리가 들려왔다. 나는 사진 속 사람들이 누군지 물어보려고 한 손에는 액자를, 다른 한 손에는 샴페인 잔을 들고 미소를 지은 채 뒤를 돌았다. 그런데 내 뒤에 서 있는 사람은 가브리엘이 아니었다. 막 미용실에서 걸어 나온 듯 짧게 커트한 검은색 머리에 멋지게 차려입은 호리호리한 여자가 의아한 표정으로 나를 보고 있었다. 팔짱을 끼고 있었는데 구부린 한쪽 팔에 에르메스 버킨 백이 걸려 있었다. 패션 전문가는 아니지만 그래도 그 가방만큼은 알아볼 수 있었다. 진품이 확실했다. 여자가 프랑스어로 뭔가 빠르게 말했는데 알아듣지 못했다.

"죄송한데 제가 프랑스어를 잘 못해서요. 혹시 영어를 할 수 있으신가요?"

그녀가 턱을 한껏 치켜올려 매부리코 아래로 나를 내려다보았다. "아, 미국인이시군요."

그녀의 영어는 완벽했다.

"네. 맞아요." 나는 액자를 선반에 다시 올려놓았다.

"그쪽은?" 그녀가 물었다.

그녀가 내 이름을 묻고 있다는 사실을 깨닫기까지 잠깐 시간이 걸렸다. "아, 전 해나 본드예요." 나는 얼떨결에 샴페인 잔을 커피 테이블에 내려놓고 그녀에게 다가가 악수를 청했다.

그녀가 내밀고 있는 내 손을 잠시 쳐다보더니 팔짱 낀 손을 풀어 형식적으로 한번 쥐었다가 다시 팔짱을 꼈다. "내 남편이 오늘 밤에 손님과 저녁을 즐길 줄은 몰랐네요."

'남편?'

"15분 안에 닭 요리가 완성될 예정이에요." 가브리엘이 주방에서 외쳤다. "저녁 식사에 곁들일 버건디를 땄어요. 레드 와인 좋아하세요?"

그가 손에 와인 잔을 들고 거실로 들어왔다. "한 모금 맛보세요. 마음에 안 드시면 다른……." 가브리엘은 그 여자를 보자마자 하던 말을 멈추었다.

'가브리엘의 부인?'

"베로니크," 그가 말했다. "오늘 밤 당신이 여기 올 줄은 몰랐는데."

"그런 것 같네." 그녀는 여전히 턱을 치켜올린 채 나와 가브리엘을 번갈아 쳐다보며 덤덤하게 말했다.

베로니크는 그의 부인이 맞았다. 이제야 서서히 상황이 이해되기 시작했다. 황당하긴 했지만 문제 될 일은 전혀 없었다. 새 속옷과 입술에 한 가벼운 입맞춤을 제외하면 말이다. 더군다나 프랑스 기준에서 그 입맞춤은 아주 순수한 인사에 불과했다. 그 자리에 있어야 할지 가야 할지 알 수가 없었다. 차라리 두 사람 중 한 명이 내가 어떻게 하면 될지 알려 주었으면 싶었다. 너무 허겁지겁 자리를 뜨면 오늘 밤 식사 자리에서 그렇고 그런 일을 벌일 준비가 되어 있었다는 인상을 줄 것 같았다. 그렇다고 그대로 있자니……. 아, 누가 보아도 상황은 점점 꼬여 가고 있었다.

"그러니까, 지금은 여기 있는 해나 씨가 당신 취향인 거야?" 경쾌하고 즐거운 목소리였다.

"잠깐만요." 나는 그녀의 의심을 덜어 주려고 말했다. 어쩌면 그녀는 내가 처음에 생각했던 것처럼 영어에 능숙하지 않을지도 모른다는 생각이 들었다. "전 가브리엘 씨의 의뢰인이에요."

"자기야, 굳이 말 안 해도 다 알아요. 그전에도 다 그랬으니까요."

'자기야?'

"추측해 볼까요?" 그녀가 계속했다. "가브리엘은 당신을 위해 코코뱅을 준비했어요. 그리고 본인이 요리를 얼마나 좋아하는지, 하지만 혼자 먹는 걸 얼마나 싫어하는지 구구절절 말하지 않던가요?"

그녀가 박장대소하는 걸 보니 내 질겁한 표정을 읽은 게 분명했다.

"너무 기분 상해 하진 마요. 그쪽이 처음은 아니니까. 가브리엘에게 로펌 일은 끊임없이 신선한 작물을…… 아, 그러니까…… 저녁 초대 손님을 수확하는 일종의 텃밭이라고 보면 돼요."

그녀가 내 몸을 한번 훑어보더니 고개를 절레절레 흔들었다. 그러고는 나를 눈앞에서 치워 버리겠다는 듯 손을 휘휘 저었다. 그녀의 커다란 다이아몬드 반지가 불빛에 번쩍였다. 가브리엘은 그 자리에 얼어붙어 있었다. 맛보라고 들고 오던 와인 잔이 건배라도 권하는 듯한 모양새로 손에 들려 있었다. 베로니크는 소파에 가방을 내려놓은 다음 디캔터와 크리스털 잔들이 놓인 바 카트로 걸어가 호박색 술을 잔에 따랐다.

"가야겠어요." 나는 그녀가 등을 돌린 사이 가브리엘에게 말했다.

가브리엘이 고개를 끄덕였다. 최소한 그의 얼굴만큼은 미안해 보였다. 나는 그의 손에서 와인 잔을 잡아채 단숨에 들이켠 뒤 빈 잔을 돌려주었다. 내가 핸드백과 코트를 가지러 현관 옷장을 향해 발걸음을 떼자마자 베로니크가 그에게 프랑스어로 속사포같이 퍼붓는 소리가 들려왔다. 그녀가 하는 말을 알아듣는 데 번역기는 필요하지 않았다.

1927년 7월

프랑스 파리

나의 다이어리에게,

헬렌은 다른 선약이 있어서 오늘 밤 피에르를 만나러 가는 자리에 동행할 수 없었어. 나는 진지하게 가지 말아야 하나 고민했어. 혼자 가면 피에르가 또 이상한 생각을 품을까 봐 걱정됐거든. 시간은 7시에 가까워져 가고, 머릿속에는 영원히 화가의 모델로만 살고 싶진 않다는 생각뿐이었어. 도움이 될 만한 일을 찾을 수만 있다면 어떤 기회든 잡아야 했어. 피에르가 도움이 될 만한 사람들을 소개해 주겠다고 약속했으니 그 기회를 차 버리는 멍청한 짓은 저지르면 안 될 것 같았어.

비록 시작은 망설이긴 했지만 결과적으로는 거기 가서 얼마나 다행이었는지 몰라. 어떤 일이 있었는지 들려줄게.

우리는 스타인 양의 집에 도착한 첫 손님이었어. 난롯가 옆 안락의자에 한 여자가 앉아 있었어. 어찌나 건장하고 덩치가 큰지 얼핏 보면 남자로 착각할 수도 있을 것 같았어. 그녀는 끔찍한 패션에 짧은 머리를 하고 있었어. 당연히 요즘 유행하는 이튼 크롭 헤어스타일은 아니었고, 어찌나 바짝 올려 깎았는지 꼭 율리우스 시저 같았어. 그 여자가 피에르의 이름을 부르며 인사했어.

나는 미국식 억양을 듣고 그녀가 우리를 초대한 그 집의 주인이 라는 사실을 알아차렸어.

뻔뻔하게도 피에르는 나를 자기의 모델이라고만 소개했어. 내가 패션 디자이너가 되고 싶어 한단 말은 쏙 빼놓고. 심지어 짧은 소개가 오가고 나서는 나를 그 자리에 없는 사람 취급했어. 나는 스타인 양처럼 세련되지 못한 사람이 과연 패션계에 관심 이나 있을지 의문스러웠어. 분명 피에르가 나를 잘못된 자리에 데려간 거라 생각했어.

피에르가 현재 작업 중인 작품의 형식과 상징성에 대해 주저 리주저리 늘어놓는데 점점 짜증이 치밀어 올랐어. 나는 마음을 가라앉히려고 주의를 딴 데로 돌리기로 했어. 집은 깔끔했어. 벽 마다 그림이 있었는데, 어떤 그림들은 두세 개씩 겹쳐져서 벽에 세워져 있었어. 나는 그림에는 문외한이었지만 그런 내 눈에도 방대한 컬렉션이 인상적이었어.

그림을 제외하면 썩 멋진 집은 아니었어. 그래도 책이며 조각 상이며 화분의 꽃들이 죄다 뭔가 목적이 있는 듯해 보였어. 나는 그 자리와 맞지 않았어. 특히 스타인 양이 피에르에게 마치 나라 는 존재가 그 자리에 없다는 듯 내 앞에서 서슴없이 내 얘기를 시작했을 땐 더욱 그랬지. 그녀는 내가 아주 매력적이라며 화실 에 들러 작품을 보고 싶다고 말했어. 그러면서 그 작품들을 자신의 컬렉션에 추가할지도 모른다고도 했어. 나는 피에르의 모델이 되겠다고 했을 때 내 나체가 누군가의 집에, 그러니까 이렇게 누구나 볼 수 있는 장소에 걸릴 거라곤 미처 생각하지 못했어.

나는 목소리를 내야겠다 싶었어. 내가 모델이기 전에 어떤 일을 하는 사람인지 알려야 했어. 하지만 스타인 양이 난로 근처의 조그만 의자에 앉아 있던 작고 깐깐해 보이는 앨리스 토클라스라는 여자를 자신의 파트너라고 소개하는 바람에 내 말이 묻히고 말았어. 파트너는 또 뭔지. 함께 미술 작품에 투자하는 일종의 동업자란 말인가? 아니면 함께 다른 사업을 추진할 사이란 말인가? 나는 집으로 돌아가는 길에 피에르에게 물어봐야겠다고 생각했어. 그런데 글쎄, 피에르가 자기 혼자 집에 가 버렸어. 이게 말이 되니? 어떻게 된 일인지 들어 봐.

피에르가 사라지는 사태가 벌어지기 전에 그 집에 사람들이 속속 도착하기 시작했어. 나는 대화가 잠깐 멈춘 틈을 타서 용기를 내 스타인 양에게 이렇게 말했어. "스타인 양께서 패션계를 이끄는 인재들과 친분이 있다고 피에르 씨한테 들었어요." 그녀는 무슨 말인지 이해되지 않는다는 듯 눈을 가늘게 뜨고 나를 쳐다봤어. 그러더니 앨리스에게 차를 내와서 나를 편안히 접대해 주라고 말했어. 그 말을 듣고 나는 드디어 스타인 양이 그녀를 둘러싼 남자들 무리에 나를 끼워 주는구나 싶었어. 하지만 나를 데려간 자리는 스타인 양이 남자들과 대화를 나누는 데가 아니라 앨리스와 다른 여자들이 있는 테이블이었어.

나는 어떻게든 피에르의 시선을 끌어 보려 했어. 에휴, 그 사람을 조금이라도 믿은 내가 바보였지 뭐. 피에르는 다른 남자와 열띤 대화를 나누느라 여념이 없었어. 그러다 별안간 잔뜩 화가 난 얼굴로 자리를 떴어. 같이 대화를 나누던 남자도 언짢은 얼굴로 피에르를 따라 나갔어. 멀찍이 상황을 지켜보던 나는 어차피 그 집에서 볼일은 없어 보이니 나도 그만 가야겠다 싶었어. 현관 쪽에서 피에르를 찾았는데 그가 보이지 않았어. 그때 현관문이 확 열리면서 피에르와 언쟁을 벌이던 남자가 들이닥치는 바람에 나는 거의 쓰러질 뻔했어. 그는 진심으로 미안해했어. 나는 그 남자에게 피에르가 어디 갔는지 물었어. 그 남자가 나에게 피에르의 지인이냐고 물어봤어. 난 피에르 때문에 있는 대로 짜증이 난 상태라서, 옛날에 알긴 했는데 더 이상은 볼 일 없을 것 같다고 대답했어. 그러자 그 남자가 금빛이 도는 갈색 눈에 닿을 만큼 입꼬리를 올려 크게 웃더니 피에르를 싫어하는 사람이라면 누구나 자기 친구라고 말하는 거야. 그러고는 내 손을 잡고 자신을 앙드레 아르망이라고 소개했어.

나는 그제서야 남자의 얼굴을 찬찬히 뜯어볼 수 있었어. 그는 내가 지금껏 본 남자 중에 가장 잘생겼다고 해도 과언이 아니었지. 그는 해가 졌는데 젊은 여자 혼자 걷는 건 전혀 안전하지 않다며 집에 데려다주겠다고 제안했어. 나는 그에게 초면인 당신을 어떻게 믿고 따라가냐고 했지. 그랬더니 그가 입증할 기회를 달라는 거야.

나는 지금까지 첫눈에 반하는 사랑 따위 믿지 않았어. 그럼에도 난 앙드레 아르망을 믿고 싶었어. 아마 그의 잘생긴 얼굴이나 세련된 옷차림 때문이었을 거야. 이 상황에 맞는 소리인진 모르겠지만, 악명 높은 연쇄 살인범 잭 더 리퍼도 잘생긴 귀족이었다는 소문이 있었잖아.

아무튼 나는 그의 제안을 받아들였어. 그가 다시 만나자는 말도 없이 작별 인사를 할 땐 심장이 쿵 내려앉더라. 그가 우리 집이 어딘지 알긴 해도 다시는 그를 못 볼 것 같아 두려워…… . 스타인 양의 살롱에 다시 들리지 않는 한 그를 보긴 힘들 거야. 하지만 스타인 양의 집에 가는 건 피에르 장의 모델이 돼서 나체로 포즈를 취하는 일 못지않게 부담스러운걸. 물론 멋진 앙드레 아르망을 다시 보려면 그 정도 대가는 치러야겠지.

14

2019년 1월 3일 저녁 8시 45분

프랑스 파리

"왜 이렇게 일찍 왔어?" 내가 호텔방에 들어서자 엄마가 물었다. 엄마의 시선이 TV에서 두 침대 사이의 탁자에 놓인 시계로 향했다.

"가브리엘 말이야. 유부남이래."

엄마가 어차피 알게 될 거 지금 이실직고하는 편이 나았다.

"뭐?" 엄마가 입을 떡 벌린 채 그 자리에 주저앉았다. 진심으로 충격을 받은 모양이었다.

나는 덤덤하게 고개를 끄덕였다. "식탁에 앉기도 전에 가브리엘의 부인 베로니크가 등장하셨어."

"그래서 어떻게 됐어?"

나는 침대에 걸터앉아 부츠를 벗고는 침대 헤드에 기대앉아 무릎을 끌어안았다. "가브리엘은 베로니크가 나타날 줄 전혀 예상 못

231

했나 보더라. 더 최악이 뭔지 알아? 베로니크가 나더러 가브리엘의 첫 '저녁 초대 손님'이 아니라고 했어. 뭐, 처음이라 해도 딱히 달라질 건 없지만. 엄마, 와이프가 없는 사이에 집에 떡하니 다른 여자를 초대하는 남자의 심리는 대체 뭘까? 기분이 너무 더러워. 내가 막 망가진 것 같아."

"아무 일도 없었지?" 엄마가 일어섰다. "가브리엘이 아무 짓도……."

"응. 아무 일 없었어. 베로니크가 그렇게 일찍 오지 않았다면 일이 어디까지 진행됐을진 모르지만."

엄마가 자리에서 벌떡 일어나 방 안을 왔다 갔다 하기 시작했다. "도 저히 못 참아. 내일 로펌에 전화해서 신고해야겠어."

"엄마, 가브리엘이 로펌 파트너 변호사인데. 다 소용없어. 난 진짜 괜찮아. 아무 일도 없었으니까. 가브리엘은 저녁 초대를 했고 내가 내 발로 걸어 들어갔다가 나온 거뿐이야. 가브리엘은 내 몸의 털끝 하나도 손대지 않았어."

"그건 그런데, 내일 제일 먼저 로펌부터 바꾸자."

"아니. 그럼 일이 너무 복잡해져. 가브리엘이 레베스크 씨가 파리에 돌아왔고 다시 우리 일을 맡을 거라고 했어. 가브리엘 체니랑 엮일 일은 절대 없을 거야."

✝

다음 날 엄마와 나는 호텔을 나와 아이비 할머니의 아파트로 들어 갔다. 파리에서 남은 시간 동안 아이비 할머니의 물건들을 샅샅이 살 펴며 지낼 작정이었다. 서랍을 하나하나 다 열어 보고 구석구석 빈 틈없이 살펴 할머니의 비밀스러웠던 삶에 대해 가능한 한 많은 정보 를 캐낼 생각이었다. 그저 아파트를 상속받은 걸로 상황을 마무리 지 을 수도 있었지만, 엄마와 나는 아이비 할머니가 파리에서 어떤 삶 을 살았는지 더 알고 싶었다. 엄마와 나에게 처음으로 공통의 목적 이 생겼다.

오늘 나는 방향을 새로이 잡고, 일주일 휴가 중에 자그마치 하루라 는 귀중한 시간을 아파트를 살피고 조사하는 대신 유부남이랑 노는 데 허비했다는 생각을 깔끔하게 떨쳐 버릴 예정이었다. 성격상 뒤처 지는 걸 극혐하는데 가브리엘 때문에 뒷전으로 밀릴 뻔했던 애초의 목적을 달성하는 데 박차를 가하기로 했다. 나는 오늘은 절대 한눈 팔 지 않고 아파트에만 집중하겠다고 마음먹었다.

우리는 선반에 감추어져 있던 사진첩을 찾아냈다. 그리고 옷장에 서 남자 바지 두 벌과 셔츠 세 벌, 드레스 몇 벌, 빨간 클로슈, 소매 끝 과 칼라가 인조 모피로 되어 있는 갈색 롱 코트를 발견했다. 옷가지 들은 먼지가 끼어 있었지만 놀라울 정도로 상태가 좋았다. 마치 빈티 지 숍에서 선별해 놓은 옷 같았다. 나는 옷을 하나씩 꺼내 살펴보았 다. 내 마음을 사로잡은 건 아주 섬세한 비즈 꽃 장식으로 밑단, 네크 라인, 소맷단 주위를 수놓고 부드러운 회색 실크로 테두리를 장식한 아름다운 검정 드롭 웨이스트 원피스였다. 하나부터 열까지 아이비 할머니 스타일이었다.

아이비 할머니는 내가 여섯 살 때 세상을 떠났다. 할머니는 돌아가시기 전에 내가 유치원을 졸업하고 이른바 '언니들 학교'에 가는 걸 축하해 주기 위해 내가 제일 좋아하던 분홍색 스웨터의 네크라인에 이 원피스와 비슷한 무지갯빛 꽃 모양 비즈를 수놓아 준 적이 있었다. 그 스웨터를 입으면 세상에서 제일 멋진 목걸이를 걸고 있는 듯했고, 다 큰 어른이 된 기분이었다. 아이비 할머니와 함께한 시간 중 가장 아름다운 순간을 꼽으라면 나는 한 치의 망설임도 없이 바로 그때라고 대답할 것이었다.

나는 원피스 좀 보라고 엄마를 부르려다 말았다. 당시 집에 없었던 엄마에겐 분홍색 스웨터같이 함께 나눌 만한 추억도 없을 테니까 할머니의 원피스를 본다 한들 별다른 감흥이 없을 것 같았다.

일단 옷들을 세탁해야겠다고 생각하고 원피스를 옷장 안에 다시 걸려고 할 때였다. 옷장 선반에 감추어져 있던 일기장을 무려 다섯 권이나 찾아냈다. 말 그대로 대어를 낚았다. 나는 일기장을 들고 거실로 가서 책상에 앉았다. 앞부분은 넘기고 아이비 할머니가 파리에 처음 도착한 뒤 일자리를 찾느라 힘든 시간을 겪다가 결국 화가의 누드 모델로 일하게 된 이야기를 획획 넘겨 가며 읽었다. 그제야 침실에서 발견된 그림과 관련된 전후 사정이 이해되었다.

하지만 일단은 일기장을 손에서 내려놓아야 했다. 뭐든 찾고 조사해야 할 마당에 자리에 앉아서 일기를 읽느라 귀중한 시간을 보낼 수 없었다. 런던으로 돌아가 직장에 복귀할 때까지 사흘밖에 남지 않았다. 기차 시간까지 계산에 넣는다면 주어진 시일은 이틀 반뿐이었다. 일기장은 가져가서 나중에 읽어도 되었다. 지금은 아파트에 있는 다른 보물들을 찾는 일이 시급했다. 기차표를 예매할 당시만 해도 아이비 할머니의 성지가 실제로 존재하리라고는 상상도 못했기 때문에 왕복 표를 미리 끊어 놓았다. 솔직히 엄마가 관련된 일이다 보니 큰 기대를 하지 않은 것도 있었다.

호랑이도 제 말하면 온다던가. 엄마가 침실에서 '아이 러브 파리'를 흥얼거리는 소리가 들려왔다.

나는 이리저리 돌아다니며 서랍, 옷장, 찬장을 열어 보며 내용물을 살폈다. 거실의 물건들 사이에서 박스 안에 든 오래된 카드 세트와 묵직한 유리 재떨이와 세계 지도를 발견했다. 욕실 문 뒤쪽 고리에 바스러지기 일보 직전의 샤워 가운이 걸려 있었다. 희미한 라벨지에 라벤더 향수라 적힌 빈 유리 용기가 하나 있었고, 은색 손잡이가 달린 면도솔 옆에는 딱딱하게 굳은 회색 비누가 있었다. 주방에서 찾은 물건 가운데 캐비닛 뒤편에 박혀 있던 다섯 개의 직사각형 쿠키 틴 케이스 세트가 호기심을 자극했다. 각 틴 케이스는 기차처럼 칠해져 있었다. 첫 번째는 엔진실, 그다음 세 개는 사람과 동물을 싣고 가는 기차 칸이었고, 마지막은 승무원실로 손을 흔드는 승무원이 그려져 있었다.

이 와중에도 나는 머릿속으로 내가 이 아파트의 소유주라는 사실을 끊임없이 되새겼다. 남의 물건을 샅샅이 뒤지고 남이 숨겨 놓은 걸 찾아내는 게 계속 마음에 걸렸기 때문이다. 도둑질을 하는 게 아니었음에도 누군가 방으로 들이닥쳐 나를 저지할 것 같다는 생각을 떨칠 수가 없었다. 어쩌면 내가 뭘 찾고 있는지 나조차도 정확히 모르기 때문일 수 있었다. 그렇게 두세 시간 정도가 흘렀을 때 나는 아이비 할머니를 향해 혹시 나를 보고 있다면 힌트 좀 내려 달라고 마음속으로 애원했다.

주방 서랍에 뭉쳐져 있던 빛바랜 장보기 목록을 살펴보는데 침실에 있던 엄마가 나를 불렀다. "해나, 이리 와서 이것 좀 봐. 뭘 좀 찾은 것 같아."

나는 바닥에서 벌떡 일어나 침실로 갔다. 엄마가 전화번호부만큼 두꺼운 누런 종이 뭉치를 들고 있었다. "침대 밑에 있었어. 이게 뭘까?"

나는 엄마한테서 종이 뭉치를 건네받았다. 글자는 프랑스어로 추정되었고 타자기로 친 것 같았다. 자세히 보니 일종의 원고 같기도 했다. 종이 뭉치를 묶었던 낡은 고무줄을 조심스럽게 떼어 낼 필요도 없이 저 혼자 끊어졌다. 나는 종이를 넘겨 보기 시작했다. 표지는 없었다. 원고 어디에도 이름을 찾을 수 없었다. 일단 내 눈에는 그랬다. 누런 종이가 바싹 마른 가을 낙엽처럼 바스락거리며 금방이라도 찢어질 듯했다. 나는 원고를 망가뜨리고 싶지 않았다.

"뭔가 있을 것 같긴 해." 내가 말했다. "근데 잘 모르겠어."

단어 몇 개가 눈에 들어오긴 했지만 전체적으로 이해되진 않았다. 나는 원고를 거실로 들고 갔다.

"어디 가?" 엄마가 내 뒤를 따라왔다.

"투어 가이드 하면서 배운 건데 이런 물건은 가능한 한 손을 덜 대야 한대."

"안 건드리고 어떻게 봐?"

"엄마, 페이지를 보니까 잘못하면 다 바스러져 버릴 것 같아. 우리 손에 묻은 먼지랑 기름기 때문에 상태가 더 나빠질 수도 있고."

엄마가 불만스럽다는 듯 눈동자를 굴렸다. "그래? 그럼 투시해서 보게 엑스레이 안경이라도 가져와야겠네."

"엄마, 지금 너무 과민 반응하는 거 알지? 농담 아니야. 여기 뭐가 있는지 알아내는 동안 하나하나 아주 조심스럽게 다뤄야 해. 내가 장갑이랑 중성지로 된 상자를 가져올 때까지 절대 손대지 마."

"그다음엔 어떡할 건데?"

"몰라. 그건 그때 가서 생각해."

우리는 그대로 서서 질문에 대한 대답을 기다리기라도 하듯 종이 뭉치를 뚫어져라 쳐다보았다.

"알았어. 너무 흥분하긴 아직 이르다는 건 알지만 일단 이것만 말해 줄게. 엄마 혹시 집문서랑 같이 있던 부고 기사 기억나?"

엄마가 고개를 끄덕였다.

"앙드레 아르망 기억나지?"

"응. 아이비 할머니의 일기에 있는 앙드레가 그 사람이라는 게 우리 추측이잖아." 엄마가 말했다.

"그분은 작가였어. 본인은 프랑스 출신이었지만 전간기 때 파리에 거주하는 미국인들이랑 어울렸대. 만약 이게 그분의 작품이라면?"

엄마의 눈이 휘둥그레졌다. "정말? 넌 고인이 된 작가들에 대해서 라면 모르는 게 없잖아."

"나도 다는 모르지. 특히 앙드레 아르망의 작품은 잘 몰라. 근데 만일 이게 그분의 작품이라면 이 원고가 책으로 출간된 게 나와 있지 않을까 싶네."

"그럼 서점이나 도서관에 가서 찾아볼래?" 엄마가 내 의견을 물어왔다.

"완전 좋은 생각이야. 일단 앙드레 아르망이 책을 몇 권이나 썼는지부터 검색해 보고, 그다음에 책을 사거나 빌리면 될 거 같아."

휴대폰으로 검색하니 앙티브(프랑스 남동부의 휴양지 - 옮긴이)에 본사를 둔 앙드레 아르망 재단의 웹 사이트가 나왔다. 사이트에 따르면 앙드레 아르망은 평생 열두 권의 책을 집필했단다. 너무 많지 않아서 다행이었다. 프랑스어 문장을 그가 직접 쓴 원고와 비교하려면 시간이 좀 걸리겠지만…… 여유 시간을 모두 쏟아부으면 못할 것도 없었다. 나는 책 이름을 받아 적고 런던으로 복귀하기 전에 프랑스어 버전을 구입하기로 했다.

"도서관에서 책을 빌릴 수 없어서 너무 아쉽네." 엄마가 말했다. "우리 둘 다 프랑스어를 못하는데 비교 작업을 하고 나면 열두 권이나 되는 프랑스어 책을 어디다 쓰겠냐고."

"다른 언어를 배울 좋은 기회가 될지도 모르지." 내가 말했다. "당분간 여기서 살 거라면서."

엄마가 멍한 눈으로 나를 보았다. "그 책들을 읽는 건 기본 수학도 모르는데 미적분을 풀라는 거랑 똑같아."

"언젠가 시작해야지." 내가 말했다.

"내 말은 아무짝에도 쓸모없는 책을 열두 권이나 사는 데 돈이 너무 많이 들어간다 이거야. 만약에 그게 앙드레의 작품이 아니면 어쩔 건데? 혹시 미출간본이면 또 어쩔 거야?"

심장이 두근거렸다. "만약에 이게 앙드레 아르망의 미출간본이라면? 그럼 엄청난 일이 되는 거지."

"뭐 어마어마한 값어치라도 있어? 가치가 있는 거냐고?"

"저명한 작가의 미출간 원고를 발견했으니 당연히 가치 있는 일이지. 그 가치가 얼마나 할진 모르지만. 피카소의 작품처럼 경매에 부칠 수 있는 물건이 아니니까."

"왜 원고는 경매에 부칠 수 없는 거야?" 엄마가 물었다.

나는 첫 페이지를 들추어 보고 싶은 충동을 누르기 위해 깍지를 꼈다. "몰라. 이쪽은 내 전문이 아니라서."

"하지만 넌 공부 많이 했으니까 아는 것도 많을 거 아냐. 투어하면서 이런 일이 한 번도 없었어?"

"전혀. 단 한 번도 없었어. 문학사를 좀 알긴 하지. 근데 유물 출판은 다른 얘기야. 우리는 이게 앙드레 아르망의 책인지 아닌지, 출판이 됐는지 안 됐는지, 그리고 그의 작품이 맞고 미출간본이라면 우리가 뭘 어떻게 해야 하는지 알려 줄 전문가를 찾아야 해."

엄마가 심각한 표정으로 나를 쳐다보았다. "그 끔찍한 바람둥이한테는 전화할 생각하지 마."

"당연히 가브리엘한테는 연락 안 하지. 어젯밤에 그런 일을 겪고도 내가 그 사람이랑 말을 섞고 싶겠어?"

"레베스크 씨에게 도움을 청해야 할 것 같아."

나는 가방에서 휴대폰을 꺼내 로펌에 전화했다. 안내원이 레베스크 씨의 비서 쪽으로 전화를 돌려 주었다. 비서가 레베스크 씨의 오늘 오후 스케줄이 꽉 찼다며 비상사태가 아니라면 월요일에 연락해 주겠다고 했다. 그러고는 만약 비상사태라면 가브리엘 체니가 도와줄 수 있을 거라고 덧붙였다.

"아니요! 비상사태는 아니에요. 월요일이면 괜찮을 거 같아요."

레베스크 씨는 한시도 쉬지 않고 일하는 것 같은데 어째서 가브리엘은 시간이 남아도는 걸까? 나는 실망감을 떨쳐 버리고 레베스크 씨가 우리에게 어떤 지침을 주길 바라면서 우리가 찾은 물건에 대한 메시지를 남겼다.

15분쯤 지났을까 휴대폰이 울렸다.

"안녕하세요." 가브리엘이 말했다. "전화하셨다면서요. 뭘 도와 드릴까요?"

"그쪽이 도울 일은 아닙니다. 레베스크 씨와 연락이 닿을 때까지 기다리면 됩니다."

"흥미로운 원고를 발견했다고 들었어요. 그게 정말이라면 우리 사무실에서 당신을 가장 잘 도와 드릴 수 있는 사람은 바로 저예요. 레베스크 씨는 어쨌거나 그 일을 저에게 넘길 거예요."

"감사합니다만 말씀드렸듯이 기다렸다가 레베스크 씨와 이야기하겠습니다. 레베스크 씨가 로펌 밖에서 저희를 도와줄 곳을 알려 주실 겁니다."

전화 저편에 침묵이 흘렀다. 전화가 끊겼다고 생각할 만큼 긴 시간이 흘렀다. 막 통화 종료 버튼을 누르려는데 그가 말했다. "저한테 화가 많이 나셨군요. 제발 부탁이니 화 푸세요."

우웩, 이 사람 지금 뭐라고 하는 거야? 엄밀히 말해 아무 일도 없었고, 그저 의뢰인과 변호사 사이로 비즈니스차 저녁 식사를 함께한 척할 수도 있었다. 하지만 우리 둘 다 그게 다가 아니란 걸 알았다. 가브리엘은 유부남이라는 신분을 감추고 나를 대놓고 유혹했었다. 그 사건은 남자에 관한 내 판단력이 얼마나 형편없는지 다시금 상기하는 계기가 되었다. 그는 내 데이트 불명예의 전당에 바람둥이로 당당히 한자리 꿰찼고, 이번 건은 그 탓을 크레시다에게 돌릴 수도 없었다.

"부인이 미인이시더군요, 가브리엘 씨. 정말 운이 좋으세요."

"해나, 그…… 그 사람이야?" 엄마가 가브리엘이란 걸 알아차리고는 씩씩거렸다. "그런 짓을 한 놈하고 뭐 하러 얘기를 길게 해? 전화기 이리 줘 봐. 좀 따져야겠어."

나는 엄마를 조용히 시키려고 한 손을 올리고는 계속 휴대폰을 달라고 우기는 엄마에게서 등을 돌렸다.

"해나 씨, 제 아내와 저는 서로 합의를 봤어요. 제 아내는 좀 심하다싶을 만큼 여행을 다녀요. 그래서 아내가 집을 비운 사이 저는 제가하고 싶은 걸 자유롭게 하기로 했다고요."

베로니크의 표정으로 보아 그녀는 가브리엘이 생각하는 합의에 전혀 동의하지 않은 게 확실했다. 그렇지만 내 알 바 아니었다. 다시는 그 사람과 단둘이 있을 일은 없겠지만, 미술계와 관련된 그의 이력으

로 볼 때 전간기 문학 작품을 검토해 줄 전문가를 찾기에 그가 최선
일 수는 있을 것 같았다.

"그거야 당신과 당신 부인 사이의 일이죠, 가브리엘 씨. 제안은 감사
하지만 엄마와 저는 레베스크 씨와 연락될 때까지 기다리겠습니다."

"원고에 대해 이야기해 주세요." 그가 말했다. "아주 오래돼 보이
나요?"

"네. 그래서 비상사태가 아니란 겁니다. 이 원고는 오랜 세월을 기
다려 왔습니다. 그러니 며칠 정도 더 기다리는 건 일도 아닐 겁니다."

"아, 제가 말씀드렸듯이 레베스크 씨는 이 일을 저에게 넘길 거예
요. 미술품과 유물 쪽은 전부 제 담당이라서요. 회사 차원의 일이라
어쩔 수 없어요. 당신에게 전문가를 찾아 드릴 수 있어서 개인적으로
얼마나 기쁜지 몰라요. 제가 제대로 된 전문가를 연결해 드릴게요. 다
시 절 만날 필요도 없을 거예요. 당신을 불쾌하게 만든 보상이라 생각
해 주세요. 제가 진심으로 사죄드린다는 걸 증명해 보이고 싶어요. 제
발 저를 믿어 주세요, 해나 씨."

1927년 7월

프랑스 파리

나의 다이어리에게,

원래 일요일은 쉬는 날이지만 오늘은 부득이하게 일을 해야 했어. 나는 피에르의 화실에 도착해서 토요일 밤 일에 대해 따져 물었어. 온다 간다 말도 없이 스타인 양의 살롱에 나를 버리고 간 이유를 들어야겠더라고.

피에르와 내가 어제 그림 작업을 쉰 데다가, 피에르는 다른 일에서도 별 소득이 없었던 모양인지 아주 예민하고 퉁명스러웠어. 하지만 피에르의 상태 따위는 나에게 중요하지 않았어. 나는 나를 낯선 집에 홀로 두고 간 이유를 재차 캐물었어. 피에르는 벌겋게 충혈된 눈을 벅벅 비비고는 손가락으로 떡 진 머리칼을 쓸어 넘겼어. 내가 보기에 피에르는 압생트(19세기를 풍미했던 환각 성분이 함유된 증류주로 녹색 요정이라고도 불린다 - 옮긴이)에 취해 있었던 것 같아. 원칙적으로 파리에서 압생트는 불법이야. 하지만 아무 데서나 누구나 압생트를 마실 수 있어. 쉽게 찾을 수 있는 데 숨겨 놓고 말이지. 압생트와 환상의 커플인 아편이랑 코카인도 마찬가지야. 그런 걸 찾는 건 일도 아니야. 특히 피에르와 헬렌의 행동반경 내에선 식은 죽 먹기였어. 피에르는 나를 버리고 간 일을 전혀 뉘우치지 않았어. 그 일에 대해 언급조차 하고 싶어 하지 않았어. 그는 그저 예기치 못한 언쟁이 생겼고 나 혼자 집에 돌아갈 수 있을 거라고 생각했다는 말만 반복했어.

사실 나는 피에르가 없는 매너를 쥐어짜서 나를 집에 데려다 주기라도 했다면 앙드레를 만나는 일은 없었을 테니 계속 화를 낼 생각은 없었어. 앙드레를 생각할 때마다 심장이 고장 난 것마냥 두근거렸어. 하지만 피에르 같은 작자에게 내 속내를 다 알려 줄 필요는 없잖아.

1시간 정도 일했을까 누군가 화실 문을 두드렸어. 피에르는 분통을 터뜨리며 벽에다 붓을 집어 던지고는 일 좀 할 수 있게 꺼지라고 욕설을 퍼부었어. 그때 문이 열리고 앙드레가 안으로 들이닥쳤어. 나는 심장이 멎는 줄 알았어.

앙드레도 깜짝 놀라 한 번 더 나를 쳐다보더니 모자를 살짝 내리며 다시 만나서 반갑다고 인사했어. 나는 할 수만 있다면 마룻바닥 사이에 난 틈으로 사라지고 싶었어. 나를 그토록 존중해 주고 친절하게 대해 준 그와 피에르의 화실에서 마주치다니. 갑자기 내가 하고 있는 일이 부끄럽고 잘못된 것처럼 느껴졌어. 두 사람은 얼굴을 보자마자 프랑스어로 싸우기 시작했어. 나는 옷가지를 끌어당겨서 일단 몸부터 가렸어.

한창 말다툼을 벌이던 피에르가 녹슨 깡통을 손에 들고 쉴 새

없이 중얼거리면서 돈을 셌어. 그러고는 앙드레에게 동전을 냅다 던졌어. 앙드레는 아무렇지 않은 듯 몸을 숙여 돈을 주웠어. 앙드레는 피에르에게 마드무아젤 레옹에게 진 빚은 정리됐다고 영어로 말했어. 그러고는 그녀가 받아야 할 돈을 받아서 기뻐할 거라고도 했어. 하지만 빚을 져서 갚지 않고 이런 식으로 사람을 불러들일 일을 애초에 만들지 말았어야 했다고 덧붙였어. 앙드레는 몸을 돌려 나에게 모델을 이용해 이문을 취하는 피에르의 평판에 대해 경고해 줬어. 피에르가 늘 새로운 모델을 구하는 이유가 바로 그 때문인 것 같다고 했지. 피에르가 앙드레에게 고함을 치기 시작했어. 귀를 틀어막고 싶을 정도였지만 앙드레는 침착했어. 그는 신사답게 모자를 살짝 내려 인사하고는 자리를 떠났어.

앙드레가 가고 나서 피에르가 테레빈유 깡통을 문에 던지는 바람에 나무로 된 문짝이 끈적끈적한 기름 범벅이 됐어. 나는 앙드레가 한 말이 진짜인지 물어봐야 했어. 피에르는 그를 얼간이 같은 놈이라고 부르며 그가 한 말은 한마디도 믿지 말라고 했어. 그전에 일하던 모델에게 어떤 일이 있었는지 묻자 피에르는 내가 상관할 바 아니라며 천연덕스럽게 앉았던 자리로 돌아가더라. 하지만 앙드레가 한 말이 사실이라면 내가 상관할 일이 맞잖아. 피에르 같은 남자를 위해 나체로 포즈를 취하는 일보다 더 나쁜 건 돈도 못 받고 그 일을 하는 거 아니겠어?

　피에르가 눈을 껌뻑이더니 어떻게 앙드레 아르망을 아냐고 물었어. 나는 토요일 밤 스타인 양의 살롱에서 만났다고 대답했어. 하지만 나는 피에르가 주제를 바꾸게 내버려 두지 않았어. 나는 이틀 치 모델료를 선불로 정산해 달라고 요구했어. 그러자 피에르는 앙드레와 나한테 돈을 다 뜯기는 바람에 한 푼도 없다면서 으르렁댔어. 나는 일을 그만두겠다고 했어. 피에르는 미친 듯이 날뛰며 물건들을 집어 던지고는 문을 활짝 열어 둔 채로 자리를 박차고 나가 버렸어.

　피에르는 내가 옷을 다 입을 때까지도 돌아오지 않았어. 나는 내 초상화에 살짝 윙크하고는 음침한 화실을 유유히 걸어 나왔어.

15

프랑스 파리

나는 일을 철저하게 전문적으로 처리하겠다는 가브리엘의 말을 믿어 보기로 했다. 그는 유부남이었다. 한마디로 게임 끝이었다. 그와 함께 그가 가장 좋아한다는 카페에서 아침 식사를 하거나 미술관 투어를 다니거나 그가 직접 만든 저녁을 먹을 일은 더 이상 없었다. 우리는 오로지 원고에 대해서만 이야기하고, 이 원고가 앙드레 아르망의 작품이 맞을 시 누가 우리를 도와줄 수 있을지에 대해서만 의논하면 되었다.

엄마는 가브리엘과 일하는 건 말할 것도 없고 말 섞기조차 싫어했다. 나는 내가 알아서 조절할 수 있으니 걱정할 거 없다고 큰소리쳤지만 엄마는 원고 관련 일에서 손을 떼겠다고 선언했다. 엄마는 그와 유물 인증 과정을 거치는 일 따위는 없을 거라고 못을 박았다. 엄마에게는 오히려 잘된 일이었다. 엄마는 원고와 관련된 이야기들이 벌써 지루해진 게 분명했다.

가브리엘에게 원고가 앙드레 아르망의 미출간본일 거라는 예감이 든다고 말하고 나서, 그 주 일요일에 그가 본인 눈으로 직접 보물을 확인하기 위해 아파트에 나타났다. 아름다운 일요일 아침에 베로니크는 뭘 하고 있냐고 비아냥거리고 싶은 마음이 굴뚝같았다. 그러나 그가 소르본 대학의 문학 교수가 우리를 도와줄지도 모른다고 말하자마자 그 생각은 곧바로 지워졌다.

"이 원고가 중요한 물건으로 판명 나면 우린 원고를 보호해야 해요." 그가 말했다. "이제 막 알게 된 사람에게 원고를 그냥 넘기는 건 좋지 못한 생각이에요. 설사 대학 관계자라고 하더라도요. 어떤 동기를 갖고 있는지 모르잖아요."

"모든 사람들의 동기가 순수하진 않죠." 엄마가 중얼거렸다. "누구보다 잘 아실 거 같은데."

나는 엄마에게 '그만해.'라는 의미의 눈길을 보냈다. 이미 벌어진 일을 또다시 들쑤셔 보았자 양쪽 모두에게 득 될 거 하나 없었다.

"가브리엘 씨가 추천하는 교수가 누군데요?" 내가 물었다. "실력은 있는데 믿음은 가지 않는다, 이건가요?"

가브리엘은 처음 만났을 때의 매력적인 얼굴 그대로 어깨를 으쓱했다. 그 모습은 여전히 멋있었다.

"저도 아직 몰라요. 그저 그 교수가 정직한 사람이길 바랄 뿐이죠. 조심해서 나쁠 건 없잖아요, 해나 씨. 언제든 원고를 분실하거나 도둑맞을 수 있으니까요." 그가 상자 속에 든 여자를 사라지게 하는 마술을 선보이는 마술사처럼 딸깍 손가락을 퉁겼다. "당신은 귀한 물건을 발견했어요. 그리고 그걸 믿고 맡길 만한 마땅한 곳을 모르고요."

그는 원고 복사를 권했다. 우리를 위해 그 일을 해 줄 사람을 고용하겠다고 했지만 비용을 부담하겠다는 언급은 하지 않았다. 차라리 그편이 나았다. 이 원고가 진짜라고 밝혀졌을 때 레베스크, 라신, 체니 로펌에서 이 책에 대한 어떤 권리도 요구하지 않길 바랐다. 절대 호들갑 떨면 안 될 일이란 건 알았지만 원고 뭉치에는 분명 뭔가 있었다.

다만 엄마와 나는 훌륭한 복사본을 만드는 데 들일 여유 자금이 없었다. 다른 사람이 이 바스러질 것 같은 책을 어떻게 다룰지도 알 수 없는 노릇이었다. 그래서 가브리엘과 나는 내 휴대폰 카메라로 페이지 한 장 한 장을 선명하게 찍어서 원고를 문서화하기로 했다. 지금은 이걸로도 충분할 것 같았다. 나는 곧바로 사진 촬영에 돌입했다.

✝

가브리엘은 월요일 아침 소르본 대학의 교수에게 연락하는 일로 첫 업무를 시작했다. 루이 데카르트 교수는 같은 날 오후에 시간이 된다는 답변을 보냈다. 나는 엄마에게 같이 가자고 말했지만 엄마는 단칼에 거절했다. 엄마는 한창 아이비 할머니의 옷 서랍장을 살피는 중이라 중간에 다른 일을 하고 싶지 않다고 했다.

"내가 필요한 자리면 당연히 갔지. 근데 네가 알아서 할 수 있다고

249

하니까. 게다가 그 프랑스 스컹크가 도와주는 척은 하고 있다만, 솔직히 난 그놈을 보고 싶지가 않아." 엄마의 시선이 에어 매트리스에 쌓아 둔 속옷과 스타킹과 가터벨트를 오가고 있었다. "어쨌거나 넌 공공장소에 있을 거잖아. 소르본 대학교 한가운데서 그 자식이 널 어떻게 하진 못하겠지."

엄마 말이 옳았다. 우리는 공공장소에 있을 거고 나는 성인이니 문제 될 일은 없었다. 하지만 나는 엄마가 다시 나를 버리려 한다는 느낌을 떨칠 수가 없었다. 대체 난 엄마에게서 뭘 바란 걸까?

가브리엘이 데리러 오겠다고 했다. 가브리엘의 운전기사가 우리집 문 앞에 와서 소르본 대학까지 실어다 준다면야 더할 나위 없이 편하겠지만 나는 그냥 학교에서 만나자고 했다. 내가 도착했을 때 가브리엘은 먼저 와서 데카르트 교수의 사무실 밖에 위치한 안내실에 앉아 있었다. 그가 나를 보자 눈을 반짝이며 자리에서 일어섰다. 가브리엘은 그쪽 직원에게 프랑스어로 몇 마디 하고 난 뒤 나에게 이런저런 말을 해 주었다. 원고와 곧 있을 교수와의 만남에 관한 이야기였다.

겉보기에 우리 사이는 아무 일도 없었던 듯 평온했다. 다행이다 싶었다. 어차피 그날 밤에 관해 할 이야기도 없었다. 그래도 내가 떠난 뒤 부부 사이에 무슨 일이 있었는지는 궁금했다. 베로니크가 분노를 터뜨리며 뛰쳐나갔을까? 아니면 가브리엘이 나를 위해 준비한 코코뱅을 둘이서 맛있게 먹었을까? 혹시 그날의 웃지 못할 해프닝은 자신들의 결혼 생활에 자극제가 되어 줄 일종의 변태 역할극이 아니었을까? 부부가 따로따로 술집에 들어가서 낯선 사람인 척 서로를 유혹하는 그런 맥락으로 말이다. 어쩌면 가브리엘이 다른 여자를 저녁 식사에 초대하면 그 자리에 베로니크가 갑자기 나타나기로 계획한 건 아닐까? 그리고 싸우는 척한 다음에……. 아니다. 그러든가 말든가. 나만 얽히지 않는다면 그 사람들이 뭘 하든 눈곱만큼도 관심 없으니까.

데카르트 교수가 우리를 만날 준비가 되자 그의 비서가 우리를 사무실로 안내했다. 가브리엘은 통역을 맡았다. 데카르트 교수는 감흥 없는 얼굴로 내가 준비한 여벌의 흰 장갑을 꼈다. 원고는 산성 성분이 없는 중성지로 된 상자 안에 보관되어 있었다. 데카르트 교수가 가브리엘에게 프랑스어로 뭐라 말했는데 억양으로 말미암아 그다지 좋은 징조 같지 않았다.

"뭐라고 하신 거예요?" 내가 물었다.

"추측은 하고 싶지 않대요. 시간이 좀 걸릴 거래요. 읽어 보고 이 작품이 이전에 출간된 작품의 초안인지 알아봐야 한다네요. 그게 아니라면 그 작품들과 비교해 보고 스타일이 비슷한지 봐야 하고요. 지금 필요한 건 다 갖췄으니 결과가 나오면 연락을 주겠대요."

가브리엘은 데카르트 교수로 하여금 원고를 수령했고 원고를 보호하는 데 필요한 모든 예방 조치를 취하겠다는 각서에 서명하게 했다. 나는 가브리엘에게 부탁해 내 전화번호를 데카르트 교수에게 전하고 일이 끝나면 나에게 직접 연락해 달라고 했다. 필요한 모든 절차가 끝난 듯하자 데카르트 교수가 자리에서 벌떡 일어나 문 쪽으로 걸어가 우리를 위해 문을 열어 주었다. 회의의 끝을 알리는 무언의 국제 공용 제스처였다. 즉 더 이상의 추가 질문이나 대화 기회는 없을 거란 뜻이었다.

밖으로 나온 후에야 비용에 관해 문의하지 않았다는 데 생각이 미쳤다.

"비용이 얼마나 들까요?" 내가 물었다. "나오기 전에 물어볼 생각이었는데 질문할 게 너무 많아서 깜빡했어요. 언어도 안 통하고."

가브리엘의 차가 대기 중이었다.

"비용은 걱정 마세요." 가브리엘이 차를 향해 걸어가면서 말했다. "잠재적인 비용이 발생하면 데카르트 교수가 연락을 주겠죠. 일단 소르본 대학 내에서 쓸 수 있는 자원을 동원해 일을 진행하겠지만 외부 자문 위원회를 찾을 일이 생긴다면 그땐 비용이 발생할 거예요."

나는 추가 경비를 걱정하며 쓸쓸한 미소를 지었다. 어디서 돈을 구해야 할지 막막했다. 그렇지만 우리는 어떻게든 비용을 마련해야 했다. 아니, 우리가 아니라 내가 구해야 했다. 좋은 취지에서 하는 일 아닌가. 사실 누구한테 좋은 건지 살짝 헷갈렸지만, 흔들리는 마음을 다잡기 위해 지금 내가 하고 있는 일련의 일들이 아주 좋은 일임을 계속 되뇌었다.

무슨 일이 있어도 가브리엘에게는 부탁하고 싶지 않았다. 그러나 내가 파리를 떠나고 없을 때 데카르트 교수가 일을 끝내면 도와줄 사람이 필요했다. 엄마가 잠재적인 가치를 지닌 그 원고를 들고 도시를 활보하는 일은 없어야 했다.

"전 내일 런던으로 돌아가요." 내가 말했다. "전화를 받을 순 있지만 데카르트 교수가 뭔가 발견하거나 직접 대면하고 싶어 한다거나 원고를 받아 와야 하는 일이 있을 때 제가 알 길이 따로 있어야 할 것 같아요."

"해나 씨가 안 계실 때 교수가 일을 끝내면 제가 사무실에서 사람을 보내 바로 받아 놓을게요." 가브리엘이 말했다.

우리 사이에 엄마에게 원고를 맡기면 안 된다는 암묵적인 합의가 있었던 모양이다. 엄마는 남자에게 한눈이 팔려 시시덕거리느라 무심결에 원고를 지하철이나 카페에 놓아둘 소지가 다분했다. 내가 부탁하지 않았는데도 가브리엘이 나서 주어서 정말 다행이었다.

"휴가 끝나고 직장에 복귀하는 건가요?"

나는 고개를 끄덕였다. "수요일부터 출근해요. 상속세를 벌어야죠."

거기다 '로펌 수수료'라는 말까지 덧붙이려다 왠지 공짜를 바라는 듯한 뉘앙스를 풍기는 것 같아 그 부분에 대해서는 언급하지 않았다.

+

"어떻게 됐어?" 현관에 들어서자 엄마가 물었다. "그 사람이 진짜 같대?"

"뭐라도 알려면 시간이 좀 걸리나 봐. 읽고 비교해야 할 일이 많대. 알다시피 그게 다 학술적인 일이라."

"지루한 일이지." 엄마가 하품하는 시늉을 하더니 이내 장식용 모조 보석 같은 것들이 가득 든 나무 상자에 집중했다. 엄마는 그 안에 손을 넣어 휘휘 저었다. 풍경이 울리는 듯한 소리가 났다.

내가 피식 웃음을 터트렸다. "내가 확답을 갖고 돌아올 거라는 기대는 아예 안 한 거지?"

엄마가 어깨를 으쓱했다. "답을 알 수 있다면 좋겠단 생각은 당연히 했지. 근데 엄마는 그런 일이 어떻게 이뤄지는지 잘 몰라. 그 사람들이 단어를 끼워 넣으면 답이 튀어나오는 데이터베이스를 갖고 있는지 어떤지 알 게 뭐야."

"그런 게 있으면 정말 좋겠다. 그 책이 이미 출판됐다면 기록이 있을 거잖아. 그러면 일이 수월하겠는데. 그게 아니라면 일일이 문체를 비교하고 종이와 잉크를 검사해야겠지. 어떤 타자기로 글을 썼는지도 알아내야 할걸."

나는 거실을 쭉 훑었다. "물건 정리할 때 혹시 타자기는 없었어?"

"아니. 못 봤어."

엄마가 상자에서 모조 다이아몬드가 박힌 브로치를 들어 올려 불빛에 비추었다.

"이제 어떻게 할 거야?" 내가 물었다.

"뭘?"

"나 휴가 끝났잖아. 내일 떠난다고. 정말 여기 혼자 있어도 괜찮겠어?"

엄마가 브로치를 상자에 집어넣고는 다시 휘휘 저었다.

"응. 올랜도로 돌아가지 않는 건 확실하고. 거기다 런던엔 내가 머물 곳이 없다고 네가 네 입으로 그랬잖아."

나는 엄마가 지낼 장소는 언제든지 엄마가 직접 구하면 된다고 말하려다 입을 다물었다.

"플로리다로 돌아가야 하잖아. 할머니 집이 정리되면."

"그때 되면 너도 나랑 같이 가야지."

엄마 말이 옳았다. 집을 팔려면 둘 다 서류에 서명을 해야 했다.

"그 사이에는 어떻게 할 거야? 그러니까, 그럭저럭 지낼 만한 돈은 있는 거야?"

엄마는 보석 상자를 커피 테이블에 올려놓았다. 그러고는 소파 끄트머리에 앉아 몸을 앞으로 내밀고 쿠션을 감싸 쥐었다.

"좀 있긴 하지만 어쨌거나 일자리는 구해야 할 거야. 여기선 비자가 어떻게 되는지 잘 모르겠더라. 주택을 소유하고 있으면 비자 종류도 거기 맞춰 나오는 걸까?"

"나도 모르지." 내가 말했다. "찾아봐. 그리고 엄마가 여기서 살더라도 이 집은 우리 두 사람 공동 소유라는 거 잊지 마."

우리가 할머니 집을 공동 상속받았을 때 엄마는 그 집을 팔고 싶어 했다. 엄마는 추억이 아니라 돈을 원했다. 반대로 나는 오로지 추억 하나 때문에 그 집을 놓을 수 없었다. 그곳은 내가 유년기를 보낸 집이었으니까. 나는 세를 놓자고 제안했지만 엄마는 물러서지 않았다. 엄마를 만족시킬 방법은 내가 엄마 몫의 집값을 내놓고 그 집을 사거나, 아니면 부동산 시장에 내놓는 것뿐이었다. 나는 엄마가 아직도 그 일을 기억하고 있는지 궁금했다.

"무슨 말이야?" 엄마가 실눈을 뜨고 나를 응시했다.

"상속세랑 비싼 파리 물가를 감안하면 엄마가 여기서 그리 편하게 지내지 못할 것 같다는 말이야. 아마도 집을 세놓거나 결국엔 팔아야 할 거야."

"그런 생각은 안 해 봤는데?" 엄마가 말했다. "우린 이번 주 내내 여길 사람이 살 만한 곳으로 만들려고 정말 열심히 일했어. 근데 다른 사람을 여기 들이다니 너무 아깝지 않니? 해나, 난 여기가 정말 내 집 같이 느껴져. 엄마는 난생처음으로 어떤 장소에 연결됐다는 느낌을 받았어. 너와 아이비 할머니와 내가 연결된 것 같았다고. 아이비 할머니가 우리에게 남겨 준 집이잖아. 아이비 할머니에게서 상속받은 유산을 다른 사람에게 넘길 순 없어."

"엄마가 올랜도 집에 대해 뭐라고 했는지 기억해? 엄마는 내가 엄마 몫을 사들이거나 팔아야 한다고 했었어."

"해나, 내가 네 몫을 사들일 입장이 못 된다는 건 네가 더 잘 알면서 그런 말을 하니? 난 우리 관계가 정말 많이 나아진 줄 알았어. 난 이 아파트가 우릴 묶어 줬다고 생각했다고."

또 시작이었다. 엄마는 본인이 만든 규칙인 '내 몫을 사들이든지 아니면 팔든지'에서 벗어나 보려고 신파극 대본 같은 이야기를 끄집어내고 있었다. 하지만 올랜도의 할머니 집에 관해선 적당히 협상을 하거나 합의를 보는 것만으로 충분하지 않았다.

"무슨 생각하는지 알아." 엄마가 말했다. "네 얼굴에 다 써 있어."

"엄마가 파리에서 공짜로 사는 동안 왜 난 런던에서 집세를 내야 하는 건데? 불공평하잖아."

"내가 왜 파리에서 공짜로 살아? 엄마를 공동으로 상속받은 유산을 관리하는 관리인쯤으로 생각하면 되잖아."

엄마는 으레 그러듯 내 질문을 교묘히 피해 갔다.

"너 정말 할머니 집을 지키고 싶어?" 엄마가 물었다. "너한테 그 집이 그렇게 의미가 큰 거야?"

나는 어깨를 으쓱했다. 쉽게 네, 아니요를 말할 수 있는 문제가 아니었다. 나는 감정적인 이유로 할머니 집을 지키고 싶었지만 현실적인 측면에서 그 집을 팔지 않고 보유한다는 건…… 사실상 말이 안 되었기 때문이다. "그 집은 할머니와의 마지막 연결 고리잖아."

엄마가 기가 막힌다는 듯 눈동자를 굴렸다.

"엄마, 그런 식으로 빈정거리는 건 문제 해결에 전혀 도움이 되지 않아." 내가 말했다. "엄마한테 전혀 득이 되지 않는다고."

"득 보려는 게 아니야, 해나. 난 파리에서 살아 보려고 이러는 거야."

"거봐, 늘 자기 위주지. 안 그래?"

"아이고, 해나."

엄마는 자리에서 일어나 창문 쪽으로 걸어가 밖을 내다보았다. 등 돌린 엄마의 모습을 보고 있자니 상황이 힘들어질 때마다 나에게서 등을 돌리던 과거의 시간들이 주마등처럼 스쳐 지나갔다.

"난 할머니 집을 지키고 싶었는데 엄마는 나한테 의논조차 하지 않았어."

엄마가 뒤돌아서서 나를 바라보았다. 그런데 엄마의 얼굴에 내가 예상했던 고집스러운 눈빛은 없었다. 엄마는 웃고 있었다. "그래! 답 나왔네. 넌 올랜도 집을 갖고, 난 파리 아파트를 갖고. 왜 이 생각을 못 했는지 모르겠네."

목구멍에서 쓴웃음이 새어 나와 발작 같은 웃음소리가 튀어나오 기 일보 직전이었다.

"하……, 농담해?"

"아니. 진심이야." 엄마는 어이없게도 기분이 상한 표정이었다. "그 게 우리 문제에 대한 해답이라고."

"이 아파트가 올랜도 집에 비해 최소 다섯 배는 더 값어치 있다는 거 알잖아. 엄마도 그 정도는 파악했단 거 내가 모를까 봐?"

엄마의 흔들리는 눈빛을 보니 어쩌면 엄마가 미처 거기까진 계산 하지 못했을 수도 있겠다는 생각이 들었다.

"나, 나도 알지. 하지만 돈 문제는 빼놓고, 감정적인 측면에서 생각 해 보자는 거야, 엄마 말은. 그게 우리 문제에 대한 정답이 될 거라고."

"우리 문제에 대한 정답? 아니. 전혀 그렇지 않을걸. 우리가 이 집 을 보유한다는 건 엄청난 일이야. 올랜도 집을 팔고 남은 돈을 한 푼 도 남김없이 쏟아부어야 하는 상황이 올 수도 있다고. 이 아파트에 대 한 상속세까지 내려면 돈이 더 필요할지도 몰라."

엄마의 눈은 나를 향해 있었지만 내 말을 귀담아듣지 않았다. 엄마 의 시선은 나와 엄마 사이 어디를 응시하고 있었다. 오래전 할머니가 주로 나와 관련된 일로 엄마를 탓하던 시절에 자주 보았던 익숙한 눈 길이었다. 꿈꾸듯 멍한 눈. 엄마의 몸은 거기 있었지만 마음은 다른 데 가 있었다.

내 입장에서는 이 아파트를 소유할 하등의 이유가 없었다. 나는 런던에서 행복한 인생을 살고 있었으니까. 엄마 기준에선 나의 런던 생활이 성에 차지 않겠지만 나는 나름 만족했다. 나는 올랜도 집에서 얻은 수익의 절반과 파리 아파트에서 나온 수익의 절반을 손에 넣게 되었을 때 어떤 일들을 할 수 있을지나 따져 보면 그만이었다. 수익만 제대로 들어온다면야 런던에서의 삶도 충분히 괜찮을 터였다.

프랑스 파리

나의 다이어리에게,

피에르의 화실 일을 그만두고 바로 일자리를 구했다는 이야기를 들려줄 수 있어서 기뻐.

알고 봤더니 구원의 손길이 우리 집 문 앞에 있었더라고. 아니, 문 아래 있었다고 하는 게 맞겠다. 우리 아파트 바로 아래 빵집에서 첫 교대 근무를 해 줄 종업원을 구하더라고. 나는 즉석에서 채용됐어. 평소 이웃에게 친절을 베푸는 것은 여러모로 아주좋은 습관이라는 사실이 증명된 셈이었어. 그때부터 줄곧 하루가 일찍 시작되고 있어. 아침 4시 45분에 출근하거든. 박봉이긴해도 오후 시간을 바느질과 패션 쪽 일자리를 찾는 데 마음껏 쓸수 있으니 꽤 괜찮은 조건이라고 봐.

뢱의 화실에서 돌아온 헬렌에게 소식을 알렸더니 헬렌이 뢱이랑 같이 딩고 바에 가서 축하하자고 하더라. 나는 헬렌에게 뢱과 둘이서 좋은 밤을 보내고 오라고 했어. 나 대신 축하의 밤을보내 달라면서 말이야. 내일 아침 일찍 일어나야 하는 데다 딩고바에 피에르가 들이닥칠지도 모르니까 안 가겠다고 한 거었어.내 말이 떨어지기가 무섭게 헬렌은 고개를 절레절레 흔들어 댔어. 헬렌은 언제까지 피에르를 피할 수 있을 것 같느냐며 딩고 바에 같이 가자고 막무가내로 졸라 댔어. 헬렌은 피에르가 날 괴롭히지 못하도록 뤽이 막아 줄 거라고 약속했어.

파리에 온 뒤로 줄곧 헬렌에게 휘둘리지 않기 위해 애써 왔지만, 그날 밤만은 나도 좀 즐기고 싶더라. 여기 온 이후 처음으로 축하할 만한 일이 생긴 거잖아. 즐기지 못할 이유가 뭐가 있겠니?

우리가 도착했을 때 딩고 바는 늘 그렇듯 활기 넘치는 축제 분위기였어. 음악이 울려 퍼지고, 사람들은 술을 마시고 춤을 췄어. 딩고 바에 죽치고 사는 단골들이 눈에 들어오기 시작했어. 다행히 피에르는 코빼기도 비치지 않았지만 헬렌과 뤽은 약속대로 내 옆을 떠나지 않았어. 긴장이 풀리기 시작하니까 샴페인이 쭉쭉 들어가더라. 우연히 스콧이라는 금발 미남과 이야기를 나누게 됐는데 알고 보니 그는 유명한 작가였어. 아직 읽어 보진 않았지만 《위대한 개츠비》라는 작품을 들어 본 적은 있었어. 유명인을 만나서 얼마나 신났는지 몰라!

헬렌과 내가 스콧과 즐겁게 이야기를 나누고 있는데 갑자기 웅성웅성하는 소리가 들렸어. 돌아보니 샴페인 잔을 든 조그만 금발 여인이 테이블 위에 올라서서 우리를 향해 쿵쿵 걸어오고 있었어. 그녀는 사람들의 손을 밟고 술잔을 엎질러 가며 우리 쪽으로 걸어왔어. 사람들이 소리치고 욕을 퍼부어도 전혀 개의치 않았어. 그녀는 우리 앞에 멈춰 서서 스콧을 '내 사랑'이라 부르며 자기를 테이블에서 내려 달라고 했어. 바에서 테이블 위를 걷는 일이 전혀 이상하지 않다는 듯한 태도였지. 스콧은 그녀를 내려 주고선 대체 테이블 위에서 뭘 한 거냐고 물었어. 그녀는 그에게 올 수 있는 방법이 그것밖에 없었다고 대답했어. 그리고 아무리 많은 사람들과 테이블이 가로막아도 절대 사랑하는 남자에게서 자기를 떼어 놓을 순 없을 거라고 했어. 그녀는 우리에게 자신을 스콧의 부인인 젤다라고 소개했어.

잠시 짬이 생겼을 때 헬렌이 나를 옆으로 끌어당겨 스콧이 젊고 아름다운 미국 여배우와 바람을 피웠다는 말을 들었다고 했어. 그 뒤로 젤다는 스콧이 다른 여자를 쳐다보기만 해도 미친 듯이 경계한다는 거야. 나는 젤다를 탓할 수 없었어. 하지만 그 문제에 대해 헬렌과 긴 이야기를 하진 못했어. 북적이는 공간 저편에 앙드레 아르망이 모습을 드러냈기 때문이야. 어찌나 훤칠하고 매력적인지 마치 조명등이 군중 속에 있는 그를 비추고 있는 것 같았어.

그와 눈이 마주친 순간 심장이 마구 쿵쾅거렸어. 그다음에 내가 기억하는 건 그가 우리 옆에 왔고 젤다가 오래전 소식이 끊긴 절친한 친구라도 만난 듯 꺅 소리를 질렀다는 거야. 젤다는 앙드레의 팔짱을 꼈어. 그러고는 앙드레야말로 자기가 본 가장 재능 있는 작가라며 어찌나 입에 침이 마르도록 칭찬을 하는지 스콧이 질투할까 봐 내가 다 걱정될 정도였다니까. 젤다는 자기가 한 말이 하늘에 맹세코 진실이지만 자기가 그런 말을 했다는 사실을 절대 인정하지 않을 테니 우리도 스콧에게 말하지 않겠다고 맹세하라고 말 같지도 않은 소리를 했어. 아닌 게 아니라 스콧은 바로 옆에서 젤다의 말을 다 듣고 있었거든. 스콧이 살아 숨 쉬는 한 안 듣고 싶어도 들을 수밖에 없는 거리에 있었다고. 그런데도 스콧이 별다른 반응을 보이질 않으니 젤다는 천연덕스럽게 화제를 돌리면서 우리에게 앙드레를 소개시켜 줬어.

헬렌은 내가 스타인 양의 살롱에서 앙드레를 처음 만났고, 피에르의 화실에서 재회한 남자가 앙드레라는 사실을 몰랐어. 앙드레는 나에게 몸을 돌려 스타인 양의 집에서 했던 대로 내 손을 잡았어. 하지만 그때와 달리 이번에는 깃털처럼 가벼운 입맞춤도 해 주었어. 어찌나 떨리는지 하마터면 정신을 잃을 뻔했다니까.

젤다는 스콧이 아닌 다른 남자와 찰스턴 바로 춤을 추러 가 버렸어. 덕분에 앙드레와 나는 저녁 내내 이야기꽃을 피울 수 있었어. 우리는 피에르라든가, 내가 했던 모델 일에 대해서는 한마디도 꺼내지 않았어. 예술과 책과 새로 시작한 내 일에 대해 이야기하느라 정신이 없었지.

앙드레는 완벽한 신사였어. 그는 이번에도 지난번처럼 나를 집까지 바래다주었어. 나는 제멋대로 날뛰는 내 마음이 제자리를 기억하고 안정을 찾길 바랐어. 앙드레 아르망 같은 남자가 브리스톨 출신의 촌스러운 여자에게 관심이 있을 리 만무하잖아. 또다시 나를 문 앞에 바래다주고도 다음을 기약하지 않은 거 보면 그 사람도 같은 생각을 한 게 분명해.

내가 조금이라도 더 영리했다면 앙드레 아르망을 마음에서 영원히 지워 버렸을 텐데. 사실 머리로는 그래야 한단 걸 알고 있는데 마음에서 그를 지울 수가 없네.

16

2019년 1월 8일 오전 11시
영국 런던

엄마와 나는 아파트 처리 문제를 두고 일시적으로 타협했다. 당분간 아무 결정도 하지 않기로 한 것이었다. 엄마는 타협을 했음에도 내가 몰래 아파트를 팔까 봐 우려스러웠는지 나를 따라 런던으로 돌아오겠다고 우겨 댔다. 그리하여 일상으로 복귀해야 하는 나는 아무 할 일이 없는 엄마와 런던으로 돌아왔다.

나는 업무에 복귀하기 전에 따라잡아야 할 사항이 있는지 에마에게 들으러 가야 했다. 하지만 그 사이 엄마가 집을 마음대로 휘젓고 다니는 걸 원하지 않았기에 하트 투 하트 사무실에 엄마를 데려갔다. 엄마가 거기서 마음에 드는 투어 프로그램을 발견해 한숨 돌릴 틈이라도 주기를 내심 바랐다.

"여기서 일하는 거야?" 엄마가 버킹엄 팰리스 거리에 있는 사무실을 둘러보며 눈을 커다랗게 뜨고 물었다. "버스는 어디에 있어?"

"사무실만 있어. 우리 회사는 다른 회사랑 계약해서 버스를 이용해. 투어에 따라 사전에 정해 놓은 장소에 가서 버스를 타는 식이야. 버스 운영이 회사 재정에 크게 득이 되진 않나 보더라고."

방금 전에 엄마와 인사를 나눈 사무실 접수 담당 바이올렛이 미소를 짓고 있었다.

"아," 엄마는 실망한 눈초리였다. "난 여행사라면 관광버스까지 다 갖고 있는 줄 알았는데. 온 시내를 돌아다니는 그 귀여운 빨간색 버스가 너희 회사 버스였으면 했다."

"도보 투어 프로그램도 있어요." 바이올렛이 말했다. "매 정시에 출발하는 도보 투어에 한번 참여해 보실래요? 해나 씨가 사장님과 미팅하는 동안 어머님을 위해 준비해 드릴게요. 무료이니까 부담 갖지 마세요. 제가 프로그램을 보여 드릴게요."

"고마워요, 바이올렛." 내가 말했다. "그렇잖아도 미팅하는 데 시간이 좀 걸릴 것 같아서 신경 쓰였거든요."

엄마가 좌우로 고개를 저었다. "난 그냥 여기 앉아서 기다릴래. 절대 방해 안 할게."

엄마는 안내 데스크 쪽에 있는 안락의자에 앉아 하트 투 하트의 다양한 프로그램을 안내하는 책자들 사이에서 잡지를 하나 꺼내 들었다.

"그간 놓치고 있었던 연예인 가십을 따라잡을 시간이네. 근데 잠깐만, 해나, 네가 하는 투어 책자도 여기 있니?"

엄마가 내 투어에 관심을 보이는 데 살짝 감동받았다. 나는 안내 데

스크 옆 선반으로 걸어가 다양한 제인 오스틴 패키지를 안내하는 책
자를 집어 들었다. 제인 오스틴 투어는 셰익스피어와 코츠월드 투어
책자 사이에 있었다.

"그러니까 네 투어에 참가하는 사람들이 널 여기서 만나는 건 아니
란 거지? 일하는 네 모습을 머릿속으로 그려 보려고."

엄마가 눈을 감았다.

"맞아. 실망시켜서 미안하지만 난 사무실에 거의 안 와. 주로 현장
에 있지. 투어 종류에 따라 다르긴 하지만 대부분은 켄싱턴 궁전 정원
에서 고객들을 만나서 시내 밖으로 나가. 한 주의 대부분을 도로 위
에 있는 경우도 많고."

"네가 남자가 없을 만하네." 엄마가 웃으며 최선을 다해 표정 관리
중인 바이올렛을 향해 고개를 절레절레 흔들었다. "항상 저렇게 나가
있는데 어떻게 남자를 만날 수 있겠어요? 그렇죠?"

"해나 씨는 저희 회사 최고의 가이드예요." 바이올렛이 말했다.

나는 바이올렛을 안아 주고 싶었다. 하지만 엄마 말도 일리가 있었
다. 집보다 길 위에서 더 많은 시간을 보내다 보니 관계 유지가 힘들
었다. 에이든이 떠올랐다. 영국으로 돌아온 지금 그가 제안했던 식사
초대에 응해야 할지 말아야 할지 고민되었다. 나는 나에게 요리를 해
주고 싶어 했던 남자 가브리엘에 대한 기억을 지우려 애쓰고 있었다.
적어도 에이든은 유부남은 아니었다. 그렇지만 일 때문에 집을 떠나
있을 때가 많은 데다, 이젠 남는 시간의 대부분을 파리에서 보내게 될
텐데 굳이 그에게 연락을 해야 할까? 심정이 복잡해졌다.

"사장님 통화 끝나셨대요." 바이올렛이 말했다. "이제 들어가세요."

"엄마, 오래 걸리진 않을 거야. 여기 혼자 있는 거 정말 괜찮겠어?"

"당연하지. 여기 앉아서 이거 읽고 있을 테니까," 엄마가 제인 오스틴 책자를 흔들어 보였다. "어서 가서 네 볼일 봐."

엄마는 옆에서 계속 지켜보고 돌보아야 하는 어린아이가 아니었다. 물론 그런 느낌이 들 때가 가끔은 있지만 어쨌든 엄마는 어엿한 성인이었다. 바이올렛은 통화 중이었고, 엄마는 한쪽 다리를 꼬고 앉아 안내 책자를 베스트셀러 읽듯 보고 있었다. 나는 에마의 사무실 문에 대고 살짝 노크한 다음 안으로 들어갔다.

"해나 씨, 잘 왔어." 에마가 일어서서 가볍게 나를 안았다. "휴가는 어땠어?"

"계획했던 휴가는 아니었어요." 나는 에마에게 엄마의 깜짝 방문에 대해 알려 주었다. 에마는 놀란 얼굴로 물었다.

"그랬구나. 아무튼 다 괜찮은 거지?"

"그냥 예기치 못한 방문이었지만 나쁘진 않았다 정도로만 해 두죠. 엄마랑 파리에 갔다 왔어요."

"어머나! 멋있다."

"그리고 희한한 게 하나 더 있어요." 내가 말했다.

나는 에마에게 아파트와 아이비 할머니의 비밀스러운 삶에 대해 들려주었다. 내가 숨을 돌리려고 잠깐 멈추었을 때 에마의 입은 떡 벌어져 있었다.

"해나 씨, 정말 환상적인 스토리다. 무슨 영화 시나리오 같아."

"아파트에서 증조할머니의 일기장을 발견했어요." 나는 가방을 뒤져 내가 읽고 있던 일기장을 꺼냈다. "이것 좀 보세요."

아이비 할머니와 할머니의 룸메이트 헬렌이 파리에 도착한 다음 날 아침 딩고 바에 간 부분을 펼쳐 에마에게 건넸다.

"한번 읽어 보세요. 그리고 어떻게 생각하시는지 좀 알려 주시면 좋겠어요."

에마는 조용히 일기를 읽어 내려갔다. 시간이 갈수록 에마의 동공이 점점 커지는 게 보였다.

"파블로 피카소? 어니스트 헤밍웨이? 폴린 파이퍼? 말도 안 돼."

에마와 나는 둘 다 문학 애호가라는 공통점을 가지고 있었고 덕분에 우리는 아주 잘 통했다. 에마는 문학에 대한 넘치는 애정으로 여행사를 시작했고, 여행사의 슬로건은 '직접 가 볼 수 있는데 왜 책으로만 읽나요?'로 정했다. 나중에 비문학적인 투어로까지 사업이 확장되었지만 하트 투 하트의 중심이자 정신은 여전히 책과 작가 투어에 있었다.

"말하자면, 이거잖아. 해나 씨가 파리의 아파트를 상속받았고 해나 씨의 증조할머니가 그 유명한 파리의 해외 작가들과 어울렸다." 에마는 믿기지 않는다는 듯 실소를 내뱉었다. 그녀의 반응이 십분 이해되었다. 나도 여전히 이 상황이 믿기지 않고 얼떨떨한데 그녀는 오죽할까.

"확정적인 증거는 없지만 일기장을 보면 '대박, 어니스트 헤밍웨이와 함께 있는 나 좀 봐. 난 진짜 대단해.' 이런 식이 아니라 그냥 그 사람들을 만났고 자기가 어울리는 사람들이 누군지 잘 모르는 것처럼 적혀 있다니까요. 그 당시엔 그 사람들이 전설적인 인물이 되기 전이니 당연히 몰랐겠죠."

"몇 년도야?" 에마가 고개를 숙여 단서를 찾기 위해 페이지를 살피며 말했다.

"일기장 표지에 써 있어요. 1927년이에요."

에마가 일기장의 표지를 펼쳐 양각으로 새겨진 숫자를 손가락으로 쓸었다.

"1927년이면 헤밍웨이가 첫 장편《태양은 다시 떠오른다》를 출간한 뒤네. 그 무리들 사이에선 아주 유명했지만 여전히 작가로서 이름을 알리려고 한창 노력 중일 때고."

"헤밍웨이가 해들리와 이혼하고 폴린이랑 결혼하던 무렵이었죠."

"해나 씨, 이거 진짜 대박이다." 에마는 일기장에서 눈을 떼지 못했다.

"한 가지 더 있어요." 나는 앙드레 아르망의 부고 기사와 아파트에서 찾아낸 원고에 대해 이야기했다. "진짜인지 아닌지 알 순 없지만 아파트 상속과 관련한 법적 절차를 담당하는 로펌에서 원고의 진위 여부를 확인해 줄 학자를 찾아 줬어요."

에마는 일기를 읽다가 갑자기 나를 올려다보며 물었다. "해나 씨, 설마 런던을 떠나서 영영 파리로 가 버리는 건 아니지?"

나는 어깨를 으쓱했다. "솔직히 앞으로 어떻게 해야 할지 모르겠어요. 저희 엄마는 파리의 아파트에서 살고 싶어 하시거든요. 엄마는 태어나서 단 한 번도 현실적으로 살아 본 이력이 없는 분이라 비자 취득도 어떻게 하는지 몰라요. 그리고 상속세 문제도 좀 있고요. 하지만 엄마와 제가 한참을 고민해서 합의한 첫 번째 사항 중 하나는 그 아파트를 팔 수 없다는 거예요. 사실 저희 엄마는 처음부터 그 아파트를 갖고 싶어 했어요. 전 아니었지만. 그러다 이제야 그곳을 지키는 게 우리 가족에게 얼마나 중요한 일인지 깨닫고 있는 중이고요."

나는 엄마와 나의 기대치를 균형 있게 조절할 필요가 있었기에 엄마한테는 아직 이런 이야기를 털어놓지 않았었다.

"이해해." 에마가 말했다. "내가 해나 씨 입장이었어도 똑같이 생각했을 거야."

에마의 말을 듣는데 순간 기가 막힌 아이디어가 떠올랐다. 생각할 겨를도 없이 입이 먼저 움직였다. "저, 이게 가능할지, 아니면 사장님이 관심 있어 할지 모르겠지만 하트 투 하트를 파리 시장으로 진출시키면 어떨까요? 어니스트 헤밍웨이, 스콧 피츠제럴드와 젤다 피츠제럴드, 거트루드 스타인의 모든 것과 실비아 비치(파리 6구에 셰익스피어 앤 컴퍼니라는 서점을 열어 어니스트 헤밍웨이, 스콧 피츠제럴드를 비롯한 당대의 위대한 지성과 교류한 인물 - 옮긴이)의 서점을 투어 프로그램에 넣는 거예요."

에마가 눈을 가늘게 뜨고 잠시 나를 응시했다. 그녀의 머릿속에서 그림이 그려지는 게 보였다. "좀 더 자세히 말해 줄래?"

"그냥 될 것 같은 예감이 들어요." 내가 말했다. "생각해 보세요. 파리의 20년대와 30년대는 가히 어마어마한 시기였잖아요. 문학사에서 더할 나위 없이 풍요로운 시기였는데. 당시 파리에 거주하던 외국인 예술가들의 발자취를 쫓는 멋진 투어를 만들 수 있을 것 같지 않아요?"

에마는 잠깐 생각하더니 고개를 끄덕였다. "해나 씨는 우리 하트 투하트에서 제인 오스틴 투어를 개발하는 엄청난 일을 해냈어. 그럼 답 나왔네. 파리에서 그 일을 맡아 이끌 만한 인물은 해나 씨뿐이네." 에마는 마치 승인한다는 듯 나에게 손을 흔들어 보였다. "일단 기본적인 것하고 허가받는 일부터 알아보자. 해나 씨, 아이디어 정말 좋다. 우선 해나 씨의 오스틴 투어를 넘겨받을 사람부터 구해야겠어. 하지만 그전에 해나 씨가 파리에 갈 생각이 있는지부터 들어 봐야 할 거 같은데."

"당연히 있죠."

'당연히?'

"일단 계획부터 세워야겠어요." 내가 말했다.

머리가 핑핑 돌았다. 20분 정도 여러 가지 경우의 수를 대략적으로 논의하고 나서야 사무실 밖으로 나올 수 있었다. 에마는 엄마와 인사를 나누겠다며 나를 따라 나왔다. 엄마는 어느새 오스틴 투어 책자 대신 런던 내 유명 인사들의 집을 도는 투어 책자로 갈아타 있었다. 어찌나 엄마다운지.

"딱 엄마 취향이네." 나는 엄마를 에마에게 소개시키며 말했다.

"맞아. 재미있어 보인다." 엄마는 그 투어에 정신이 팔려 있었다. 덕분에 엄마가 에마에게 각종 질문과 남부끄러운 이야기를 쏟아 낼 일이 없어 다행이었다. "오늘은 이 투어가 없대." 엄마가 말했다. "안 그랬으면 바이올렛 씨에게 부탁해서 이 투어에 참여했을 텐데."

"말씀대로 재미있는 프로그램이에요." 에마가 말했다. "언제든 다시 오시면 저희가 무료로 넣어 드릴게요. 만나서 정말 반가웠습니다. 그럼 저는 해야 할 통화가 있어서 이만 가 보겠습니다."

에마의 들뜬 표정을 보니 우리의 파리 프로젝트와 관련된 전화인 듯했다.

"이거 제가 들고 가도 될까요?" 엄마가 통화 중인 바이올렛을 부르더니 책자를 집어 들었다.

바이올렛이 고개를 끄덕이고는 문으로 걸어나가는 우리를 향해 엄지를 치켜세웠다.

"바이올렛이랑 친해졌나 봐." 내가 말했다.

"응. 바이올렛 엄청 친절하더라. 내가 〈헬로!〉랑 〈데일리 메일〉을 읽고 있는 걸 보더니 이 투어를 권해 줬어. 너네 사장님도 되게 좋아 보이시고."

우리가 엘리베이터를 타고 내려갈 때 엄마가 책자를 펼치고 무엇을 가리켰다. "이거 좀 봐."

몸을 기울여 엄마가 가리키는 부분을 보았다. 투어의 다섯 번째 코스인 영국 뮤지션 마틴 게이너의 집이었다. 그게 나랑 무슨 상관인가 싶었다.

"정 궁금하면 내일 그 투어에 넣어 줄게."

"아니." 엄마가 피식 웃었다. 그러더니 책자를 보며 돌연 한숨을 쉬

273

며 말했다. "너 이 사람 누군지 알아?"

"마틴 게이너? 당연히 알지. 가수잖아. 로커."

"네 말도 맞긴 하네." 엄마는 내가 알고 싶어 안달이 날 만한 비밀이라도 있다는 듯 야릇한 미소를 지었다.

"잠깐, 내가 한번 맞혀 볼게. 엄마가 옛날에 쫓아다녔던 사람이 마틴 게이너지?"

"멤버 중 하나였지." 엄마가 말했다. "그때 마틴 게이너는 더 스퀠칭 웰리스의 리더였어. 나 이 사람 집에도 가 봤다." 엄마는 매니큐어가 살짝 벗겨진 빨간 손톱으로 책자를 톡톡 쳤다. "딱 한 번이지만, 어쨌거나 가긴 갔으니까."

"그럼 옛 친구 찾아가서 인사라도 해 보든가."

농담으로 한 말이었지만 이내 그런 아이디어를 입 밖으로 꺼낸 걸 후회해야 했다. 엄마가 그간 아주 착실히 지내고 있었기 때문에 펑크록 밴드를 쫓아다니던 과거의 기억을 다시 소환하는 게 과연 엄마에게 도움이 될 것인지 의심이 들었다. 엄마가 중년의 악동 로커와 재회하고 바른 생활을 걷는 재활의 길에서 이탈하게 되진 않을까?

"아니. 그럴 생각은 없어. 날 기억하지도 못할걸. 당시에 그 사람 주위에는 여자들이 쎄고 쎘으니까."

익숙한 대화 패턴이었다. 내가 아빠에 대해 물어볼 때면 엄마는 으레 '주변에 너무나 많은 남자들이 있었어.'라며 더 이상의 답변을 피했었다. 그런데 이번엔 좀 달랐다. 비슷한 듯하면서도 뭔가 아쉬워하는 듯한 엄마의 말투가 묘하게 신경이 쓰였다.

"혹시 마틴 게이너가 우리 아빠야?" 나는 오후의 쌀쌀함이 느껴지는 건물 바깥으로 걸음을 내디디며 물었다.

"뭐?" 엄마가 딱 잘라 말했다. "아니야, 해나. 말도 안 되는 소리 하지도 마."

엄마는 더 스웰칭 웰리스를 여름 내내 쫓아다니다 나를 임신한 채 집으로 돌아왔다. 그런 엄마가 그룹 리더라는 사람의 집에 가 보았다고 인정까지 했다. 하나 더하기 하나가 둘이라는 것만큼이나 논리적인 가정 아닌가? 하지만 나는 지금 엄마와 이런 문제로 다툴 생각이 추호도 없었다.

"재미있는 거 한번 해 볼래?" 엄마가 물었다.

나는 물어보기 두려웠지만 어쩔 수 없었다. "뭔데?"

"그 집에 같이 가자."

"진심이야?"

엄마가 고개를 끄덕였다.

"그 집에 가서 똑똑 하고 엄마가 누구라고 말하게?"

"그럴 리 있겠니? 내가 거기 갔을 때, 그러니까 딱 한 번 거기 가 봤을 때 백악관보다 더 보안이 철저했는데. 그냥 가서 그 집을 한번 보고 싶어서 그래."

"아니, 그러니까 지금 내가 제대로 이해하고 있는지 좀 봐 봐. 마틴 게이너가 그렇게 돈을 벌고도 아직 거기 산다고? 엄마와 그분이 모두 10대였던 시절에 살던 그 집에?"

"그렇게 오래전은 아니야, 해나. 그리고 그 사람은 나보다 몇 살 더 많았어. 그리고 10대였건 아니었건 그 사람이 여전히 같은 집에 살고 있는 게 뭐가 이상해?"

"젊은 나이에 떼돈을 번 어디로 튈지 모르는 펑크 로커가 수십 년을 얌전히 같은 집에서 산다고?"

"너 그 집 본 적 없지?"

"응. 못 봤어. 유명인 집 투어는 다른 사람 담당이라서 한 번도 가 본 적이 없어."

엄마가 눈을 반짝였다. "진짜 멋진 곳이야. 너도 늘 가는 데 말고 다른 곳도 한번 시도해 봐야 하지 않겠어? 그 집 가서 구경도 좀 하고."

"그러다 엄마가 진짜 현관문이라도 두드리면 어떡하라고."

엄마가 입술을 오므리고 고개를 갸우뚱하며 말했다. "그렇게 하면 또 어때서? 아니면 몰래 문을 통과할 방법을 찾을 수도 있고."

런던 남서부의 리치먼드 힐로 가는 택시를 잡아타면서 엄마에게 더 스퀠칭 웰리스가 어떻게 되었는지 물었다.

엄마는 당황한 듯했다. "무슨 말이야?"

'제발 엄마, 다른 사람 말 좀 경청해 봐.'

"더 스퀠칭 웰리스가 여전히 밴드 활동을 하고 있어? 아직도 투어를 하거나 음반을 발매해? 아니면 해체됐어? 어쩌다 주워들은 거 말고는 그 밴드에 대해서 아는 게 없어. 펑크 록은 내 관심 분야가 전혀 아니라서 말이지."

드디어 엄마가 입을 떼었다. 그러고는 생각보다 훨씬 더 많은 이야기를 들려주었다. 더 스퀠칭 웰리스는 웰링턴에서 시작된 밴드로

1990년대 초 영국 음악계에 자리를 잡았고 최전성기를 구가하던 시절엔 더 스미스와 어깨를 나란히 했다.

"더 스퀠칭 웰리스는 펑크 록을 부활시킨 영웅이나 마찬가지였어. 난 그들에게 반쯤 미쳐 있었어. 그때 개인적으로 겪고 있던 일들에도 큰 영향을 줬고." 엄마가 말했다. "그런 거 있잖아, 꼭 나한테 말을 하는 것 같다고나 할까. 난 반항하고 싶었고 웰리스의 음악이 내 인생의 사운드트랙이나 마찬가지였어. 그러다 널 임신했고 모든 게 180도 변해 버렸어. 내가 팬클럽을 탈퇴하고, 얼마 후에 웰리스는 해체됐어." 엄마가 어깨를 으쓱하더니 고개를 돌려 창밖을 바라보았다. 그 옆모습이 어찌나 아련해 보이는지 할 수만 있다면 시간을 거슬러 엄마에게 찬란한 전성기 시절을 돌려주고 싶을 정도였다.

"뭐야?" 내가 물었다. "유럽까지 쫓아다녔으면서 탈퇴를 했어? 그럼 음악도 전혀 안 들은 거야?"

엄마가 몸을 돌려 나를 보았다. "나한텐 돌봐야 할 아기가 있었어. 웰리스의 음악을 자장가로 틀긴 좀 그렇지 않니?"

내가 기억하는 한 엄마가 자장가를 불러 준 적은 없었지만 지금 그런 걸 문제 삼을 타이밍이 아니었다. 우리는 목적지에 도착할 때까지 아무 말도 하지 않았다.

엄마 말대로 집은 아주 거대했다. 예상보다 좀 더 길가 쪽에 위치해 있었고 높다란 연철 울타리에 둘러싸여 있었다. 이제 남은 일은 연철 울타리를 타고 올라가 기둥 끝에 있는 뾰족한 장식에 찔리지 않게 조심해 가며 펑크 록의 신 마틴 게이너의 세상으로 뛰어드는 것

뿐이었다.

"진짜 이 집 안에 들어가 봤어?" 우리는 인도에 서서 대문 빗장 너머 노란색 돌로 지은 이탈리아풍 저택을 건너다보고 있었다. 저택의 튼실한 현관문 양옆으로 2층까지 이어지는 두 개의 하얀색 돌출 창이 있었다. 우리 뒤쪽으로는 리치먼드 힐의 정상이 자리 잡고 있었다. 리치먼드 힐의 정상과 저택 사이에 우리가 서 있는 보도를 경계로 좁은 일방통행로가 나 있었다. 그 집은 정면에서는 그리 커 보이지 않았지만 좁은 폭을 깊이가 메워 주는 것 같았다.

"내가 기억하는 것보다 더 작아 보여." 몸은 여기 있지만 마음은 과거 어디에 가 있는 듯 엄마의 말투에서 몽환적인 분위기가 묻어 나왔다.

"집 안은 어때?"

엄마가 한쪽 어깨를 으쓱해 보였다. "크고 멋진 집이었어. 네가 상상하는 바로 그런 집일걸."

"전혀 상상이 안 돼. 그래서 자세히 물어보는 거야."

"오랜 세월을 거치는 동안 리모델링도 좀 했나 보네."

공기가 습했다. 간간이 울리는 자동차의 경적 소리와 자기들이 핑크 록의 왕족이 사는 집 옆을 지나가고 있다는 사실을 의식하지 못하거나 관심조차 없어 보이는 행인들의 대화 소리가 잿빛 오후의 사운드트랙을 채우고 있었다.

"사랑에 빠졌던 거야?" 내가 물었다.

"누구랑? 마틴이랑?" 엄마가 믿기지 않는다는 듯 눈을 깜빡였다.

"그런 거 아니야, 해나. 절대 아니야."

나는 양팔을 들었다 내렸다. "그냥 여름 내내 유럽을 돌며 마틴을 따라다녔다?"

"모두가 마틴을 원했어. 그 사람은……."

엄마가 미소를 짓고는 고개를 절레절레 흔들며 대문에서 몇 발자국 물러섰다.

"이제 가자."

"뭐? 안 돼. 여기까지 왔는데. 최소한 벨은 눌러 봐야지."

엄마가 나를 휙 쩨려보더니 갑자기 대문으로 향했다. 그러고는 말릴 새도 없이 인터폰의 버튼을 눌렀다. 그와 동시에 대문이 열리기 시작했다. 엄마가 화들짝 놀라 뒷걸음질하며 나지막이 욕설을 내뱉었다. 엄마는 경보 선수만큼이나 빠른 걸음으로 집에서 멀어지기 시작했다. 나도 엄마를 뒤따랐다. 일단 보도로 몇 미터 벗어나고서야 우리는 서로를 붙들고 숨을 고르며 킬킬댔다.

"말도 안 돼. 버튼만 누르면 저 문이 열린다고?" 내가 물었다. "그럼 뭐 하러 저렇게 울타리까지 쳐서 막아 놨대?"

엄마가 한숨을 쉬었다. "다 옛날 얘기잖아. 이제는 그때만큼 보안이 필요하지 않을 수도 있지."

저택의 대문을 빠져나오는 짙은 색 부가티의 앞 범퍼가 곁눈으로 들어왔다. 차는 우리 맞은편에서 차도로 들어가기 위해 멈추어 섰다. 창문이 스르르 열리더니 뿔테 선글라스를 쓴, 흑발에 길고 마르고 창백한 얼굴을 한 중년 남자가 모습을 드러냈다. 그는 선글라스를 살짝 내리고 잠시 우리를 쳐다보았다. 나는 엄마의 손을 잡고 차 쪽으로 고 갯짓을 했다. 그쪽을 본 엄마의 얼굴이 굳어졌다.

"저 사람이야." 엄마가 속삭였다.

남자가 다시 차창을 올렸다. 우리는 떠나는 마틴 게이너를 그 자리 에서 지켜보았다.

✢

"마틴 게이너 대박 섹시하잖아." 크레시다가 말했다. "어떻게 그 사 람이 섹시하지 않다고 말할 수 있어, 탈룰라?"

식탁에 둘러앉아 차를 마시다가 마틴 게이너의 섹시 여부를 두고 크레시다와 탈룰라가 난투극이라도 펼칠까 걱정되었다. 탈룰라가 코 끝을 찡그렸다.

"키가 너무 크고 너무 말랐어. 걸어 다니는 해골 같아." 탈룰라가 덜 그럭거리는 시늉을 해 보였다. "뭐 각자 취향이 있는 거니까."

"여기서 중요한 건 해나 어머니의 의견뿐이야." 크레시다가 말했 다. "마틴 게이너는 침대 위에서 훌륭한가요?"

"나 그 사람이랑 안 잤는데?" 엄마가 말했다.

"말도 안 돼요." 크레시다가 말했다. "어떻게 안 잘 수가 있어요? 나 라면 당장 잤을 거예요. 생각할 것도 없어요."

"당연히 넌 그랬겠지." 탈룰라가 말했다.

"그건 인정." 이 부분만큼은 탈룰라의 편을 들지 않을 수 없었다.

탈룰라가 미소를 지으며 고개를 절레절레 흔들었다. "나도 여기서 이 중요한 토론을 이어 가고 싶지만 안타깝게도 해야 할 일이 있어. 저녁에나 돌아올 거야. 할 말 있으면 다 내놔 봐."

몇 가지 아이디어가 쏟아져 나왔다.

탈룰라가 휴대폰으로 시간을 확인했다. "이제 진짜 가야 해. 계획 잡히면 문자로 보내 줘."

탈룰라가 집을 나가자마자 크레시다가 대화의 주제를 다시 마틴 게이너로 돌렸다. "마틴이 어머니를 알아본 것 같아요? 멈춰서 쳐다봤다고 하셨잖아요."

"아, 나도 몰라. 아닌 거 같아. 자기 집 밖에서 어슬렁거리는 정신 나간 두 여자가 누군지 궁금했던 거 아닐까. 우리가 인터폰 버튼을 누르고 도망치는 짓거리를 한 게 황당해서 쳐다봤으면 몰라도. 그래도 나름 스릴 있었어." 엄마가 나를 보며 웃었다.

"좋아요. 그렇다면 다시 가셔서 마틴에게 말을 거는 도전도 한번 해 보세요." 크레시다가 말했다. "밤을 보내는 도전까지 한다면 더할 나위 없고요."

엄마가 웃음을 터뜨리며 일어섰다. 엄마는 찻잔을 싱크대로 가져갔다.

"그건 힘들겠어. 엄마와 난 파리로 가서 살 것 같거든." 나는 엄마가 마틴에게 말을 거는 일만은 하지 않길 바라며 둘의 대화에 끼어들었다. "일단은 일시적으로 그렇게 될 거 같아."

크레시다의 입이 떡 벌어졌다.

"그 아파트로 이사 가?" 크레시다가 물었다.

내가 고개를 끄덕였다. "우리 사장님이 파리에서 '파리의 외국인 예술과 문학 투어'를 시작해 보래."

"대박이네. 너무 잘 됐다." 엄마가 외쳤다. "너 왜 나한테 아무 말 안 했어?"

"그럴 겨를이 없었어." 내가 말했다. "바로 마틴 게이너 집에 가느 라 정신이 없어서."

"해나, 네가 정말 자랑스럽다." 엄마가 말했다. "이거 승진인 거잖 아? 맞지?"

"그런 것 같아."

"그동안 되게 열심히 했잖아. 넌 충분히 승진할 자격이 있어." 크레 시다가 말했다. "축하해!"

엄마와 나는 크레시다에게 아파트, 일기, 원고에 대해 간략하게 들 려주었다. 크레시다는 헉하고 놀라며 손뼉을 치고 뒤이어 질문 세례 를 퍼부었다. 하지만 지금 시점에선 엄마와 나도 모르는 것투성이이 기 때문에 크레시다의 질문에 속 시원한 답변을 내놓을 수 없었다.

"런던 집세는 계속 낼 거야. 너 난감하게 안 할 테니까 걱정하지 마."

"우리 예쁜 해나, 그렇게까지 안 해도 되거든요. 이사해서 파리에 정착하고 투어를 시작하는 일만으로도 벅찰 텐데 무슨 런던 집까지 걱정해."

"아무래도 초반엔 힘들겠지. 그래도 파리 투어가 제대로 자리 잡힐 때까지 런던을 안전망으로 지키고 싶어서 그래. 일이 틀어지면 나도 돌아올 곳이 필요하잖아."

화장기 없는 맨얼굴에 금발 머리를 정수리에 대충 둘둘 말아 올린 크레시다가 한숨을 푹 내쉬었다. "너무 걱정하지 마. 바로 새 사람을 들일 일은 없을 테니까. 어떻게 널 다른 사람으로 대체할 수 있겠어?"

다시 시작할 생각을 하니 목구멍에서 뭔가 울컥 올라왔다. 파리 투어는 분명 좋은 기회였지만 나이가 들수록 탈룰라와 크레시다 같은 친구들을 새롭게 사귀는 게 쉽지 않았다. 우리 셋은 정말 자연스럽게 함께하게 되었는데 파리에서 이런 인연을 만날 수 있으리란 보장이 없었다. 특히 언어 장벽과 새로운 업무까지 겹쳐지면 더욱 불가능할 것 같았다.

"떠나기 전에 날 잡아서 저녁에 파티하자." 크레시다가 말했다.

"우리 내일 아침에 떠나." 내가 말했다. 지금은 일정에 여유가 좀 있지만 앞으로 할 일이 산더미같이 쌓인 데다, 크레시다와 탈룰라의 착한 마음을 이용해 나한테 딸려 온 네 번째 룸메이트를 하룻밤 더 신세 지게 하고 싶지 않았다.

"그럼 낭비할 시간이 없네. 오늘 밤에 파티하자."

바로 이거였다. 나는 이 친구들과 살면서 누리던 많은 것들 중에서 특히 이렇게 즉흥적으로 만들어지는 이벤트들이 너무나 그리울 것 같았다.

"좋아. 우리끼리 파티라니 너무 기대된다." 내가 말했다. "난 뭘 하면 돼?"

"그냥 나한테 전부 맡겨 둬." 크레시다가 말했다. "우리가 네 새로

운 파리 모험을 축하하는 동안 넌 어머니랑 우리의 영광스러운 손님
이 돼 주기만 하면 돼. 내가 탈룰라에게 문자 보낼게. 두 분이 자리를
비워 주시면 우리가 다 알아서 할게요. 그럼……," 크레시다가 손목
에 찬 까르티에 탱크를 들여다보았다. "6시 정각에 돌아와."

나는 내 방으로 가서 파리에 갈 때 들고 갈 물건들을 찾아 짐을 쌌
다. 나머지 물건들은 새로운 투어가 제대로 자리 잡히면 국제 소포로
부치면 될 듯했다. 지금 당장은 사무실로 돌아가 파리 모험에 대해 에
마와 이야기를 더 나누고 싶은 생각뿐이었다. 엄마를 혼자 두고 싶지
않았지만 어차피 파리로 이사하고 나면 24시간 옆에 붙어 있을 순 없
을 터였다. 게다가 나는 직장이 있으니 엄마도 홀로 지내는 데 익숙
해질 필요가 있었다. 나는 거실에서 잡지를 읽고 있는 엄마를 발견했
다. "해나, 괜찮다면 난 볼일을 좀 봐야 할 것 같다. 여기서 6시에 만
나자. 괜찮지?"

우려했던 바와 다르게 문제는 쉽게 해결될 것 같았다. 나는 사무실
에 들고 갈 원피스, 부츠, 화장품 파우치를 챙겼다. 오늘의 주인공인
나를 위해 깜짝 파티를 열어 주어야 하므로 6시까지는 절대 집에 들
어오면 안 된다는 크레시다의 명령을 따라야 했기 때문이다.

사무실로 가는 버스를 탔다. 날씨가 꽤 춥다 보니 버스 창문에 뿌
옇게 성에가 끼어 있었다. 버스가 덜컹거리며 승객을 태우기 위해 어
느 정류장에 섰다. 그러고 보니 에이든이 일하는 레몬 앤 라벤더 레스
토랑이 그곳에서 바로 다음 골목에 있었다. 크레시다가 오늘 밤 파티
에 그를 부를지 궁금했다. 너무 갑작스러운 초대이긴 했다. 아마 그는

레스토랑에서 일을 해야 할 것이었다. 나는 그에게 연락을 해야 할지 말아야 할지 또다시 고민되기 시작했다. 이제 파리에서 살게 될 텐데, 이런 상황에 연락을 취하는 게 과연 무슨 의미가 있을까?

그러면서 창밖을 잘 볼 수 있게 코트 소매로 성에를 닦아 냈다. 날은 흐리고 안개가 뿌옇게 끼어 있었다. 바깥 풍경은 예상대로였다. 한쪽 모퉁이에 모여 길을 건너려고 신호를 기다리는 사람들, 무단 횡단을 시도하는 사람들. 검정 후드를 입은 한 남자가 버스를 향해 달려오고 있었다. 눈을 가늘게 뜨고 그 남자가 에이든이라고 상상해 보았다.

버스가 출발하려는 찰나 그가 버스를 잡는다. 전력을 다해 달려온 탓인지 거친 숨을 몰아쉬며 버스 계단을 오른다. 그와 시선이 마주친다. 그가 미소를 띠고 내 옆자리에 앉아도 되는지 묻는다. 그리고 이렇게 말한다. "우리 이런 식으로 만나면 안 되잖아요."

하지만 버스에 다다른 검은색 후드는 남자가 아니었다. 성깔 있어 보이는 여자였다. 그녀는 버스 운전기사에게 짜증스럽게 끙 앓는 소리를 내더니 전면을 향해 놓인 좌석에 털썩 앉았다. 버스가 정류장을 벗어날 때 내 옆 좌석은 여전히 비어 있었고 에이든과 재회하고 싶다는 희망도 날아가 버렸다.

프랑스 파리

나의 다이어리에게,

화요일 오후 빵집에서의 첫 근무를 마치고 집에 돌아왔는데 내가 본 것 중에서 가장 아름다운 작약 꽃다발이 금요일 7시에 방문하겠다는 앙드레의 메시지와 함께 나를 기다리고 있었어.

그를 다시 만나기까지 1분이 몇 시간 같고 하루가 한 달 같은 사흘을 보내야 했어. 우리가 어디로 갈지, 뭘 할지 몰랐지만 나는 전혀 개의치 않았어. 나는 어디든 갈 수 있으니까⋯⋯. 아니, 아무것도 하지 않아도 만족하니까. 우리가 함께 있기만 한다면.

금요일을 위해 새 원피스를 마련할 돈이 없어서 갖고 있던 원피스의 네크라인과 소매에 비즈로 꽃을 수놓으면서 시간을 보내기로 했어. 지루한 작업이지만 마음을 다잡고 손을 바쁘게 하는 데 도움이 됐지.

헬렌은 내가 탈바꿈시켜 놓은 원피스를 보고 거금을 주고 산 신상 원피스 같다고 했어. 그리고 나한테 샤넬의 부티크로 다시 가서 잔느 부인에게 내 작품을 보여 줘야 한다고 했어. 헬렌은 그 노인네가 내 원피스를 보면 제발 자기랑 일해 달라고 사정할 거라고 했어. 내 능력에 대한 헬렌의 사랑스러운 믿음 덕분에 웃을 수 있었어.

지금으로선 빵집에서 교대 근무를 하며 나만의 디자인을 발전시킬 수 있다면 더없이 행복할 것 같아. 언젠가 나는 샤넬과 치열하게 경쟁하게 될 거야.

마침내 금요일이 됐어! 앙드레가 문을 두드렸어. 그는 스타인 양의 살롱에서 처음 봤을 때 내 마음을 사로잡았던 그 몽환적인 미소로 나를 바라보고 있었어. 앙드레는 나를 다른 살롱으로 데려갔어. 자콥 거리에 있는 미국 시인 나탈리 바니의 집이었지.

그가 나를 잘못 알고 있나 싶어 잠깐 주저하다가 나는 정통 작가나 예술가가 아니라고 말했어. 스타인 양의 살롱에는 단순히 피에르의 지인으로 참석한 거라는 말도 덧붙였지. 앙드레는 피에르라는 이름이 나오자 깊이 탄식했어. 나는 화제를 돌려 보려고 바니 양이 스타인 양처럼 나를 여자들만 있는 테이블로 쫓아 버릴 것 같은지 물었어. 그는 웃으며 바니 양의 집에 모이는 사람들은 여자들도 동등하게 환영해 준다고 호언장담하더라.

우리가 도착했을 때 제일 먼저 젤다 피츠제럴드가 우리를 반겨 줬어. 딩고 바에서처럼 젤다는 발끝을 딛고 서서 앙드레의 양쪽 뺨에 입을 맞추고는 그의 미모를 입이 마르고 닳도록 칭찬했어. 그러고는 나를 보고 미소 지으며 앙드레와 내가 정말 잘 어울린다고 했어.

젤다는 아무에게나 들이대는 스타일이긴 하지만 나는 젤다가 마음에 들어. 좀 과하게 자유분방하긴 해도 스콧에게 진심이라는 사실만큼은 확실하거든. 두 사람이 함께 있을 때면 주위가 훤해져. 그 둘에게는 시선을 사로잡는 힘이 있어.

더욱이 두 사람이 서로의 관심을 끌려고 벌이는 일들 때문에 그들에게서 눈을 돌리는 건 불가능하기도 해. 솔직히 말해서, 나는 그게 아름답고 정교한 사랑의 표현인지, 완전한 광기인지 분간이 안 돼. 뭐, 둘 다일 수도 있겠지. 이성적이고 생각이 있는 사람이라도 파리의 공기를 들이마시는 것만으로 이 도시에 취하고 중독될 수 있다는 게 믿어지기 시작했으니까. 어쨌거나 나는 그래.

스콧이 우리 쪽으로 와서 인사를 했어. 스콧과 앙드레는 열정적인 대화를 나눴어. 젤다가 스콧은 평소 나탈리 바니의 살롱에 별로 참석하고 싶어 하지 않지만 오늘 밤엔 특별한 책 낭송이 있어서 왔다고 했어. 젤다는 어니스트 헤밍웨이를 제외한 모든 남자들이 그 자리에 참석했는데 어니스트는 너무 남자다워서 주로 여자들이 모이는 그 살롱에 안 온 거라고 했어. 젤다에게 이런저런 질문을 할 수 있을 만큼 편안해진 나는 어니스트가 너무 남자다워서 안 왔다는 게 무슨 뜻인지 물었어. 그는 스타인 양의 살롱에서 거의 살다시피 하지 않냐고 하면서 말이야. 젤다는 거트루드 스타인이 여자로서 갖춰야 할 신체 부위는 다 가졌을지 몰라도 파리에 있는 대부분의 남자들보다 더 남자에 가깝기 때문에 어니스트가 친하게 지낼 수 있는 거라 말했어. 그러고는 도저히 참을 수 없다는 듯 고개를 젖혀 가며 박장대소했어.

어니스트와 폴린은 이제 결혼한 사이래. 어니스트가 딩고 바에서 폴린 옆자리에 있던 나를 끌어내서 춤을 추던 날 밤이 떠오르더라. 나는 아직도 내가 고개를 돌리지 않았더라면 그가 내 입술에 키스를 했을 거라 확신해. 그건 어니스트에게 일종의 게임이었을 거야. 모든 남자들과 시시덕거리는 것이 젤다에게 게임이듯. 모르겠어. 그런 행동이 파리지앵들이 흔히 즐기는 오락거리인가 싶기도 하고.

그날 밤 가장 놀랍고도 달콤했던 선물은 앙드레가 자기 작품을 낭송한 일이었어. 나는 앙드레의 작품을 한 번도 읽어 본 적이 없었거든.

지금 나는 그가 살롱에서 낭송한 날 밤 내 손에 쥐여 준 조그만 프랑스 시집에 빠져들 준비가 된 거 같아. 마음이 너무 벅차. 아무래도 앙드레가 건 마법에 단단히 빠져 버렸나 봐.

17

2019년 1월 8일 오후 5시 45분

영국 런던

나는 계획안을 들고 하트 투 하트 사무실을 나왔다. 우리는 파리 투어를 '광란의 20년대'라 부르기로 했다. 원래 이 용어는 1920년대 파리에서 벌어진 사회, 예술, 문화의 풍요로운 변화를 묘사하기 위해 만들어진 것이었다. 아직 아이비 할머니의 일기장 중 첫 번째 권도 다 읽지 못했지만 일기장들은 커다란 도움이 될 것이었다.

광란의 20년대는 뉴욕의 테너먼트 박물관(19세기 뉴욕으로 이주한 이민자들의 주거지를 그대로 보존한 관광지 – 옮긴이)에서 아이디어를 얻어, 아이비 할머니를 중심인물로 설정하고 영국 이민자로 살다가 파리로 건너가 어니스트 헤밍웨이, 젤다와 스콧 피츠제럴드, 제임스 조이스, 실비아 비치 같은 이들과 어울리는 외국계 여성 보헤미안으로 성장한 할머니의 발자취를 관광객들이 따르는 투어였다.

우선 이틀짜리 단기 여정으로 투어를 진행하면서 잃어버린 세대(로스트 제너레이션, 1차 세계 대전 후 환멸을 느낀 미국의 지식인 및 예술가를 지칭하는 말 - 옮긴이)가 출몰했던 딩고 바, 거트루드 스타인의 집, 셰익스피어 앤 컴퍼니, 카페 드 플로르, 리츠 같은 장소를 가능한 한 많이 방문하는 데 목표를 두었다.

나는 일이 적성에 맞는 사람이지만 지금은 쉬면서 나를 위한 송별회를 즐길 수 있다는 사실이 즐거웠다. 사무실에서 가져온 드레스로 갈아입고 화장을 고친 뒤 덜컹거리는 버스에 한참을 시달리는 일이 없도록 택시를 불렀다. 새로운 여정을 떠나는 나 자신을 위한 작은 사치였다. 아파트에 도착했을 때 알버트 거리에는 이미 어둠이 내려앉고 있었다. 현관 창에 비치는 황금빛을 보니 새해 전야에 집에 도착해서 엄마를 발견했던 때가 떠올랐다. 단 일주일 만에 상황이 이렇게 변했다는 사실이 도저히 믿기지 않았다. 체감상 몇 년은 흐른 것 같았다. 문득 엄마가 집에 돌아왔는지 궁금해졌다.

문을 여는 순간 맛있는 냄새가 후각을 자극했다. 마늘 향이 섞인 풍미 좋고 근사한 냄새였다. 문을 닫는데 위장도 냄새를 인식했는지 아우성을 치기 시작했다. 나는 거실로 들어가기 전에 현관 옷장에 코트부터 걸었다. 스피커에서 에디트 피아프의 '라 비 앙 로즈(장밋빛 인생 - 옮긴이)'가 흘러나왔다. 크레시다와 탈룰라가 다이닝 룸 한쪽 구석에서 다른 쪽 구석으로 교차시켜 걸어 놓은, 수십 개의 자그마한 에펠 탑 전구가 반짝거렸다. 그 짧은 시간에 어디서 그런 걸 구했는지, 정말이지 너무나 예뻤다. 갑작스럽고도 예상치 못한 '사전' 향수병

증세에 마음이 아려 왔다.

두런두런 대화하는 소리가 들리더니 샴페인 코르크 마개가 뻥 하면서 터지고 와자지껄한 웃음소리가 들렸다. 나는 살금살금 주방 문간에 들어섰다. 일단 크레시다, 젬마, 탈룰라가 보였다. 아직 내가 온 걸 아는 사람이 없었다. 크레시다가 대니를 초대한 모양이었다. 다행히도 제시의 흔적은 보이지 않았다. 이 장소, 이 사람들과 영원히 작별하는 게 아니란 건 알았지만 지금 이 순간, 즐거운 소리, 맛있는 냄새, 이들이 따라 주는 샴페인처럼 흐르는 좋은 에너지를 영원히 기억 속에 담아 두고 싶었다.

그때 에이든이 양파 한 자루를 들고 식료품 저장실에서 걸어 나왔다. 심장이 마구 떨리기 시작했다. 블랙 진에 블랙 셔츠를 입은 에이든은 내가 기억하던 모습보다 훨씬 멋있었다. 길고 검은 머리카락과 창백한 피부는 결단코 나쁘지 않은 그에게 나쁜 남자 이미지를 심어 주었다. 에이든이 제일 먼저 나를 포착했다.

"오늘의 주인공이 왔네요." 그의 스코틀랜드 억양 때문인지 단어 하나하나가 푸아그라만큼 풍미 있고 그보다 백배는 더 맛깔나게 들렸다. 그제야 뒤를 돌아본 크레시다, 젬마, 탈룰라가 시끌벅적하게 나를 맞아 주었다.

"여기, 널 위한 작별 선물." 크레시다가 TV 게임 프로그램의 모델을 소개하듯 에이든을 가리켰다.

"제드 씨가 저녁을 만들어 주신대. 대박이지?"

어찌나 긴장되는지 어디가 아픈 게 아닌가 싶을 정도였다.

에이든은 양파 자루를 내려놓고 손을 털었다. 그는 내 곁에 가까이 오지 않았다. 물론 아일랜드 식탁과 네 명의 친구들이 우리 사이를 가로막고 있어서이기도 했겠지만, 왠지 모르게 그의 눈빛에서 망설임이 읽혔다. 어쩌면 크레시다와 탈룰라가 에이든에게 내 소식을 전하기 전에 내가 먼저 알려야 했는지도 몰랐다. 하지만 나는 오늘 밤 그가 레몬 앤 라벤더에서 일을 할 거라 확신했었다. 게다가 내일 당장 기약 없는 일정으로 파리에 가는데 섣불리 연락을 하기도 좀 그랬다.

"당분간 우리 레스토랑에서 대접할 길이 없을 것 같아서 해나 씨를 위해 축제의 만찬을 여기로 옮겨 왔어요. 다른 데도 아닌 파리로 가시니 축제가 딱 어울릴 거 같아서요."

배 속이 뒤틀렸다.

"정말 멋져요, 에이든 씨. 고마워요."

그가 미소를 짓고는 양파 껍질을 까기 시작했다.

"엄마는?" 나는 크레시다에게 물었다.

"아, 난 어머니가 볼일 보시고 네 사무실에서 널 만나기로 한 줄 알았어." 크레시다가 말했다.

나는 고개를 저었다. "아닌데. 오후 내내 거기 있었는데 안 왔어."

"곧 오시겠지." 탈룰라가 대꾸하며 나에게 샴페인 잔을 건넸다. "해나, 네가 우릴 떠난다니 믿을 수가 없다."

나는 나를 바라보는 에이든의 시선에 물밀듯 밀려오는 수줍음을 견뎌야 했다. 그때 젬마가 자리에서 일어나 데킬라를 두 잔 부어 에이든에게 한 잔 건넸다. 하지만 그는 손을 내저으며 거절했다. 젬마는 혼자서 데킬라 두 잔을 내리 비운 다음 에이든의 귀에 대고 뭔가 속삭였다.

오늘 밤 칠흑 같은 뱅 헤어에 보브 커트로 1920년대 분위기를 제대로 살린 젬마는 아주 예뻤다. 티 하나 없는 젬마의 도자기 같은 피부는 스모키 눈 화장과 빨간 립스틱에 완벽하게 들어맞는 캔버스가 되어 주었다.

젬마보다 최소 30센티미터는 더 큰 에이든이 미소 띤 얼굴로 젬마를 내려다보고 있었다. 그 옆에 서 있는 젬마는 정말 작아 보였다. 에이든이 오븐에서 뭔지 모르겠지만 냄새가 끝내주는 음식을 꺼내 젬마에게 맛보여 주었다. 젬마는 한 손을 에이든의 팔뚝에 얹고 다른 손을 자기 가슴 위에 대고는 눈을 감으며 신음 소리를 냈다.

"어머, 에이든, 세상에, 으으음…… 이게 무슨 일이야. 섹스보다 더 좋은데요?"

모두가 웃음을 터뜨리며 젬마가 먼저 맛본 음식을 앞다투어 먹어 보려 했다. 크레시다가 젬마를 놀려 댔다. "젬마, 넌 문제적 남자들이랑만 자는 게 분명해."

젬마가 양손으로 에이든의 팔을 붙들고 그를 올려다보았다. "안 그래도 나도 막 그 생각을 하던 참이었다."

'대박.' 나에게 젬마의 그렇고 그런 의도를 거슬려 할 권리는 없었지만 나도 모르게 신경이 곤두섰다.

"소고기와 채소에 레드 와인을 넣고 끓인 뵈프 부르기뇽이에요." 에이든이 나를 슬쩍 곁눈질했다. 젬마 때문에 살짝 당황한 듯했다. "해나 씨를 파리로 떠나보내기 전에, 특히 이렇게 추운 날 밤엔 영양가 있고 든든한 프랑스식 스튜가 어울릴 것 같았어요."

젬마는 크레시다의 친구였다. 탈룰라와 나는 크레시다를 통해 젬마를 알게 되었지만 우리는 젬마를 수수께끼 같은 인물이라 생각했다. 친절하면서도 어딘가 묘하게 동떨어진 느낌이라 할까.

오븐 앞에 나란히 서 있는 젬마와 에이든은 분명 예쁜 커플이 될 것 같았다. 왠지 두 사람의 결혼식에 초대장을 받게 되는 건 아닌가 하는 예감이 들었다. 찰리가 그랬던 것처럼 말이다. 다만 이번에는 친구이자 이웃으로 지내 오던 두 사람이 어떻게 하룻밤 만에 180도 변해 버렸는지에 관한 이야기가 될 테지만.

아마도 젬마는 신부석에 앉아 이렇게 재잘댈 것이다. "에이든이 만든 뵈프 부르기뇽 덕분이었죠. 한번 맛을 보고 나니 이 남자 없이 살 수 없겠구나, 하는 사실을 깨달았던 거예요. 생각해 보세요. 만약에 에이든이 송별회에서 해나를 위해 저녁을 만들지 않았더라면 전 진짜 사랑을 맛볼 수 없었을 거라고요." 손님들은 휴 하고 안도의 한숨을 쉬면서 손뼉을 치고 두 사람이 키스할 때까지 디저트 스푼으로 은색 샴페인 잔을 두드려 댄다. 다음은 에이든의 차례다. "우린 어떻게든 서로 연결됐을 거예요. 이 세상 그 어느 것도 진정한 사랑으로 가는 길을 막을 순 없으니까요. 하지만 이 자리에 오기까지 지름길을 알려 준 해나 씨와 또다시 잘못된 만남을 주선해 준 크레시다 씨의 도움이 있었어요."

순간 내가 데이트 불명예의 전당에 찰리의 이름을 올린 적이 없다는 사실이 떠올랐다. 다른 남자들보다 오래 만난 편이지만 찰리도 그 자리에 오를 자격이 충분했다. 이름은 '심장 파괴자'가 좋겠다. 3년을 만났는데 덜컥 이별을 고하고는 내 인생에서 자취를 감추었다가 6개월 후 우편함에 날아든 청첩장으로 소식을 전했으니까. 에이든은 어떤 이름으로 데이트 불명예의 전당 자리에 오르게 될까? 오늘 밤 이 자리에 있긴 하니까 '잠수 전문가'라 부를 순 없겠다. 그냥 '요리사'? 사실 에이든은 아무 잘못을 저지르지 않았기 때문에 마땅한 이름을 찾기 힘들었다.

"나 왔어. 늦어서 미안." 엄마의 목소리에 머릿속을 휘젓던 생각들이 한순간에 증발했다. 엄마는 반쯤 뛰다시피 하며 주방에 들이닥쳤다. 엄마의 하이힐이 나무 바닥에 부딪쳐 따그닥거렸다. 엄마의 구불구불한 적갈색 머리카락은 바람에 휘날려 흐트러져 있었고, 두 뺨은 붉게 달아올라 있었다.

"1시간 전에 돌아오려 했는데…… 그런데 그게 마음처럼 잘 안 돼서."

태어나서 엄마를 보는 게 그토록 좋았던 적은 처음이었다. 정말 이상한 감정이었지만 에이든과 젬마, 요리를 오가던 생각을 떨치게 해준 엄마가 너무나 반가웠다. 늦은 이유가 뭔지 물어보려는 찰나 엄마가 친구들에게 런던의 교통 체증에 대해 일장 연설을 늘어놓기 시작했다. 엄마가 어디에서 뭘 하고 있었는지는 내 관심사가 아니었다. 젬마와 에이든이 내 관심사가 아니듯 말이다. 그래도 지난주에 두 사람 사이에 무슨 변화가 있었는지에 대해서는 알고 싶었다. 새해 전야에 크레시다는 에이든 제드릭이 내 영혼의 단짝이라고 단언했고, 나는 그 가능성에 마음을 열어 가는 중이었다. 이제 젬마는 그의 다리에 밀착해 있었다. 뭐, 다 좋다. 하지만 이해가 되지 않았다. 이전에 둘 사이에 뭔가 있었다면 크레시다가 나에게 미리 언질을 해 주거나 오늘 밤 그를 여기 초대하지 않는 게 맞았다.

젬마가 에이든에게 몸을 기대고 또다시 귓속말을 했다. 정말 거지 같은 상황이었다. 나는 두 사람에게서 말 그대로 등을 돌렸다. 그리고 열기를 더해 가는 교통 체증에 대한 대화에 어떻게든 끼어 보고자 했다. 20분 전에는 런던을 떠나 파리로 가는 게 아쉬웠는데 지금은 전혀 그렇지 않았다.

✝

저녁 식사는 훌륭했다. 우리는 염소 치즈, 호박씨, 노란 비트에 전통 비네그레트소스를 곁들인 어린잎 샐러드로 시작해 프랑스식 양파 수프를 먹은 다음 에이든이 직접 구운 바삭한 프랑스 빵이 가득 든 뵈프 부르기뇽을 먹었다. 와인이 흘러넘쳤고 다들 거나하게 마셨다.

젬마가 에이든의 왼쪽에 앉았고, 내 자리는 그의 오른쪽이었다. 나는 자리에 앉기 전 젬마가 좌석에 표시된 이름표를 바꾸는 모습을 목격했다. 젬마가 앉은 자리는 원래 탈룰라가 앉기로 되어 있었다. 그런데 젬마는 의아하게도 내 자리는 그대로 두었다. 이쯤 되니 젬마가 에이든과 나를 엮어 주려던 크레시다의 계획을 알고 있었는지 궁금해졌다. 젬마가 몰랐다면 이 상황이 좀 더 용서될 것 같았다. 여전히 실망스러운 감정을 억누르긴 힘들었지만. 내 자리가 테이블 가운데 자리였으므로 이쪽저쪽의 대화에 다 끼어들어야 했다. 그 덕에 에이든과의 대화에 전념하지 않아도 되었다. 솔직히 이야기하고 먹는 데 열중하느라 식사 중에 젬마가 에이든에게만 매달려 있는지 아니면 다른 사람과도 이야기를 나누는지 신경 쓸 겨를이 없었다.

저녁 식사를 끝냈을 때는 11시가 지나 있었다. 그럼에도 우리는 푸가라는 클럽에 가서 춤을 추기로 했다. 나는 그럴 기분이 아니었지만 다들 너무 열성적이어서 나 혼자 분위기를 깨는 재미없는 사람으로 남을 수 없었다. 오랜만에 친구들과 외출하게 되었으니 최대한 즐겨보아야 할 것 같았다.

우리는 큰 무리 사이에 끼어 다 같이 춤을 추었다. 처음 마음과는 다르게 막상 클럽에 오고 보니 지금껏 쌓인 스트레스가 다 날아갈 정도로 재미있었다. 우리는 무대로 굴러 들어가 되는 대로 몸을 흔들었다. DJ가 80년대 팝 리믹스를 틀었다. 탈룰라와 엄마는 팔짱을 끼고 춤을 추었고, 크레시다는 미친 듯이 빙글빙글 돌며 무대를 휘저어 다녔는데 아무도 신경 쓰지 않았다. 대니는 절제되어 있으면서도 효과적인 몸놀림으로 최신 유행 댄스를 추었다. 우리의 젬마는 놀랍게도 에이든에게 완전히 매달려 있었다. 젬마의 발걸음은 아주 불안정해 보였다. 젬마는 무대에서 뒷걸음질하다 발이 걸려 금발 머리 여자와 부딪치고 말았다. 들고 있던 술을 쏟아 버린 금발 머리 여자는 단단히 화가 난 얼굴이었다.

에이든이 나에게 다가와 귓속말을 했다. "저 여자분께 다른 술을 사 줘야 할 것 같아요. 젬마를 좀 봐주시겠어요? 완전히 취했어요. 간 김에 젬마에게 물을 좀 갖다 주려고요. 해나 씨도 뭘 좀 마실래요?"

'난 당신과 젬마 사이에 대체 무슨 일이 벌어지고 있는 건지 너무 궁금해요.'

"물이면 될 것 같아요. 고마워요."

에이든이 사람들 틈으로 사라졌다. 젬마는 에이든을 쫓아가려 했다. 나는 내가 맡은 '돌봄' 임무를 제대로 수행하기 위해 젬마를 자리에 앉혔다. 모두가 취했지만 그중에서도 젬마는 정말 지독하게 취한 상태였다. 젬마의 눈은 초점을 잃었고 자리에 앉아서도 몸을 가누지 못해서 이리저리 휘청거렸다.

"괜찮아?" 나는 젬마가 흔들리지 않도록 팔을 잡아 주며 물었다.

"집에 갈래." 젬마가 쉰 목소리로 말했다.

젬마는 일어서려다 털썩 주저앉았다.

"다리가 말을 안 들어." 젬마가 혀 꼬인 소리로 말했다. "이거 봐."

젬마는 다시 일어서려 했지만 이내 털썩 주저앉았다. 젬마는 뜻대로 되지 않는 자기 몸이 답답하다는 듯 두 손으로 머리를 감싸 쥐었다.

"젬마, 괜찮아?" 젬마는 대답하지 않았다.

"토할 것 같아?"

"몰라. 머리가 빙빙 돌아. 화장실을 못 찾겠어."

나는 젬마를 부축해 일으켜 세웠다. 젬마를 화장실로 데려가 줄 생각이었지만 만취한 젬마는 엄청나게 무거웠다. 이런 식으론 도저히 화장실까지 갈 수 없었다.

"욱…… 아, 안 돼……." 젬마가 신음했다.

나는 곧 닥쳐 올 일을 직감했다. "버킷 좀 빌려 주세요." 나는 옆 테이블의 남자들을 향해 소리쳤다.

남자들이 내가 뭘 원하는지 알아차릴 때까지 기다릴 수 없어서 맥주병을 차갑게 식혀 주던 아이스 버킷을 냅다 잡아챘다. 나는 화를 내며 항의하는 남자들 사이에서 가까스로 맥주병과 얼음을 바닥에 엎어 버린 다음 일이 터지기 바로 직전에 젬마의 얼굴 앞에 버킷을 들이밀었다. 불만을 터뜨리던 남자들이 내 발 빠른 대처와 역겨운 광경에 놀라 할 말을 잃었다.

"죄송해요." 내가 말했다. "깨끗한 걸로 다시 가져다 드릴게요."

"괜찮아요." 그중 한 명이 젬마가 더러운 버킷에 코를 박고 앉아 있는 광경을 지켜보며 말했다. "반사 신경이 엄청나시네."

"안 그랬으면 스튜의 등에 다 쏟아졌겠어." 다른 남자가 말했다.

"우리가 새거로 받아 올게요." 스튜라는 이름의 남자가 말했다. "정신없으신 거 같은데."

잠시 후 에이든이 금발 머리 여자에게 술을 배달하고 나서 물 두 병을 들고 돌아왔다.

"누가 젬마를 집에 데려다줘야겠어요." 나는 차가운 물병을 받아들며 말했다.

"제가 갈게요." 에이든이 말했다. "젬마 집이 우리 집 근처이기도 하고…… 그렇잖아도 집에 가려고 했어요. 내일 아침 일찍 미팅이 있어서요."

"도와 드려요?" 무슨 도움을 주겠다는 소린지 나조차도 알 수 없었지만 일단 물었다. 왠지 그와 대화를 나누려면 이렇게라도 해야 할 것 같았다.

"고맙지만 택시 타려고요. 젬마부터 집에 들여보내고 전 집까지 걸어가면 돼요. 멀지 않아요. 두세 블록 거리예요."

에이든과 나는 그 자리에 우두커니 서 있었다. 우리 사이에 어색한 기류가 전자 음악만큼이나 강하게 요동쳤다.

"저녁 고마웠어요, 에이든 씨. 정말 맛있었어요."

"오히려 제가 더 즐거웠어요. 해나 씨와 더 많은 시간을 함께하지 못해서 아쉬워요."

나는 고개를 끄덕였다.

"새로 하시는 일에 행운이 함께하길 바랄게요. 연락드릴게요."

나는 젬마를 어깨에 걸쳐 안고 멀어지는, 아마도 영영 다시 보지 못할 그의 뒷모습을 지켜보면서 그가 마지막 말은 하지 않았더라면 좋았을 텐데, 하고 생각했다.

프랑스 파리

나의 다이어리에게,

일을 마치고 돌아오니 앙드레가 나를 기다리고 있었어. 앙드레는 나를 특별한 장소에 데려가고 싶다고 했어. 어찌나 들떠서 독촉을 하는지, 머리와 화장을 고치고 빵집에서 일할 때 입었던 옷 대신 깨끗한 옷으로 갈아입을 시간을 달라고 사정사정해야 했다니까.

가다 보니 오데옹 거리의 근사한 책방이 나왔어. 셰익스피어 앤 컴퍼니라는 서점이었는데 영문 서적을 파는 데래. 꼭 토끼 굴에 빠져서 런던으로 떨어진 것 같았어. 굉장한 장관이었어. 쇼윈도에 앙드레의 책 《대변인》이 수십 권 진열돼 있었어. 나는 그 아름다운 광경에서 눈을 떼지 못했어. 순간 그가 얼마나 중요한 사람인지 실감이 났어. 나는 너무나 놀라서 같은 말을 반복했어. "앙드레, 바로 당신이에요. 당신 작품이 저기 있다고요." 그가 자랑스럽게 고개를 끄덕이고는, 자기랑 제임스 조이스는 그 서점을 운영하는 관대한 여인 덕분에 작품 활동을 시작할 수 있었다면서 나에게 꼭 소개시켜 주고 싶다고 했어.

책이 빽빽이 들어찬 서점 안으로 들어서자 숱 많은 갈색 웨이브 머리의 야윈 미국 여자가 우리를 반겨 줬어. 앙드레가 그녀를 서점 주인인 실비아 비치라고 소개했어. 실비아가 어찌나 따뜻하게 맞아 주던지 마치 고향에 온 거처럼 마음이 편안해지면서 새로운 친구를 사귄 기분이었어. 우아한 목재 가구와 층층이 쌓인 책들이 실비아만큼이나 따스해 보였어. 벽이란 벽은 죄다 책장으로 채워져 있었고, 간간이 빈 공간에 매력적인 스케치와 그림이 걸려 있었어.

서점 안을 제대로 둘러보려는데 실비아가 나에게 독서를 좋아하는지 물었어. 그런데 <보그> 말고는 근래에 책을 읽은 기억이 전혀 안 나는 거야. 그렇게 말하면 얼마나 교양 없어 보이겠니. 아주 무식해 보이겠지. 나는 내가 아닌 다른 사람인 척할 필요는 없었지만 앙드레에게 어울리는 사람이 되고 싶은 마음이 컸기 때문에 내 대답이 나뿐만 아니라 앙드레까지 창피하게 만들까 봐 두려웠어.

순간 스콧 피츠제럴드의 《위대한 개츠비》가 떠올랐어. 나는 대뜸 그 책이 읽고 싶다고 했어. 실비아는 곧바로 내 손에 책을 쥐여 주면서 가지라고 했어. 나는 당황해서 우물쭈물했어. 앙드레가 서두르라고 난리를 피우는 바람에 정신없이 나오느라 돈을 가져올 생각을 미처 못 했거든. 나는 그 책을 돌려주려고 했어. 그런데 실비아가 빌려 가라면서 받지 않았어. 그러고는 그

책이 마음에 들어서 사고 싶다면 나중에 돈을 내면 된대. 그게 내 서재에 꽂힐 만한 가치가 없다 싶으면 그냥 갖다주기만 하라는 거야. 돌려주는 이유도 말하지 않아도 된대.

나는 실비아에게 감사의 표시로 책갈피에 수를 놓아 선물할 생각이야.

얼른 《위대한 개츠비》를 다 읽어 버리고 싶어. 그러면 다음에 젤다를 만났을 때 이야깃거리도 생길 거 아냐.

18

1월치고 정말 아름다운 날이었다. 재킷을 입어야 할 만큼 쌀쌀했지만, 한참을 걸어도 좋을 만큼 쾌적한 날씨였다. 파리는 가장 멋진 옷을 차려입고 우리를 환영하고 있었다.

우리는 안내 책자와 아이비 할머니의 일기장을 바탕으로 선택한 코스 목록을 챙겨 들고 센강의 왼쪽 둑으로 향했다. 셰익스피어 앤 컴퍼니 서점을 시작으로, 미국의 극작가이자 시인이자 소설가로서 스타인처럼 문화 예술 살롱을 운영했던 나탈리 클리포드 바니의 집이 있는 자콥 거리 20번지를 향해 걸어갔다. 거기서 플뢰리스 거리 27번지에 있는, 그 유명한 거트루드 스타인의 집으로 가는 길을 찾았다. 길을 따라 생제르맹데프레 지구에 있는 뷔시 거리를 지나, 부티크 의류부터 꽃, 치즈, 고기, 과일, 채소, 올리브까지 모든 것을 판매하는 오폰 마켓과 카페를 지나쳤다. 우리는 딩고 바, 라 클로즈리 데 릴라 카페, 아이비 할머니가 점심 식사 장소로 가장 좋아하던 곳 중 하나인 레 두 마고에 들렀다.

나는 거리들을 누비고 다니며 파리를 알아 가던 증조할머니를 상상해 보았다. 아이비 할머니가 지금 여기서 우리에게 이곳을 보여 준다면 더 이상 바랄 게 없었다. 무엇보다 아이비 할머니가 자신의 삶에서 이 부분을 엄마와 할머니에게 비밀로 해야 했던 이유가 너무나 궁금했기에 할머니의 입으로 직접 듣고 싶었다.

집으로 돌아가는 길에 왼쪽 둑을 따라 걸으며 중고 도서와 고서(古書)를 파는 상인들이 북적이는 곳을 지나왔다. 나는 그런 사람들을 '부키니스트'라 부른다는 걸 최근에 알게 되었다.

"고객들을 여기로 데려와야겠어." 나는 책 가판대를 향해 고갯짓을 하며 말했다. "벽면을 책으로 가득 채운 이 초록색 상자들이 유네스코 세계 문화유산이래."

엄마는 멍한 표정이었다. 순간 엄마가 내 아이디어를 테스트해 보기에 적합한 인물이라는 생각이 들었다. 엄마가 이해하거나 좋아하면 보통 사람들도 좋아할 것 같았다. 엄마를 모욕하려는 의도는 아니었다. 나는 내가 책밖에 모르는 샌님임을 잘 알고 있었다. 그러니까 내 말은, 세상 모든 사람들이 부키니스트가 아니며 유네스코 세계 문화유산 지정에 열광하진 않을 거라는 뜻이다. 나는 모두가 두루 좋아할 만한 투어를 만들고 싶었다.

"무슨 뜻인지 알겠어?" 내가 물었다.

엄마가 어깨를 으쓱하더니 바로 앞 가판대에 펼쳐진 기념품에 집중했다.

　"엄마를 평가하려는 게 아니야." 나는 최대한 판단하는 말투를 쓰지 않으려 애쓰며 말했다.

　"평가하고 싶어도 아니라고 하겠지. 그냥 말해. 여기 부카니스타가 뭐가 그렇게 특별해? 뭐, 부카니스타가 패셔니스타의 범생이 여동생이라도 되는 거니?"

　엄마는 자기 농담에 낄낄거리며 고서를 집어 책장을 넘겼다.

　"부카니스타가 아니라, 부-키-니스트." 나는 또박또박 엄마의 발음을 고쳐 주었다.

　"참나, 그러면서 날 평가하는 게 아니라고," 엄마가 코웃음을 쳤다. "알겠다."

　엄마가 책을 제자리에 내려놓고 줄줄이 늘어선 행상들 쪽으로 걸음을 옮겼다.

　"엄마가 이해했는지 알고 싶어서 그래." 나는 엄마를 따라가며 말했다. "이 투어의 프로그램이 제대로 먹힐지 알아야 해서. 엄마의 의견을 듣고 싶어."

　엄마가 몸을 돌렸다. 표정이 한결 부드러워져 있었다. "그래? 그럼 테스트해 봐."

　"정말?" 내가 물었다.

　엄마가 고개를 끄덕였다.

　"좋아." 나는 목청을 가다듬었다. "지난밤에 이 노천 서점이 5백 년도 넘게 여기 있었다는 글을 읽었어. 센강 양쪽의 지정된 구역에 이 초록색 상자들이 9백 개 정도 있대." 나는 초록색 상자 위에 지붕처럼 올려놓은 덮개를 툭 쳤다. 저 멀리 노트르담 대성당이 보였다.

엄마가 한쪽 눈썹을 치켜올렸다. "흐음, 흥미로워. 정말 오래됐네."

"내 말이! 생각해 봐. 헤밍웨이, 피츠제럴드, 조이스, 파운드가 우리가 걷고 있는 바로 이 길을 걸어 다니면서 딱 지금 우리처럼 다른 작가들의 작품과 자기들이 직접 쓴 책을 찾아 가판대를 살피는 모습을."

"그거 먹히겠다." 엄마가 말했다. "특히 그 작가들이 여길 걸어 다녔다는 사실을 강조하면 더 좋겠어. 사람들한테 눈을 가늘게 뜨고 지금이 1927년인 척해 보라고 해."

"오, 좋은 생각인데?"

엄마와 나는 나란히 서서 게슴츠레한 눈으로 떼 지어 몰려다니는 사람들을 쳐다보았다. 행상, 물건을 교환하는 사람들, 책에 코를 박고 있는 사람들이 눈에 들어왔다.

"코스코 이야기도 해 주면 더 좋을 것 같아." 엄마가 말했다.

"응?"

"네가 그랬잖아. 코스코에서 지정한 거 어쩌고 하면서."

나는 손으로 입까지 틀어막아 가며 웃음을 참기 위해 안간힘을 썼다. 엄마는 혼란스러운 얼굴이었다.

"뭐가 그렇게 재미있어?"

"코스코가 아니라 유네스코. 유엔에서 이 구역이랑 저 초록색 상자들을 세계 문화유산으로 지정했어. 이 구역을 보존해야 할 역사적인 장소로 본 거야."

엄마의 눈이 커다래졌다. 나는 엄마의 흥미를 계속 끌어 보기로 했다.

"누군지 모르겠지만, 아무튼 누군가 세상에서 두 책장 사이를 흐르는 강은 센강뿐이라고 했대."

"그 표현 되게 귀엽네. 네 투어 고객들도 그 말을 듣고 싶어 할 것 같아. 근데 살짝 도움이 될 만한 조언을 해도 될까? 발음을 좀 더 분명하게 해야 할 거 같아. 넌 아까 코스코라고 말했어. 분명히."

아니면 엄마가 제대로 듣지 않았거나.

"그냥 단도직입적으로 말할게." 엄마가 팔짱을 꼈다. "이런저런 설명을 하지 말라는 소리가 아니고 그 뭐냐 부카…… 부카…… 어쩌고 같은 거들먹거리는 듯한 단어로 사람들 기를 죽이지 말라고."

"부-키-니스트."

엄마가 눈동자를 굴렸다. "그러니까 방금 내가 그렇게 말했잖아."

"배울 마음만 있다면 뭘 모른다는 건 전혀 문제가 되지 않아."

엄마는 잠자코 듣기만 했다.

"엄마 기분을 상하게 하려던 건 아니야. 투어 때문에 알아보기 전까진 나도 이런 정보를 전혀 몰랐어. 이러면 기분이 좀 나아져?"

"흐음," 엄마는 빈티지 우표 더미를 훑어보고 있었다. "어쩌면 내용이 아니라 네가 말하는 방식이 더 중요할지도 몰라."

모욕적이었지만 엄마의 의견을 적극적으로 수용해 보고자 잠깐 말을 멈추었다. 하지만 엄마의 관심은 이미 다른 곳에 가 있었다. 엄마는 가판대에서 작은 파란 상자 하나를 집어 들었다.

"이것 봐." 엄마가 말했다.

상자 앞면의 그림으로 보아 탁상 달력 같았다. 매일 한 장씩 찢어 가며 새로운 글귀를 볼 수 있게 한 것이었다. 엄마가 상자에서 달력을 꺼내 페이지를 넘기면서 키득거렸다.

"뭐가 그렇게 재밌어?" 내가 물었다. "프랑스판 일력." 엄마가 다음 페이지로 넘어갔다. "프랑스어 배우기에 좋은 방법일 것 같아. 매일 대화할 때 한 구절씩 써먹으면 되겠네. 네 투어 고객들한테 써 봐도 좋겠다. 이렇게 말이야. 'Le trajet en voiture ne prend que trente minutes.' 이 말은 이런 뜻이래. '이 투어는 차로 30분이면 다 볼 수 있어요.'"

"이틀짜리 도보 투어를 진행하면서 차로 30분이면 다 볼 수 있다는 말을 하는 게 내 일에 도움이 되겠어?"

"아오, 해나, 포인트가 그게 아니잖아." 엄마가 가판대를 운영하는 여자 쪽으로 몸을 돌리고는 달력의 글귀를 읽었다. "Voulez-vous un peu plus de fromage?"

여자는 인상을 찌푸리며 무슨 저속한 말이라도 들은 양 엄마를 쳐다보았다. 엄마의 말은 프랑스어라기보다 플로리다 억양에 가까웠기 때문에 정확히 무슨 말을 했는지 알아듣기 힘들 것이었다.

"뭐라고 한 거야?"

"치즈 더 드릴까요?" 엄마가 달력을 들고 해당되는 부분을 가리켰다. 엄마는 스스로가 대견하다는 듯 말을 이어 갔다. "여기 그렇게 쓰여 있네."

"Souhaitez-vous acheter le calendrier, madame?" 가판대 여자가 물었다.

엄마가 고개를 휙 돌려 나에게 물었다. "뭐래?"

"그 달력 사고 싶은지 물어보는 것 같은데."

엄마가 그 여자를 보며 미소 지었다. "네. 살게요."

달력을 사고 나서 우리는 부두를 따라 걸었다. 엄마는 새 장난감을 획득한 아이처럼 책장을 이리저리 넘겨 가며 새 구절을 찾았다.

"'Veuillez double cliquer pour accéder au menu.' 이건 '메뉴를 보시려면 더블 클릭하세요.'"

엄마는 진심으로 즐거워했다. "'Voilà une belle salade de tomates.'" 다른 건 몰라도 엄마의 표정만큼은 유창하기 그지없었다. "아름다운 토마토 샐러드가 나왔습니다."

나는 어이없는 표현에 피식 웃고 말았다.

"아, 잠깐만. 이것 봐. 너한테 진짜 유용할 것 같은 표현이 있어. 'N'oubliez pas de donner un pourboire au guide touristique.'"

"무슨 말인지 진짜 못 알아듣겠어. 엄마 억양은 완전 최악이야."

"'투어 가이드에게 팁을 꼭 주시길 바랍니다.'라는 뜻이래."

"오, 그건 좋네."

엄마가 머리를 옆으로 까딱하더니 손가락 하나를 올리며 으스댔다. 그러고는 그 조그만 달력을 다시 상자에 담아 가방에 넣었다. 엄마와 나는 말없이 몇 분을 더 걸었다.

"여기서 일할 데를 좀 알아봐야겠어."

"그건 레베스크 씨하고 상담해 봐. 비자 취득 관련해선 내가 모르는 게 많아."

"넌 어떻게 했는데?" 엄마가 물었다. "넌 여기서 일하는 데 아무 절차를 안 거쳐도 되는 것처럼 보여서."

"에마하고 일하면서 얻는 장점이지 뭐. 에마의 여행사는 아주 건실해. 그래서 형식적인 절차를 다 생략할 수 있어. 덕분에 내가 영국에서 일할 수 있었던 거고. 파리에서도 에마가 그렇게 해 줄 거야."

"그럼 나한테도 연줄 좀 놔 줄 수 없어? 잘 생각해 봐, 해나. 너도 사무 보조 필요하지 않니? 여자 혼자 사무실을 운영하면서 일정을 조정하고 투어를 이끌긴 좀 힘들 거야. 전화는 누가 받아? 내가 너만의 바이올렛이 돼 줄 수도 있잖아."

"그 일을 해 줄 원조 바이올렛이 런던 본사에 있는걸. 바이올렛이 원격으로 많은 일을 지원해 줄 거야."

"그렇긴 해도 여기서 해야 할 다른 일들도 많잖아. 왜 넌 항상 모든 일을 스스로 해야 한다고 생각해? 필요하면 도움도 요청하고, 좀 그러라고."

인정하기 싫었지만 엄마의 말이 내 신경을 건드렸다. 내가 도움을 청하지 못하게 만든 장본인이 엄마였다. 어느 누구도 믿을 수 없다는 믿음을 안겨 준 사람이 바로 엄마였단 말이다. 나 말고는 어느 누구에게도 기대지 못하게 만든 게 누구였는데. 맞다. 할머니가 있긴 했다. 나는 늘 할머니에게 기댔다. 엄마는 거기까지는 생각하지 못한 듯했다.

길게 뻗은 초록색 마르스 광장 끝에 등대같이 우뚝 솟은 에펠 탑이 보였다. 그 길을 따라가면 나폴레옹 무덤의 황금색 돔을 볼 수 있었다.

할머니가 돌아가신 지금 내 유일한 가족은 엄마뿐이었다. 엄마, 그리고 아이비 할머니의 영혼. 엄마와 일하면 어떨까? 엄마와 같이 일하고 같이 살면 어떨까? 전율이 일었다. 생각만 해도 끔찍했다. 하지만 엄마는 진심으로 달라지려 노력하는 듯했다. 심지어 우리가 파리에 온 첫날 피갈에서 길을 잃었을 때와 파리 시내를 걷고 있는 지금, 현저한 온도 차가 느껴졌다. 내가 그 말을 입 밖으로 꺼내려는 순간 엄마의 휴대폰이 울렸다.

"여기서 전화할 사람이 없는데?" 엄마는 가방에서 휴대폰을 꺼내 눈을 가느다랗게 뜨고 번호를 확인하더니 주저하는 목소리로 말했다. "여보세요?"

엄마는 미심쩍은 얼굴로 전화를 받았다가 금세 눈이 휘둥그레졌다.

"어머, 세상에, 드디어, 이렇게 연락을 받을 거라곤 상상도 못했어요. 전화해 줘서 정말 감사합니다."

나와 눈이 마주치자 엄마는 몸을 틀어 나한테서 몇 발 멀어졌다. 여전히 엄마 목소리가 들렸다. "이따 제가 전화해도 될까요? 지금은 통화가 좀 어려워서요. 딸이랑 파리 시내 한복판에 있거든요."

엄마가 고개를 끄덕였다. "네. 물론이죠……. 좋아요……. 어, 어…… 그럼 그때 전화할게요. 아, 이 전화번호로 걸면 되죠?"

엄마가 미소를 지었다. "좋아요. 너무 기쁘네요……. 전화해 줘서

313

감사해요."

엄마가 런던에 관해 뭔가 말하는 것 같았지만 마침 유모차에 우는 아기를 태우고 가는 여자가 지나가서 제대로 듣진 못했다.

이 말밖에 듣지 못했다. "그럼, 봉주르."

내 생각에 엄마는 '아듀'라고 작별 인사를 하려던 것 같았다. 하지만 나는 휴대폰에 대고 활짝 웃는 엄마의 미소를 보느라 말을 바로잡아 줄 기회를 놓쳐 버렸다.

"누구야?" 내가 물었다.

"아무도 아니야." 엄마가 휴대폰을 다시 가방에 넣으며 말했다. "잘못 걸린 전화야."

"전화해 줘서 감사하다며. 엄마가 잘못 걸려 온 전화나 텔레 마케터가 건 전화에 그렇게까지 고마워하진 않을 거잖아. 그게 엄마가 친구를 사귀는 새로운 방법이 아닌 이상에야."

"해나, 네가 상관할 일이 아니라고. 네가 언제 그런 거 신경 쓴 적 있어? 그리고 너도 알다시피 내가 너한테 모든 걸 다 말해야 할 의무는 없잖아."

"나랑 같이 살고, 나랑 같이 일할 생각이 있다면 적어도 나한테 솔직해야지. 돈 아저씨랑 다시 연락하는 거야?"

"돈?" 엄마는 진심으로 깜짝 놀란 듯했다. "그 사람은 걱정하지 마. 번호도 차단해 버렸으니까. 그 사람은 내가 지금 어디에 있는지도 모르기 때문에 나한테 연락 못해. 엄만 진심으로 새 출발 하고 싶어."

"엄마 일에 이래라저래라 할 생각은 없어. 그냥 뭐가 어떻게 돼 가는지 알 권리는 있다는 말을 하는 거야. 아이비 할머니의 아파트에 살면서 새로운 사람이 될 거라고 엄마가 엄마 입으로 직접 말했지? 그러니 새로운 남자가 있다면 내가 당연히 알아야지."

우리는 말 그대로 교착 상태에 빠졌다. 엄마는 강물을 등지고 팔짱을 끼고는 눈싸움이라도 하는 것처럼 나를 뚫어져라 쳐다보았다. 그때 내 휴대폰이 울렸다. 전화를 받지 말까 싶었다. 오늘 파리에 가는 기차에 오를 때 에이든에게서 문자가 왔었다. 나를 만나서 좋았고 우리가 더 많은 대화를 나누지 못해 아쉬웠다며 자기한테 전화해 달라는 내용이었다. 나는 여전히 그와 통화를 할지 말지 결정하지 못했다. 젬마와 얽힌 상황으로 인해 속이 개운하지 않았다. 게다가 그 두 사람 일을 차치하고서도 내가 파리로 이주하게 된 상황까지 겹쳐서 더욱 고민이 되었다. 프랑스 지역 번호가 떴다.

"여보세요?"

"알로, 실례지만 해나 본드 씨와 통화할 수 있을까요?" 한 여자가 프랑스어 억양이 심하게 섞인 영어로 말했다.

"전데요."

"마드무아젤 본드, 저는 소르본 대학교 루이 데카르트 교수실의 브리지트라고 해요. 교수님께서 명확한 결론을 내리지 못했다고 하세요. 그 원고는 기존에 출간된 작품이 아니래요. 단 미출간이긴 하지만 100퍼센트 확신할 순 없으시대요. 더 이상 교수님 선에서 할 수 있는 일이 없으니 최대한 빨리 원고를 찾아가시면 된다고 하시네요."

당황스러웠다. 그렇다면 뭘 어떻게 해야 하냐고 질문할 시간도 주지 않고 브리지트는 전화를 끊어 버렸다.

"해나, 무슨 일이야?" 엄마가 물었다. "뭐가 잘못됐어? 나쁜 소식이야?"

"데카르트 교수의 조교가 전화했는데 원고가 앙드레 아르망의 작품이란 걸 확인할 수가 없다네. 더 이상 자기들이 할 수 있는 일이 없으니 원고를 가져가래. 그 교수가 포기했나 봐."

"그럼 이제 어떻게 해야 해?" 엄마가 물었다.

"나도 그게 궁금하네."

"그 잡종하고 다시 엮이고 싶진 않지만," 엄마가 말했다. "가브리엘 놈한테 전화해서 우리를 도와줄 다른 사람이 있는지 물어봐야 하지 않을까?"

"그런 욕은 어디서 들었어?"

"그놈은 쓰레기야. 그래서 그놈한테 적절한 단어를 손수 찾아봤지. 가브리엘 체니는 여자들에게 더러운 욕을 하나씩 배우게 만드는 나쁜 놈이야."

엄마는 자신의 검색 능력에 아주 만족한 듯했다. 특히 엄마가 이걸 기회로 아까 하던 통화 이야기를 은근슬쩍 묻어 버리려 하는 모습은 아주 인상적이었다. 그래도 우리의 다음 행보를 찾기 위해서 가브리엘에게 문의하는 게 최선이라는 말만은 옳았다. 원고가 앙드레 아르망의 작품인지 아닌지 말해 줄 사람이 분명 어딘가 있을 것이었다. 나는 가브리엘에게 전화해 상황을 설명하는 음성 메시지를 남겼다. 가브리엘이 새 전문가를 물색하는 동안 나는 아이비 할머니의 일기를 읽으면서 원고를 번역해 줄 사람을 찾아야 했다. 일기 속에 작가의 정체가 숨겨져 있을 것 같다는 확신이 들었다.

프랑스 파리

나의 다이어리에게,

나는 앙드레가 작품을 어떻게 쓰는지 궁금했어. 그래서 물어 봤더니 창의력이란 게 신비로운 방식으로 움직인다는 거야. 글이 수도꼭지에서 물 흐르듯 쏟아지는 게 아니기 때문에 자기 의지대로 틀거나 끌 수 없대. 그리고 작가가 진짜 훌륭한 무엇을 쓰기 위해선 시간을 두고 아이디어에 풍미를 더해야 한대. 앙드레는 신탁 자금이 있어서 풍미를 더할 여유를 부릴 수 있으니 행운아이지.

앙드레는 마음 씀씀이가 어찌나 후한지 늘 꽃이며 사탕 같은 걸 선물해서 나를 놀라게 해.

요즘 앙드레는 나한테 빵집을 그만두고 자기 집으로 들어오라고 얘기하고 있어. 마음은 굴뚝같지만 내 입장에선 앙드레의 제안을 덥석 받아들이는 게 좀 그래. 앞날은 모르는 거잖아. 빵집 일을 구하기까지 너무나 오래 걸렸어. 보잘것없어 보여도 난 이 일로 먹고사는걸.

오늘 밤 나는 인생이 얼마나 빨리 항로를 변경할 수 있는지 내 눈으로 직접 확인했어. 저녁까지는 모든 것이 괜찮았어. 저녁에 해리스 바에서 스콧과 젤다를 만났어. 우리는 함께 즐기고 목이 터져라 노래하고 음악을 논하고 서로에 대해 이야기하고 새들이 동시에 지저귀는 것처럼 시끌벅적하게 각자의 주장을 펼쳐 댔어.

바를 나가면서 젤다가 샴페인 한 병을 슬쩍했어. 우리는 딩고 바로 가는 길에 그 샴페인을 나눠 마셨어.

젤다는 배가 고파서 길에서 쓰러지기 전에 뭘 좀 먹어야겠다고 징징거렸어. 마침 우리가 길 한복판에 있었기 때문에 진짜로 그런 일이 벌어진다면 엄청난 사건이 될 터였지. 그때 바게트를 세발자전거의 바구니에 싣고 있던 소년이 보였어. 스콧이 젤다의 주의를 돌려 보려고 그 작은 자전거에 껑충 올라타더니 길을 따라 달리기 시작했어. 긴 다리에 비해 터무니없이 조그만 자전거에 올라타 우스꽝스럽게 페달을 밟는 스콧의 모습이 마치 지나가는 행인들과 부딪치지 않으려고 멋진 길을 따라 삐뚤빼뚤 달리는 서커스의 광대 같았어. 우리는 그런 스콧을 지켜보면서 배를 잡고 웃었지. 당황한 소년이 스콧을 뒤쫓아가 밀어내는 바람에 스콧이 그대로 넘어졌어. 그다음엔 스콧이 도로 위에 누워 있고 소년이 고사리 같은 손으로 그에게 주먹질을 해 대며 미친 듯이 욕을 퍼붓는 장면이 연출됐어. 당연히 스콧은 멀쩡했어. 너무 웃어서 배가 찢어지지 않을까 걱정되는 것만 빼고는.

소년은 세발자전거를 다시 뺏어 타고 그 자리를 떠났어. 우리는 즐겁게 갈 길을 갔고. 그때 난데없이 피에르가 나타난 거야. 피에르가 내 앞을 가로막았어. 피에르의 화실을 나온 날 이후로 피에르를 본 건 처음이었어. 어이없게도 그동안 피에르는 나와 한판 하기 위해 벼르고 있었던 모양이야. 피에르는 내가 약속한 일을 끝내지 않았으니 자기한테 빚을 진 거라고 우겨 댔어. 그는 그림 연작을 마무리하지 못했다고 고래고래 고함을 지르면서 제출 기한을 놓친 게 다 내 탓이라고 했어. 나는 동전 하나 빚지지 않았다고 반박했어. 피에르는 마무리한 여섯 개의 그림값 말고는 돈 한 푼 준 적이 없어. 마감일을 놓친 건 순전히 자기 잘못이잖아. 정 급하면 완성본을 참고 삼아 나머지를 그리는 방법도 있는데.

내 말이 끝나기가 무섭게 피에르가 악랄한 말을 퍼부었어. 피에르의 안하무인적인 태도는 나를 아연실색하게 했어. 앙드레가 주먹을 불끈 쥐고 끼어들자 젤다가 내 팔을 잡고 옆에 있던 레스토랑 쪽으로 이끌었어. 걸어가면서 어깨 너머로 보니 피에르가 앙드레에게 턱을 가격당해 쓰러져 있었어.

나중에 현장으로 돌아갔을 땐 둘 다 자리를 뜬 후였어. 스콧은 앙드레에게 나를 집에 데려다 달라는 부탁을 받았다고만 했고.

집에 돌아왔지만 이 상황에서 잠이 오겠니? 앙드레가 무사하다는 걸 알 때까지는 잠을 잘 수 없을 것 같아. 피에르가 더러운 속임수를 쓰지 않았다는 얘기를 듣기 전까진 잠자리에 들 생각도 없어.

19

2019년 1월 9일 오후 4시
프랑스 파리

아파트로 돌아오고 나서 몇 시간 후 가브리엘에게서 전화가 왔다.

"루이 데카르트 교수가 당신을 실망시켰다니 유감이에요." 그가 말했다. "데카르트 교수가 이 건에 좀 더 성의를 보였어야 했는데. 물론 그분이 아르망만 집중적으로 연구하는 게 아니니 어쩔 수 없겠죠. 원고는 찾아오셨어요?"

"네. 브리지트 씨한테 전화를 받고 곧장 소르본 대학까지 택시를 타고 가서 받아 왔어요. 원고를 사무실에 너무 오래 두면 안 될 것 같아서요."

내가 런던이 아니라 파리에 있는 이유를 설명하는데 엄마가 유리잔 두 개를 들고 주방에서 걸어 나왔다.

"가브리엘 씨, 스피커폰으로 연결할게요. 엄마도 여기 계세요."

"봉주르, 말라 씨." 가브리엘의 매력적인 목소리가 핸드폰을 통해 흘러나왔다.

엄마는 어이없다는 듯 눈동자를 굴리며 나에게 탄산수 잔을 내밀었다. 그러고는 소파 한쪽 끝으로 가서 앉았다.

"알아볼 일이 좀 있었어요." 그가 말을 이었다. "그래서 전화드리기까지 시간이 걸렸어요. 옥스퍼드 대학에서 은퇴한 조지 캠벨이란 교수님을 찾았어요. 지금 런던에 거주 중이시고요. 아르망 전문가라 자부하시는 분이래요. 그분과 얘기해 봤는데 원고를 가져다 드리면 바로 봐 주시겠다고 하셨어요. 제가 함께 갈게요."

"해나는 바빠요." 엄마의 목소리가 차가웠다. "우리 해나는 승진해서 파리에서 새로운 문학 투어를 시작할 거예요. 이런 일에 신경 쓸 겨를이 없으니 원고는 제가 런던에 가져다주도록 하죠. 물론 저랑 같이 안 가셔도 돼요, 가브리엘 씨."

"엄마, 그 얘긴 나중에 해." 나는 엄마가 조용히 해 달라는 내 신호를 눈치채길 바라며 몸을 돌려 몇 걸음 물러섰다. 스피커폰을 켜지 말았어야 했다.

"넌 일 때문에 눈코 뜰 새 없이 바쁘잖아. 이게 내가 널 도울 수 있는 유일한 방법이야." 가브리엘과 나 둘 다 즉답을 피하자 엄마가 말을 이어 갔다. "넌 내가 그만한 능력도 없다고 생각하는 거니?"

나는 엄마를 물끄러미 쳐다보았다. 엄마는 앞으로 몸을 숙이고 소파에 앉아 있었다. 창으로 쏟아져 들어오는 햇살에 엄마의 팔자 주름과 미간의 주름이 더욱 도드라져 보였다.

"통화 끝나고 따로 얘기해. 가브리엘 씨가 이런 대화까지 들어야 할 이유는 없잖아."

"가브리엘 씨가 개입되는 일은 절대 없었으면 좋겠다."

이제는 내가 엄마를 향해 눈동자를 굴릴 차례였다. 나는 입 모양으로 말했다. '그만하라고.' 엄마가 헛기침을 하며 뒤로 나앉았다.

"두 분이 대화하실 수 있게 제가 빠지겠습니다." 가브리엘이 말했다. "제 비서에게 캠벨 교수님과 약속을 잡아 두라고 할게요. 제가 어떻게 하면 좋을지 결정하시는 대로 알려 주세요."

그에게 고맙다고 인사한 뒤 전화를 끊자 엄마가 말했다. "넌 왜 날 못 믿어?"

"믿고 안 믿고의 문제가 아니잖아."

"그럼 뭐가 문젠데?"

나는 한숨을 쉬었다. "가브리엘에게 그렇게까지 무례하게 해야겠어?"

"내가 그놈한테 어떤 감정을 갖고 있는지 너도 잘 알면서 그래? 난 네가 그 꼴을 당하고도 그런 놈 편을 드는 게 믿기지가 않는다."

"가브리엘은 아무 짓도 안 했어. 시도하려고 했을 순 있겠지만 어쨌든 결과적으로 아무 일도 없었잖아. 그러니까 그 일은 그냥 넘기자. 제발 예의 좀 지켜 달라고."

"알겠다, 알겠어. 하지만 내가 런던에 갈 때 그 사람이랑 동행하겠다는 뜻은 아니니까 그렇게 알아."

런던에 가야 할 사람이 엄마라고 결정한 기억도 물론 없었다.

"그리고 내가 말했듯이," 엄마가 말을 이었다. "넌 일 때문에 바쁘니까. 이건 내가 널 도울 수 있는 유일한 길이야."

얼굴을 찌푸리려던 의도는 아니었는데 나도 모르게 그렇게 한 모양이었다.

엄마가 양쪽 옆구리에 두 손을 가져다 대고 말했다. "대체 뭐가 불만이니?"

"아무것도 아니야."

"아니. 뭔가 있어. 넌 왜 날 못 믿니?"

"혹시 어니스트 헤밍웨이의 첫 부인이었던 해들리가 헤밍웨이의 원고 하나를 잃어버렸다는 이야기를 들어 봤어?" 내가 물었다.

엄마는 고개를 절레절레했다. "아니. 말해 봐. 넌 책에 관해서라면 모르는 게 없잖아?"

'설사 그렇다 쳐도 그게 뭐가 어때서 저렇게까지 비꼬는 거야?'

"1922년이었어. 어니스트와 그의 첫 부인 해들리가 아직 신혼일 때였어. 두 사람이 파리에서 산 지 그리 오래되지 않았을 때. 해들리는 기차를 타고 남편을 만나러 스위스로 가고 있었는데 가방 안에 타이핑된 그의 원고가 들어 있었어. 어니스트의 초기 '닉 애덤스' 이야기 중 미시간에서 벌어진 일에 관해 쓴 원고였어. 어니스트가 몇 달을 매달려서 완성한 작품이었어. 해들리는 기차에서 자기 자리를 찾아 가방을 안전한 곳에 보관하고는 여행 중에 먹을 간식거리를 사러 가기 위해 일어섰어. 자리로 돌아왔을 땐 가방과 함께 남편의 노고가 온데간데없이 사라진 뒤였어."

"넌 내가 해들리처럼 원고를 잃어버릴까 봐 이 얘길 나한테 하는 거니?"

'응. 하지만……'

"그럼 네 폰으로 찍은 사진으로 원고 사본을 만들면 어때?" 엄마가 말했다. "우선은 사본을 런던으로 가져가면 되잖아. 네 말대로 원고가 훼손되기 쉽다면 우린 어떻게든 원본을 안전한 데 둬야 할 테니까."

엄마의 제안은 나쁘지 않았다. 모든 페이지를 사진으로 찍어 두었더라도 사본은 무조건 만들어야 했다. 원본이 반드시 필요한 일이 생길 때까지 원본을 안전하게 보관하려면 그 방법밖에 없었다.

"그렇게 하면 캠벨 교수한테 소포로 사본을 보낼 수 있겠네. 근데 그 교수가 첫 검증용으로 사본을 받아 줄지는 확인해 봐야 해."

"내가 직접 가져갈게." 엄마가 우겼다. "소포가 분실되면 어떡해?"

나는 엄마와 논쟁하는 대신 가브리엘에게 다시 전화해 사본을 주어도 괜찮은지 물었다.

"물어볼게요. 제 생각엔 안 될 이유가 없어 보이긴 해요." 가브리엘이 말했다. "단, 깨끗하고 읽기 쉬운 사본이라면요. 현 단계에선 원고가 아르망의 문체와 일치하는지만 확인하면 되니까요."

"그렇죠." 내가 말했다. "근데 출력은 어떻게 해야 하나요? 프린터가 있어야 할 것 같은데."

가브리엘이 잠깐 생각하더니 말했다. "아! 좋은 생각이 있어요. 제 사무실에 갖다주시면 비서에게 해나 씨 휴대폰을 사무실 프린터에 연결해서 출력해 드리라고 할게요."

"일이 많을 것 같은데요."

"오래 걸리지 않을 거예요. 저희 사무실 프린터가 최신상이라서요."

"부끄러운 질문이긴 한데 출력비는 얼마쯤 될까요? 원고가 200페이지가 넘는데, 출력 작업에 대한 로펌 비용을 지불할 여유가 있을지 모르겠어서요. 셀프 인쇄소를 알려 주실 순 없나요?"

"말도 안 돼요. 비용은 청구하지 않을게요. 지금 바로 오실 수 있으면 제 비서가 잘 해 드릴 거예요. 15분이면 충분해요."

+

가브리엘의 사무실은 몽파르나스 타워라 불리는 고층 건물의 22층에 있었다. 건물의 매끈한 선이 도시의 유명하고 화려한 구세계 건축물과 대조를 이루고 있었다. 몽파르나스 지하철역 바로 옆이라 날도 추운데 편하고 잘 되었다 싶었다. 엄마는 저녁에 먹을 칠리 수프를 만든다며 집에 있기로 했다. 마음이 편안해졌다. 엄마와 잠깐이라도 떨어져 있을 시간이 필요했다.

엘리베이터가 열리자마자 안내 데스크가 나왔다. 마호가니 책상 뒤쪽에 앉아 있던 여자가 나를 보며 미소 지었다.

"봉주르. 'Puis-je vous aider avec quelque chose?'"

영어를 할 수 있는지 묻자 안내 데스크의 여자가 고개를 끄덕였다.

"고맙습니다. 저는 해나 본드입니다. 가브리엘 체니 씨를 뵈러 왔

327

습니다."

"잠시만 기다려 주시겠습니까? 해나 본드 씨가 도착했다고 말씀드리겠습니다." 그녀가 전화기를 들고 버튼을 누르더니 상대방에게 나지막이 나의 도착을 알렸다.

안내실은 삼면이 바닥에서 천장까지 창문이었다. 그 옆에 딸린 마호가니 커피 테이블 주위로 고급스러운 코도반 가죽 의자가 놓여 있었다. 벽에는 묵직한 금색 액자에 든 유화 몇 점이 걸려 있었다. 잘 차려입은 여자 하나가 의자에 앉아 있었다. 여자는 가방을 무릎에 올려놓고 꽉 쥐지 않으면 날아가기라도 한다는 듯 양손으로 마닐라지 봉투를 거머쥐고 있었다. 안내실에는 우리 두 사람뿐이었다.

"변호사님이 곧 나오실 겁니다." 안내 직원이 말했다.

나는 제일 가까운 창문으로 걸어가 숨 막히게 아름다운 파리 시내를 내다보았다. 엽서에 나올 법한 완벽한 옥상 정경이 눈길 닿는 곳까지 끝없이 펼쳐졌다. 흰색, 은색, 회색의 조각 천을 아름답게 이어 붙인 패치워크 같은 풍경이 눈을 뗄 수 없게 했다. 여전히 현실감이 잘 느껴지지 않았지만 이곳은 이제 내가 사는 도시였다.

저 멀리 파리에서 가장 유명한 랜드마크 두 곳이 보였다. 앵발리드 (군사 박물관, 생 루이 교회, 현대사 박물관 등이 모여 있는 건물로서 나폴레옹 1세의 무덤이 있는 곳으로 유명하다 ─ 옮긴이)의 황금 돔과 에펠 탑이었다. 센강 너머 오른쪽 둑으로는 개선문이 당당하게 솟아 있었다. 나는 잠시 눈을 감았다 떴다. 햇살이 금박을 입힌 돔에 반사되어 그 안에 묻혀 있는 나폴레옹이 나에게 윙크하면서 '이건 현실이야.'라고 알려 주는 것 같았다.

"해나 씨? 오, 해나 씨!"

가브리엘이 내 옆으로 왔다. 맞춤 슈트에 빳빳한 흰 셔츠를 입고 파란색 넥타이를 맨 가브리엘의 미모는 여전했다.

"전망 멋지죠?"

나는 그가 나를 직접 데리러 나올 줄은 몰랐다.

"그렇네요." 내가 말했다. "에펠 탑에 필적할 만해요."

"혹자는 여기가 더 낫다고 하죠. 에펠 탑에서 에펠 탑을 볼 순 없잖아요?"

우리는 동시에 웃음을 터트렸다. 그가 손을 내밀었다. "휴대폰 주시겠어요, 마드무아젤?"

나는 가방에서 휴대폰을 꺼내 그에게 내밀었다.

"이렇게 도와 주셔서 정말 감사해요, 가브리엘 씨."

"도움이 된다니 오히려 제가 더 영광이에요. 이쪽으로 오시죠. 오필리아가 출력을 하는 동안 제 사무실에서 기다리시면 돼요. 오래 걸리지 않을 거예요."

"업무 보시는데 방해하고 싶지 않아요. 여기서 기다릴게요."

"그건 안 되죠. 저와 있는 쪽이 더 편하실 거예요."

그가 뒤돌아 걸어갔다. 나는 그를 따라 걸었다. 복도를 따라가다가 몸에 딱 붙는 남색 펜슬 스커트와 새하얀 블라우스를 입은 예쁜 갈색 머리 여자와 마주쳤다. 머리는 프렌치 트위스트 스타일로 잘 말아 올려져 있었다. 가브리엘이 프랑스어로 뭔가 말하고 휴대폰을 건네자 그녀의 짙은 빨간 입술에 미소가 비쳤다. 그 여자가 비서 오필리아인 모양이었다. 가브리엘이 나에게 그녀를 소개해 주기도 전에 그녀는 임무를 수행하러 다른 쪽 복도로 사라져 버렸다. 나는 가브리엘을 따라 반대 방향으로 갔다.

"여기예요." 가브리엘이 마호가니 장식 패널을 붙여 만든 문 앞에 멈추어 서서 나에게 먼저 들어가라는 손짓을 했다.

그의 고급스러운 사무실은 라브뤼예르 아파트 전체를 합친 것보다 널찍했다. 가구 광택제 냄새와 더불어 대대로 내려오는 상류층의 냄새가 났다. 바닥은 대리석이었다. 사무실의 실내 인테리어는 안내실 쪽의 코도반 가죽 소파나 목재 가구와 비슷한 스타일이었다. 다만 그의 사무실에 있는 것들은 구색을 맞춘 사무실용 가구가 아니라 귀한 골동품이라는 차이점이 있었다. 나는 그 고풍스러운 장소를 전체적으로 살펴보려고 창문 쪽으로 갔다.

"왜 책상이 바깥 전망을 등지고 있어요?"

뒤돌아보니 가브리엘이 사이드 테이블 앞에 서서 디캔터에 든 스카치 내지는 코냑 같아 보이는 술을 두 개의 유리잔에 따르는 중이었다.

그가 어깨를 으쓱했다. "전 아주 가끔만 책상에 앉아요. 그리고 책상에 앉을 땐 집중을 해야지 전망을 감상하면 안 되잖아요. 전망을 즐기고 싶을 땐 엘리베이터를 타고 건물 꼭대기 전망대로 가요. 코트 벗으세요. 여긴 따뜻하잖아요. 너무 더우실 수도 있는데."

실내가 훈훈하긴 했다. 나는 코트를 벗으며 내가 가브리엘처럼 파리의 전망에 너무 익숙해져서 지루해질 날이 올지 궁금했다. 그러지 않길 바랐다. 나는 파리가 마법을 계속 유지했으면 싶었다.

그가 방을 가로질러 와서 나에게 잔을 내밀고는 내 코트와 가방을 받아 들었다. 휴대폰이 없어서 몇 시인지 알 길이 없었지만 대충 5시 언저리인 듯했다. 그래, 여긴 프랑스니까 고급 술을 마시는 프랑스인처럼 행동하자.

"여기 앉으세요." 가브리엘이 말했다. "어…… 영어로 뭐라고 해야 하나……. 맞다, 소파를 잘 활용해서 전망을 감상해 보세요. 해나 씨가 좋아할 것 같아요."

그가 내 코트를 소파 등받이에 걸쳐 두고 가방을 그 위에 올린 뒤 앉으라고 손짓했다. 나는 그의 '활용해서'라는 표현이 거슬렸다. 부인이 없는 틈을 활용해서 나를 기만했던 기억이 떠올랐기 때문이다. 어쨌든 이번엔 달랐다. 여기는 그의 사무실이었다. 오필리아가 복사본과 내 휴대폰을 들고 금방이라도 돌아올 것이었다. 그렇지 않았다면 무방비 상태였겠지.

나는 그대로 창가를 지키고 서서 늦은 오후의 황금빛 햇살에 비친 에펠 탑을 감상했다. 가브리엘이 내 옆으로 왔다. 지나치게 가까웠다. 나는 멀리 있는 무엇을 자세히 보는 척하면서 살짝 물러섰다. 분위기가 어색해지지 않게 일반 관광객들이 할 만한 질문을 해 보려고 머리를 쥐어짰지만, 내가 입 밖으로 말을 꺼내기도 전에 그가 손가락으로 내 뺨을 스르륵 훑어 흘러내린 머리카락 한 올을 부드럽게 쓸어 넘겼다.

내가 움찔하는 바람에 들고 있던 술이 튀었다. "뭐 하시는 거예요?"

"당신은 정말 아름다워요, 해나 씨." 그가 말했다.

나는 거리를 두려고 몇 발짝 물러섰다. "그리고 당신은 유부남이고요, 가브리엘 씨. 확실히 해야 할 것 같은데, 전 유부남 따위에겐 관심이 전혀 없어요."

그가 웃었다. "미국 여자들은 도덕적으로 훌륭한 여자인 척하고 싶어 하죠. 해나 씨, 저한테만큼은 안 그래도 돼요. 우리 둘 다 원하는 걸 알잖아요."

그가 내 블라우스의 칼라를 잡아 자기 쪽으로 끌어당겼다. 블라우스가 찢어졌다. 그의 입술이 내 입술에 닿으려는 찰나 들고 있던 술을 그의 얼굴에 확 부어 버렸다.

"망할!" 그가 손등으로 잔을 쳐 냈다. 잔이 대리석 바닥 위에서 산산조각 났다. "나쁜 년, 이게 무슨 짓이야?"

그가 얼굴과 눈에 흐르는 코냑을 닦아 냈다. 그는 내가 자기 눈이라도 멀게 한 양 미친 듯이 눈을 깜빡거리며 프랑스어로 저주를 퍼부었다. 나는 재빨리 소파에서 코트와 가방을 낚아채 그곳을 빠져나왔다. 그러고는 복도를 지나 오필리아가 있는 곳으로 향했다. 나는 아무 설명도 하지 않고 오필리아에게서 휴대폰을 되찾았다.

지하철을 타고 집으로 가는 동안 마음을 추스를 수 있길 바랐다. 하지만 가브리엘의 사무실을 나오자 폭풍이 휘몰아쳤다. 지하철을 기다리는데 쓰디쓴 추위가 뼛속까지 스며들었다. 코트를 아무리 단단히 여며도 몸이 덜덜 떨렸다.

엄마가 아파트 현관에 들어선 나를 보더니 헉 소리를 냈다. "블라우스가 왜 그래? 찢어졌잖아."

보글보글 끓어오르는 칠리 수프 냄새가 공기 중에 스며 있었다. 엄마에게 그 일을 이야기하고 엄마의 '거봐, 내가 뭐라 하던……'으로 시작될 맹공을 기다리는데 위장이 뒤틀렸다. 하지만 엄마는 그런 말은 일절 꺼내지 않았다. 대신 나를 꼭 안아 주고는 내 잘못이 아니라고 말해 주었다.

"이제부터," 엄마가 말했다. "우린 가브리엘 체니와는 절대 말을 섞지 않을 거야. 원고의 진위 여부를 가려 줄 인간이 이 세상에 그놈 하나뿐이라 해도 상관없어. 그 더러운 놈이 널 다시 쳐다보기라도 하는 날엔 얼굴에 술을 처맞은 건 마사지였구나 싶을 정도로 얻어터지게 될 거야. 아무래도 경찰서에 가는 게 좋겠다."

나는 고개를 저었다.

"그 자식은 널 폭행했어, 해나."

"그냥 블라우스가 찢어진 것뿐이야. 상처 입은 데는 없어……."

목구멍에서 흐느낌이 새어 나왔다. 이렇게 나약하게 구는 나 자신이 싫었다. 바보같이 가브리엘을 믿었던 나 자신이 너무나 싫었다. 경찰에 신고하면 로펌에선 우리 일을 접고 그간의 비용을 비롯해 온갖 명목으로 미친 듯이 돈을 청구할 게 뻔했다. 그렇게 되면 우리는 사태를 수습하기 위해 아파트를 팔아야 하는 불상사를 겪을지도 몰랐다.

이 모든 일에서 긍정적인 부분이 하나 있다면 인생에서 처음으로 엄마가 내 편이라는 사실을 확실히 알았다는 것이다. 물론 애초에 이런 일이 생기지 않았다면 가장 좋았겠지만, 의도하지 않게 나에게 의미 있는 사건이 되었다.

프랑스 파리

나의 다이어리에게,

간밤에 피에르와 앙드레의 싸움을 목격한 뒤로, 앙드레가 우리 집으로 와서 다 괜찮다고 말해 주길 바라며 뜬눈으로 밤을 지새웠어. 결국 앙드레는 나타나지 않았어.

나는 오늘 일이 끝나면 앙드레를 찾아 시내를 샅샅이 뒤지고 그를 위해 온몸을 던질 준비가 돼 있었어. 이번 일을 겪으면서 나는 그 사람 없인 절대 살 수 없다는 사실을 깨달았어.

그런데 일을 마치고 아파트로 들어서는데 피에르가 그린 내 초상화 여섯 점이 벽에 나란히 걸려 있는 거야. 너무 놀랍고 당황스러웠어. 나는 누가 보기 전에 얼른 그림들을 내리려고 했어. 그때 테이블에 놓인 쪽지가 눈에 들어왔어.

내 사랑,

내가 이 그림들을 샀어. 당신에게 주는 내 선물이야. 이제 당신이 다시는 그런 참을 수 없는 인간을 위해 일하는 일은 없을 거야. 아이비, 내가 이런 말을 할 자격은 있는 거지?

사랑을 담아, 앙드레

20

2019년 1월 11일 오후 7시

프랑스 파리

가브리엘 사태가 있었던 다음 날, 레베스크 씨에게 연락해 자초지종을 알렸다. 전날 밤새 뒤척이며 어디까지 밝힐지 고민하느라 속이 다 울렁거렸지만 어쨌든 나는 피해자였고 부끄러울 게 없었다. 나는 가브리엘이 우리 일에 더 이상 관여하지 않는다는 걸 확실히 해 주는 한 당국에 신고는 하지 않겠다고 통보했다. 레베스크 씨는 가브리엘을 우리 일에서 제외시킬 뿐만 아니라 가브리엘 몫의 상담 비용도 받지 않겠다는 조건을 제시했다. 또한 이 문제를 로펌에 공개적으로 알려 처리하겠다고 약속했다.

레베스크 씨는 1시간도 채 되지 않아 캠벨 교수의 연락처를 알려주었다. 그로부터 하루가 지난 지금 엄마는 캠벨 교수에게 원고 사본을 가져다주러 런던행 기차에 몸을 실었다. 우리가 동네 인쇄소에서 이를 악물고 페이지를 하나하나 출력해 만든 말 그대로 피 같은 사본이었다.

사본을 우편으로 보낼 수도 있었지만 엄마는 직접 가겠다고 고집을 부렸다. 엄마가 며칠이라도 바람을 쐬고 싶어 하는 것까지 탓할 순 없었다. 솔직히 나도 혼자 있는 시간을 고대해 왔다. 이제는 이 아파트가 내 집처럼 느껴지기 시작했다. 게다가 아파트의 어딜 보든 아이비 할머니가 떠올랐다. 나는 아이비 할머니의 소유물에 둘러싸인 채 조용히 앉아 할머니의 젊은 시절이 어땠을지 상상할 수 있어서 행복했다.

1929년 일기장을 들고 소파에 앉았는데 휴대폰이 울렸다. 엄마가 소식을 전할 때가 되었으므로 전화번호를 확인하지도 않고 받았다. 엄마가 런던의 세인트 판크라스역에 도착했을 시간이었다.

"해나 씨, 와, 연락이 하도 안 돼서 해나 씨가 절 피하는 건가 했어요."

전화 너머로 들리는 스코틀랜드 억양에 소름이 돋았다.

"아, 에이든 씨, 연락 못 드려 죄송해요. 그동안……" 할 말이 떠오르지 않았다. '그동안 모든 게 뒤죽박죽이었어요. 일하느라 바빴고 흥분해서 들이대는 프랑스 유부남을 막아 냈어요. 지금 런던이시죠? 전 파리이고요. 아, 그나저나 쟴마는 어떻게 지내나요?'

"일 때문에 파리에 왔어요. 바쁘시겠지만 해나 씨가 친구 만날 시간 정도는 있길 바랍니다."

'친구라.' 지금 벌어지는 상황이 긍정적인지 아니면 부정적인지 감이 오지 않았다.

"당연하죠. 만나요. 파리엔 얼마나 있어요?"

"오늘 밤만요. 저녁에 시간 되세요? 재미있는 이벤트가 있어요. 해나 씨가 좋아하실 것 같은데."

에이든은 7시에 아파트에 오기로 했다. 이벤트에 대해 확실히 말해 주진 않았지만 일과 관련된 모양이었다. 그는 나더러 검은색 옷을 입으라고 했다. 특별히 꾸미지 않아도 되나 머리부터 발끝까지 꼭 검은색이어야 한다고 했다. 우리는 잠깐의 통화를 이어 갔다. 짧은 대화만으로도 에이든은 아파트의 존재에 대해 진심으로 궁금해했다. 그럴 만했다. 나도 여전히 이 집에서 새로운 보물을 발견하는 중이니까.

곧 나갈 채비를 해야 했다. 샤워를 한 뒤 드라이를 하려고 롤 빗을 찾는데 도통 보이지 않았다. 욕실에서 롤 빗을 치운 기억이 없기에 더욱 이상했다. 물건을 찾느라 에이든이 도착했을 때 준비가 덜 되는 일이 없도록 손가락으로 빗질을 해 가며 겨우 드라이를 마쳤다. 이를 닦으려 하는데 이번에는 칫솔이 보이지 않았다. 내가 제일 좋아하는 립스틱도 없었다. 물건 하나쯤이야 어디에 잘못 둘 수도 있겠지만 세 가지가 한꺼번에 없어질 확률이 얼마나 되겠는가. 너무나 이상했다. 나는 엄마에게 문자를 보냈다.

내 빗이랑 칫솔이랑 립스틱이 없어. 혹시 봤어?

우리 말고는 어느 누구도 아파트에 들어온 적이 없었다. 엄마가 다른 데로 옮겨 놓은 건가?

내가 일을 하는 사이 엄마가 집 청소를 했었다. 좁은 공간이다 보니 모든 것이 정돈되어 있어야 했다. 솔직히 나는 엄마의 수준 높은 정리 실력에 적잖이 놀랐었다.

엄마에게 답이 오길 기다렸지만 감감무소식이었다. 에이든이 10분 안에 도착할 예정이었다. 나는 최후의 수단으로 손가락에 치약을 짜서 대충 문질러 닦고 구강 청결제로 가글을 했다.

옷을 입으려고 옷장에서 속옷을 꺼내는데 가브리엘과의 저녁 식사를 위해 갤러리 라파예트 백화점에서 구입했던 속옷 세트가 눈에 들어왔다. 모든 기억이 다시 떠올랐다. 나는 그 속옷을 엄마가 프렌치면 팬티라고 사랑스러운 애칭을 붙여 준 할머니 팬티 뒤쪽으로 밀어넣었다. 사람들이 내 속옷 서랍을 본다면 뭐라고 할까? 그도 그럴 것이 엄마의 속옷 서랍이 안방 밀실 같다면 내 서랍은 대형 할인 매장 같았기 때문이다. 나는 가브리엘의 집에 갈 때 입었던 엄마의 블랙 미니 원피스를 입으면서 내 속옷 서랍을 친구들에게 공개할 것도 아니니 그렇게까지 자학할 필요는 없다고 자체적으로 결론지었다.

가방 바닥에서 다른 립스틱을 꺼냈다. 평소에 즐겨 쓰는 색이 아니었지만 대안이 없었다. 립스틱을 입술에 대는 순간 문을 노크하는 소리가 들렸다. 심장이 갑자기 방망이질 치는 바람에 하마터면 입가에 립스틱이 묻을 뻔했다.

변호사, 사진사, 청소업체 직원들을 제외하면 공식적으로 에이든이 이 아파트의 첫 손님이었다. 문을 열고 앞에 서 있는 그의 섹시하고 매력적인 모습을 보자 처음 그를 보았을 때 느꼈던 본능이 튀어나왔다. 심장은 여전히 미친 듯이 뛰었다. 입이 바짝바짝 타들어 가고 양손은 땀으로 축축했다. 나는 옷매무새를 가다듬는 것처럼 보이길 바라며 손을 슬쩍 원피스에 문질러 닦았다.

"에이든 씨," 내가 말했다. "파리에 온 걸 환영해요."

그가 내 뺨에 입을 맞추며 인사했다. 새해 전야에…… 젬마의 집에서 열린 파티에서…… 다정한 인사라기엔 좀 과했던 키스가……, 그리고 내 송별회에서 그에게 매달려 있던 취한 젬마가 떠올랐다. 두 사람 사이에 뭔가 진행되고 있다면 그가 나에게 전화를 했을 리 없지 않은가. 뭐, 가브리엘이란 작자는 결혼까지 했으면서 거리낌 없이 내키는 대로 행동했지만.

"들어오세요." 나는 한 발 물러나 그에게 들어오라고 몸짓했다.

그에게서 좋은 향기가 났다. 초록색 잔디와 삼나무 향이 깃든 비누며 가죽 냄새였다. 그의 재킷 소매가 내 팔을 스쳐 지날 때 숨을 깊이 들이마셨다. 온몸에 닭살이 돋았다. 이 '친구'에게 빠져들지 않으려던 내 의지는 어디로 가 버렸을까?

"코트 걸이에 재킷 걸어요."

그가 재킷을 벗자 내가 말했다. "거기 걸려 있는 코트 보이죠? 우리가 이 아파트 문을 처음 열었을 때 여기 있던 거예요. 그때 그걸 보셨어야 했는데. 온통 거미줄과 먼지로 뒤덮여 있었거든요. 전문 업체에 청소를 맡겨서 원래대로 되돌려 놓은 거예요. 증조할머니께서 남겨 두신 물건을 그대로 지켜야 할 것 같아서요."

에이든은 여전히 놀란 얼굴을 하며 고개를 좌우로 흔들었다. "정말 놀랄 만한 이야기투성이이네요."

"엄마와 전 여전히 뭐가 어떻게 된 건지 파악 중이에요. 몇 세대 동안 가족들에게 알려지지 않았던 파리의 아파트를 발견하는 일이 흔하진 않으니까요."

에이든이 미소를 지으며 나를 따라 거실로 들어왔다.

그가 거실 한가운데에 멈추어 서서 주위를 둘러보며 휘리릭 휘파람을 불었다. "와, 정말 멋진데요. 이게 다 당신 거예요?"

"엄마와 제 거예요. 우리가 처음 도착했을 때 여길 찍은 사진이 있는데, 청소하기 전에 찍은 거요. 보여 줄까요?"

"네."

"잠깐 앉아 계세요."

그가 소파에 앉자 나는 책상으로 가서 사진이 든 커다란 마닐라지 봉투를 꺼냈다. 청소 전후의 차이는 실로 놀라웠다.

"여기 앉아도 되는 거예요? 꼭 박물관에 있는 것 같아서요. 아무것도 건드리면 안 될 것 같고."

"알아요. 저도 여전히 그런 걸요. 여기서 지낸 지 좀 됐는데도 그래요. 자, 여기요. 청소 전 사진이에요."

나는 그에게 사진을 내밀었다. 청소를 하기 직전에 찍은 사진이지만 재와 먼지로 인해 흑백 사진에 가깝게 나왔다. 흡사 '잠자는 숲속의 미녀'나 오래된 폐가에 관한 영화의 배경 세트장 같았다. 하지만 이건 현실이었다.

"지금 여기 앉아 있으니 청소업체 직원들이 마술을 부린 후의 사진은 안 보셔도 되겠죠? 집 구경시켜 드릴까요?"

나는 그에게 주방, 욕실, 침실, 그리고 이미 본 현관까지 모두 보여 주었다. 그리 오래 걸리진 않았지만 내가 아파트의 특색 있는 부분들을 짚어 가며 설명하는 걸 그는 열심히 귀를 기울이며 들어 주었다. 나는 엄마와 내가 이 아파트에서 바꾼 거라곤 침대 하나뿐이라고 말했다. 오래된 매트리스를 두 개의 에어 매트리스로 바꾸어서 쓰다가 런던에서 돌아온 뒤 트윈 베드 두 개로 교체했다는 말도 덧붙였다.

"엄마와 한 방을 쓰는 게 쉽지가 않아요. 그래도 일이 해결될 때까진 이렇게 지내야 할 거 같아요."

"두 분이 많은 시간을 함께하시겠네요."

나는 이보다 더 큰 동의의 의미는 없다는 듯 고개를 과장되게 끄덕였다.

"그런데 어머니는 어디 계세요?"

나는 원고에 대해서 이야기했다. 그리고 엄마가 원고 배달 임무를 수행하러 가겠다고 나선 이야기에 대해서도 들려주었다.

"와, 대단하네요. 해나 씨 인생에 특별한 일이 몇 가지나 동시에 진행되고 있군요. 원고 얘기를 공개할 건가요? 그렇게 되면 새 투어도 크게 주목받을 것 같은데요."

"구체적인 답을 얻게 되면 그렇게 하려고요. 하지만 지금은 일이 너무 많아서 세간의 호기심까지 신경 쓸 여력이 없네요. 그나저나 파리엔 어쩐 일로 오신 거예요?" 나는 내 말만 너무 장황하게 떠들어 댄 것 같아 걱정이 되었다.

"음식 비즈니스차 왔어요. 그리고 해나 씨와의 식사 약속도 있고요."

"음식에 관한 한 파리가 이 세상의 수도나 마찬가지죠." '잠깐, 정말 그런가?' 나는 내가 아는 주제를 고수해야 했다. "그런데 젬마는 어떻게 됐어요?"

그는 내 뜬금없는 질문에 어리둥절한 표정을 지었다.

"제가 런던에 있던 날 밤 말이에요. 에이든 씨가 해 주신 요리를 먹고 우리 모두 춤추러 갔던 날."

"아," 그는 별거 아니라는 듯 어깨를 씰룩했다. "뭐, 다음 날 어마어마한 숙취에 시달렸겠죠."

"그때 이후로 젬마와 이야기 안 해 봤어요?"

"안 했어요. 왜요? 무슨 문제라도 있나요?"

"아, 전 그냥……."

그 주제를 꺼내 든 내가 우스꽝스럽게 느껴졌다.

그가 웃었다. "뭔데요?"

"젬마가 좀 그랬어요……. 뭐랄까, 그런 거 있잖아요."

"뭐가 그런데요? 해나 씨, 그냥 직설적으로 말해 주세요."

"에이든 씨에게 관심 있어 보였다고요."

"네? 저한테요?"

"아니에요. 신경 쓰지 마세요. 뭐 좀 마실래요?"

"해나 씨 마음에 분명 뭔가 있는데 '신경 쓰지 마세요.'라고 하신다고 해서 마냥 덮어 둘 순 없죠."

"알겠어요. 이실직고할게요. 젬마의 행동을 보고 전 당신과 젬마가 썸 타는 사이이거나 최소한 젬마 쪽에서만이라도 당신에게 관심이 있다고 생각했어요. 당신도 같은 마음이라 해도 괜찮아요. 전 당신들 사이에 끼고 싶지 않을 뿐이에요. 젬마와 크레시다는 좋은 친구라고 요. 제가 무슨 말하는지 이해하시죠?"

"잘 모르겠어요. 좀 혼란스럽네요. 해나 씨에게 확실하게 관심을 표현했다고 생각했는데, 어떻게 제가 젬마와 데이트를 하고 있다고 생각할 수 있죠?"

"저한테 관심이 있다고요?"

"네. 그래도 되죠?"

나는 엉겁결에 고개를 끄덕였다.

"해나 씨를 이렇게 만나서 얼마나 기쁜데요."

머리가 빙빙 돌았다. 감정이 북받쳤다. 젬마가 끼어든 줄 알았을 때, 그러니까 에이든을 젬마에게 뺏겼다고 판단했을 때 나는 다시는 기회가 없을 줄 알고 단념했었다. 그런데 지금……

"물론 해나 씨가 원하는 만큼 충분한 시간을 가져도 전 아무 상관없어요." 그가 말했다. "천천히 알아 가는 것도 좋으니까요."

불현듯 결혼을 원하지 않는다던 찰리가 떠올랐다. 지난 몇 년간 누구를 만나 관계를 맺는 일 같은 건 나와는 별 인연이 없는 이야기라고 생각하며 지냈다.

누구에게 마음을 준다. 거기에 몸과 영혼을 바친다. 3년이 지난 어느 날 텅 빈 침대에서 일어나 내가 그의 전부가 아니었음을 깨닫는다. 큰 상처를 받는다. 인생에서 영원한 건 아무것도 없다고 믿기 시작한다. 그래서 어느 누구도, 어느 것도 진심으로 받아들일 수 없게 된다.

또 다른 기억이 떠올랐다. 내 인생에 있어야 했던 사람 중에 실제로 내 옆을 지킨 사람은 할머니 말고는 아무도 없었다. 엄마는 나를 키우는 대신 자기가 좋아하는 일들을 찾아 나섰다. 그리고 이제서야 잃어버린 시간을 보상하겠다고 안간힘을 쓰고 있었다. 아빠라는 사람은 본 적도 없었다. 찰리는 실패작이었다. 그리고 아이비 할머니조차 비밀스러운 삶을 가지고 있었다.

"근데 유부남은 아니시죠?" 나도 모르게 불쑥 이런 말이 튀어나왔다.

그가 재미있다는 듯 웃었다. 그의 웃음소리가 영혼을 울렸다. "절대 아닙니다."

"그냥 확인해 봤어요."

"이제 나가죠." 그가 말했다. "해나 씨는 오늘 저녁을 아주 만족해하실 거예요."

"기대돼요." 내가 말했다. "저녁 식사 후에 시간이 된다면 제가 새롭게 시작할 '광란의 20년대' 투어의 극비 시사회를 열어 드릴게요."

"광란의 20년대요?"

"네. 파리에서는 전간기를 그렇게 불러요. 그래서 제 새 투어의 이름을 그렇게 지었어요. 광란을 맛볼 준비가 됐나요, 에이든 씨?"

1929년 2월

프랑스 파리

나의 다이어리에게,

오늘은 내 생일이야! 나는 이제껏 앙드레가 해 준 것만큼 로맨틱한 표현을 단 한 번도 받아 본 적이 없어. 뭐, 청혼은 아니었고. 그는 여전히 결혼에 대해 회의적이거든. 그렇다고 앙드레가 일부일처제를 거부한단 말은 아니야. 그는 내가 자신의 유일한 여자이며, 이를 진실이라고 증명해야 하는 서류 따윈 필요하지 않다고 선언했어.

우리가 권태기가 아닌가 싶겠지만, 잠깐 내 얘길 들어 봐…….

오늘 저녁에 그가 말과 마차를 빌려 왔어. 우리는 맥심에 가서 저녁 식사를 했어. 그러고는 샴페인 한 병이랑 조그만 케이크가 든 상자를 들고 도시 야경을 구경하러 나섰지. 그것만으로도 너무나 달콤한 선물이었지만 훨씬 더 큰 선물이 기다리고 있었어.

마차가 센강 오른쪽 둑의 주택가로 방향을 틀 때 좀 이상하다는 생각이 들었어. 평소 우리는 그 조용한 길이 재미와는 거리가 멀다고 생각해 왔거든. 하지만 앙드레와 함께라서 행복했고, 가로수가 늘어선 거리와 멋진 주택들이 있는 파리의 다른 면을 볼 수 있어서 흥미롭긴 했어.

갑자기 마차가 도로에서 떨어진 곳에 자리 잡은 아름다운 건물 앞에 섰어. 웅장한 철제 울타리가 너무나 사랑스러운 작은 정원과 건물을 둘러싸고 있었어. 현관으로 가는 길 옆에 석조 벤치 하나가 덩그러니 놓여 있었어.

앙드레가 마차에서 훌쩍 뛰어내린 다음 나를 내려 줬어. 그가 열쇠를 꺼내서 대문을 열었어. 나는 궁금함을 참지 못하고 그를 따라가며 질문을 쏟아 냈어. 앙드레는 집게손가락을 자기의 입술에 갖다 대며 곧 알게 될 거라는 말만 되풀이했어.

또 다른 열쇠로 이중 현관문을 열고 들어가자 대리석 바닥이 깔린 로비가 나왔어. 그가 웅장한 계단으로 나를 안내했어. 마침내 우리 앞에 반짝반짝 광이 나는 목재 문이 나왔고 앙드레가 열쇠로 문을 열었어. 무슨 일이 벌어지고 있는지 미처 깨닫기도 전에 앙드레가 나를 번쩍 안아 올려 문지방을 넘어섰어.

아파트 안의 난로 위에 배너가 걸려 있었어. "생일 축하해, 내 사랑! 우리 집에 온 걸 환영해!" 앙드레가 나에게 열쇠를 내밀며 헬렌이 발레 뤼스에 입단한 이후로 여행이 너무 잦다 보니 나 혼자 살 아파트를 구해도 되겠다는 생각이 들었다고 말했어.

나는 바닥에서 천장까지 이어지는 장엄한 창들과 그에 걸맞은 고급스러운 크라운 몰딩을 쭉 돌아봤어. 거실 한가운데에 소파가 당당히 자리 잡고 있었고, 높다란 창문 사이엔 우아한 책상이 벽면을 장식하고 있었어.

나는 정말 사랑스러운 곳이라고 앙드레에게 말했어. 그리고 그 아파트를 찾고 나를 위해 가구까지 사 줘서 너무 행복하지만 나는 거기서 살 여유가 없다고 했어. 내 벌이로는 그 아파트만큼 고급스럽지도 않은 지금 집을 감당하는 것만으로도 빠듯하다고 했지. 그러자 앙드레가 놀라운 말을 했어. 아파트 값을 이미 다 치렀으니 지금 세 들어 사는 집보다 훨씬 저렴하게 살 수 있고, 심지어 세금과 공과금을 충당할 돈이 이미 마련돼 있다는 거야. 내가 현대식 주방에 최신 실내 배관과 욕조까지 모든 걸 갖춘 새집을 얻게 된 거라고. 앙드레는 장난스럽게 빵집까지 출퇴근 시간이 길어질 테니 당장이라도 일을 그만두고 옷 만들기에 몰두하는 게 어떻겠냐고 제안했어.

나는 순간 할 말을 잃었어. 너무나 근사한 선물이지만 내가 어떻게 그걸 받을 수 있겠니? 동거하자고 수 쓰는 건가, 하는 의심도 살짝 들었고. 나는 다시 한 번 앙드레에게 고맙다고 했어. 하지만 남자한테 기대 사는 여자가 될 생각은 추호도 없다고 나름 단호하게 못 박았어.

내 말에 앙드레가 한 대답은 가히 충격적이었어. 그는 내가 그 집의 주인인데 어떻게 남자한테 기대 사는 여자라 생각할 수 있는지 이해가 안 된다고 했어. 그러고는 자기 코트 앞섶에 달린 주머니에서 봉투를 하나 꺼냈어. 봉투에는 내 이름으로 된 집문서가 들어 있었어. 그곳은 내가 마음대로 할 수 있는 내 집이었어. 내일 당장 앙드레를 인생에서 쫓아 버리거나 그곳을 팔아 브리스톨로 돌아간다 해도 아무 상관없었지. 참고로, 이 말은 내가 한 게 아니라 앙드레의 입에서 나온 거니까 오해 마. 내가 이렇게나 그 사람을 사랑하는데 어떻게 그를 내칠 수 있겠니?

무슨 꿍꿍이라도 있는 건가 싶었지만 찾을 수가 없었어. 나는 심장이 벅차올라 눈물을 참을 수 없었어. 나는 그를 와락 껴안았어. 그가 나를 들어 올려 침실로 데려갔어. 우리는 달이 칠흑 같은 밤하늘의 꼭대기에 떠오를 때까지 사랑을 나눴어.

앙드레와 나는 가져온 생일 케이크를 먹고 샴페인을 마셨어. 그는 실오라기 하나 걸치지 않은 채로 촛불을 켜고 생일 축하 노래를 불러 줬어. 모든 것이 좋고, 옳고, 감히 완벽하다고 말할 수 있는, 인생에서 몇 안 되는 그런 순간이었어. 일기를 쓰고 있는 지금 앙드레는 내 옆에서 조용히 코를 골며 자는 중이야.

나는 영원히 이 순간에 살고 싶어. 하지만 한 가지 해결해야 할 문제가 남아 있어. 부모님께 연락을 드려야 해. 런던을 떠나기 전 엄마에게 카르디날 르모앙 거리에 있는 아파트 주소를 알려 주긴 했어. 하지만 최악의 순간에 예고 없이 본모습을 드러내는 엄마의 성격을 잘 알기에, 첫 아파트가 재앙이나 다름없었고 그래서 야반도주하듯이 헬렌과 이사를 갈 수밖에 없었다는 말을 차마 하지 못했어. 왠지 엄마가 불쑥 나타나 면전에서 삿대질을 해 가며 실패를 상기시켜 줄 것 같았기 때문에 두 번째 아파트 주소는 보내지 않았어. 엄마는 자기 생각이 옳았다고 으스대며 내가 마드무아젤 샤넬의 부티크에 취직할 만큼 재능이 있거나 똑똑하지 않다는 언급을 끊임없이 반복했을걸. 혹시라도 내가 피에르와 했던 일에 대해 아는 날이면…… 무슨 일이 벌어질지 상상만으로도 간담이 서늘했어.

물론 엄마가 나를 내쳤다는 사실만큼은 여전히 그대로야. 내가 집에 돌아오더라도 환영받지 못할 거라고 엄마가 못을 박았었잖아. 엄마가 마음을 바꿨다면, 나를 조금이라도 신경 썼다면 파리에서 나 하나 못 찾겠니? 그런데 엄마는 그렇게 하지 않았잖아.

하지만 나는 이런 슬픈 현실에 연연하지 않을 거야. 파리에 온 후 처음으로 자리를 잡은 데에다 진심으로 행복한걸. 드디어 부모님께 잘 지낸다는 편지를 쓸 수 있겠다. 내일 꼭 집에다 편지를 보낼 거야.

21

2019년 1월 14일 오후 3시

프랑스 파리

엄마는 나흘간 집을 비웠다. 엄마가 돌아왔을 땐 에이든이 왔다 간 뒤였으므로 나 자신도 이해할 수 없는 일을 굳이 나서서 엄마에게 설명하고 싶지 않았다. 엄마한테 내가 정신을 차리지 못하는 이유를 설명하지 않고 문제를 해결할 시간이 필요했다. 나는 에이든과 있었던 이야기를 최대한 피해야 했다. 엄마는 이야기를 들으면 들을수록 계속 캐묻는 사람이니까.

나는 에이든과의 관계를 제대로 망쳐 버렸다. 시작은 아름다웠다. 식품업계에서 주관한 그날 저녁은 요리 학교에서 공부를 하고 싶지만 학비를 충당할 여건이 되지 않는 학생들을 위한 장학금 마련 행사였다. 행사명은 '디너 인 더 블랙'이었다. 모두 검정색 옷을 차려입기도 했고, 장학금을 지불해 학생들을 빚에서 해방시킨다는 면에서 인 더 블랙의 '흑자'라는 뜻을 살린 이중적인 의미를 담은 이름이었다. 행사는 7구에 있는 이공과생의 집이라 불리는 저택에서 열렸다. 1703년에 지어져 세월을 거치는 동안 몇몇 부유한 가문의 개인 주택으로 사용되어 온 곳으로, 현재는 이공과생 친목 협회의 소유하에 사적인 행사에 대여되었다. 모두가 검은색 옷을 차려입고 있었다. 그리고 촛불이 그곳을 밝히고 있었다. 음식은 아주 맛있었다. 에이든은…… 정말 에이든다웠다.

저녁 식사를 마친 뒤 나는 속옷을 제대로 갖추어 입지 않은 걸 후회했다. 그를 집에 초대하고 싶은 강렬한 유혹을 느꼈기 때문이다. 빙빙 둘러 집으로 돌아가다가 센강 부두에서 키스했을 땐 특히 더 후회스러웠다. 그는 항상 나에게 키스하고 싶었다고 했다.

'아, 제발 꿈이 아니길.'

함께 이야기를 하면서 걷는 사이 아파트가 점점 가까워지고 있었다. 나는 에이든에게 투어의 임시 코스들을 보여 주었다. 그때 그가 첫 투어의 첫날, 여기로 날아와 저녁 식사를 만들어 주겠다고 약속했다. 그리고 그 저녁을 '파리는 날마다 축제'라 부르면 어떻겠냐고 했다. 처음엔 농담인 줄 알았다. 그러니까 그게 어떻게 가능하냔 말이다. 그래서 나는 그 제안을 무시해 버렸다. 아, 그냥 웃어넘겼던 것도 같다. 비웃음 같은 건 절대 아니었다. 아니, 적어도 그런 식으로 넘길 생각은 아니었다.

하지만 아파트 문 앞에 도착했을 땐 분위기가 사뭇 달라져 있었다. 그는 가벼운 입맞춤으로 작별 인사를 하고는 호텔로 돌아가 버렸다.

너무나 혼란스러웠다. 저녁 제안에 퇴짜를 놓아서 그의 감정이 상한 건지, 아니면 다른 게 있는 건지 알 수가 없었다. 근데 그게 뭐 어때서? 이건 내 투어다. 내가 그에게 레스토랑의 운영 방법을 제안하지 않듯이 그도 그럴 수 없는 거 아닌가. 나는 이 투어가 성공하길 진심으로 바라고 또 바랐다. 그리고 내가 아는 방식대로 투어를 진행해 나가야 했다.

며칠밖에 안 되긴 했지만 에이든은 런던으로 돌아가고 나서 연락이 없었다. 앞으로도 에이든의 연락을 받지 못할 것 같은 예감이 들었다. 이렇게 에이든은 내 데이트 불명예의 전당에 '자기중심주의자'로 이름을 올리게 되는 건가.

한편으론 너무 가혹하지 않나 싶었다. 특히 그가 지옥에서 온 데이트 상대자였던 적도 없거니와 이번에는 다른 상대들만큼이나 내 잘못도 컸기 때문이다. 나는 내내 바빠서 전화나 문자를 못하는 척해왔고 지금은 엄마가 집에 돌아온 걸 연락 못할 구실로 삼고 있었다.

"런던에 있는 동안 네 사장이랑 얘기를 좀 했어." 엄마가 침실에서 짐을 풀면서 말했다. "에마가 전화할 거야. 네가 날 네 조수로 일하게 해 줄 의지만 있다면 날 채용하지 않을 이유가 없다던데? 에마도 네가 항상 모든 걸 혼자서 다 하려는 게 마음에 걸렸대. 해나, 엄마도 같은 생각이야. 모든 걸 혼자 할 필요는 없어."

나는 거실의 책상에 앉아 머릿속으론 줄곧 에이든 생각만 하면서 겉으론 투어 코스를 마무리하는 척하고 있었다. 나는 펜을 내려놓았다.

"무서워서 도와 달란 말을 안 하는 게 아니야. 그리고 엄마가 왜 내 회사 상사랑 얘길 해? 왜 그런 거야?"

이게 바로 함께 일하고 사는 게 좋은 생각이 아니라는 결정적인 이유였다. 엄마가 내 직업상 약점으로 여겨질 만한 것에 초점을 맞추어 나를 저격했다는 사실에 화가 치밀었다. 엄마가 거실로 걸어 나와 책상 옆에 섰다. 그러고는 허리춤에 양손을 얹고 그간 내가 습득한 대로라면 '한번 해 보시겠다. 그래, 판 좀 벌여 보자.'라는 뜻이 담긴 표정을 짓고 있었다.

"네 얘기를 했다고? 이건 네 얘기가 아니야, 해나. 파리에서 날 먹여 살려 줄 내 일자리 얘기라고."

엄마가 떼를 쓰는 아이처럼 아랫입술을 삐죽 내밀었다.

"그래. 내 얘기가 아니겠지. 내 얘기였던 적이 한 번도 없었잖아. 내가 살아오는 내내 엄마는 항상 엄마가 중심이었으니까. 엄마는 너무 어린 나이에 날 임신해서 날 키울 수 없었다며. 엄마는 너무 많은 남자들과 잤기 때문에 내 아빠가 누군지 말해 줄 수 없다며. 그러면서 엄마가 내킬 때만 할머니에게서 날 데려갔고. 그러고는 엄마에게 더 나은 다른 거리가 생기면 날 돌려보냈지. 그뿐이야? 엄마가 돈이 필요해서 할머니 집도 내놨잖아. 이제는 엄마에게 새로운 인생을 열어 줄 멋진 아파트가 생겨서 파리까지 왔네. 그런데 그것도 모자라서 엄마가 여기서 살 수 있게 나한테 일자리를 달라고……."

목소리가 갈라졌다. 목구멍이 뜨거워졌다. 더 이상 말을 하면 울음이 터져 나올까 봐 두려웠다. 나는 그대로 얼어붙은 듯 앉아서 간신히 호흡을 해 가며 정신을 가다듬으려 했다. 엄마는 얼이 빠진 듯 그 자

354

리에서 꼼짝도 하지 않았다.

잠시 후 나는 목소리를 되찾고 하던 말을 계속했다. "지금은 더 이상 이야기 못해. 나가서 좀 걸어야겠어."

나는 일어서서 코트를 가지러 침실로 갔다. 엄마가 나를 따라왔다. "우린 이 문제에 대해 이야기를 해야 해, 해나. 도망간다고 해서 문제가 없던 일이 되진 않는다고."

"도망? 옛날 옛적에 하나뿐인 자기 딸과 한 집에 사는 걸 견딜 수 없어 몸서리치던 여자가 그런 말을? 그게 자기 자신의 자유가 그 무엇보다 소중했던 사람이 할 소리야? 엄마는 우리가 앉아서 그 문제를 놓고 이야기만 하면 모든 게 완벽해질 거라 생각하겠지. 난 아니야. 문제가 그렇게 단순하지 않다고."

엄마가 어깨를 으쓱하더니 두 눈에서 쥐어짜 낸 눈물을 닦았다. "네 말이 맞아. 난 형편없는 엄마였어. 과거를 바꿀 순 없으니 반박할 수도 없어. 하지만 앞으로 널 위해 네 옆에 있어 주는 걸로 보상할 수 있을 거라 생각했어."

나는 엄마에게 소리치고 싶었지만 분노가 목구멍을 막고 있었다. 목소리가 속삭이듯이 새어 나왔다. "지금 나한테 엄마가 있어야 한다고 생각하는 이유가 뭔데? 엄마가 드디어 준비가 됐고 우리가 아무 일도 없었던 것처럼 다시 시작했으니 내 인생에 끼어들어도 된다? 진짜 그렇게 생각하는 건 아니지? 난 성인이야. 이렇게 엄마와 함께 일하는 건 흥미로운 실험이 될 순 있겠네. 하지만 난 엄마 없이 설계한 내 인생이 이미 있어. 거기에 엄마를 위한 공간은 없어. 그리고 지금 확실하게 느끼는데 난 엄마가 필요 없는 것 같네."

내가 너무 싫었다. 엄마가 필요 없다는 말을 했다는 사실 말고 그런 말을 하면서 마음 한 켠이 걸리는 나 자신이 싫었다. 나는 현관으로 걸어가면서 코트를 입고 주머니에서 장갑을 꺼냈다.

"해나, 남은 가족은 너와 나뿐이야. 네 할머니가 돌아가신 뒤에야 깨달았어. 난 네 할머니에게 보상할 기회가 없었어. 하지만 우리에겐 아직 기회가 있잖니. 끔찍한 엄마라 미안. 네가 모르는 일들이 정말 많아. 우리가 다시 시작할 수 있으면 정말 좋겠다. 나에게 보상할 기회를 주면 안 될까?"

"내가 모르는 일?"

엄마는 대답하지 않았다. 방금 엄마는 진심인 듯했다. 진짜 같았다. 모든 상처와 배신감을 쉽게 내보낼 수 있을 것 같았다. 하지만 실제로는 보나마나 나를 한 번 더 속이려는 것일 터였다. 또다시 나를 기만하려는 것일 터였다. 어른이 되어서도 어김없이 엄마의 축제행 열차에 올라탄 나 자신이 미치도록 수치스러웠다. 나는 엄마가 어떤 사람인지 정확히 알고 있었다. 이쯤에서 그만두어야 했다.

하지만 나는 이렇게 말했다. "도움이 된다면 내가 모르는 게 뭔지 알려 주든가. 날 이해시켜 보라고."

엄마는 뭐라 말하려고 입을 열었다가 잠시 생각하더니 입을 다물어 버렸다. "그걸 아는 게 꼭 득이 되는 게 아니라면, 그땐 어떡하니?" 엄마가 다시 입을 열었다.

"그건 또 무슨 말 같지도 않은 소리야? 왜 그렇게 수수께끼 같은 말을 해?"

"널 혼란스럽게 할 마음은 없었어, 해나. 난 그냥 잘못된 걸 말하고 싶지 않을 뿐이야."

"그럼 아무 말도 하지 마. 난 나가서 좀 걸어야겠어."

"아니야, 해나. 엄마가 나갈게. 너 일해야 되잖아. 나랑 같이 있기 싫어서 나가는 거면 엄마가 나갈게."

엄마는 현관 옆 탁자에 놓인 가방에 손을 뻗었다. 열린 가방 입구로 쏟아져 나온 물건들이 보였다.

"내 빗이잖아! 저게 왜 엄마 가방에 있어?"

"아, 미안. 기차 놓칠까 봐 서두르다가 실수로 넣은 모양인데."

"문자로 물어봤잖아. 왜 가져갔다고 말 안 했어? 내 칫솔이랑 립스틱도 가져갔어?"

엄마가 가방에서 지퍼 백 하나를 꺼내 나에게 내밀었다. 내 칫솔이었다.

"참나," 내가 말했다. "어떻게 자기 칫솔을 착각해?"

엄마가 가방을 더 깊이 뒤지더니 내가 잃어버린 립스틱도 찾아냈다.

"내 눈이 잘못된 거 아니지?"

"미안해."

속이 다시 부글부글 끓어오르려 했다. "나중에 후회할 말 나오기 전에 진짜 나가야겠다. 돌아오면 다시 얘기해."

이 방 한 칸짜리 아파트에 보이지 않는 벽을 세워 경계를 정할 필요가 있었다. 우리가 앞으로 함께할 수 있을지 없을지가 달린 문제였다.

거리를 두고 상황을 살펴보며 마음을 진정시키기에 충분할 정도로 걸었다. 엄마가 내 일을 돕겠다고 나 몰래 에마를 찾아간 데 화가 났지만 이성적으로 생각하면 엄마에게 기회를 주지 않은 것도 썩 잘한 일은 아니었다. 엄마의 길을 막는 건 이기적인 일이긴 했다. 다른 한편으로 나는 엄마가 어떤지 익히 알고 있었다. 내가 엄마를 고용한 적도 없는데 그대로 밀어붙여 에마에게 갔다? 일하기 전부터도 이렇게 막무가내인데 엄마가 나와 일한다면 내 권한을 존중하지 않을까 봐 걱정이 되었다.

아니면, 엄마에게 영업을 맡기면 어떨까? 그러면 나는 투어 내용과 활동에 집중할 시간을 더 벌 수 있을 것이었다. 엄마는 영업에 능할 것 같았다. 방금 전 내 판단에 의문을 품고 다시 생각하게 만든 것만 보아도 그랬다. 수수료를 기준으로 하고 인센티브를 주는 식으로 진행하자. 그게 엄마가 일할 수 있는 길이었다.

나는 아파트 앞 정원에 놓인 벤치에 앉아 에마에게 전화했다. 전화기 너머 에마의 목소리를 듣자 안도감이 들었다.

"사장님, 혹시 조그만 사무실을 열 예산이 될까요?" 내가 물었다. 이 작은 아파트에서 엄마와 함께 살면서 일하는 건 불가능해 보였던 까닭이다.

"아마도?" 에마가 말했다.

"독립된 공간을 마련해 주실 수 있다면 저희 엄마를 수습으로 고용하려고요. 엄마에게 영업을 맡기면 어떨까요? 수수료를 기준으로 하고 예약 건당 일정 비율을 급여로 지급하면 될 거 같은데요."

에마는 대찬성이라며 반색했다. 나는 에마에게 내가 직접 엄마를 관리하겠다고 했다. 그리고 예약률을 최상으로 유지해 흑자 경영을 확실히 하겠다고 약속했다. 그걸로 이야기는 끝났다. 이제 엄마에게 알려 주는 일만 남았다. 집에 들어갔다. 엄마는 주방에서 물을 틀어 놓고 있다가 수도꼭지를 잠그고 외쳤다. "해나? 해나니?"

그 목소리가 완벽한 보통 엄마 같았다. 학교에서 돌아온 자식을 위해 주방에서 간식을 만드는 엄마 말이다. 내가 머릿속으로 보통 엄마들이 그럴 거라고 상상했던 딱 그 모습이었다.

할머니는 내가 학교에서 돌아오면 항상 서재에서 일을 하고 있었다. 나는 거기서 시간을 보내며 숙제를 하고 아침에 내가 직접 싼 간식을 먹곤 했다. 가끔씩 방과 후에 친구 마시의 집에 가기도 했다. 마시의 엄마는 집에 있었고 우리에게 피자 롤, 치즈와 크래커, 땅콩버터를 바른 샌드위치 같은 간식을 만들어 주었다. 마시네 집은 완전히 딴 세상이었으며, 나는 그게 너무나 좋았고 부러웠다.

"응." 나는 겨우 한마디했다.

엄마가 키친타월에 손을 닦으며 거실로 나왔다. "괜찮아?" 엄마가 주저하며 물었다.

나는 고개를 끄덕였다. 우리 사이에 침묵이 흘렀다.

"차 좀 줄까?" 엄마가 물었다. "방금 물 올렸어. 차를 끓이려던 참이었거든. 내가 비스코프 쿠키도 좀 들고 왔는데. 크레시다가 좋아하는 그 쿠키."

"응." 내가 대답했다. 춥기도 했고 엄마가 주방에서 먹거리를 준비하는 동안 할 말을 정리할 시간을 벌 수 있을 것 같아서였다. 나는 엄마와 어떤 식으로 대화를 이어 나갈지 생각할 시간이 필요했다. 엄마가 쟁반에 차와 주전부리를 챙겨 왔을 땐 머릿속에 세 가지 할 말이 대기 중이었다.

"엄마, 우선 경계부터 분명히 해. 나눠 쓰는 것까진 괜찮아. 근데 내 물건을 쓰기 전에 꼭 물어봐 주면 좋겠어."

엄마가 테이블에 쟁반을 놓으면서 진지하게 고개를 끄덕였다. "미안해."

"그다음으로 할머니랑 엄마 사이에 내가 모르는 일들이 많았다고 했잖아. 나한테 말해 줘. 그게 뭔지."

엄마는 내키지 않아 하는 눈치였다.

"난 알아야겠어. 그걸 아는 게 득이 안 될 수도 있다고 했지만 뭐가 됐든 꽁꽁 숨겨 두는 것보단 나아."

다마스크 커버를 씌운 안락의자에 앉아 있던 엄마가 몸을 숙여 찻잔에 레몬즙을 짜 넣었다. 엄마가 찻잔과 잔 받침을 들어 올리고는 한 다리를 엉덩이 아래에 깔고 앉았다. 엄마는 한참을 뜨거운 차를 후후 불며 마셨다. 나는 엄마가 생각을 정리할 수 있게 내버려 두었다.

마침내 엄마가 입을 열었다. "넌 윌리엄 할아버지 모르지? 우리 아버지."

나는 고개를 끄덕였다.

"네가 모른다는 게 참 안타까워. 네 할아버지는 진짜 훌륭한 분이셨거든. 아버지와 난 정말 가까웠어."

엄마는 마치 먼 곳을 응시하는 듯했다. 나는 아무 말도 하지 않았다. 엄마가 말을 멈출까 두려워 숨조차 쉬고 싶지 않았다.

"엄마 아기 때 완전 아빠바라기였대. 아버지는 내가 원하는 건 뭐든 해 줬대. 네 할머니 말로는 그랬어."

엄마가 잠깐 말을 멈추었다. 엄마의 얼굴이 어두워졌다.

"어느 날 밤 갑자기 아이스크림이 먹고 싶은 거야. 윈터 파크에서 파는 쿠키 앤 크림 아이스크림을 당장 먹지 않으면 안 될 것 같았어. 하지만 네 할머니는 절대로 안 된다고 했어. 그때 난 외출 금지를 당한 상태였는데, 네 할머니는 내가 아이스크림을 구실 삼아 집 밖에서 친구들이랑 어울리려 한다고 생각했지. 네 할머니는 날 집에 꼼짝없이 가둬 뒀었거든. 사실 난 그때 아이스크림 가게에서 일하는 남자애에게 반해 있었어. 지금은 이름조차 기억이 안 나네……. 리키 아니면 로비 뭐 그 비슷한 이름이었어. 아무튼 내가 운전면허증을 딴 다음 날 사상 최악의 성적표를 받은 거야. 네 할머니는 외출 금지령을 내리고 절대 밖에 못 나가게 했어. 단 몇 시간도 허락하지 않았어. 난 말 그대로 발악을 했어. 미친 듯이 문을 치고 눈물을 흘리고 이를 빠득빠득 갈았지. 하지만 네 할머니는 꿈쩍도 하지 않았어. 아버지가 보내 주라고 했는데도. 사실 아버지는 네 할머니가 너무 심하다면서 좀 화가 나 있었어. 아버지는 타협하고 싶어 했어. 내가 숙제를 하면 아이스크림을 먹는 걸로. 아버지는 긍정의 힘을 믿는 분이었어. 그러다 보니 네 할머니와 나의 싸움이 네 할머니와 아버지와의 싸움으로 번져 버렸지. 결국 아버지는 네 할머니가 허락하지 않아도 아이스크림을 사다 주겠다고 했어."

엄마의 눈에서 눈물이 흘러 뺨을 타고 내려갔다.

"아버지는 큰 교통사고를 당했어. 누가 신호를 무시하고 달려와서 아버지 차의 옆구리를 그대로 들이받았대. 그리고 아버지는……," 엄마가 목이 메어 딸꾹질을 했다. "그대로 깨어나지 못했어."

숨이 턱 막혔다. 윌리엄 할아버지가 교통사고로 세상을 떠난 줄은 알았지만 앞뒤 정황에 대해선 들어 본 적이 없었다.

"아버지가 돌아가시고 나서 난 미친 듯이 날뛰는 감정을 좀처럼 추스리지 못했어. 네 할머니는 날 어떻게 다뤄야 할지, 아버지 없이 어떻게 살아가야 할지 막막했을 거야. 그 사고 후 네 할머니와 나 사이는 완전히 끊어져 버렸어. 그전에도 이미 금방이라도 끊어질 듯 닳아 빠진 실 같은 관계였는데, 사고 이후로 완전히 단절돼 버렸다고나 할까. 네 할머니는 날 원망했어. 드러내 놓고 탓하진 않았지만. 이른바 회피하는 방식으로 표현하는 수동적인 공격 같았어. 그때부터 네 할머니는 내가 뭘 하든 상관하지 않았어. 그전에는 네 할머니와 내가 아버지의 관심을 두고 경쟁하는 관계처럼 느껴질 때가 있었어. 이상한 쪽으로 생각하진 말고. 아버지는 세상에서 제일 마음 넓은 신사였어. 하지만 난 항상 '엄마'가 뭐든 경쟁 구도로 몰고 간다고 생각했어. 아니, 어쩌면 내가 그랬는지도 몰라. 나도 모르겠다. 어쨌든 의도적으로 그런 게 아니었으니까."

내가 기억하는 한 엄마가 할머니를 '엄마'라고 부른 건 이번이 처음이었다.

"엄마는 몸에서 영혼이 빠져나가 버린 것 같았어. 난 나대로 방황하다가 그해 여름 유럽까지 가서 웰리스를 쫓아다녔고. 심지어 내가 널 가진 채 집으로 돌아왔는데도 엄마는 몽유병 같은 상태에서 깨어나지 못했어. 네가 태어날 때까지 계속. 네가 태어난 뒤 엄마는 나한텐 주지 못했지만 그동안 쌓아 뒀던 모든 사랑을 너에게 쏟아붓는 것 같았어. 얼마 지나지 않아 톰 할아버지가 돌아가시고 아이비 할머니가 우리 집으로 들어오셨어. 너랑 엄마랑 아이비 할머니는 똘똘 뭉쳐 있었어. 거기에 내 자리는 없었어. 해나, 널 엄마에게 두고 갔을 때 난 최소한 네가 널 사랑하는 사람과 함께 있다는 확신이 있었어. 아버지는 날 홀로 두고 떠나 버렸지만 말이야. 우리 엄마는 내가 멀리 떨어져 있어야 행복했어. 설득력 없는 변명처럼 들릴 거란 거 알아. 하지만 난 본받을 만한 좋은 예를 본 적이 없었기 때문에 엄마가 되는 법을 몰랐어."

아파트 위로 땅거미가 내려앉아 그림자가 길게 드리우고 주위가 어둑해지는 동안 우리는 조용히 앉아 있었다.

"날 키워 준 할머니, 그러니까 겉으로 표현하진 않았지만 날 너무나 사랑하고 아껴 준 할머니랑 정작 당신 딸은 차갑게 대했던 할머니가 같은 사람이란 사실을 받아들이려고 애쓰는 중이야." 내가 말했다.

"내가 그래서 너한테 이런 말을 하는 게 전혀 도움이 안 될 것 같다고 한 거야." 엄마가 말했다. "말하지 말걸."

나는 고개를 저었다. "나한테 말 안 한다고 해서 과거가 달라지는 것도 아니잖아. 지금 엄마 말을 어떻게 받아들여야 할지 잘 모르겠어. 그냥 시간이 좀 필요해."

"그럼, 그래야지. 조금이라도 도움이 될까 해서 하는 말인데 우리 엄마는 내가 너처럼 행동하고 너처럼 자기를 사랑하길 바랐던 것 같아. 그래서 너랑 우리 엄마랑 아이비 할머니가 그렇게 잘 지낼 수 있었나 봐."

나는 고개를 끄덕였다. 정말로 그렇다고 생각하진 않았지만 나는 엄마의 말에 귀를 기울였다. 그리고 그렇게 경청하고 있다는 걸 엄마가 알아 주길 바랐다. 우리 사이에 침묵이 몇 분 더 흐르고 나서야 엄마의 이야기를 제대로 소화하고 마무리 지을 수 있었다. 이제 엄마에게 좋은 소식을 전할 차례였다.

"내가 하고 싶은 세 번째 얘기는 만약 엄마가 채용된다면 내가 엄마의 상사라는 사실을 존중해 줬음 한다는 거야."

흐릿한 불빛 사이로 눈을 깜빡이는 엄마가 보였다. 엄마가 자세를 똑바로 고쳐 앉았다.

"날 엄마 딸이라고 생각하면 안 된다고." 내가 계속했다. "내가 엄마한테 지시를 내리면 이러쿵저러쿵 딴소리하면 안 돼. 무슨 말인지 알지?"

엄마는 마치 내가 자기 삶을 구원이라도 해 주었다는 듯 열정적으로 고개를 끄덕였다.

"해나, 약속해. 엄만 모범 사원이 될 거야. 시키기만 해. 뭐든 할 테니까.”

“채용되면 영업 일을 맡을 건데, 괜찮아?”

“영업이라 하면, 투어 상품을 파는 거지?”

나는 눈썹을 치켜올렸다. “그렇지. 그게 바로 엄마가 할 일이야. 난 이 투어를 꼭 성공시켜야 해. 그러려면 한번에 몇 달 치 예약이 다 차 있어야 할 거야.”

“잘할 수 있을 것 같아.” 엄마가 말했다.

“나도 같은 생각이야. 지금부터 첫 투어 때까지 엄마가 일에 잘 맞는지 보기 위해서 수습 사원으로 채용하려고 해…….”

그때 엄마의 휴대폰이 울렸다. 나는 엄마가 취업 면접이라 여겨야 할 대화 중에 휴대폰을 받는 것이 살짝 거슬렸다.

“여보세요……? 아! 안녕하세요, 캠벨 교수님. 네. 말라예요. 이렇게 빨리 연락 주시다니 기뻐요. 제가 도와 드릴 일이 있나요?”

엄마가 나도 들을 수 있게 스피커폰을 켰다.

“저번에 가져다주신 원고 복사본을 읽어 봤어요.” 캠벨 교수가 말했다. “아직 너무 이르긴 하지만 제 느낌상 앙드레 아르망의 작품이라는 사실을 배제하진 못할 것 같아요. 하지만 지금으로선 증명을 할 수가 없어서요. 혹시 원본을 볼 수 있을까요?”

엄마가 나를 보았다.

“안녕하세요, 캠벨 교수님. 저는 말라 본드 씨의 딸 해나 본드예요. 엄마가 스피커폰으로 연결해 주셔서 저도 통화 내용을 들었어요. 원본은 바로 보내 드릴게요.”

우리는 일단 런던에 갈 수 있을 때 다시 연락하기로 하고 통화를 끝냈다.

"우와, 진짜 빠르네." 내가 말했다.

"적어도 이분은 소르본대 교수처럼 밥맛 재수탱이 같진 않지." 엄마가 말했다.

나는 엄마의 탁월한 단어 선택에 웃음을 터뜨렸다.

"캠벨 교수가 이걸 앙드레 아르망의 작품이라 생각한다는 게 정확히 무슨 뜻이니?"

"그 원고가 새롭게 발견된 아르망의 작품이란 뜻이야. 만일 이게 사실로 판명된다면 앞으로 어떻게 해야 할지 생각해 봐야 해. 우리가 직접 저작권 대리인을 찾아봐야 할지, 아르망 재단과 협업해야 할지, 앙드레 아르망에게 후손이 있다면 그 사람들이 이 책에 어떤 권리가 있는지 등등을 알아봐야 할 거야. 저작권법에 원고 소유자에 대한 조항이 있는지도 모르겠고. 내가 알기로는 공개 저작물에 해당될 수도 있어서."

"레베스크 씨가 우릴 도와줄 수 있지 않을까?" 엄마가 말했다.

"아니면 레베스크 씨가 우릴 도와줄 사람을 찾아서 다리를 놔 줄 수도 있겠지. 그 사이에 난 아이비 할머니의 일기장을 다 읽어야겠어. 아이비 할머니와 앙드레 아르망이 서로 사랑하는 사이였던 건 알겠는데. 근데 앙드레 아르망이 정말 여기서 살았던 걸까? 난 여기 있던 남자 물건들이 다른 사람의 것이었다는 게 상상이 안 돼. 아이비 할머니는 혼전 동거에 대해서 아주 단호해 보였거든. 첫 3년 정도는 할머니가 일기 쓰기에 열정적이었던 것 같지만 그다음엔 한동안 안 썼거나 그 무렵에 쓴 일기장이 사라진 듯해. 이후엔 1940년에 부분적으로 쓴 것뿐이더라. 침대 옆에서 발견한 일기장인데 주로 임박한 전쟁에 관한 내용이었어."

"해나, 사람들은 보통 마음이 힘들 때 일기를 쓰지 않니?" 엄마가 말했다. "평소엔 너무 바빠서 일기장에 속내를 털어놓을 시간도 없잖아. 모르겠다. 난 그래. 하루하루가, 그러니까 일상이란 게 정말 멋지지 않니? 왜 이런 말 있잖아. 당신이 어떤 계획을 세우느라 바쁠 때 벌어지는 일이 진짜 인생이다." 엄마가 말을 멈추고 크게 심호흡을 한 다음 목청을 가다듬었다. "엄마가 지금 이 순간을 살기 위해 노력하는 이유가 바로 그거야, 해나. 과거를 바꿀 순 없지만 지금 내 인생에서 너와 함께할 수 있다는 데 감사해. 그리고 일로써 나를 증명할 기회를 줘서 고마워. 잘할게. 약속해."

무슨 말을 해야 할지 떠오르지 않았다. 너무나 갑작스러웠다. 특히 엄마가 울기 시작하자 당황스러웠다.

"어우, 이러려고 그런 말을 한 게 아닌데," 엄마가 코를 훌쩍이고는 허공을 쳐다보며 양손으로 얼굴에 부채질을 해 댔다. "신경 쓰지 말고 네 할 일 해. 아무것도 아니니까. 런던 갈 준비해야지."

솔직히 나는 엄마가 고마워하는 데 대해 깜짝 놀랐다.

"좋아. 그리고 브리스틀에 가서 아이비 할머니의 결혼 기록을 살펴볼 수 있는지 알아봐야 할 것 같아. 일기에서 시간상 이해가 안 되는 부분이 있거든."

프랑스 파리

나의 다이어리에게,

어디서부터 어떻게 말해야 할까. 사촌 언니 애비게일이 편지를 보냈어. 몇 번을 읽었지만 여전히 이 소식이 진짜인지 믿기지 않아서 편지를 그대로 옮기는 것밖에 못하겠어.

사랑하는 아이비,

너에게 연락하려고 카르디날 르모앙 거리의 네 주소지로 계속 편지를 보냈어. 네 부모님께서 갖고 계시던 주소가 그곳뿐이라서. 하지만 편지가 전부 수취인 불명으로 되돌아왔어. 지금도 너를 어떻게 찾아야 할지 모르겠구나.

네 부모님께서 돌아가셨다는 소식을 전해야 하는 내 마음이 얼마나 무거운지 몰라. 아버님은 작년 7월에 뇌졸중으로 돌아가셨어. 어머님은 아버님의 부재를 견디지 못하셨어. 그렇게 석 달 남짓 엄청난 슬픔에 힘들어하시다 돌아가시고 말았어. 두 분은 캠포드 묘지에 잠드셨어. 다음에 집에 와서 두 분께 네 사랑과 존경을 표할 수 있길 바라.

애비게일 브레이스웨이트

22

이틀 후 엄마와 나는 레베스크 씨가 준비해 준 서류 뭉치를 챙겨 영국행 기차에 올랐다. 캠벨 박사에게 원본을 넘기기 전에 서명받아야 할 서류들이었다. 인생에 그 아파트가 끼어들기 전까지 나는 파리에 올 일이 별로 없던 사람이었는데, 이제는 파리와 런던을 빈번하게 오가는 국제 인사같이 느껴졌다.

우리는 스톡웰에 있는 캠벨 교수의 집에서 그를 만났다. 2층짜리 타운 하우스였다. 깨끗했지만 집 안의 모든 평평한 공간에 책과 종이가 겹겹이 쌓여 있어 살짝 어수선했다. 앉을자리가 마땅치 않아 책 더미를 치워서 우리를 위한 의자 두 개를 만들어야 할 정도였다.

캠벨 교수는 작고 구부정한 체구에 머리는 은백색이었고 갈색 눈동자를 더 커 보이게 하는 두꺼운 안경을 쓰고 있었다. 그는 주저 없이 서류에 서명했다. 상자를 건네받을 땐 마치 성배라도 받은 것처럼 온 얼굴이 환해졌다.

"아, 이게 바로 그 보물이군요."

그는 소파에 앉아 내가 건넨 면장갑을 끼고 크리스마스 선물의 포장을 풀듯이 조심스럽게 상자를 열었다. 캠벨 교수는 첫 페이지를 들어 올려 불빛에 비추고는 눈을 가느다랗게 뜨고 살폈다. 끙 하는 신음 소리를 냈는데 좋은 의미인지 나쁜 의미인지 불분명했다.

"말씀드렸다시피 전 이 소설을 처음부터 끝까지 다 읽었어요. 스타일이 앙드레 아르망의 다른 작품들과 일치하더군요. 우선 몇몇 동료들에게 도움을 요청하려고 해요. 이 작품이 언제 쓰였는지 연대를 측정해 보고 사용된 타자기가 그 시기에 상응하는지 알아보기 위해서죠. 답변을 드릴 수 있을 때까지 시간이 좀 걸리겠지만 진행 상황은 계속 업데이트를 해 드릴게요."

우리가 집을 나서는데 캠벨 교수가 말했다. "앙드레 아르망 재단과 연락하실 건가요?"

엄마와 나는 서로를 보았다.

"네. 그 생각도 해 봤어요. 하지만 그쪽에서 어떤 식으로 일에 관여하는지 정확히 몰라서……"

"거기 아는 사람이 있어요." 캠벨 교수가 말했다. "앙드레의 자손 중 한 사람인데 이름이 에티엔 아르망이에요. 제가 그 사람한테 연락해서 한번 알아볼게요."

＋

택시를 타고 크레시다와 탈룰라의 아파트로 향했다. 엄마와 나는 원고의 진위 여부를 알 수 있을지 모른다는 사실에 꽤 흥분되어 있었다. 하지만 캠벨 교수가 다소 시간이 걸릴 거라고 했으므로 당분간은 투어에 더 집중하자며 마음을 다잡았다. 에마가 말한 대로 제인 오스틴 투어에 사용했던 방식을 '광란의 20년대'에 그대로 적용할지에 대해 계속 생각해 오던 참이었다. 그 방식이 제인 오스틴 투어에는 잘 통했을지 모르나 이번에는 고정 관념에서 벗어날 필요가 있다는 생각을 지울 수가 없었기 때문이다. 그도 그럴 것이 아이비 할머니의 일기장에는 너무나 독창적이고 개인적인 자료가 많았다. 이걸 잘 써먹지 않는다면 부끄러운 일이 될 것 같았다.

해야 할 중요한 일이 하나 더 있었다. 나는 에이든에게 문자를 보냈다.

오늘 런던에 왔어요. 갑자기 오게 됐어요. 안 그랬으면 더 일찍 알려 드렸을 건데. 혹시 시간 돼요?

1분도 채 되지 않아 답장이 왔다. 하지만 그 몇 초가 1시간 같았다. 휴대폰에서 문자 메시지 알림이 울리자 심장이 목구멍까지 튀어 오르는 것 같았다.

오늘 밤엔 일해야 되는데, 레스토랑으로 저녁 식사 하러 오세요.

레스토랑에서 에이든을 만난다는 건 두 가지 면에서 최상의 선택지였다. 그를 만나되 둘만 있어야 하는 어색함을 느끼지 않아도 되었다. 나는 여전히 이 관계에서 내가 뭘 추구하고 있는지 갈피를 잡지 못했다······. 우정? 아니면 사랑?

해나 : 몇 시에 갈까요?
에이든 : 좀 늦게 오면 더 오래 볼 수 있을 거 같은데. 식사도 같이할 수 있고요. 10시 어때요?
해나 : 좋아요.

지난번에 에이든이 파리에 왔을 때 우리 둘 사이가 끝나 버린 게 아니라는 안도감과 그를 다시 본다는 기대감으로 가슴이 뛰었다. 나는 그가 여전히 투어를 위해 만찬을 차려 줄 의지가 있길 바랐다. 생각해 보니 만찬이 투어 출시를 기념하는 독특한 방법이 될 것 같았다. 설사 일회성이더라도 첫 투어를 특별하게 만들어 줄 것이 분명했다. 매 투어가 끝날 때마다 그가 와서 만찬을 만들어 주지 못한다고 해서 그 아이디어를 접을 필요는 없었다. 일단 효과가 있으면 현지 요리사를 고용해 정기적인 이벤트로 만들 수도 있었다.

"뭘 그렇게 생각해?" 엄마가 물었다.

"아무것도 아니야." 나는 무릎에 올려 둔 가방에 휴대폰을 넣었다.

"에이든?" 엄마가 물었다.

내가 고개를 끄덕였다. "오늘 밤에 그 사람 만나기로 했어. 내가 말했나? 지난주에 엄마 런던 갔을 때 에이든이 파리에 왔었어."

"정말?" 엄마가 눈썹을 치켜올렸다. "그래서?"

"'그래서'는 없어." 나는 엄마가 무슨 말을 시작하려는지 간파했다. "투어 첫날 저녁에 만찬을 만들어 주겠다고 제안한 거 말고는. 에이든이 그 만찬을 '파리는 날마다 축제'라 부르면 어떻겠냐고 했었어."

"오, 그 책처럼." 엄마가 말했다.

"응. 헤밍웨이 책 이름처럼."

우리는 잠깐 말없이 앉아 있었다.

"오늘 밤에 뭐 해?" 엄마에게 물었다.

"몰라. 크레시다와 탈룰라도 둘 다 데이트 간대. 새벽에 기차를 타야 하니까 일찌감치 잠자리에 들어야 할까 봐."

"좋은 생각이야. 저녁 약속을 늦은 시간에 잡긴 했지만 너무 늦지 않게 돌아올게."

나는 택시를 타고 레몬 앤 라벤더로 가려고 9시 30분에 아파트를 나섰다. 엄마는 플란넬 잠옷 차림으로 텔레비전을 보면서 허브차를 마시고 있었다.

✝

레스토랑은 내가 상상했던 그대로였다. 빨간색 래커를 칠한 테이블에 밝은 무지개색으로 페인트칠한 의자가 미스매치되어 있었다. 라벤더색 벽에는 마티스와 세잔풍의 그림이 걸려 있었다. 프랑스 시골 스타일의 난로에 피어오르는 불꽃이 아늑해 보였다. 그 따스함이 에이든과 내가 식사를 즐기고 있는 반대편 끝의 2인용 테이블까지 와 닿았다.

"제 생각은 이래요." 에이든에게 일전에 말한 만찬 음식에 대해 더 자세히 들려 달라고 하자 그가 말했다. "에펠 탑 조명등 아래 마르스 광장으로 소풍을 온 것처럼 음식을 제공하면 어떨까요?"

"아, 느낌 좋은데요." 나는 그가 디저트로 준비한 그랑 마니에르 수플레를 한 입 입에 넣었다. 숟가락에 얹어진 천국을 맛보는 듯했다. "밖에서 식사하기엔 너무 춥지 않으려나요?"

"모두를 따뜻하게 데워 줄 메뉴를 준비하면 될 거예요. 기온이 어떻든 에펠 탑 아래서 즐기는 소풍을 마다할 사람이 있을까요?"

나야말로 에펠 탑 아래에서 소풍을 즐겨 보고 싶었다. 파리에서 지낸 지 벌써 몇 주가 흘렀는데도 에펠 탑을 멀리서만 보았기 때문이다.

"양파 수프나 바싹 구운 바게트에 푸아그라를 얹은 요리로 시작한 다음 고기와 콩을 넣어 뭉근하게 끓인 카술레(흰 강낭콩과 다양한 육류를 넣고 푹 끓인 프랑스 전통 스튜 - 옮긴이)로 옮겨 갈까 해요." 그가 말했다. "제가 아주 훌륭한 레시피를 알거든요. 디종 발사믹 드레싱을 곁들인 녹색 잎채소 샐러드를 내놓고 마무리는 크렘 브륄레로 하면 좋을 거 같은데."

"정말 좋네요. 근데 예산을 정해 주셔야 할 거 같아요. 조리는 어디서 하실 건가요? 제 아파트를 내어 드리고 싶지만 주방이 전간기 시절 구조라. 엄마와 전 주로 카페에 가고 테이크아웃도 하고 이따금 엄마가 준비하는 한 그릇 요리 정도만 해 먹고 살아요."

"조리를 어디서 할진 신경 쓰지 않으셔도 돼요. 제 걱정은 마세요. 저한테 다 방법이 있으니까요."

우리의 시선이 뒤얽혔다. 그를 처음 본 날처럼 전기가 흐르는 듯한 온기가 뿜어져 나왔다. 파리에서 헤어질 때 있었던 일로 나를 밀어낼 수 있다는 생각에 단단히 각오하고 있었지만 에이든은 그 일을 전혀 개의치 않는 듯했다.

"그러니까, 제가 당신을 믿어야 한다는 말이죠?" 내가 말했다.

"네. 왜요? 제가 해나 씨에게 절 믿지 못할 이유라도 안겨 줬나요?"

'아니요, 에이든 씨. 당신은 단 한 번도 못 미더운 적이 없었어요. 하지만 난 언젠가 당신도 다른 남자들과 같다는 사실을 발견하게 될까 봐 두려워요.'

"전 일에 관해선 사람들을 실망시킬 기회 자체를 주지 않아요. 다만 최근엔 좀 대담하게 행동하고 있어요."

"어떤 식으로요?"

나는 엄마를 채용한 일에 대해 이야기했다. "엄마와 저 사이엔 복잡한 역사가 있어요. 하지만 엄마가 과거를 바로잡고 싶어 한다는 걸 온몸으로 보여 주고 있긴 해요. 엄마를 믿는 제가 어리석은 걸까요?"

"해나 씨가 쉽게 사람을 믿지 않는다는 건 좀 알겠어요."

"믿음과 저의 관계는 문제투성이이죠. 하지만 그 얘기로 에이든 씨를 지루하게 만들고 싶진 않아요."

"해나 씨는 절 지루하게 하지 못할걸요." 그가 말했다. "전 그 얘기 듣고 싶은데요. 전 말이죠, 뭐가 당신을…… 당신으로 만드는지 더 알고 싶어요."

어디서부터 시작해야 할지, 혹은 그저 웃어넘기고 대화를 다른 방향으로 틀어야 할지 도무지 알 수가 없었다.

"뭐가 절 상처받은 사람으로 만드는지 정말 알고 싶나요?" 순간 나도 모르게 움찔했다. 내가 내뱉은 말들은 내 머릿속에서 훨씬 더 선명하게 울려 퍼졌다. 이게 바로 내가 엄마와 나의 문제를 이야기하고 싶지 않은 이유였다…….

"너무나. 진짜 알고 싶어요." 그가 미소를 지으며 내 손을 잡았다. "그걸 상처라고 생각하지 말고 그냥 느낌이라 생각해 봐요."

나는 깊이 숨을 들이쉬고는 용기가 사라지기 전에 곧장 마음속에 든 말을 뱉어 냈다. "할머니가 절 키워 주셨어요. 그리고 얼마 전에 제 증조할머니, 그러니까 할머니의 엄마가 아무도 몰랐던 숨겨진 인생을 살았다는 사실을 알게 됐죠. 기분이 이상했어요. 누군가와 함께 살고 내가 그들을 잘 안다고 생각했거든요. 그러다 꿈에도 몰랐던 비밀이 그들에게 있었다는 걸 발견한 거예요. 이렇게 엄청난 일을 숨겨 왔다니. 전 그걸 어떻게 받아들여야 할지 모르겠어요. 게다가 전 아빠가 누군지도 몰라요. 그리고 한 사람과 정말 오랜 시간을 함께했는데 그 사람은…… 그 사람은……."

말이 목구멍에 걸려 버렸다.

"그냥 잘 안 됐다고만 말할게요……."

"해나 씨, 괜찮아요?"

"네. 괜찮아요. 더 좋은 일을 위한 과정이었다고 생각해요. 그 사람이랑 3년을 만났어요. 어느 날 밤 두서 없이 대화가 흘러가다가 우리 관계가 어디로 가고 있는지에 관한 주제로까지 번졌어요. 그 사람이 그러더군요. 우리 관계에 미래가 보이지 않는다고요. 그 사람은 제 덕분에 자기가 결혼을 원하지 않는다는 사실을 깨달았대요. 그래서 헤어졌죠. 전혀 어둡지 않은 아주 어른스러운 이별이었어요. 이렇다 할 싸움도 없었고. 극적인 사건도 없었고요. 그냥 한때는 연인으로 영원히 함께 나아갈 거라 생각했다가 다음 순간 그가 저와 완전히 다른 걸 원했다는 사실을 발견한 거죠. 물론 슬펐어요. 그 사람을 사랑했거든요. 그 사람도 절 여전히 사랑한다고 했지만 어차피 헤어질 인연을 끌고 간다는 건 말이 안 되니까."

"아직도 그 사람과 연락해요?"

"아니요. 반전이 있거든요. 그 사람은 1년도 안 돼서 다른 여자랑 결혼했어요. 그리고 뻔뻔하게도 자기 결혼식에 절 초대했어요."

내 웃음소리가 씁쓸하게 들리지 않길 바랐다. 에이든의 반응을 읽기가 힘들었다. 내가 너무 많은 이야기를 털어놓아 버린 게 아니길 바랐지만 왠지 그런 것 같았다. 나는 이렇게 까발려진 듯한 느낌이 너무 싫었다. 어색함을 견디지 못하고 손목시계를 보았다.

"아, 시간이 벌써 이렇게 됐네요. 정말 멋진 저녁이었어요. 전 이만

가 볼게요. 에이든 씨, 고마워요."

집에 가려고 자리에서 일어서니 직원 말고는 레스토랑에 우리 두 사람밖에 없었다.

"집까지 바래다 드릴게요."

"아니에요. 고맙지만 괜찮아요. 투어 만찬용 음식에 대한 견적을 주세요. 그러면 제가 우리 예산으로 가능한지 볼게요."

그가 망설였다. "전 당신을 실망시키지 않을 거예요, 해나 씨."

그 말이 개인적인 것인지, 일에 관한 것인지 확실하지 않았지만 부디 둘 다이길 바랐다. 나도 모르게 내 바람들을 향한 절실함이 너무 커져 가고 있었다. 나는 속마음을 들키기 전에 최대한 빨리 그 자리를 벗어나야 했다.

자정 무렵 집에 도착하고 보니 엄마가 보이지 않았다. 엄마가 어디 갔는지 궁금했지만 너무 피곤해서 문자를 보낼 기력조차 없었다. 크레시다와 탈룰라는 새벽 2시쯤 집에 왔다. 한 명이 도착하고 45분쯤 후에 다른 한 명이 들어왔다. 친구들이 잠자리에 들고 나서도 여전히 엄마는 올 기미를 보이지 않았다.

나는 뜬눈으로 자리에 누워 엄마가 오롯이 감내해야 했던 상처에 대해 생각했다. 아버지의 죽음에 책임을 느끼고 엄마가 자신을 감정적으로 차단해 버렸단 걸 안다는 건 정말 큰 고통이었으리라. 그런 종류의 슬픔은 사람을 변화시킨다. 사람을 갈기갈기 찢은 다음 다른 식으로 다시 붙여 놓는다. 사실상 DNA를 다시 써 버리는 거나 다름없는 것이다. 어쩌면 할머니가 사람들과 건강한 관계를 유지하지 못하

게 만드는 유전자를 엄마에게 전해 주었고, 엄마가 그걸 나에게 물려
준 건지도 몰랐다. 내가 에이든에게 겁을 내는 이유가 바로 여기 있는
게 아닐까 궁금해하다 스르르 잠이 들었다.

✝

다음 날 아침, 엄마와 나는 브리스톨행 기차에 올랐다. 자리를 찾
아서 앉고 기차가 역을 빠져나갈 때쯤에서야 엄마에게 간밤에 어디
있었는지 물었다. 엄마는 못 들은 척했다. 나는 평소 엄마가 늘 해 오
던 방식대로 문제를 풀어 보려 했다. "제발 제시와 밤을 보냈다고는
말하지 마."

엄마가 얼굴을 찡그렸다. "어머, 해나, 말도 안 되는 소리 하지 마.
제시랑은 그런 사이가 아니라고 몇 번을 말해."

나는 엄마를 믿지 않지만 뭐 그렇다면 그런 거 아닐까……?

"됐어. 알고 싶지 않아."

"난 제시에게 끌리지도 않아. 만약 끌린다고 해도 나한텐 탈룰라와
크레시다가 더 중요해. 제시는 금지 구역에 있는 거지. 난 남자들보다
자매들이 우선이라는 규칙을 굳건히 지키고 살아."

나는 기차에 타기 전에 샀던 모카 커피를 거의 뿜을 뻔했다. "탈룰
라와 크레시다는 엄마의 자매가 아니잖아."

탈룰라와 크레시다는 엄마의 딸뻘이고 엄마가 그렇게 명예와 지조
를 중히 여기는 사람이라면, 왜 과거에는 딸보다 그 시시껄렁한 건달

379

들을 우선시했는지 묻고 싶었다. 더 좋아하는 걸 취하려고 나를 버리지 않았냐고 말하고 싶었다. 하지만 엄마는 나에게서 등을 돌려 창에 머리를 기대고는 브리스톨로 가는 내내 잠만 잤다.

브리스톨에 도착해 시청에 가서 톰 할아버지와 아이비 할머니의 결혼 기록을 찾았지만 찾을 수 없었다. 하지만 아이비 할머니의 부모님인 앵거스와 콘스탄스 브레이스웨이트의 사망 기록은 있었다. 그 두 사람은 석 달이라는 시간차를 두고 사망한 걸로 되어 있었다. 앵거스가 1928년 7월 27일에 먼저 사망하고 콘스탄스가 10월에 뒤를 이었다.

"이 두 분이 브리스톨에서 결혼한 게 확실한가요?" 안내 데스크의 브리가 물었다.

"그렇게 알고 있어요." 내가 말했다. "증조할머니께서 늘 말씀하셨거든요. 여기가 할머니 고향이라고요."

"온라인상에서 GRO 기록을 찾아보실래요?" 브리가 제안했다.

브리는 우리의 당황한 얼굴을 보더니 말했다. "GRO는 중앙 등기소예요. 전체 시민들의 출생, 입양, 결혼, 사망 같은 기록을 담은 데이터베이스가 있는 곳이죠."

브리가 하얀 메모지에 뭔가 휘갈겨 쓴 다음 책상 너머로 건네주었다. 웹 사이트였다.

"이용이 정말 간편하고 기록도 완벽해요. 1837년으로 거슬러 올라가는 모든 기록이 담겨 있어요. 만약 할머니의 정보가 존재한다면 거기 있을 거예요."

엄마와 나는 브리에게 인사하고 시청 건물을 빠져나왔다.

"좋네." 나는 가방에 메모지를 집어넣으면서 말했다. "굳이 여기까지 여행할 필요 없이 인터넷 검색으로 해결할 수 있었잖아."

"그럴지도 모르지. 어디를 찾아야 하는지 알았다면." 엄마가 말했다. "난 인터넷이 극한의 야생 거위 쫓기같이 느껴질 때가 있어. 여기온 김에 주변 구경이나 하자."

엄마는 말은 그렇게 했지만 펍에 가서 브리가 준 웹 사이트부터 찾아보는 데 동의했다. 나는 이름과 연도 검색으로 아이비 브레이스웨이트와 톰 노튼이 1940년 5월 22일 수요일에 결혼했다는 기록을 발견했다. 그런데 뭔가 잘못되어 있었다. 아이비 할머니 말에 따르면 두 사람은 브리스톨이 아니라 런던에서 결혼했어야 맞았다.

"할머니가 1940년 12월생이잖아." 내가 말했다.

엄마가 손가락을 꼽아 보더니 말했다. "그럼 아이비 할머니가 1940년 3월에 임신했다는 말이네."

엄마와 나는 서로를 쳐다보았다.

"내가 침대 옆 마룻바닥에서 발견한 1940년 일기장의 첫 일기를 보면 아이비 할머니가 앙드레와 새해 전야를 조용히 보냈다는 얘기가 나와. 그리고 할머니는 4월 중순까지도 영국에 가지 않고 파리에 계셨어."

"맞아." 엄마가 말했다. "너도 나랑 같은 생각하는 거지?"

"응. 아무래도 톰 노튼 할아버지가 할머니의 친부가 아닌가 봐. 혹시 아이비 할머니가 톰 할아버지와 결혼하기 전에 앙드레의 아기를 가진 거 아닐까?"

✝

우리는 점심으로 주문한 피시 앤 칩스를 앞에 두고 말없이 앉아 있었다. 그 정도 앉아 있었으면 맥주라도 한두 잔 들이켰을 테지만 엄마 앞에서 술을 마시고 싶지 않았다. 대신 우리는 과일 음료를 주문했다. 엄마는 오렌지와 패션 프루트 맛 음료를, 나는 사과와 망고 맛음료를 마셨다.

식사를 끝내자마자 엄마가 말했다. "아이비 할머니의 부모님 사망기록에 적힌 주소를 봤는데 휘트 처치 거리였어." 엄마가 안경을 벗었다. "그분들이 사시던 곳에 가 볼래? 아이비 할머니의 결혼에 대한 단서는 못 찾을 수도 있지만 관련 있는 것들을 모두 살펴보는 게 좋지 않을까 싶어."

멋진 아이디어였다. 나는 이 여행을 완전한 시간 낭비라 생각하고 싶지 않았다.

우리는 택시를 탔다. 얼마 지나지 않아 엄마와 나는 아이비 할머니가 어린 시절을 보냈던 2층짜리 하얀 석조 건물 앞에 서 있었다. 옛집을 나누어 아파트 두 채로 만들어 놓은 것 같았다. 동네에서 유독 그두 집이 좀 더 현대적이었다. 하지만 눈을 가늘게 뜨니 증조할머니가거기 살던 시절에 그 집이 어떤 모습이었을지 보이는 듯했다.

나는 브리스톨에 있는 대학에 다녔다. 그런데도 아이비 할머니의 고향 집에 가 본 적이 없다는 사실이 믿기지 않았다. 사실은 그런 생각조차 해 본 적이 없었다.

"앵거스 할아버지와 콘스탄스 할머니께서 돌아가신 뒤에 이곳에 무슨 일이 있었는지 궁금해."

나는 거기 서서 숭배하듯 그 집을 쳐다보는 엄마를 지켜보았다. 아이비 할머니의 초상화를 보고 고통스러워하던 엄마가 떠올랐다. 지금 엄마의 얼굴은 진심으로 겸허해 보였다. 엄마는 특이하게도 나보다 더 많이 과거의 영향을 받는 것 같았다. 아니, 어쩌면 엄마가 윗대의 심장 박동을 느낄 수 있을 만큼 느긋해졌는지도 몰랐다.

나는 엄마가 사춘기에 어떤 식으로 할머니로부터 차단당했는지 궁금했다. 할머니는 엄마가 저지른 단 한 번의 실수를 용서하지 않았다. 얽히고설킨 상황이 서로를 용서하고 앞으로 나아갈 길을 막아 버렸던 걸까. 심지어 아이비 할머니마저 자기만의 비밀스러운 고통을 안고 살았다는 사실이 확실해져 가고 있었다.

엄마는 손을 뻗어 내 손을 꼭 쥐었다. "이건 우리의 과거야, 해나. 내 생각엔 프랑스에 우리가 찾아내야 할 게 더 많을 것 같아."

나는 진심으로 엄마를 믿고 새로 시작하고 싶었다. 엄마가 자신의 엄마에게서 결코 얻지 못했던 두 번째 기회를 주고 싶었다. 아직 갈 길이 멀었지만 내 가슴을 둘러싼 얼음이 서서히 녹고 있었다.

1930년 1월

프랑스 파리

나의 다이어리에게,

부모님이 돌아가셨다는 급작스러운 소식이 나의 몸과 마음을 초토화시켰어. 앙드레는 이런 때일수록 좋은 기억을 떠올려야 한다며 나를 위로했어. 나도 그러고 싶었지. 그런데 좋은 기억이 별로 없었어. 부모님과 나는 사이가 아주 나빴어. 내가 부모님에게서 벗어나려고 브리스톨을 떠난 게 아니라는 사실을 부모님이 깨닫고 나면 우리 가족이 서로를 이해할 수 있는 길을 찾을 수 있을 줄 알았어. 내가 자아를 찾아 영국을 떠났다는 걸 아시면 오해를 풀 수 있을 거라 굳게 믿었다고. 하지만 이제 그럴 기회가 영영 사라지고 말았어.

한동안 머릿속에 온통 그 생각뿐이었어. 혼자 생각에 잠겨 있을 땐 상태가 더 악화됐어. 오늘은 집 벽이 나를 향해 다가오는 것 같은 압박감이 느껴져서 아파트에서 벗어나야 했어. 정처 없이 걷다 보니 어느새 해리스 바에 도착해 있었어. 카페오레를 마시며 스케치를 하고 있는데 젤다 피츠제럴드가 내 이름을 불렀어. 젤다는 내 옆에 와서 앉더니 내가 자기처럼 슬퍼 보인다고 했어. 나는 누구를 상대할 기분이 아니라 젤다를 그리 반기지 않

앉아. 그렇지만 젤다는 아랑곳하지 않고 샴페인 한 병과 잔 두 개를 주문하고는, 내 손에 있던 스케치북을 가져가서 디자인을 하나하나 꼼꼼하게 살피기 시작했어. 왠지 모르게 불쾌했어. 그런데 글쎄, 웨이터가 샴페인과 잔을 들고 왔을 때쯤 젤다가 나에게 옷을 한 벌 의뢰한 거야.

젤다는 그간 두려움에 사로잡혀 지냈다면서 자신의 기분을 북돋워 줄 유일한 방법은 아름다운 옷에 탐닉하는 것뿐이라고 말했어. 그게 자기가 두 번째로 좋아하는 취미라면서 말이야. 나는 그럼 왜 첫 번째로 좋아하는 일을 하지 않는지 물었어.

젤다는 그건 더 이상 선택의 여지가 없다며 슬퍼했어. 이탈리아의 나폴리에 있는 산 카를로 극장의 발레단에서 젤다에게 함께 공연을 하자고 초청장을 보내왔는데 스콧이 반대해서 갈 수 없대. 스콧은 젤다와 떨어져 지낼 수 없고, 젤다를 따라 이탈리아로 갈 생각도 없대. 젤다는 발레와 예쁜 것들이 삶의 낙이었는데 발레리나의 꿈이 갈기갈기 찢겨 버렸기 때문에 자신의 세계를 아름답게 만들어 줄 대체제가 필요하다고 했어. 그러면서 내가 자기를 위해 옷을 만들어 주면 자신의 상처받은 영혼이 치유될 것 같다고 했지. 젤다는 그 누구보다 값을 두둑이 쳐 주겠다고 약속했어.

일단 지금은 샴페인 병을 비워 바닥을 보는 데서 행복을 찾겠대.

병이 바닥을 드러냈을 즈음에는 우리 둘 다 거나하게 취해 있었어. 젤다는 한번은 자신의 새 옷을 위해 건배하자고 했다가, 또 한번은 스콧이 자기 인생에서 발레를 빼앗았을 뿐 아니라 자신의 글까지 훔쳐 갔다며 두 손에 얼굴을 파묻고 미친 듯이 울부짖었어. 젤다의 일기를 읽어 본 스콧이 글귀를 훔쳐서 책에 싣고는 자기 작품인 척한대. 젤다는 스콧이 자기를 정신병자로 만들려고 작정했대. 마스카라가 번져 엉망진창이 된 젤다의 얼굴이 잊히지가 않아.

최악인 건 그녀의 말을 믿어야 할지 말아야 할지 알 수조차 없다는 사실이야. 젤다와 스콧, 그리고 앙드레와 나 사이에 비슷한 점이 너무 많아서 그녀의 말을 믿고 싶지 않았는지도 모르겠어. 앙드레는 작가고 나는 억눌린 창작 욕구를 가진 한낱 일기 작가에 불과하니까. 차이점이라면 앙드레는 내 시도를 적극적으로 지지해 준다는 것과, 내 간헐적 일기는…… 너도 알다시피 다른 사람이 탐낼 만큼 재치 있는 글이 아니라는 것이지.

스콧이 자기 부인에게 한 일은 믿기 힘들었지만 어쨌든 내 눈앞에서 무너지는 젤다를 보는 건 너무 힘들었어. 젤다는 결혼을 하면 떠날 준비가 돼도 마음처럼 떠날 수 없을 거라며 앙드레와의 결혼을 극구 말리고 경고 아닌 경고를 했어. 하지만 나는 앙드레를 떠날 생각이 추호도 없는걸. 나는 젤다에게 스콧을 떠날 생각이냐고 물었어. 예상했겠지만 젤다도 스콧을 떠날 생각이 없다고 했어. 두 사람은 서로가 없으면 이 세상을 살아갈 수가 없대. 죽음이 자신들을 갈라놓을 때까지 함께할 거래. 그러고는 자리에서 일어서서 발레리나가 커튼콜 때 인사하듯 한쪽 다리를 뒤로 빼고 고개를 숙여 우아하게 인사를 했어. 그리고 잠깐 동안 청중의 열광을 한몸에 받고 있는 것 같은 흉내를 냈어.

웨이터가 젤다에게 괜찮은지 묻는 순간 환상이 와장창 깨져버렸는지 젤다는 눈을 깜빡이며 웨이터에게 전혀 괜찮지 않다고 말했어. 샴페인이 바닥을 드러내자 젤다는 한 병을 더 주문하고 청구서를 스콧 앞으로 달아 놨어. 그러고 나서 테이블에 앉아 나에게 말했어. "발레를 못하게 됐으니 샴페인이라도 엄청 마셔 댈 거야. 사랑하는 내 친구 아이비, 우리에게 남은 몇 안 되는 것들을 위해 축배를 들자."

23

2019년 1월 23일 오후 4시

프랑스 파리

"엄마, 현재 예약이 몇 건이야?" 사무실로 들어오는 엄마에게 물었다.

나는 라탱 지구의 생미셸 거리에 작은 사무실을 하나 임대했다. 더 저렴한 곳을 찾을 수도 있었지만 이곳은 파리 관광의 중심부였고 즉시 입주가 가능했다. 나는 거리를 걷다 언제든 들를 수 있는 위치라는 점에서 비싼 월세를 지불할 만한 가치가 충분하다는 판단을 내렸다.

"잘 모르겠어." 엄마가 책상에 앉으며 무심코 중얼거렸다. 그러면서 휴대폰에 뭔가 쓰기 시작했다. "이거 마저 다 하고 체크해 볼게."

첫 투어가 정확히 열흘 앞으로 다가왔다. 그리고 지난번에 들은 바로는 이틀짜리 투어가 자그마치 두 달 치나 예약되었다고 했다. 우리는 필요한 모든 허가를 받고, 거트루드 스타인과 나탈리 바니의 집을 방문하고, 셰익스피어 앤 컴퍼니를 둘러보고, 튈르리 궁전을 산책하고, 카페 드 플로르에서 커피를 마시고, 레 두 마고에서 점심을 먹는 일정으로 이틀간의 투어 프로그램을 완성했다. 더불어 첫날 저녁은 에이든의 만찬을 즐기고, 다른 날은 몽파르나스의 오베르주 드 베니스에서 이른 저녁 식사를 하는 일정도 끼워 넣었다. 오베르주 드 베니스는 아이비 할머니가 친구들과 많은 시간을 함께했던 딩고 바가 있던 자리였다. 아이비 할머니가 일기장에서 언급한 다른 장소들(할머니가 정기적으로 들른 듯한 해리스 바 같은 곳)도 시도해 보고 싶었으나 일정은 이미 포화 상태였다.

나는 투어를 진행하는 동안 아이비 브레이스웨이트가 되어 보기로 했다. 투어를 위해 준비한 대본은 거의 다 암기해 두었다. 나는 배우가 되고 싶었던 적이 전혀 없었던 사람치고는 다른 사람을 흉내 내는 걸 상당히 좋아하는 편이었다.

"뭐 하고 있어?" 내가 엄마에게 물었다.

나는 엄마에게 일을 강요하지 않으려고 노력했다. 엄마는 첫 두 달 동안 잘 해 왔다. 하지만 지금은 엄마가 속도를 더 높여 서너 달 치 예약을 더 받아야 할 시기였다. 성과에 따라 급여를 지급받기 때문에 그때그때의 업무 보고는 하지 않아도 된다고 생각하는지 엄마가 여러 여행사와 여행 예약 사이트에 뿌려 놓은 씨앗이 잘 뿌리내렸는지에 대해 여태껏 아무런 언급이 없었다.

"올해 남은 기간 동안 예약 상황이 어떻게 돼 가는지 최소한의 정보라도 좀 줄 수 없어?"

"뭐?" 엄마는 내가 그곳에 있다는 사실을 방금에서야 깨달았다는 듯 휴대폰에 고정되어 있던 얼굴을 들어 나를 쳐다보았다.

"투어 예약이 어떻게 돼 가냐고." 나는 벽면 게시판에 걸려 있는 파리 시내 지도에 노란색 핀을 꽂으며 말했다. 노란색 핀은 투어 코스를 표시한 것이었다.

"엄마가 받아야 하는 고객들 말이야."

"아…… 그래……. 트립어드바이저의 글렌에게 전화해서 우리가 낸 두 번째 광고를 올렸는지 알아봐야 하는데."

나는 어깨 너머로 엄마를 힐끗 보았다. 엄마의 손가락이 휴대폰 스크린 위에서 바삐 움직이고 있었다. 나는 지도로 다시 시선을 돌렸다.

"여태 광고가 게재됐는지 모른다는 건 그 광고가 예약으로 이어졌는지도 모른단 얘기 아냐? 엄마, 이제부터는 예약 건수를 제대로 올려야 해. 투어는 첫 6개월이 관건이란 말이야. 투어가 성공하느냐 마느냐가 거기 달려 있다고. 근데 지금 뭐 하고 있는 거야?"

"아, 이 말을 꺼내기 적절한 타이밍이 아니긴 한데, 며칠 정도 여행을 다녀와야 할 것 같아."

나는 내 귀를 의심하며 뒤를 돌아서 엄마를 쳐다보았다. "뭐? 어디?"

"말로 하기 좀 복잡해, 해나."

엄마는 투어가 열흘 앞으로 다가온 지금 그 말이 내 치밀어 오르는 화를 잠재울 수 있을 거라는 듯이 대꾸했다.

"글쎄, 그렇게 복잡한 일이라면 우리가 투어를 시작하고 제대로 자리 잡을 때까지 기다리는 게 낫지 않을까? 지금은 다음 달을 위해 힘을 합쳐야 할 때잖아. 엄마가 일에 집중해 줘야 한다고."

엄마가 아랫입술을 잘근잘근 깨물었다.

"기다릴 수 없는 일이라서 그래."

"뭔지 그냥 말을 해."

"안 듣는 게 나을걸."

나는 엄마와 나 사이에 오가는 대화의 내용이 믿을 수 없을 만큼 기가 막혀서 고개를 절레절레 흔들었다.

"내가 엄마를 채용할 때 한 말 기억해? 이런 일이 일어날까 봐 두렵다고 말했었지. 엄마를 마구 부려 먹을 생각은 추호도 없어. 하지만 같이 일하기로 한 이상 적어도 이 투어가 순조롭게 시작될 수 있도록 돕는 데 집중해 줘야 할 거 아냐. 이 시점에서 일을 못할 이유를 말해 줄 수 없다고 하면 난 어떡하라고? 엄마가 내 입장이라고 생각해 봐. 심정이 어떻겠어?"

"해나……." 엄마는 잠깐 휴대폰으로 뭔가 살피더니 재빨리 메시지를 보냈다. 마침내 엄마가 고개를 들었다.

"좋아. 말해 줄게. 좀 더 자세히 살펴보고 정말 가능한 일인지 확인할 때까진 비밀로 하고 싶어서 그랬어. 하지만 상황을 보니 네가 알아야 할 것 같네. 캠벨 교수가 언급한 앙드레 아르망 재단을 조사해 보고 에티엔 아르망의 연락처를 찾았어. 에티엔 아르망은 재단의 운영자일 뿐만 아니라 앙드레 아르망의 증손자였어. 그 사람을 만나 원고의 진위 여부를 논의하기로 했어. 그게 진짜 앙드레의 작품이라면 우리 투어에 어마어마한 내용을 추가할 수 있을 거야."

맞는 말이지만 투어에 포함하기는커녕 열흘 안에 그 사실을 발표라도 할 수 있을까 싶었다.

"언제 만나는데?" 내가 물었다.

"내일."

"몇 주 연기할 순 없어? 일단 첫 투어는 시작하고 나서 가면 안 돼?" 내가 말했다. "나도 그게 중요한 줄은 잘 알지. 그래도 지금 당장은 투어를 우선순위에 두는 게 맞아."

"일이 한창 굴러갈 땐 빠져나가기 쉬울 것 같니?" 엄마가 말했다. "아마 더 바빠질걸."

엄마 말이 맞았다.

내가 머뭇거리자 엄마가 말했다. "이건 우리 가족 일이잖아. 아이비 할머니에게 중요했던 사람에 대한 일이라고. 넌 우선순위에 대해 다시 생각해 봐야 할 필요가 있어."

속으론 화가 났지만 최선을 다해 침착한 표정을 유지했다.

"얼마나 걸릴 것 같아?"

"금방 갔다 올게. 당일치기로 가면 돼. 내일 아침에 떠나서 같은 날 저녁에 돌아올게."

"엄마, TGV를 타도 거기까지 가는 데 몇 시간은 걸려. 파리에서 런던으로 가는 여행이랑 다르다고. 어떻게 거기까지 가서 에티엔 아르망을 만나고 그날 돌아온다는 거야. 설마 토요일 오후 점심과 저녁 사이에 레스토랑에서 있을 프레젠테이션을 잊은 건 아니지?"

"걱정 마. 하루 만에 왕복 못하면 금요일 아침 일찍 기차를 탈게. 그러고 보니 토요일은 원래 휴일인데 그날 있을 프레젠테이션을 돕는 거니까 금요일에 쉬어도 되는 거 아냐? 그리고 우리 투어에 도움이 될지도 모를 일로 가는 거니까 일이랑 관련된 출장이기도 하고."

"그렇다고 볼 순 있겠지. 하지만 당장 해야 할 일들이 산더미인 이 시점에 반드시 가야 하는 출장은 아니잖아. 투어 시작 때까지 열심히 일하고 특별히 더 집중하자고 합의 본 게 불과 며칠 전이야. 이것만 지나면 우리 둘 다 추가 휴가를 얻을 수 있고."

사실이었다. 엄마는 거기에 동의했었다. 하지만 엄마는 떠나기로 이미 마음을 굳힌 얼굴이었다. 엄마는 끝내 앙티브에 갈 것이었다.

"가기 전에 투어 예약이 몇 건인지나 알려 줘." 내가 말했다. "사장님이 물어보기도 할 거고, 나도 예약 상황이 궁금하니까. 두 달 치 예약은 시작으론 괜찮지만 그걸로는 사업을 이어 갈 수 없어."

"알겠어."

대화가 미처 끝나기도 전에 엄마는 다시 문자에 열중했다. 상대가 에티엔 아르망이 아니라는 느낌이 들었다. 뭔가 찝찝했다. 하지만 엄마가 일면 나를 놀라게 했다는 점에서는 점수를 줄 수밖에 없었다. 나는 어느 순간부터 엄마에게 기대고 싶어 했다. 그리고 그게 가능한 일이 되도록 하려면 일단은 내가 엄마에게 증명할 기회부터 주는 게 맞았다.

"좋아. 프레젠테이션 때까지 돌아올 수만 있다면 앙티브에 가. 됐지?"

"당연하지. 기차 시간 확인하는 대로 내 여행 일정을 보내 줄게."

엄마가 다시 휴대폰에 집중했다.

"고마워. 그렇게 해 주면 정말 좋겠네." 내가 말했다. "근데 그전에 다른 이야기를 좀 해야 할 것 같아. 잠깐 나한테 집중 좀 해 줄래?"

엄마는 시선을 휴대폰에 꽂은 채로 문자를 타닥타닥 치면서 말했다. "응. 뭔데?"

나는 엄마가 하고 있는 일을 멈출 때까지 아무 말도 하지 않았다. 잠깐 침묵이 흐른 뒤 엄마가 고개를 들었다. 그러고는 뭔가 놓친 게 있냐는 듯 눈을 껌뻑거렸다.

"엄마 기다렸어." 내가 말했다. "이제 끝났어?"

"응? 응." 엄마가 휴대폰을 내려놓고 자세를 고쳐 앉았다.

"탈룰라가 전화를 했어. 런던에서 직장을 잃었대." 내가 말했다. "내가 탈룰라에게 투어 출시를 도울 임시직을 제안했어. 탈룰라가 파리에 살면서 하트 투 하트에서 일하고 싶어 하면 예약 담당으로 채용해서 엄마를 돕게 할 생각이야."

엄마의 얼굴이 환해졌다. "내가 탈룰라의 상사가 된다는 말이니?"

"아니. 탈룰라가 영구적으로 머물게 된다면 향후에 해야 할 투어 예약을 엄마와 함께 진행하게 될 거야."

엄마가 인상을 썼다. "부디 탈룰라가 내가 이미 닦아 놓은 기반에 숟가락만 달랑 얹으면 안 된다는 사실을 알고 있길 바란다. 내가 얼마나 열심히 만들어 놨는데."

바로 이거였다. 나는 엄마의 경쟁 심리를 자극하는 데 성공했다.

"탈룰라도 알겠지. 내가 두 사람이 잘 해 나갈 수 있게 같이 도울게. 하지만 솔직히 말하면, 예약 건수를 높이는 게 첫 번째야. 열흘이 지났는데도 첫 두 달 치 예약 말고는 아무 성과도 보여 주지 않았잖아."

"알았어." 엄마가 일어서서 가방을 챙기며 퉁명스럽게 말했다. "내일 떠나기 전에 알려 줄게. 하지만 지금은 해야 할 다른 일이 있어."

✝

놀랍게도 엄마는 앙티브에 가서 그날 돌아오지 않은 걸로도 부족해 꼬박 사흘째 모습을 드러내지 않았다. 엄마는 24일에 떠났다. 그리고 26일 초저녁이 되도록 코빼기도 보이지 않았다. 엄마는 오늘 내가 하트 투 하트의 광란의 20년대 투어를 레스토랑 매니저에게 소개하는 프레젠테이션 자리에도 나타나지 않았다. 그 레스토랑에서의 식사를 투어 일정에 넣는 대신 할인을 받는 것을 목적으로 한 프레젠테이션이었다. 물론 나는 사는 내내 그래 왔듯 엄마 없이 잘 해냈다.

변한 건 아무것도 없었다. 엄마는 지키지도 못할 달콤한 약속을 해 놓고 내키는 대로 행동했다. 나는 엄마가 대체 뭘 하고 있는지도 몰랐다. 일정이 이렇게 늦어지는 이유에 대한 엄마의 설명은 예상보다 오래 걸린다는 짤막한 문자 한 통이 전부였다. 내가 이유를 묻자 집에 돌아와서 이야기해 주겠다는 답장이 돌아왔다. 솔직히 지금 당장은 엄마를 걱정하는 데 쓸 시간이나 에너지가 없었다. 이 사업에 내 전부를 걸어도 모자랄 판이었다.

엄마는 가기 전에 예약 건수를 보여 주었다. 전체적으로 거의 석 달 치 예약이 잡혀 있었다. 하지만 그중에 많은 수가 엄마가 아니라 하트 투 하트 본사에서 온 예약 건이었다. 그나마 내가 기댈 수 있는 탈룰라 라는 비책이 있어서 다행이었다. 탈룰라는 내일 도착할 예정이었지 만 그때까지 기다리기 힘들었다. 나는 탈룰라에게 전화를 걸었다. 탈 룰라는 휴대폰을 베개 위에 세워 놓고 영상 통화를 하면서 짐을 쌌다.

"이번 주부터 갑자기 회사에 안 나가니까 기분이 좀 이상하지 않 아?" 내가 물었다.

"전혀. 오히려 마음만 편하다."

"앞으로 네가 할 임시직의 장점은 네가 파리랑 하트 투 하트가 마음 에 들면 언제든 정규직이 될 수 있다는 거야. 네가 열심히 할수록 돈 도 더 많이 벌 수 있고. 제발 우리 엄마의 경쟁심에 불을 붙여 줘. 엄마 는 첫 몇 주 동안은 곧잘 하더니 이번 주엔 완전히 해이해져 버렸어."

"안녕, 자기! 보고 싶어." 뒤에서 크레시다의 목소리가 들려왔다. 크레시다가 몸을 숙이자 예쁜 얼굴이 화면에 가득 들어왔다. 크레시 다는 휴대폰을 들고 말했다. "탈룰라가 네 새집을 본다니 너무 부러 워. 난 언제 가면 돼?"

"오고 싶을 때 언제든지 와. 에어 매트리스에서 자도 괜찮다면."

크레시다가 손뼉을 치자 휴대폰이 흔들리면서 천장을 비추었다. "아싸! 글램핑하는 것 같겠다. 내 관심은 오로지 해나 널 만나는 것 뿐이야. 빠르면 빠를수록 좋지. 언제쯤 갈 수 있을지 알아보고 너한 테 말해 줄게. 난 따로 호텔에서 묵어도 돼. 네가 그게 더 편하면 말이야. 참! 호텔 얘기가 나와서 말인데, 네 어머니 런던에 계시다면서 왜 우리 집에 안 오셔?"

"무슨 말이야? 우리 엄마 지금 런던에 있는 거 아니야. 엄마는 앙티브라는 데 갔어. 원래 어제 돌아오기로 돼 있었는데 늦어지나 봐."

크레시다는 혼란스러워 보였다. "어머니는 지금 런던에 계셔. 아니, 최소한 어젯밤엔 여기 계셨어."

불길한 예감이 몰려왔다. "그게 무슨 말이야?"

크레시다가 눈썹을 찌푸렸다. 크레시다와 탈룰라가 시선을 교환했다. "내가 잘못 읽었나? 잠깐만, 다시 확인해 볼게."

크레시다가 탈룰라의 휴대폰을 다시 베개 위에 내려놓았다. 크레시다가 자기 휴대폰에서 뭔가 찾는 모습이 보였다. 그 뒤로 탈룰라가 차곡차곡 개킨 옷 더미를 들고 휴대폰 화면 안으로 들어왔다 나갔다 했다. 잠시 후 크레시다가 탈룰라의 휴대폰에 〈데일리 메일 셀러브리티〉의 트위터 페이지가 띄워진 자신의 휴대폰을 들이밀었다.

"이 사진 봐." 크레시다가 말했다. "우리 말라 여사님께서 지난밤 섹시 가이 마틴 게이너와 함께 식사하신 현장이잖아."

"맙소사, 말도 안 돼." 내가 말했다. "잠깐만, 내 컴퓨터에 띄워 볼게."

아니나 다를까 지난밤 유력 타블로이드지의 트위터에는 엄마와 내가 마틴 게이너의 집에 간 날 그 집 대문을 빠져나오던 차 안에 있던 남자와 엄마가 테이블에 앉아 있는 사진이 올라와 있었다. 새까만 머리와 길고 창백한 얼굴이 분명 마틴 게이너였다. 사진 아래엔 이런 트윗이 함께 있었다. "은둔의 펑크 로커 마틴 게이너, 오늘 밤 클로브 클럽에서 어느 이름 모를 미녀와 오붓하게 식사하는 장면 포착!"

사진을 클릭해 보니 두 사람이 테이블에 앉아 있는 사진들이 추가로 나왔다. 또 다른 사진은 다소 불편한 기색으로 레스토랑을 나서는 모습이었다. 마지막 사진은 마틴 게이너가 엄마를 위해 문을 열어 주고 있고 엄마가 그 집 대문 앞에서 보았던 바로 그 차에 타는 장면이 담겨 있었다. 나는 날짜를 다시 확인해 보았다. 지난밤이었다.

엄마는 왜 거짓말을 했을까? 어째서 마틴 게이너를 만나러 런던에 간다고 말하지 않았을까? 그래서 캠벨 교수에게 우편으로 원고를 보내는 대신 직접 가겠다고 우겼던 걸까? 아마 우리가 런던에서 브리스톨로 떠나기 전날 밤에도 엄마는 마틴과 함께 밤을 보냈을 것이다. 엄마는 원하는 사람을 만날 자유가 있었다. 심지어 엄마가 다시 가수들을 따라다니는 소녀 팬이 되겠다고 선언한다 해도 내가 상관할 바는 아니었다. 그런데 왜 엄마는 거짓말을 해야 했을까?

"너 괜찮아?" 크레시다가 물었다.

나는 전혀 괜찮지 않았다. 엄마를 믿었던 내가 바보 같았다. 이런 일을 예상했어야 했다. "응. 당연히 괜찮지. 사무실 나서기 전에 할 일이 좀 있어서 이제 가 봐야겠다."

"토요일인데 뭐 하러 사무실에 나갔어?" 크레시다가 볼멘소리로 말했다. "이 워커홀릭."

나는 어깨를 으쓱했다. "내 일이 전통적인 9시 출근 5시 퇴근과 거리가 멀다는 거 너도 잘 알면서. 새 투어 시작을 앞두고 요즘 특히 더 바빠서 그렇지 뭐."

탈룰라의 얼굴이 화면에 들어왔다. "걱정 마, 자기. 내가 내일 가서 물심양면으로 도울 테니까."

"너무 좋다, 탈룰라. 도착 시간 문자로 보내 줘. 역으로 나갈게."

우리는 합창하듯 몇 차례 안녕을 나누고서야 전화를 끊었다.

휴가 사유를 꾸며 댄 사실을 알게 되었으니 엄마를 해고해야 하나. 보아 하니 팔아 치울 게 뻔한 파리의 아파트를 가지겠다고 우기는 이유가 뭘까. 엄마를 어떻게 대해야 할지, 뭘 해야 할지 고민하는 사이 온갖 생각이 머릿속에서 휘몰아쳤다. 당장 숨통이 트일 만한 곳이 필요했다. 나는 코트와 열쇠 꾸러미를 그러쥐고 정처 없이 길을 나섰다.

┼

27일 아침에서야 엄마는 기차 도착 시간이 오후 3시 34분이라고 문자를 보냈다. 거짓말쟁이. 엄마가 에티엔 아르망과의 만남에 대한 이야기를 어떻게 꾸며 댈지 궁금했다. 엄마가 이런저런 변명을 하기 전에 거짓 스토리를 전부 늘어놓게 내버려 둘까도 생각해 보았지만 엄마의 거짓말을 들을 생각을 하니 벌써부터 속이 울렁거렸다. 실수하지 말자. 실수하면 폭죽이 줄줄이 터질 테니까. 새빨간 거짓말에 휩싸인 우리의 미숙한 관계를 어떻게 살려 내야 할지 생각만 해도 답답했다.

아파트에 도착한 엄마는 거기 앉아 있는 나를 보고 깜짝 놀랐다. "어머, 해나! 난 네가 사무실에 있을 줄 알았어." 엄마가 자기 휴대폰을 쳐다보았다. "4시밖에 안 됐잖아. 아무 일 없지?"

"여행은 어땠어?" 내 목소리는 침착했다.

엄마는 나를 지나쳐 가더니 침실에 가방을 휙 던졌다. "좋았지. 너한테 할 말이 많아."

"그래?"

엄마가 나를 다시 쳐다보았다. "응. 근데 너 진짜 괜찮아?"

"앙티브는 어땠어?"

"정말 멋졌어." 엄마가 부츠에서 발을 빼며 말했다. "낙원의 정석이랄까. 날씨도 정말 좋았고. 맑은 데다 춥지도 덥지도 않더라고. 구경할 시간이 좀 더 있었으면 싶었어. 근데 아르망 씨를 못 만났어. 그래서 다시 약속을 잡아야 해. 말 그대로 시간 낭비였어."

"그렇구나. 그분이 약속 장소에 안 나타나셨다, 그거구나? 결론은, 앙티브에 가느라 들어간 돈과 멋진 휴가를 쓸데없이 탕진해 버렸단 말이네? 일과 관련된 건 전혀 없었고?"

엄마가 나를 찬찬히 뜯어보면서 인상을 찌푸렸다. "뭐, 그 점에 관해선, 맞아. 내 잘못이야. 인정할게. 하지만 사흘뿐이었잖아. 거기다 주말까지 끼어 있었으니까 엄밀히 말하면 하루이지. 해나, 뭐가 문제야?"

"엄마, 그냥 단도직입적으로 말할게. 엄마 앙티브에 안 간 거 다 알아."

"갔어. 기차표도 있는데⋯⋯?"

"거짓말 좀 그만해. 런던에 있었잖아."

엄마가 움찔했다. "너 지금 무슨 말을 하는 거야?"

"엄마랑 마틴 게이너가 금요일 밤에 클로브 클럽에서 다정한 시간을 보내는 사진이 온 인터넷에 다 퍼졌거든."

엄마의 뺨이 확 달아올랐다. 엄마는 입술을 앙다물었다. 거짓말이 들통났다는 현실을 직시한 모양이었다. 나는 엄마가 먼저 말하기를 기다렸다. 잠시 후에 겨우 목소리를 되찾은 엄마는 내가 앉아 있는 의자의 맞은편 소파에 가 앉았다. 나는 엄마의 입에서 쏟아져 나올 거짓말에 만반의 준비를 했다.

"런던에 간 건 맞아. 하지만 먼저 앙티브에 갔었어." 엄마가 가방을 뒤져 종이 한 장을 꺼냈다. "여기, 기차표."

나는 엄마에게서 종이를 받아 파리에서 앙티브로, 앙티브에서 런던으로, 런던에서 파리로 온 여정을 확인했다. 날짜도 꼭 맞아떨어졌다.

"그건 그렇다 치고, 그래서 우리 가족의 중대한 일에 팬 투어를 슬쩍 끼워 넣은 거야? 엄마는 이미 못 지킬 약속인 줄 알면서도 거기 가서 하루나 하루 반 안에 돌아올 거라고 거짓말한 거잖아. 가족의 일을 우선순위에 둬야 하네, 어쩌네 운운하면서 나한테 죄책감을 뒤집어씌우더니."

"네가 생각하는 그런 게 아니야, 해나."

"그럼 어디 변명이라도 해 보든가. 에티엔 아르망 씨와는 어떻게 됐어? 시간을 잘못 알기라도 했어?"

"아니. 난 아르망 씨와 약속을 잡지 않았어."

"엄마! 약속도 하지 않고 거기까지 갔어?"

"아르망 씨가 전화를 받지 않았어. 거기 가면 그 사람을 볼 수 있을 줄 알고 무작정 간 건데, 가 보니까 아르망 씨가 없었어."

나는 두 팔을 허공에 내던지고는 일어서서 가방을 가지러 침실로 갔다. 1시간 안에 기차역에서 탈룰라를 만나야 했다. 한시라도 빨리 여기를 빠져나가야 할 것 같았다.

엄마가 침실로 나를 따라 들어왔다. "해나, 화내지 마."

"화 안 났어. 그냥 이해가 안 될 뿐이야. 엄마는 성인이야. 엄마가 인생을 그런 식으로 살고 싶다면 그렇게 살아. 하지만 내가 엄마한테 맡긴 일에 대해선 책임감을 가져야 할 거 아냐. 엄마, 엄만 다른 것도 아니고 일로 거짓말을 했어. 마틴 게이너랑 즐기려고 어처구니없는 일을 꾸민 거라고."

나는 가방과 코트를 들고 현관으로 갔다. 엄마가 또다시 나를 따라왔다.

"난 런던에서 마틴 게이너와 즐기지 않았어. 넌 어떻게 생각할지 모르지만 난 그저 정보를 좀 얻으려고 간 거야."

나는 코트를 껴입고 엄마의 나머지 소설을 기다렸다.

"이런 상황에서 말하고 싶진 않았는데……."

좀 더 기다렸다.

"해나, 난 네 아버지에 대한 정보를 찾으러 런던에 간 거야."

피가 얼어붙는 듯했다. 얼음물을 한 바가지 얼굴에 덮어쓴 기분이었다.

"확실해질 때까진 너한테 말하고 싶지 않았어. 근데 런던에 출장을 갈 만한 그럴듯한 이유가 없어서, 그래서 아르망 재단에 갔다가 돌아오는 길에 마틴에게 들른 거야."

"런던은 앙티브에서 집으로 오는 길이 아니잖아. 거기 가려면 하룻낮은 걸려."

"그래. 정확히 11시간이지." 엄마가 어깨를 으쓱했다. "그래서 내가 생각했던 것보다 훨씬 더 오래 걸린 거야. 그래도 거기까지 간 게 어디야."

심장이 너무 심하게 쿵쾅거려서 갈비뼈에 금이라도 갈까 봐 두려울 지경이었다. "아빠에 대한 정보라고 했어?"

엄마가 초조한 듯 아랫입술을 잘근잘근 씹었다. "아직은 아니야."

"아, 아직은 아니다? 그럼 엄마가 한 행동이 정당화될 수 없어. 이 또한 거짓말인지 누가 알겠어? 엄만 어쩜……, 지긋지긋하다, 진심."

나는 문으로 걸어갔다.

"제발 화내지 마. 난 그냥…… 말할 수 없어……, 아직은."

나는 몸을 돌렸다. "엄마는 아빠가 누군지 알고 있는 거지?"

엄마가 고개를 끄덕였다. "근데 아직은 말할 수 없어. 시간이 더 필요해."

엄마는 나를 바보로 여기는 게 분명했다. 나는 문을 열면서 말했다. "레베스크 씨한테 아파트를 팔아 줄 사람을 알아봐 달라고 해야겠어. 더 이상은 안 되겠어."

프랑스 파리

나의 다이어리에게,

나는 젤다와 스콧 피츠제럴드가 여행을 간 줄 알았어. 젤다의 옷을 막 완성했을 때 젤다가 광란의 삶에서 잠시 벗어나 있을 거라고 했거든. 그런데 최근에 젤다가 신경 쇠약에 시달리다가 스위스에 있는 병원을 들락날락하고 있다는 사실을 알게 됐어. 일전에 해리스 바에서 만난 젤다는 확실히 제정신이 아니었어. 좀 더 열의를 다해 젤다를 돕지 못한 게 후회되더라. 하지만 옷을 맞춰 보려고 젤다를 만났을 때는 상태가 썩 괜찮아 보였어. 젤다는 옷을 보고 아주 행복해하면서 비용도 즉각 치러 줬다니까.

앙드레와 내가 뤽상부르 공원 근처에서 스콧과 마주치기 전까지는 젤다가 그렇게 심각한 상태인지 전혀 눈치채지 못했어. 우리가 젤다에 대해 묻자 스콧은 말을 흐렸어. 그가 파리에 혼자 있다는 걸 안 앙드레는 함께 술을 마시러 가자고 했어. 스콧은 잠깐 망설이다 따라나섰어. 스콧은 술을 연거푸 한 입에 털어 넣고 나서야 젤다의 병에 대해 입을 열었어. 아내가 정신 병원에 들어갔으니 당연히 큰 충격을 받았겠지만 스콧은 시들다 못해 생명력마저 잃어버린 듯 낙담한 상태였어. 우리를 상대하는 것조차 버거워 보일 정도로 말이야. 젤다가 없는 스콧은 거품 빠진 샴페인 같았어.

스콧이 했던 말이 특히 마음에 와 닿았어. 스콧 말로는 사람들이 젊은 세대에게 세상을 주도할 길을 내준 게 불과 몇 년 전 일 같이 느껴진대. 우리의 젊고 신선한 정신이 희망과 야망을 갖고 세상을 명확하게 볼 수 있다는 것이 길을 내준 이유래. 하지만 이제 그 역할을 다음 세대에 넘겨줄 때가 된 것 같다고, 고개를 푹 숙인 스콧이 말했어.

우리가 더 이상 젊음이라는 강렬함이 없다면 살려고 아등바등하는 게 과연 의미가 있을까?

24

2019년 1월 29일 오전 10시

프랑스 파리

마틴 게이너 사건이 들통난 지 이틀 후, 캠벨 교수에게서 연락이 왔다. 그는 문체, 종이, 타자기 잉크의 연도를 보아 그 원고가 앙드레 아르망의 작품임이 확실하다고 했다. 엄청난 소식이었지만 그리 좋은 타이밍이 아니었다. 투어 출시가 일주일도 채 남지 않았기에 원고에 시간을 할애할 수 없었던 것이다. 이 와중에 당장 원고를 가져와야 하는 새로운 긴급 사안이 생겨서 난감했다. 그래도 원고를 어떻게 할 것인지 다음 단계를 파악할 때까지는 원고를 안전하게 지켜야 했다.

"해나, 다 괜찮을 거야." 탈룰라가 말했다.

탈룰라는 자리를 잘 잡고 엄마가 다시 사라진 뒤 지지부진해진 일을 따라잡는 중이었다. 나는 마흔다섯 살짜리 소녀 팬 엄마에 대해 이러쿵저러쿵 이야기하고 싶지 않았지만 엄마를 확실하게 해고하지 않은 상황이라 탈룰라에게 자초지종을 설명해야 했다. 엄마를 내보내면 또 다른 어마어마하게 골치 아픈 일들이 벌어질 거란 걸 알기 때문에 나는 그냥 엄마가 원하는 대로 오고 가게 내버려 두었다.

이틀 전 내가 사무실에 간 사이 엄마는 짐을 챙겨 집을 나가 버렸다. 집에 돌아갔을 땐 엄마가 이미 사라진 뒤였다. 내 돈이 엄마가 마틴과 어딘가 숨어 있는 데 쓰이고 있었지만 상관없었다. 내가 원고를 가지러 런던에 갔다 오는 사이 탈룰라가 알아서 빈자리를 채워 줄 터였다. 게다가 엄마와 달리 나는 진짜로 하루 일정으로 런던에 다녀올 예정이었다.

"어서 가." 탈룰라가 말했다. "일 있으면 바로 전화할게. 다 괜찮을 거야."

유로스타(런던, 파리, 브뤼셀을 연결하는 국제 특급 열차 - 옮긴이) 시간표를 확인했다. 내일 아침 5시 45분에 출발하는 기차가 있었다. 그걸 타면 런던에 오전 8시 30분쯤 도착했다. 그리고 런던에서 오후 1시에 출발하는 기차를 타면 파리에 오후 3시 30분에 도착했다. 정신 없이 결정한 데다 경비도 많이 드는 일정이었지만 달리 선택할 방안이 없었다.

나는 갑작스럽게 생긴 일정이니 엄마에게 나 혼자 간다는 문자를 보내지 않아도 된다고 스스로를 합리화했다. 진위가 판명 났으니 원고에 대해 아는 사람이 적을수록 좋았다. 그래도 레베스크 씨에게는 이 사실을 알렸다.

"엄청난 소식이군요." 레베스크 씨가 전화기 너머에서 말했다. "사람들이 알게 되면 한바탕 난리가 날 거예요. 우리는 준비가 돼 있어야 해요."

준비가 되어 있어야 한다는 말이 무슨 뜻인지 궁금했지만 레베스크 씨는 이미 다른 이야기로 넘어가 있었다.

"오늘은 좋은 소식을 위한 날이 틀림없어요." 그가 말했다. "지금까지 아파트에 들어가는 각종 비용과 공과금을 충당해 온 연금에 대해 회계 감사를 했어요. 우리가 인플레이션 지수 연금이라고 부르는 종류인데, 인플레이션율을 충당할 수 있게 세월이 흐를수록 점점 더 많은 돈을 지불하도록 설계된 연금이에요. 처음 그 연금이 만들어졌을 땐 어떻게 불렀는지 모르겠지만, 아무튼 처음부터 해나 씨의 증조할머니 성함으로 구매됐다는 건 확인했어요. 세월이 지나는 동안 필요한 금액보다 더 많은 금액이 지불됐더라고요. 초과금은 이자가 붙는 계좌로 들어갔어요. 금액이 꽤 됩니다. 플로리다의 집 매매 비용과 합치면 아파트에 부과된 상속세를 지급하는 데 큰 도움이 될 거예요."

전화를 끊으면서 눈빛이 흔들리고 두 뺨이 벌겋게 타올랐다. 결국엔 엄마에게 말하겠지만 지금은 이 사실을 혼자 알고 싶었다. 초과 연금과 아파트에서 발견한 원고가 모든 것을 바꾸고 엄마와 나에게 새로운 문을 열어 줄 것이었다. 이제 엄마와 나는 집을 팔고 각자도생할 능력을 갖추게 되었다.

✝

런던에 도착해 캠벨 교수의 집으로 가는 동안 마음이 차분해졌다. 캠벨 교수의 집 거실로 들어가기 전까진 그랬다. 캠벨 교수가 에티엔 아르망이라 소개한 사람 옆에 엄마가 떡하니 서 있었다. 엄마가 그 남을 어떻게 알았는지 알 길이 없어 당황스러웠다. 그래도 최소한 엄마가 그 사이 어디에 있었는진 알게 되었다. 물론 엄마가 런던에 있다는 게 전혀 놀랍지 않았다.

"아르망 씨는 앙드레 아르망 재단의 의장이에요." 캠벨 교수가 말했다.

에티엔이 일어섰다. 그는 흰머리가 군데군데 섞인 흑발의 키 크고 잘생긴 남자였다. 그의 눈은 레이저를 쏘는 듯 강렬한 담갈색이었다. 그가 손을 내밀어 악수를 청했다.

"뵙게 돼서 정말 반가워요, 해나 씨. 어머니와 전 지난 며칠 동안 연락을 주고받았어요. 제가 여기서 캠벨 교수와 원고의 진위 여부를 가리는 작업을 하고 있다고 말씀드렸죠. 전 해나 씨와 어머니께서 함께 오실 줄 알았어요. 아무튼 그건 중요한 게 아니고, 캠벨 교수님과 저는 둘 다 이 작품이 진본이라 생각해요. 우린 두 분이 잃어버린 앙드레 아르망의 원고를 발견했다고 믿고 있어요."

엄마가 고개를 끄덕였다. "이런 소식을 들을 수 있어서 얼마나 기쁜지 몰라요. 그리고 해나, 캠벨 교수님께서 네가 런던에 오고 있다고 말씀해 주셨을 땐 더 기뻤어."

엄마는 미소 짓고 있었지만 엄마의 말 속에 더 많은 의미가 숨겨져 있었다.

'하, 그러거나 말거나, 엄마도 당해 보니까 기분이 어때?'

"전 엄마가 런던에 계신 줄도 몰랐네요." 나는 이를 활짝 드러내며 웃어 보였다. "안 그랬으면 알려 드렸을 거예요. 뭐, 어쨌거나 다 모였으니까 된 거겠죠."

아르망이 고개를 끄덕였다. "일단 증조부님의 원고가 어떻게 발견됐는지에 대한 얘기부터 듣고 싶어요."

캠벨 교수는 차를 가지러 가고 나머지는 거실에 앉았다. 지난번보다 집이 훨씬 잘 정돈되어 있었다. 엄마와 나는 아이비 할머니의 아파트를 얻게 된 경위와 침대 아래에서 원고를 발견했던 일을 들려주었다.

"아르망 씨," 내가 말했다. "해 드릴 얘기가 있어요. 엄마와 제가 더 알아본 결과 우리가 친인척일지도 모른다는 결론을 얻었어요."

나는 아이비 할머니의 일기장에서 따온 구체적인 내용과 할머니의 생년월일을 들어 어떻게 해서 우리가 그런 결론을 내리게 되었는지를 설명했다.

엄마가 에티엔에게 물었다. "혹시 우리가 친인척인지 알아보기 위해 DNA 검사를 해 볼 의향이 있으신가요?"

✛

첫 투어를 이틀 앞두고 에이든이 파리에 도착했다. 그가 피크닉 바구니를 들고 사무실에 나타나 말했다. "우리가 먼저 테스트를 해 보

410

는 게 좋을 것 같아요. 어때요?"

"일정이 계획한 대로 잘 진행되는지 확인해 보고 좋죠."

에펠 탑 아래서 단둘이 소풍을 즐길 생각을 하니 머리가 어질어질했다. 나는 에이든이 이렇게 파리로 와 줄 거라는 사실을 애써 믿지 않으려 했다. 그래서 그동안 그가 어떤 이유를 대며 투어에서 발을 빼거나 레스토랑에 급한 일이 생겨 일을 함께하지 못한다고 할 경우를 대비하고 있었다. 하지만 피크닉 바구니를 손에 든 에이든이 지금 내 눈앞에 서 있었다. 그것도 무려 이틀이나 일찍 와 주었다.

의심병이 도진 것과 에이든은 아무 상관이 없었다. 모든 게 다 엄마가 최근에 한 거짓말 때문이었다. 엄마는 약속을 저버리고 마음대로 행동했지만, 그럼에도 불구하고 나는 비관주의에 빠지지 않으려 노력 중이었다. 엄마를 믿지 않는 편이 차라리 속 편했다. 나는 엄마를 모든 상황에서 제외시키고 앞으로 나아가기로 했다. 그 와중에 계획한 대로 되는 일도 있고 안 되는 일도 있겠지만 인생이 다 그런 거 아닌가. 문제는 그런 일이 벌어졌을 때 다시 우뚝 서는 건데, 아마도 칠전팔기의 인내가 필요할 것이었다.

아무튼 나는 에이든이 내 손을 놓지 않길 간절히 바라 왔고, 엄마 때문에 생긴 의심병으로 말미암아 그와의 관계를 망치고 싶지 않았다. 나는 그를 믿고 싶었다.

우리는 사무실에서 택시를 타고 마르스 광장으로 갔다. 에이든이 잔디에 돗자리를 폈다. 저 멀리 보이는 에펠 탑이 마치 보초를 서는 경비병 같았다.

"저녁 재료를 전부 주문했어요. 르 코르동 블루에 있는 친구가 그 학교의 냉장고에 재료를 저장할 수 있게 해 줬어요."

"르 코르동 블루요? 요리 학교? 그 유명한 학교?"

에이든이 웃었다. "네. 이 세상에 하나뿐인 그 학교요. 내가 방법이 다 있다고 말했잖아요." 그가 보온병 뚜껑을 돌려 열자 뻥 소리와 함께 공기 새는 소리가 났다.

"샴페인이에요?" 내가 물었다.

그가 고개를 끄덕이고는 종이컵 두 개에 샴페인을 붓고 하나를 나에게 건네주었다.

"마르스 광장에선 술 마시면 안 돼요." 내가 속삭였다.

그가 가까이 다가와 내 입술에 손가락 하나를 올렸다. "당신이 말하지 않는다면 저도 입을 다물게요."

그가 자기 컵을 내 컵에 가져다 댔다.

"건배."

우리는 따뜻한 양파 수프를 먹고 나서 바삭바삭한 바게트에 푸아그라를 얹어 먹었다. 그런 다음 에이든이 나머지 음식들을 공개했다. 카술레, 그린 샐러드, 캐러멜 커피 크렘 브륄레. 단연코 걸작들이었다.

"이거 완전 미슐랭 별점 받을 만한 요리들인데요?"

"해나 씨 입술로 별점은 이미 줬잖아요." 그가 하늘을 올려다보다 다시 내 눈을 들여다보며 말했다.

"요리는 어디서 배웠어요?"

"기본기는 어머니랑 할머니한테서요. 그다음엔 런던에 있는 요리 학교에 다녔어요. 여자의 마음을 얻는 데 요리가 록 스타 다음으로 효과가 좋다고 배웠거든요."

"그럼 왜 여태 결혼 안 했어요?" 나는 장난 삼아 물었다.

순간 가브리엘과 그날의 불운했던 저녁 식사가 번쩍 머리를 스쳤다.

'일곱 번 넘어졌고, 여덟 번째엔 일어서야지.'

"이 사람이다, 하는 여자를 기다리느라."

'오……'

에이든의 말은 여러 가지로 해석할 수 있었다. 하지만 나는 나만의 생각을 접고 이 버거운 주제에서 우리를 자유롭게 해 줄 깃털 같은 화젯거리를 찾기 위해 이리저리 머리를 굴렸다. 잠깐만, 그런데 그 말이 사실이라면 에이든이 여기 있는 이유는 뭘까? 또다시 잡생각이 고개를 들었다. 그러나 생각에 너무 몰입해서 이 멋진 저녁을 망치면 크게 후회할 것 같았다.

"아무튼 르 코르동 블루 친구들이 음식을 보관해 준다는 말이죠?"

에이든이 눈을 깜빡였다. "네. 그리고 주방도 빌려줄 거예요. 해나 씨의 투어 첫날 타이밍이 완벽했어요. 르 코르동 블루의 새 학기가 다다음 주에 시작되거든요."

"당신에게 얼마나 감사한지 몰라요."

"당신을 위해 기꺼이 해 주고 싶었어요."

저 멀리 에펠 탑에서 밝은 불빛이 번쩍이고 레이저 쇼가 펼쳐지고 있었지만 에이든과 나는 오직 서로만을 응시했다. 그가 키스할지도 모른다는 생각이 들었다. 나는 그에게 키스하고 싶었지만 투어가 시작되기 직전에 상황을 어색하게 만들고 싶지 않았다. 나는 정신을 차리려고 뒤로 기대앉았다.

"소풍 장소로 이만한 데도 없다고 봐요. 여기까지 음식을 가져오고 차려 내는 데 별문제 없겠죠?"

그는 여전히 살짝 몽롱해 보였지만 아무 일도 없었던 것처럼 공원을 둘러보았다. "그럼요. 안 될 이유가 없어요. 주차 자리를 알아보고 음식을 카트로 실어 나르면 돼요. 변경 사항이 생기면 알려 줄게요. 그런데 여기서도 적당한 장소를 찾아보긴 해야 할 거예요."

1월은 파리 여행객들에게 성수기와 비수기 사이로 통했다. 일찍 해가 지고 날씨는 변화무쌍했다. 일몰이 5시 45분쯤 시작되지만 다행히도 기온이 7, 8도 정도라 온화한 편이었다. 에이든이 따뜻한 커피로 모두의 몸을 녹여 줄 테고, 이른 일몰로 얻을 수 있는 최대의 장점인 에펠 탑의 그 유명한 야간 레이저 쇼를 즐길 수도 있었다.

"탈룰라가 여기서 당신을 만나 도와줄 거예요. 아마도 저희 사장님은 저랑 같이 전체 투어를 돌아보고 싶어 할 거 같아요. 소풍은 당연히 함께하고요."

"알겠어요." 에이든이 말했다. "아직 장소는 못 정했지만 여기로 오시면 저희를 찾을 수 있을 거예요. 해나 씨 어머니도 일을 도와주시나요?"

"그건 두고 봐야 알 것 같네요. 엄마가 다른 볼일이 있을지도 모르고요."

새 투어 첫날 아침, 탈룰라와 에마와 나는 오전 10시 출발을 앞두고 6시에 사무실에 도착했다. 에마는 새로운 투어의 시작을 기념하기 위해 특별히 참석했다. 스무 명의 사람들을 이끌고 광란의 20년대를 돌아보는 동안 에마가 옆에서 나를 도와 가며 투어를 지켜본다는 사실에 들뜨기도 하고 한편으론 긴장되기도 했다. 모든 것이 제대로 준비되었는지 마지막으로 확인하려고 사무실에 일찍 간 거였다. 에마와 탈룰라도 나를 돕기 위해 새벽같이 달려와 주어서 너무나 고마웠다. 엄마는 런던에 며칠 더 머물고 있었다. 거짓말 사건 이후로 서로 불편한 상태라 오히려 다행이다 싶었다.

나는 문을 열고 불을 켠 뒤 문자 메시지를 읽었다. 첫 메시지는 기자에게서 온 것이었다. 처음에는 그 기자가 새 투어에 대한 기사 때문에 연락한 거라 생각했다. 심장이 두근거렸다. 이보다 더 좋은 광고 효과는 어디에도 없을 것이었다. 지금으로선 따로 광고를 낼 만한 예산도 없었다. 하지만 흥분은 곧 가라앉았다.

"안녕하세요. 저는 〈더 가디언〉의 데지래 몽펠리어 기자입니다. 해나 본드 씨 맞으시죠? 해나 씨가 새로이 발견된 앙드레 아르망의 원고에 대해 잘 알고 계신다는 정보를 입수했습니다. 가급적 빨리 연락 주시면 감사하겠습니다."

"이게 대체……?"

"뭐 잘못됐어?" 탈룰라가 물었다. 탈룰라와 에마가 다가왔다.

"기자가 아르망의 원고 얘기를 들었나 봐. 원고에 대해 아는 사람이 몇 안 되거든. 우리는 언론이 만들어 낼 소용돌이에 대처할 수 없다는 걸 잘 알고 있는 사람들이고."

설마 아무 계획도 없이 원고의 존재에 대해 언론에 발표할 경우 결과가 어떻게 될지 누구보다 잘 아는 엄마가 그런 일을 벌였을까? 다른 날도 아니고 투어 출시 첫날에? 엄마가 나를 대혼란에 빠뜨리려고 악의적으로 그런 걸까? 엄마가 살면서 나쁜 일을 많이 한 건 부정할 수 없지만 단순한 이기심의 발로였지 악의나 앙심을 품고 작정하고 악행을 저지르진 않았다. 오늘같이 중요한 날에 뻔히 알면서도 도와주러 오지 않긴 했지만.

"누가 이런 짓을 했을까?" 탈룰라가 물었다.

나는 어깨를 으쓱했다. "모르겠어. 어떻게 해야 할지도 모르겠고."

"변호사랑 얘기할 때까지는 아무것도 하지 마." 탈룰라가 말했다.

탈룰라 말이 옳았다. 기자에게 바로 답할 의무는 없었……, 전혀.

"이걸 우리 투어 홍보에 쓸 방법이 없을까?" 에마가 일말의 희망을 품고 물었다.

"모르겠어요."

물론 언론에 보도되면 투어에 관심이 몰릴 테고 그 관심이 예약으로 이어질 가능성은 다분했다. 하지만 원고를 미끼 삼아 기자를 끌어들여 그렇고 그런 언론 플레이를 하고 싶진 않았다. 더욱이 아이비 할머니와 앙드레는 마땅히 더 나은 대우를 받아야 한다는 생각이 들었다.

"근데 오늘은 투어에만 집중해야 할 것 같아요."

에마는 살짝 실망한 듯했지만 이내 수긍의 의미로 고개를 끄덕였다.

에마는 아닐 터였다. 우리는 아주 오랫동안 친구로 지내왔기 때문에 에마가 내 신뢰를 이런 식으로 배신한다는 건 상상조차 할 수 없었다. 누군가 언론에 제보했고 안타깝게도 내 느낌은 그 '누구'가 엄마 같았다.

나는 이 순간만큼은 추측에 휘둘리고 싶지 않았다. 정신을 차리고 아이비 할머니에게 집중해야 했다……. 아니, 나는 아이비 브레이스웨이트가 파리에서 보냈던 전성기 시절에 집중해야 했다. 필요할 경우에 대비해 앞머리를 낸 금발의 단발 가발을 사두었다. 아이비 할머니의 옷장에서 찾은 검은색과 회색이 섞인 드레스에 맞추어 쓸 계획이었다. 단 아직은 날씨가 퍽 쌀쌀했기에 할머니의 클로슈를 쓰고 인조 모피 칼라가 달린 갈색 롱 코트를 입기로 했다.

대본을 읽고 혹시나 있을 문제를 최종적으로 확인하는 데 열중하면서 기자와 관련한 일을 까맣게 잊을 수 있었다. 엄마가 여자 친구들 모임에 시간 맞추어 나타난 듯 미소 띤 얼굴로 당당하게 사무실로 들어올 때까지는 그랬다.

"안녕, 예쁜이들." 엄마가 노래하듯 말했다. "다들 배가 고파야 할 텐데. 앤젤리나에서 아침을 테이크아웃해 왔거든. 카페오레, 핫초코, 초콜릿 크루아상, 그리고 재미없는 사람들이 먹는 플레인 크루아상이야. 참! 작지만 귀한 몽블랑 페이스트리도 하나씩 사 왔어. 도저히 참을 수가 없었어. 너무 많은 것 같지만 메뉴에서 네 가지만 고르느라 엄청난 자제력이 필요했단 것만 좀 알아 줘."

엄마는 커다란 손잡이가 달린 가방과 음료 트레이를 마치 공물 바치듯 들어 올렸다. 아마 엄마는 정말 공물을 바친다는 생각으로 사 왔을 것이다.

"자, 우리 딸," 엄마가 말했다. "오늘은 진짜진짜 중요한 날이잖아. 훌륭한 아침 식사로 하루를 시작해야지."

엄마는 자기 책상으로 힘차게 걸어가 책상 위에 널려 있던 종이며 폴더를 치우기 시작했다. 나는 당장 설탕과 탄수화물 뷔페를 들고 나가라고 소리치고 싶은 걸 간신히 참느라 내가 가진 자제력을 총동원해야 했다. 엄마는 1시간 반이나 늦었다. 앗, 잠깐, 그건 내 실수였다. 우리가 런던에서 돌아온 뒤 냉전을 치르느라 엄마에게 시작 시간을 알려 주지 않았다. 엄마는 묻지 않았고 나도 말해 주지 않았다.

나는 엄마에게 문제의 그 질문을 하지 않고는 일에 집중할 수 없을 것 같았다. "〈더 가디언〉의 한 기자가 최근에 발견된 앙드레 아르망의 원고에 대해 물어본다면서 연락이 왔어. 엄마는 모르는 일이지?"

엄마가 얼굴을 찌푸렸다. "해나, 무슨 소리야? 원고의 존재를 알지만, 언론에 제일 마지막까지 연락하지 않을 사람이 있다면 그게 바로 나라고. 우리 아파트를 헤집고 다니면서 아이비 할머니와 앙드레의 물건들을 쑤시고 다니는 사람들을 내가 어떻게 생각하는지 너도 알잖아."

사실 가족 간의 연결 고리가 엄마에게 그토록 큰 의미일 줄은 상상도 못 했지만, 실제로 그랬고 엄마는 온 힘을 다해 그걸 지키고 있었다. 마음이 엄마를 믿는 쪽으로 기울었다. 그러나 마틴 게이너 사건이 있기 전까지 엄마가 더 이상 남자들과 엮이지 않을 거란 믿음을 가졌다가 크게 데인 터라 확신이 서지 않았다.

1939년 10월

프랑스 파리

나의 다이어리에게,

9월에 독일군이 폴란드를 침공하면서 파리에도 동원령이 내려졌어. 앙드레는 전투에 지원했지만 왼쪽 귀의 청력 장애 때문에 거부당하고는 줄곧 우울해하고 있어. 전투는 아직 먼 나라 얘기라서 전혀 실감이 나지 않아. 아직 파리에선 아무 일도 일어나지 않았으니까. 앙드레는 아주 조금만 자극해도 도발될 준비가 된 성난 황소 같아. 장애 따위 아무것도 아니라며, 오히려 그를 향한 내 사랑을 더 강하게 만들 뿐이라는 말로 달래 봤지만 그 사람의 기분은 전혀 나아지지 않고 있어.

나는 너무 외로워. 많은 미국인 친구들이 미국으로 돌아갔어. 파리에 남은 이들은 전쟁을 전혀 신경 쓰지 않는 것 같아. 여전히 춤추고 술 마시고 아무 문제도 없다는 듯 살아가고 있어. 앙드레는 그런 가벼움이 부적절하대. 그들의 해맑은 즐거움과 앙드레를 괴롭히는 절박함이 어찌나 대비되는지 하늘과 땅 차이라고밖에는 설명할 길이 없네.

참전을 거부당한 덕에 우리가 함께 있을 수 있으니 외려 좋은 일이고 축복이라고 앙드레를 설득하려 했지만 앙드레의 생각은 달랐어. 그는 화를 내면서 진짜 남자는 악마에게서 조국을 지키는 데 인생을 걸어야 한다고 했어. 그리고 그게 바로 앙드레가 새로운 모임을 결성한 이유야. 일주일에 한 번 심상치 않아 보이는 남자들이 앙드레의 아파트에 우르르 모여서 위험한 이야기를 나눠. 이른바 레지스탕스 활동을 하는 거야.

나는 사람들 몰래 주방에 숨어서 한마디도 빼놓지 않고 모두 엿듣고 있어. 거기서 앙드레가 비공식적인 방법으로 전쟁을 지원할 거라는 얘기를 들었어. 물건을 배달하고 메시지를 전달하는 일이래. 오늘은 앙드레가 나한테 도움이 필요한 유대인들에게 우리 집을 개방할 의향이 있는지 물었어. 무섭지만 나는 당연히 그 사람들을 도와줄 거야. 빵집을 하는 드레퓌스 부인이 생각났어. 내가 그토록 절실하던 시기에 부인은 나에게 일자리를 내줬지. 부인이 무사하기를 바라. 드레퓌스 부인처럼 친절하고 베풀 줄 아는 사람들을 왜 해치려고 하는지 도무지 이해가 안 돼.

앙드레에게 언제쯤 군대가 들이닥칠 것 같은지 물어봤어. 근데 모르겠대. 사실 언제 전쟁이 터질지 아는 사람은 아무도 없을걸. 나는 앙드레를 진정시키고 싶어. 그가 어떤 식으로든 침공 소식이 들려올 때까지 내내 안절부절못할까 두려워. 나는 우리 둘을 위해 사랑하는 파리에 군대가 한 발짝도 들이지 못하게 해달라고 기도할 거야. 내일 드레퓌스 부인을 방문해서 부인과 부인의 가족들이 안전하게 잘 지내는지 확인해 봐야겠어. 그리고 부인에게 우리를 믿고 의지하면 된다고 말해 줄 거야.

전쟁 이야기를 하다 보니 1937년 마르스 광장과 샤요궁의 산책로에서 열린 파리 국제 박람회가 생각나. 우리가 망치와 낫이 그려진 소비에트 연합 전시관과 나치 표시가 있는 독일 전시관에 갔을 때였어. 앙드레가 거기 있던 독일군들한테 대고 이곳에서 결코 환영받지 못할 거라고 고래고래 소리를 질렀어. 순간 그와 독일군 사이에 싸움이라도 나면 어떻게 하나, 하고 어찌나 두렵던지. 나는 앙드레에게 거기서 나가자고 미친 듯이 애원했어. 결국은 내 안전을 호소하고서야 그 자리를 벗어날 수 있었지.

그날을 돌이켜보고 더 많은 것을 알고 나니 지금 독일군이 이 도시에 드리운 차가운 그림자에 등골이 오싹해져.

신이시여, 제발 우리를 도우소서.

25

2019년 2월 2일 오전 10시

프랑스 파리

엄마는 남아서 나를 도왔다. 그리고 마지막 순간에 투어에 합류하려는 예약 건까지 해결했다. 나는 이미 자리가 차서 안 된다고 했지만 엄마가 끝까지 매달렸다. 이번 주만 파리에 머물 계획이라는 그 여행객은 투어 내용에 완전히 매료되었다고 했고 엄마가 방법을 찾아보겠다고 했던 것이다. 결국 나는 엄마의 간청에 굴복했다. 나는 그 여행객이 어디서 우리 투어에 대해 들었는지 궁금했다. 엄마가 여행 작가들에게 심어 놓았다는 씨앗들이 마침내 결실을 맺고 있는 듯했다.

"이름이 뭐래?" 내가 물었다. "출석자 명단에 추가할게."

엄마는 안경을 쓰고 예약자 명단을 집어 들었다. "이름은 비너스. 중간 이니셜이 D. 성은 마일로."

엄마가 이름을 불러 주자 탈룰라, 에마, 나는 일제히 웃음을 터뜨렸다.

"비너스 D. 마일로?" 나는 펜을 든 채로 말했다. "농담이지?"

엄마가 어리둥절한 얼굴로 나를 보았다.

"아니, 그게 진짜 이름이라고요?" 에마가 물었다.

엄마가 이맛살을 찌푸렸다. "고객이 이렇게 말했는데 내가 의심해야 할 이유는 없잖아요?"

"음, 마일로 씨가 그렇게까지 우리 투어에 관심을 갖고 합류해 준 게 정말 기뻐서 그래요." 에마가 급히 정색하며 말했다. "어머니, 투어 자리를 환상적으로 꽉꽉 채워 주셨어요. 정말 대단하세요."

엄마가 뿌듯해하는 모습을 보니 최근에 출근보다 결근이 더 많았던 엄마의 행태가 떠올라 짜증이 치밀었다. 그래도 엄마는 도움의 손길이 절실할 때 모습을 드러내긴 했다.

계획은 이랬다. 에마는 나와 함께 투어를 돈다. 탈룰라는 에이든을 도와 저녁을 준비한다. 그리고 엄마는 사무실에 머물면서 전화를 받고 우리가 회수한 원고의 냄새를 맡은 기자들을 막아 낸다.

"봉주르!" 나는 하트 투 하트 투어 사무실 앞 보도에 모인 스물한 명의 고객들에게 말했다. "안녕하세요. 새로 출시된 광란의 20년대 첫 투어에 오신 것을 환영합니다. 투어를 선택해 주셔서 정말 감사합니다. 제대로 광고도 못했는데 이렇게 찾아 주셔서 깜짝 놀랐습니다. 저희가 스케줄을 살짝 변경했는데요. 아시다시피 여러분은 우리의 첫 투어 고객분들입니다. 감사한 마음을 담아서 오늘 밤 하트 투 하트가 광란의 20년대 투어에 참여한 여러분을 에펠 탑 근처 마르스 광장에서 펼쳐질 만찬에 초대하려 합니다. 저희는 그 만찬을 '파리는 날마다 축제'라고 이름 지었습니다. 기대하셔도 좋습니다."

고객들 사이에 탄성의 물결이 한 차례 지나갔다. 나는 음식 알레르기 여부를 확인한 뒤 캐릭터를 바꾸어 나를 아이비라고 다시 소개했다. 우리는 도보로 출발했다. 첫 도착지는 플뢰리스 거리 27번지에 있는 거트루드 스타인의 집이었다.

비너스 D. 마일로가 누구인지 궁금했다. 걸어가는 동안 고객들이 차례대로 자기소개를 했는데 마일로 씨의 차례가 되기 전 엄마에게서 긴급 문자가 왔다.

> SOS, SOS! 비너스 D. 마일로가 오늘 아침에 전화한 그 기자 같아. 신용 카드 내역을 정리 중인데 비너스의 진짜 이름이 데지래 몽펠리어였어.

나는 급히 에마에게 데지래를 맡아 달라고 문자를 보냈다. 투어 고객 중 한 사람이 나를 염탐하고 있다는 사실을 아는 이상 모르는 척 진행할 수 없었기 때문이다. 그렇다고 콕 집어 창피를 줄 수도 없는 노릇이었다. 특히 그녀가 향후 관련 기사를 쓸 가능성이 있으니 설부른 행동은 금물이었다.

데지래는 자기 차례가 되자 자신을 비너스 D. 마일로라고 소개했다. 소개가 끝난 뒤 에마가 조용히 그녀를 한쪽으로 데려갔다. 두 사람이 이야기하는 동안 나는 데지래가 다른 고객들 앞에서 한바탕 소란을 피우거나 원고에 대해 질문을 쏟아부을까 봐 긴장이 되었다. 다행히 두 사람은 미소를 머금은 채 각자 자리로 돌아왔다. 잠시 후 에마에게서 문자가 왔다.

잘 해결됐어. 데지래와 거래를 했어. 광란의 20년대 첫 투어에 대해 긍정적인 기사를 써 준다면 해나 씨가 공개할 준비가 됐을 때 앙드레 아르망 원고를 단독 보도할 수 있게 해 주겠다고 제안했어. 데지래는 거기에 동의했고. 괜찮지?

물론!

어차피 언젠가는 아파트와 원고에 관한 이야기를 세상에 공개해야 했다. 기자와 안면을 트고 기사를 내기 전에 아이비 할머니와 앙드레의 이야기를 적절하게 조정할 기회를 얻을 수 있다면 오히려 득이었다.

우리는 생제르맹 거리에 가기 위해 남쪽으로 향했다. 그런 다음 뷔셰리 거리 37번지로 걸어가 가게 전면이 초록색과 황금색으로 된 셰익스피어 앤 컴퍼니 서점 앞에서 멈추었다. 나는 그곳이 실비아 비치가 운영하던 원조 서점이 아니라고 설명한 뒤 처음에 미국인 조지 휘트먼이 르 미스트랄이라 이름 지었다가 1964년에 실비아 비치에게서 이름을 물려받아 셰익스피어 앤 컴퍼니로 개명한 곳이라는 간략한 역사를 들려주었다.

"1921년에 실비아 비치는 오데옹 거리에 그 유명한 서점을 열었습니다. 그곳은 파리에 거주하는 해외 작가들을 위한 모임 장소였습니다. 헤밍웨이와 거트루드 스타인이 처음 만난 곳도 거기였답니다. 실비아 비치는 1922년, 당시 주류에 공개되기에 부적절하다고 여겨지던 제임스 조이스의 《율리시스》를 출판했습니다. 1925년에는 앙드레 아르망의 작품을 출판했는데 책 이름은 우리말로 《약속을 지키는 남자》입니다."

데지래와 눈이 마주쳤다. 그녀는 보일 듯 말 듯 고개를 끄덕였다. 그 간단한 고갯짓이 내가 알아야 할 모든 것을 말해 주고 있었다. 바로 우리의 거래가 잘 이루어졌다는 표시였다.

레 두 마고 카페에서 점심 식사를 한 후 쇼핑의 성지인 리볼리 거리로 갔을 때 데지래와 이야기를 할 기회가 생겼다.

"관심 가져 주셔서 감사해요." 내가 말했다. "혹시 그 이야길 어디서 들었는지 알려 주실 수 있나요?"

데지래는 미국인으로 곱슬곱슬한 갈색 머리에 부드러운 호박색 눈을 가진 아담한 여자였다. 〈더 가디언〉 같은 대형 언론사 기자라고 하기엔 갓 고등학교를 졸업했다 해도 될 만큼 어려 보였다. 하지만 그녀에게는 힘이 있었다. 나는 나이가 어리다는 이유로 똑똑한 여자의 능력을 과소평가하는 어리석은 사람이 아니었다.

그녀가 사랑스럽게 웃었다. "알려 드리고 싶지만 좋은 기자는 절대 정보의 출처를 밝히지 않는 법이죠."

"그러시겠죠. 저희도 원고의 정체에 대해 안 지 얼마 안 됐거든요. 일을 제대로 진행할 시간을 주시기만 한다면 기꺼이 독점으로 보도

할 수 있게 해 드릴게요. 2, 3주면 충분해요."

데지래의 눈이 커다래졌다. "정말 궁금하네요. 힌트 좀 주면 안 되나요?"

"좋은 출처 제공자는 때가 될 때까지 절대로 발설하지 않죠. 이해해 주시길 바라요."

"인정!" 그녀가 말했다. "더 많은 이야기를 들을 수 있길 기대할게요."

"그리고 전 기자님의 투어 리뷰를 기대할게요."

저녁 늦게 마르스 광장에 도착했다. 엄마가 우리를 맞아 에이든과 탈룰라가 기다리고 있는 소풍 장소로 안내했다. 숨이 멎을 만큼 멋진 광경이었다. 짧은 병에 담긴 수십 개의 하얀 초와 라벤더로 장식한 흰 담요 위에 음식이 차려져 있었다. 푸아그라, 과일, 견과류, 빵이 첫 코스로 제공되었다. 에이든은 셰프 복장으로 커다란 내열 냄비에서 프랑스식 양파 수프를 뜰 준비를 하고 있었다.

내가 이 광장에서는 술이 금지되어 있고 투어 첫날에 면허를 잃는 일은 겪고 싶지 않다고 하자 고객들이 웃음을 터뜨렸다. 엄마와 탈룰라가 술 대신 따뜻한 음료를 나누어 주었다.

나는 모두를 주목하게 한 다음 잔을 들었다. "여러 마디 하지 않겠습니다. 위대한 어니스트 헤밍웨이의 말로 대신하겠습니다. '충분한 행운이 따라 주어 파리에서 인생의 한때를 보낼 수 있다면…… 남은 일생 동안 당신이 어디를 가든 파리는 마치 움직이는 축제처럼 당신 곁에 함께할 겁니다.' 비록 파리에 여행 목적으로 잠깐 들렀다 하더라도 집에 가서도 잊지 않도록 마음 한 켠에 파리를 한 조각 품고 돌아가시길 바랍니다."

사람들이 입을 모아 건배를 외치며 잔을 들었다. 우리는 광란의 20년대 투어와 새로운 우정과 파리의 로맨스를 위해 건배했다.

나의 다이어리에게,

마지막으로 일기를 쓴 지 한참 됐네. 나를 용서해 줘, 나의 착한 친구야. 너무나 많은 것이 변했어. 내 일상은 완전히 엉망진창이 돼 버렸어. 절대 일어나지 않을 줄 알았던 전쟁이 갑자기 어마어마한 공포가 돼 현실로 다가왔어. 상황이 너무 심각해서 앙드레는 나를 애비게일 언니와 함께 지낼 수 있게 브리스톨로 보내려고 해. 나는 내일 칼레에서 도버로 가는 배를 타고 떠나. 앙드레가 브리스톨로 가는 길에 묵을 호텔 숙박비를 줬어. 들고 갈 수 있는 물건이 한정되다 보니 필요한 것을 살 수 있게 돈도 넉넉히 쥐여 줬어.

나는 앙드레에게 제발 함께 있게 해 달라고 애원했어. 그를 파리에 홀로 남겨 두고 싶지 않은 내 절실한 마음을 그가 알았으면, 했다고. 아, 앙드레도 내가 여기 남길 바란다고 했어. 하지만 앙드레에겐 할 일이 있고 그 일을 하려면 집에 사람이 적게 드나들수록 좋기 때문에 어쩔 수가 없대. 그의 아파트는 유대인 가족들의 안전을 위해 신분 서류를 위조해 주는 작업장으로 변해 있었어. 앙드레는 그 서류를 필요한 사람들에게 전달하는 운

반책이야. 그는 이웃의 의심을 사지 않도록 최대한 평범하게 지내는 척하고 있어. 내가 거기 있는 것도 안전하지 않지만 라브뤼예르 광장의 내 아파트에 혼자 있는 것도 위험하긴 매한가지야.

나는 앙드레를 힘 닿는 데까지 돕고 싶었어. 하지만 앙드레는 나와의 재회가 자기에게 살아남아야 할 이유가 될 거래. 그러니 내가 사촌 언니와 안전하게 있는 것이 자신을 돕는 길이래. 나는 사랑하는 사람을 두고 혼자 브리스톨로 가는 것이 레지스탕스를 돕는 나만의 방식이라 믿으며 파리에 남겠다는 마음을 접었어. 나는 브리스톨에 정착해서 연합군을 위해 군복을 수선하거나 천을 잘라 부상자들이 쓸 붕대를 만드는 것 같은 작은 일이라도 하면서 독일군과의 전투를 돕기로 했어.

전쟁은 앙드레를 다른 사람으로 만들었어. 앙드레는 선과 정의를 위한 싸움에 목숨을 걸겠다고 했어. 그리고 우리가 다시 만나면 나와 결혼하겠다고 약속했지.

나는 그가 한쪽 무릎을 꿇고 청혼하는 날이 올 거라고 상상해 본 적이 없었어. 하지만 앙드레는 청혼하겠다고 했어. 그는 내네 번째 손가락에 조그만 루비가 박힌 금반지를 끼워 주었어. 앙드레의 할머니가 끼던 반지래. 그 반지는 영원한 사랑의 증거나 다름없어. 나는 슬픔과 희열에 가슴이 아려 와 하염없이 눈물만 흘렸어. 앙드레의 약속은 나를 살게 하는 유일한 희망이자 히틀러가 반드시 패배할 거라는 굳은 믿음이야.

　나는 내일 미래의 평화를 위한 희망이 될 곳으로 떠나. 비록 나는 파리를 떠나지만 히틀러가 패배하고 앙드레와 내가 다시 함께할 때까지 포기하지 않고 싸울 거야.

26

2019년 2월 3일 오후 6시

프랑스 파리

첫 투어의 마지막 날은 몽파르나스의 오베르주 드 베니스에서 저녁 식사를 즐긴 뒤 오후 6시에 끝이 났다. 첫 투어를 하며 개선해야 할 점들이 몇 가지 눈에 들어온 것 빼고는 누가 보더라도 성공이었다.

에마가 기차를 타러 떠나고 나서 나는 탈룰라와 엄마에게 이틀간의 휴가를 주었다. 두 사람 다 열심히 일했으니 사흘 후에 있을 다음 투어 전까지 쉴 자격이 충분했다. 사무실에서 서류 작업을 하는데 노크 소리가 들렸다. 올 사람이 없었기에 깜짝 놀라 돌아보니 엄마였다.

"시간 좀 있니?" 엄마가 말했다.

"응. 아까 탈룰라랑 간 줄 알았어." 나는 들어오라고 손짓했다. 엄마가 맞은편 의자에 앉았다.

"무슨 일 있어?"

엄마는 투어가 아주 매끄럽게 진행되었고 에마가 우리 일에 굉장히 만족스러워하는 것 같더라며 어색하게 말문을 열었다. 왠지 임금을 올려 달라거나, 아니면 그런 유의 말도 안 되는 이야기를 꺼낼 것 같았다.

"그건 그렇고, 너한테 할 말이 있어."

그럼 그렇지.

"난 100퍼센트 확실해질 때까진 아무 말도 하고 싶지 않았어. 그리고 첫 투어가 끝날 때까지 기다리고 싶었어."

엄마가 입술을 핥고는 자기 손을 응시했다. 침묵의 무게가 수천 톤은 나갈 것 같았지만 나는 엄마가 충분한 시간을 가질 수 있도록 기다려 주었다. 임금 인상 이야기는 아닌 게 확실했다. 어쩌면 하트 투하트를 그만두겠다는 이야기를 하려는 건지도 몰랐다. 그런데 정말 이상하게도 그 모든 문제에도 불구하고 나는 엄마가 그만두지 않기를 바랐다.

잠시 후 엄마는 숨을 깊이 내쉬고는 말했다. "네 아빠에 관한 이야기야, 해나. 네 아빠가 누군지 알고 싶니?"

펜이 내 손에서 빠져나가 책상 위에 떨어졌다. 나는 자세를 고쳐 앉았다. "응? 응. 그럼. 알고 싶지."

엄마는 주머니에 손을 넣어 접힌 봉투를 꺼내 나에게 건넸다. 봉투를 열어 보니 종이에 '영국 친자 확인 검사'라 적혀 있었다. 검사 결과지인 모양이었다. 그 아래에는 이렇게 써 있었다. '결과지 이해하기'와 '용어 정의'. 또 그 아래에는 'DNA 분석'이라 적힌 5열짜리 숫자 표가 있었다. 나는 이런저런 내용을 대충 넘기고 맨 아래로 건너뛰었다. '친자 관계 확률 99.99%'. 보고서에 엄마의 이름이 있었다. 그리고…….

"다리우스가 누구야?"

"네 아빠."

"알아. 근데 여기 다리우스 게이너라 적혀 있잖아. 마틴 게이너 아니었어? 마틴의 본명이 다리우스야?"

엄마는 고개를 저었다. "다리우스는 마틴의 동생이야."

나는 엄마의 말이 쉽게 이해되지 않았다. 엄마가 마침내 내 아빠가 마틴이라고 실토해 주기를 기대한 터라 다리우스라는 제3의 인물의 등장은 실로 대반전이 아닐 수 없었다. 일단 언제 그를 만날 수 있는지부터 묻고 싶은 충동이 일었다. 이내 수십 개의 질문이 마음속으로 밀려들어 와 질문의 바다에 빠져 허우적거리는 듯한 기분이었다.

"다리우스 게이너." 나는 그 이름을 불러 보았다. 어색했다.

엄마가 차량용 끄덕 인형처럼 고개를 끄덕였다. 나는 더 많은 이야기를 듣고 싶었지만 엄마는 마냥 고개만 끄덕였다.

"어떻게 만났는데?" 내가 물었다. "엄마가 마틴 게이너와 더 스퀠칭 웰리스를 쫓아다녔다는 건 이미 알고. 그런데 마틴의 동생은 어떻게 만난 거야?"

"사실 다리우스는 더 스퀠칭 웰리스의 원년 드러머였어. 근데 그룹이 레코드 관계자들의 눈에 띄기 시작한 뒤 프로듀서들이 다리우스를 자기들이 추구하는 밴드 색깔에 맞지 않다고 본 거야. 말하자면 그

435

사람들이 다리우스를 쫓아낸 거지."

엄마는 긴장한 듯 딸꾹질 같은 웃음소리를 내고는 입을 다물었다.

"왜 이제 와서 이 얘길 하는데? 어떤 심경의 변화가 있었기에? 잠깐…… 다리우스 게이너가 우리 아빠면 왜 엄마는 다리우스가 아니라 마틴을 만났어?"

엄마는 잠시 눈을 감고 코로 숨을 들이쉬었다가 입으로 후 내뱉었다. 그러고는 나를 똑바로 쳐다보았다. "확실히 해 둘 필요가 있었거든. 여전히 인정하기 부끄럽지만 그해 여름에 다리우스만 있었던 게 아니라서. 이미 말했듯이 그때 난 좀 맛이 많이 갔었어. 아버지를 잃었고 그다음엔 내가 사랑했던 유일한 남자에게 차였으니까."

"내 아빠 얘기야?"

엄마가 고개를 끄덕였다. "난 다리우스를 사랑했어, 해나. 진부하고 비현실적으로 들리겠지만 진심으로. 우린 서로 아주 잘 통했어. 믿기 힘들겠지만 다리우스가 내 첫 남자였거든. 다리우스는 음악을 그만두고 떠돌이 인생을 청산하고 마약도 끊을 거라며 나한테 여생을 함께하자고 했어. 난 겨우 열여덟 살이었지만 그러고 싶었어. 그러다 그 사람들이 다리우스를 진짜로 내쫓았고 상심한 그는 떠났어. 날 떠나 버린 거야. 버스에 자기 짐을 싣고는 사라져 버렸어. 떠돌이 인생이 싫다고는 했지만 자의로 떠나고 싶었던 거지 자기가 형이랑 만든 밴드에서 쫓겨나길 바란 건 아니었겠지. 그러고도 난 밴드를 더 따라다녔어. 행여 다리우스를 다시 만날 수 있나 하는 작은 바람으로. 난 다리우스가 돌아올 줄 알았어. 어리석은 희망이었지. 그런 일은 없을 거란 게 확실해지자…… 이미 말했듯 난 다른 남자들에게로 방향을 틀었어. 날 버린 다리우스에 대한 일종의 복수였지."

엄마가 헛웃음을 지었다. "임신 사실을 알았을 때 마음속으론 다리우스라는 걸 알았지만 확신이 서지 않았어. 자랑스러운 일도 아니고 정확하지도 않은데 너한테 네 아빠의 이름을 말해 주고 싶지 않았어. 인터넷이 있기 전이었잖아. 그래서 다리우스를 찾을 길이 없었어. 그 사람도 날 찾지 않았고. 네 할머니와 내가 그런 상황이다 보니 부모에게 거부당한다는 게 얼마나 나쁜 일인지 알고 있었어. 난 네가 다리우스를 찾았다가 거부당하는 것보다 모르는 쪽이 더 나을 거라고 생각했어. 그런데 무슨 바람이 불었는지 10년 전에 충동적으로 그 사람을 구글에서 검색해 본 거야. 결혼해서 아이가 둘이나 있더라. 그 길로 마음을 접었어. 네 아빠라고 100퍼센트 확신할 수도 없는데 그 사람의 행복한 세상을 뒤흔들고 싶지 않았거든. 그러다 그때 차도로 나오던 마틴을 본 날 다리우스를 다시 검색해 봤고 그가 이혼했다는 사실을 알게 됐어. 그래서 적어도 시도는 할 수 있겠다고 생각했지. 근래에 내가 어디 간다는 말도 없이 사라졌잖아? 마틴과 이야기할 방법을 찾고 있었어. 마음먹은 일을 수행하기에 마틴이 적임자일 것 같았어. 마틴은 처음엔 날 만나 주지도 않으려 했어. 하지만 내가 돈이 아니라 그냥 검사 결과만 확인하겠다면서 몇 번이고 맹세하니까 도와주겠다고 하더라. 그 대신 조건이 있었어. 우선 자기가 너와 DNA 검사를 해서 맞는지 보겠다고 했어. 결과가 긍정적이면 일을 진행할 수 있게 다리우스를 연결해 주겠다고 했어. 그래서 네 빗이랑 칫솔이랑 립스틱을 가져간 거야. 그중에 쓸 만한 게 있을 거라 생각했거든. 참고로 립스틱은 전혀 도움이 안 되더라. 어쨌든 DNA 검사 결과가 나온 뒤 마틴에게 만나자는 연락이 왔어. 마틴은 태국으로 떠나 현지 불교 사원에서 몇 달간 머물 예정이라 시간이 별로 없다고 했어. 전화로는 결과를 알려 주지도 않았지. 극적인 효과라도 내려고 했나 봐. 어쨌거나 그가 떠나기 전에 결과를 알아야 했어. 그래서 앙티브에 갔다가 런던으로 간 거야. 이제 내가 그때 런던에 갔다는 말을 할 수 없었던 이유를 알겠지? 난 네가 희망을 품었다가 실망하는 일이 없길 바랐어. 심지어 마틴이 자기와 네 DNA가 일치한다고 한 뒤에도 다리우스와 직접 이야기할 때까진 너한테 알리고 싶지 않았어. 그 사람이 널 거부하지 않을 거란 걸 확실히 하고 싶었거든. 다행히 다리우스는 잘 받아들이더라. 친자 확인 검사까지 기꺼이 해 줬으니까. 그 서류에 있는 결과가 바로 그거고. 너도 봤다시피 거의 완벽하게 일치해."

나는 믿기지 않는다는 듯이 고개를 끄덕였다. "다리우스가 내 아빠면 마틴 게이너는 삼촌인 거네?"

엄마의 두 뺨에 눈물이 흘러내렸다. 엄마가 다른 주머니에 손을 넣어 사진을 한 장 꺼냈다. 사진 속에는 글램 펑크 패션으로 꾸민 젊고 아름다운 엄마가 있었다. 곱슬곱슬한 머리를 밝은 주황색으로 염색하고 양쪽으로 쫙 넘겨 붙인 멋진 90년대 모호크 헤어스타일이었다. 엄마는 모범생 같아 보이는 잘생긴 남자의 무릎에 앉아 있었다. 남자는 엄마를 두 팔로 껴안고 사랑스럽다는 듯 바라보고 있었다.

"다리우스야. 해나, 네 아빠."

그의 얼굴형과 코와 아주 두툼한 입술에서 내가 보였다. 나는 흐려지는 시야를 바로잡으려 눈을 깜빡거렸다.

'다리우스 게이너. 내 아빠.'

엄마가 눈물을 닦으며 숨을 후 내쉬었다. "감동은 일러. 아직 제일 멋진 부분은 말하지도 않았거든. 네 아빠가 널 만나고 싶어 해. 단 네가 원한다면. 네가 투어를 시작하기 전날 밤에 다리우스에게 전화가 왔어. 네가 신경 쓸 일이 엄청 많단 걸 알았기 때문에 여태 기다린 거야. 제발 네가 무슨 생각을 하는지 알 수 있게 뭐라고 말 좀 해 줄래?"

"정말?" 내가 말했다. "정말 날 만나고 싶대? 면전에서 '너 누구야? 내 인생에서 썩 꺼져.' 하는 식의 반응을 보고 싶진 않아."

"정말이야. 다리우스는 널 만나고 싶어 해."

자, 후, 침착하자. 지금 당장은 런던으로 달려갈 시간이 없었다. 그리고 이런 식으로 서두르면 안 되었다. 자그마치 27년이 흘렀다. 아빠를 만나서 무슨 말을 해야 할까? '오, 안녕하세요, 아빠. 만나서 반가워요. 또 뭐?'

"엄마, 난 잘 모르겠어."

엄마는 실망한 눈치였다. "왜? 아빠 만나기 싫어? 해나, 어떻게 그렇게 매정해?"

"아니, 그런 게 아니라, 만나고 싶어. 근데…… 내…… 내가 언제 시간이 날지 모르겠어. 투어도 그렇고 그게……," 나는 두 손으로 커다랗게 원을 그리며 말했다. "지금은 일이 너무 많고."

"그냥 나한테 맡겨. 알겠지?" 엄마의 파란 눈동자가 반짝거렸다. "엄마가 다 알아서 할게. 걱정 마."

엄마는 자기만 믿으란 듯 자신 있게 말했지만 나는 걱정이 되었다.

나의 다이어리에게,

앙드레가 곧 나를 배에 데려다주러 올 거야. 감정이 너무 흘러 넘쳐서 온몸이 마비가 될 지경이야. 많은 사람들이 나보다 훨씬 나쁜 일들을 겪고 있다는 것도 잘 알고, 앙드레가 숭고한 일을 하고 있다는 생각도 끊임없이 하고 있어. 내가 파리에 머물면 앙드레에게 방해만 될 뿐이야. 최악의 상황에는 내가 앙드레와 그가 하는 일 전체를 위험에 빠뜨릴 수도 있고.

오늘 아침 일찍 앙드레가 일하는 사이 나는 드레퓌스 부인을 보러 빵집에 갔어. 가서 잘 지내라는 인사도 하고, 앙드레는 계속 파리에 머물 테니 부인과 가족들을 도와줄 수 있을 거라는 말도 전해 주려고 했어. 그런데 제일 바쁜 시간대인데 문이 단단히 잠겨 있는 거야. 문을 두드려도 답이 없고, 가게 뒤편에 있는 부인의 조그만 아파트에도 불빛이 전혀 보이지 않았어. 나는 그저 부인과 가족들이 어딘가 안전한 곳으로 피신했길 마음속으로 비는 수밖에 없었어. 그 자리에 서 있자니 집을 떠나는 일을 너무 슬퍼해선 안 된다는 생각이 번쩍 들었어. 왜냐하면 나는 반드시 돌아올 거니까. 가여운 드레퓌스 부인은 돌아오지 못할 수도 있지만 나는 기회가 있잖아.

　나는 건물 앞으로 돌아가 한때 헬렌과 내가 살던 아파트의 거실 창을 올려다봤어. 파리에서의 첫 집. 인생이 뜻대로 되지 않았을 때 그 상황에서 벗어나려고 미친 듯이 발버둥 치며 살던 곳. 눈을 감으니 헬렌의 목소리가 들리는 듯했어. "성공이 코앞에 있는데 여기서 꼬리를 내리고 브리스톨로 돌아가겠다고? 넌 모든 걸 놓치게 될 거야." 사랑하는 친구를 못 본 지 수년이 지났지만 그 말이 옳았어.

　그런데 나는 또다시 몽파르나스에 서서 브리스톨로 돌아갈 생각을 하고 있었어. 파리에 도착한 1927년 3월 이후로 영국에 가는 건 처음이야. 무거운 마음으로 친구들에게 소리 없이 작별을 고하고 우리가 다시 파리에서 만날 수 있길 기도했어.

　앙드레가 데리러 왔어. 이제 문을 잠가야 할 때야. 내 친구야, 다시 돌아올 때까지 채워지지 않은 페이지와 내 마음을 여기 라브뤼예르 광장에 두고 갈게.

27

"기나긴 이야기를 요약하자면 내가 펑크를 하기엔 너무 단정해서 날 내 밴드에서 내쫓았단 거지." 다리우스 게이너가 고개를 뒤로 젖히고 박장대소를 터뜨렸다. 단전에서부터 터져 나오는 크고 깊은 웃음소리에 사람들이 뒤를 돌아보았다. 우리는 거의 2시간째 생제르맹데프레 앞의 레 두 마고 카페에 앉아 있었다. 나는 대화를 나누는 내내 엄마가 이 남자와 결혼했으면 좋겠다는 생각을 떨칠 수 없었다. 내가 결정할 일이 아니란 건 당연히 알고 있었다. 그토록 오랜 세월이 흘러 아빠란 사람을 만났기에 처음부터 알고 지내던 것 같은 친밀감이 들 줄은 상상도 못했다. 엄마가 왜 이 남자를 영원한 사랑이라 했는지 단박에 알 것 같았다.

내가 일 때문에 바쁘다는 말을 듣자마자 아빠는 직접 파리로 와서 나와 점심을 같이하겠다고 했다. 우선 아빠는 내 얘기를 전부 듣고 싶어 했다. 그러고 나서 엄마의 예상대로 아빠가 집 차고에서 형과 함께 직접 만든 밴드에서 쫓겨난 일에 크게 충격을 받았다는 뒷이야기를 듣게 되었다.

"해나, 내가 거기서 배운 건 가야 할 길로 들어서기 위해선 그런 식으로 난데없이 엉덩이를 걷어차이는 일도 있어야 한다는 거야. 난 내 드럼 세트를 대학과 맞바꿨어. 그러고는 대학에서 회계학을 공부했지. 지루하게 들리지? 내 인생은 네 삼촌이 살아온 것처럼 화려하진 않지만 그래도 나름 행복했어."

아빠가 말을 멈추고 다시 내 얼굴을 찬찬히 살폈다.

"널 더 일찍 만났더라면 얼마나 좋았을까. 돌이킬 수 없이 오랜 세월이 흘러 버렸구나." 아빠가 한숨을 쉬고는 멍하니 한곳을 응시하다 다시 말을 이었다. "너도 알다시피 네 엄마의 잘못이 아니었어. 말라는 자신이 처한 상황에서 할 수 있는 최선을 다한 거야."

"저도 알아요." 적어도 지금은 엄마의 입장을 이해하게 되었다.

우리는 현실적인 이야기가 그 자리에 끼어들 때까지 잠깐 평온하게 커피를 마셨다.

"너한테 이복 여동생과 남동생이 있어." 아빠가 말했다. "캔디스와 조너선이야. 캔디스는 의사고 조너선은 선생님인데 둘 다 너무 열심히 일하다 보니 아직도 미혼이다. 이 세상에 널리 이름을 알리겠다고 열심히 노력 중이지. 네가 동생들을 만나 주면 좋겠지만 솔직히 아직 그 애들에게 네 얘기를 언급할 기회가 없었어. 모든 일이 너무 빨리 진행되는 바람에."

"알아요. 우리 한 단계씩 천천히 밟아 가요. 지금 당장은 점심을 함께할 수 있어서 기뻐요. 다리우스 씨, 절 만나러 여기까지 와 주셔서 감사해요."

"해나, 네가 괜찮다면 날 아빠라 불러 줄래?"

✛

엄마와 마틴 게이너가 아빠와 나의 친자 관계를 확인할 때 했던 것처럼, 에티엔 아르망과 엄마와 나는 비싼 클리닉에 가는 대신 약국용 테스트기로 DNA 검사를 하기로 했다.

3주 후 결과가 나왔다. 우리 셋이 사촌지간일 확률은 충분했다. 이 말인즉슨 앙드레 아르망이 우리 할머니의 아버지이고 엄마의 할아버지이자 내 증조부일 가능성이 크다는 소리였다. 남겨진 가족이 엄마와 나뿐인 줄 알았는데 갑자기 가족이 늘어났다.

✛

몇 주 후 에티엔이 우리를 보러 파리에 와도 되는지 물었다. 좋은 생각이었다. 〈더 가디언〉의 데지래 몽펠리어 기자에게 앙드레 아르망 원고의 독점 보도를 약속한 지 어언 한 달 반이 지나갔다. 이제 가족이 한자리에 모여 계획을 논의할 때였다.

'가족'. 가족이라는 말은 정말 듣기 좋았다.

데지래에게 그동안 너무 바빴다는 변명으로 운을 뗐다. 데지래가 우리 투어에 대해 환상적인 기사를 올려 주고 나서 여덟 달 치 예약이 공석 하나 없이 꽉꽉 채워졌다. 덕분에 아예 파리로 넘어온 탈룰라와 엄마를 잘 교육시켜서 각자 맡은 투어를 직접 진행하게 하고 정규직 사무 보조원도 고용할 수 있었다.

엄마와 에티엔과 나를 도와 앙드레의 유작과 관련한 일들을 처리해 줄 문학 에이전시와도 계약을 했다. 에이전시의 담당자가 작품의 판권을 경매에서 팔아 주었다. 여기까진 아주 수월했다. 문제는 내 증조부의 책을 받아 보기까지 너무 오래 기다려야 한다는 것이었다. 담당자는 하루빨리 보고 싶은 마음은 잘 알지만 원래 이런 일에는 시간이 걸린다고 나를 다독여 주었다. 그동안 그 원고 없이도 세상이 잘 돌아갔는데 몇 달 더 기다린다고 해서 달라지는 건 없으리라. 마음속으로 이렇게 되뇌다 보니 인내심이 조금씩 생겼다.

끝내 원고를 언론사에 제보한 사람이 누군지 찾아내지 못했지만 나는 그 사람의 이름이 가브리엘로 시작하고 체니로 끝나리라 짐작했다. 어쨌거나 상관없었다. 데지래는 약속을 지켰고 우리는 기꺼이 그녀에게 단독 보도권을 주었다. 우리는 데지래를 라브뤼예르 아파트에 초대해 청소 전 사진까지 보여 주기로 약속했다. 데지래는 자기 눈으로 아파트의 놀라운 변화를 확인할 수 있을 터였다.

하지만 그전에 엄마와 나는 가족을, 그러니까 에티엔을 만나고 싶었다. 에티엔이 파리에 온 날 저녁, 엄마와 나는 페 거리에 위치한 에티엔의 호텔로 갔다. 그가 아주 흥미로운 것이 있다며 호텔방으로 우리를 초대했기 때문이다.

커피 테이블에 상자가 하나 놓여 있었다. 그 상자는 원고를 보관하던 중성지로 된 상자와 별반 다르지 않아 보였다. 옆에는 와인과 샤퀴트리 보드(나무 도마에 육가공품, 치즈, 견과류, 과일 등을 푸짐하게 올린 것 - 옮긴이)가 준비되어 있었다.

모두가 착석하자 에티엔이 와인을 따랐고 우리는 건배를 했다.

"와 주셔서 감사해요. 함께 즐기려고 주문해 뒀어요. 하지만 그전에 상자 안에 뭐가 있는지 두 분께서 봐 주셨으면 좋겠어요. 그러려면 우리가 손을 깨끗이 씻어야 해요."

엄마와 나는 어리둥절한 표정으로 시선을 주고받았다.

그가 상자를 향해 고개를 끄덕였다. "열어 보세요. 제가 보여 드리고 싶은 물건이 거기 들어 있어요. 사실 전 거래를 제안하고 싶어요. 원고의 원본과 이것들을 교환하고 싶어요."

엄마가 상자의 뚜껑을 조심스럽게 열었다. 안에는 편지가 겹겹이 쌓여 있었다. 세어 보니 모두 열 개였다.

"수취인이 앙드레야." 엄마가 나에게 보여 주었다. 주소는 프랑스의 앙티브였다. 아이비 할머니의 일기장에서 본 바로 그 글씨체였다.

"이 주소는 어디예요?" 내가 물었다.

"우리 가족들이 살던 집이에요. 지금은 앙드레 아르망 재단이 있는 곳이고요. 제가 일하는 곳이요. 아시다시피 우리 증조부님의 유산을 이어 가는 건 제 임무 중 한 부분이에요. 그래서 증조부님의 각종 서

류와 종이들을 보관하고 있어요. 원고 초안이며 서신 같은 것들 전부
요. 런던에 있는 조지 캠벨 교수님 댁에서 두 분을 뵙고 나서 기록 보
관소에 보관하던 많은 서신을 다시 살펴봤어요. 이 편지들이 두 분께
어떤 해답을 줄 수 있을 것 같더군요."

나는 상자에서 다른 편지를 꺼냈다. 엄마는 들고 있던 봉투를 열고
안을 들여다보았다.

"읽어 봐도 되나요?" 엄마는 목걸이에 달린 아이비 할머니의 루비
반지를 초조하게 만지작거렸다.

"물론이죠." 에티엔이 말했다.

관자놀이 주변의 희끗희끗한 흑발이 그에게 품위를 더해 주었다.
그는 한 손에 와인 잔을 들고 다리를 꼰 채 금박을 입힌 의자에 앉아
있었다.

엄마와 나는 각각 편지를 꺼내 읽기 시작했다.

"네 편지는 언제 거니?" 엄마가 물었다.

"1940년 4월 24일." 내가 대답했다.

"이건 4월 20일이야." 엄마가 말했다.

"그럼 그거부터 읽자." 내가 말했다. "소리 내서 읽어 줘."

엄마가 자신 없는 목소리로 읽기 시작했다.

내 사랑,

당신이 말한 대로 당신 가족의 집으로 편지를 보내요. 나는
영국에 무사히 도착했어요. 늦게 소식 전해서 미안해요. 도

버에서 브리스톨까지 항해하는 내내 지금의 상황이며 앞으로 살아갈 날들에 대해 생각했어요. 톰 노튼이라는 너무나 친절한 미국 군인을 만나 큰 도움을 받고 있어요. 톰에게 약혼반지를 보여 줬어요. 정말이지, 반지에서 눈을 뗄 수가 없어요. 톰이 당신을 안다고 했어요. 당신의 작품들을 읽었대요. 당신이 쓴 작품의 번역본이 미국에서 큰 인기를 얻었대요. 톰이 당신이 브리스톨에 오면 꼭 만나고 싶다고 전해 달래요. 그리고 그때까지 나를 잘 돌볼 테니 걱정하지 말라고도 했어요.

당신의 부인이 될 날만을 손꼽아 기다리고 있어요.

깊디깊은 사랑을 담아,

아이비

"톰 노튼! 우리 증조할아버지잖아." 내가 말했다. "두 분이 이렇게 만난 거였어?"

우리는 잃어버린 퍼즐 조각을 찾은 데 크게 감격했다.

내가 고른 편지는 짧았고 이렇다 할 정보가 없었다. 그저 아이비 할머니의 소소한 일상 이야기였다. 다음 편지들도 별반 다르지 않았다.

1940년 5월 15일 자 편지가 나오기 전까지는 그랬다.

내 사랑 앙드레,

도버행 배에 오른 뒤로 당신에게 아무 소식도 듣지 못했네요. 걱정된다는 말은 하고 싶지 않은데 불안한 마음은 어쩔 수 없네요. 독일이 프랑스를 침공했으니 우편물이 지연되는 거라 믿으며 애써 마음을 달래는 중이에요. 프랑스 정부가 파리를 떠나려 한다는 말을 들었어요. 제발 아니라고 말해 줘요, 내 사랑. 그건 말도 안 되잖아요.

당신이 안전한 곳에서 무사히 지낸다는 소식이 들려오길 간절히 바라고 또 바라요.

매일 아침 우리가 재회할 날이 올 거라는 희망을 안고 눈을 떠요. 고개를 들면 당신이 내 심장을 떨리게 하는 미소를 띠며 나를 향해 걸어올 것만 같아요. 나는 당신을 처음 본 순간부터 그 미소에 사로잡혔어요.

당신이 무사히 돌아오기만을 기다리는 사람이 또 있어요. 내 사랑, 우리 가족은 곧 셋이 될 거예요. 믿어져요? 당신은 최고의 아버지가 될 거예요.

몸 상태가 이렇지 않았다면 당신을 직접 찾아 나섰을 거예요. 우리가 다시 함께할 수 있는 그날까지 당신만을 생각할게요.

미래의 아내이자 당신 아이의 어머니,

아이비

그중에서 5월 17일 자 편지는 우리의 마음을 너무나 아프게 했다.

내 사랑,

하늘이 무너지는 소식을 들었지만 나는 그게 사실이 아니라고 믿어요. 당신이 전쟁에서 살아남지 못했다는 얼토당토않은 말을 들었어요. 하느님의 은총으로 당신이 살아 있으리라 굳게 믿으면서, 우리 아기가 태어날 때까지 내가 미국에 있을 거란 사실을 알려 주려 해요. 브리스톨에 있는 톰 노튼에게 연락해 주세요. 그 사람이 내 거처를 알려 줄 거예요. 제발 무사히 지내요, 내 사랑.

당신의 영원한 사랑,

아이비

엄마는 눈물이 터지는 바람에 마지막 편지를 소리 내어 읽지 못했다. 엄마가 나에게 편지를 건넸다. 내 상태도 엄마보다 낫다고 할 순 없었다. 나는 마음을 진정시키기 위해 깊이 심호흡을 했다.

1940년 6월 1일

세상에서 내가 가장 사랑하는 앙드레,

나는 지금 플로리다에 있어요. 당신을 절대 포기하지 않을 거라는 말을 해 주고 싶어요. 나는 마음속으로 늘 당신이 살아 있다고 믿어요. 눈을 감고 라브뤼예르 거리 아파트의 의자에 앉아 있는 당신을 상상해요. 타자기에 몸을 숙여 작업하는 모습도 그려 봐요. 당신이 작품을 쓸 때 얼마나 힘들어하는지 알지만 일단 집필을 시작하면 당신의 글은 어마어마한 빛을 발하죠.

내 친구 톰도 그 점에 동의했어요.

내 사랑, 당신이 이해해 주길 바라는 소식이 있어요. 당신이 전쟁은 우리 모두의 희생을 요구하기 때문에 평화로운 시기에는 하지 않았을 선택을 하게 만든다고 말했죠.

나는 힘든 결정을 내려야 해요.

배 속에 아기가 있는데 브리스톨의 상황이 불안해지다 보니 톰은 나를 군용선에 태워 미국에 보내려고 했어요. 하지만 오직 미국인이나 미국 군인의 가족만 군용선을 이용할 수 있다고 했어요.

앙드레, 나는 당신이 우리 아기에게 최선을 다하고 싶어 한다는 걸 알아요. 그리고 우리 아기에게 최선은 평화롭고 안전한 곳에서 태어나는 거겠죠. 내가 톰 노튼과 결혼하는 이유가 바로 그 때문이란 걸 이해해 주길 바라요.

톰은 정말 좋은 사람이고 내가 당신을 사랑한다는 걸 알아요. 그는 당신이 무사히 가족의 품으로 돌아올 준비가 되면 나를 보내 주기로 했어요.

그때까지 우리의 라브뤼예르 아파트는 당신을 기다리고 있을 거예요. 언제든 당신이 움직일 수 있을 때 그곳에 가서 나에게 연락해 줘요.

영원한 사랑을 담아,

아이비

편지의 말미를 읽을 때쯤에는 엄마와 나 둘 다 흐느끼고 있었다. 에티엔이 방을 나가 티슈를 들고 왔다.

"앙드레 아르망은 5월 14일에 사망했어요." 우리가 정신을 추스르려 안간힘을 다하고 있는데 그가 말했다. "여러 정황상 이 편지들을 받기 전에 사망한 것 같아요. 프랑스 남부에 있는 저희 가족이 이 서신을 보관했어요. 이미 다른 가정을 이루신 분을 찾아내서 신경 쓰이게 만들고 싶지 않았던 거겠죠."

"아이비 할머니는 앙드레를 잃었다는 사실에 너무 큰 충격을 받아 파리로 돌아오거나 그 아파트를 팔 수 없었나 봐요. 할머니에게 아파트를 판다는 건 그 사람을 포기한다는 의미였을 테니까요." 엄마가 말했다. "할머니는 평생 그가 그 아파트에서 자신을 기다리고 있을 거라는 생각에 기대 살았을 거예요."

엄마의 얼굴에 벅찬 감동이 가득했다. 그 모습을 보니 나도 가슴이 뭉클했다.

"톰 할아버지가 아이비 할머니를 너무나 사랑해서 결혼했고 우리 할머니를 친자식처럼 키웠을 거라는 사실도 잊지 말아야 할 것 같아요." 내가 말했다. "할머니가 이 사실을 알고 계셨을까요?"

할머니가 돌아가셨으니 진실은 영원히 알 수 없게 되었다. 하지만 톰 할아버지가 아이비 할머니를 사랑했다는 것, 그리고 아이비 할머니와 우리 할머니를 둘 다 진심으로 사랑했다는 것은 충분히 알 수 있었다.

아이비와 앙드레의 이야기는 비극으로 끝났다. 하지만 엄마와 내가 그들의 관계를 알게 되면서 뒤늦게라도 두 사람의 사랑이 완성된 거라 믿고 싶었다. 그리고 이게 바로 아이비 할머니가 플로리다 집의 상자에 서류들을 남겨 둔 이유일 것 같았다. 언젠가 엄마와 내가 상자를 발견하고 우리만의 광란의 파리 모험을 시작할 수 있도록 말이다.

먼 훗날 내가 자식을 낳고 손주가 생겼을 때, 아이비 할머니의 파리 아파트가 엄마와 나에게 열어 준 가능성의 절반만이라도 그들에게 남겨 줄 수 있다면 얼마나 좋을까.

에필로그

2019년 5월 14일 오후 2시
프랑스 앙티브

나는 공동묘지를 불편한 장소라 생각했다. 그곳이 죽은 이들로 가득하다는 당연한 이유 때문이 아니라 누구의 무덤을 방문한다는 게 고인의 죽음을 확인시켜 주는 것 같아서였다.

나는 살면서 무덤을 찾은 적이 별로 없었다. 사실상 장례식 이후로는 할머니의 무덤을 방문하러 플로리다에 갈 기회가 없었다. 그전에 할머니와 함께 아이비 할머니의 무덤에 꽃을 두러 다니곤 했는데, 그곳에선 일기장을 읽을 때나 파리의 아파트에서처럼 아이비 할머니를 가깝게 느낀 적이 없었다.

하지만 무덤을 방문하는 건 존경의 표시였고, 이제는 나도 그 사실을 잘 알고 있다. 에이든과 함께 내 증조할아버지 앙드레의 기일을 기념하기 위해 앙티브에 있는 무덤에서 엄마와 에티엔을 만나기로 한 것도 존경을 표시하기 위해서였다.

에이든과 나는 꽃 가게에 들러 백합 한 다발을 샀다. 택시를 기다리는데 에이든이 말했다. "할 말이 있어요."

그가 너무 진지해 보여서 덜컥 겁이 났다. 한때는 나도 혼자서 속단하고 최악을 지레짐작하던 시절이 있었다. 하지만 지금은 아니었다.

대신 나는 그의 손을 잡았다. "무슨 얘기요?"

"광란의 20년대 첫 투어를 위해 준비했던 만찬 기억하죠?" 그가 물었다. "그 만찬을 정규 프로그램에 넣으면 어때요? 당신 투어를 다른 투어보다 훨씬 돋보이게 해 줄 거 같은데?"

"이론적으로는 좋은 아이디어죠. 하지만 논리적으로 보면 좀 힘들어요. 당신이 오가야 하는 처널 통행료가 결코 만만치 않다는 거 알면서. 게다가 내 투어는 일주일에 두 번이나 있잖아요."

"내가 처널을 이용하지 않아도 된다면요?"

나는 실눈을 뜨고 그를 쳐다보았다. "그게 무슨 말이에요?"

"르 코르동 블루에서 교수직을 제안해 왔어요. 연봉이 꽤 괜찮아요. 레몬 앤 라벤더를 그만두고 파리에 와서 내 레스토랑을 열 돈을 모을 기회가 될 것 같기도 하고요."

"파리로 온다고요? 거짓말!"

에이든이 나를 보고 미소를 짓더니 내 입술에 키스했다. "파리로 와서 축제를 열려고요."

✢

무덤이 가까워지자 에이든이 내 허리를 감싸 안았다. 나는 여기 도착하기 전에 아이비 할머니의 반짇고리에서 꺼낸 레이스로 백합 다발을 미리 감싸 두었었다. 작지만 할머니가 남긴 뭐라도 이곳에 가져오고 싶었기 때문이다. 나는 비석 받침에 백합을 놓으면서 아이비 할머니의 재를 절반으로 나누어 반은 여기 뿌리고 나머지는 지금 있는 그대로 톰 할아버지의 옆에 두고 싶었다. 살면서 두 남자의 헌신을 받은 그녀가 얼마나 행운아였는지 생각해 보았다. 앙드레의 때 이른 죽음으로 두 사람의 사랑은 미완성이면서도 완벽하고 진실된 것으로 영원히 남게 되었다. 그리고 오랜 세월을 아이비의 곁에서 조용히 그녀를 사랑하고 그녀의 비밀을 지켜 준 극강의 인내력을 지닌 톰이 있었다.

지난 다섯 달 동안 정말 많은 것이 변했다. 에마는 나에게 하트 투하트 투어의 공동 운영을 제안했다. 나는 프랑스 지부를 맡아 발전시키는 임무를 맡았다.

우리는 파리에서 프랑스 인상파 화가들이 드나들던 장소를 도는 투어와 레미제라블 책 투어 같은 프로그램을 더 만들 계획이다. 광란의 20년대 투어는 큰 인기를 누리며 운영되고 있다.

우리가《아이비를 위하여》라 이름 지은 앙드레의 유작은 연휴 기간에 서점에 배포될 예정이다. 표지가 정말 근사하다. 출판사는 뤽상부르 공원을 거니는 신여성과 말쑥한 남자가 그려진 1920년대 파리의 모습을 의뢰해 표지에 담았다. 신간을 미리 받아 본 몇몇 운 좋은 비평가들에게서 벌써부터 극찬이 쏟아지고 있고, 그중에선 이 책을 앙드레의 대표작으로 꼽는 이들도 있다. 선인세 중 일부는 아르망 재단에 보내고 또 일부는 아파트의 상속세로 납부할 예정이다. 거기에다 할머니 집을 팔아 생긴 수익과 연금 초과분까지 더하면 엄마와 나의 재정 상태는 괜찮은 정도를 넘어서게 되리라.

우리는 국제 인권 감시 단체에 앙드레와 아이비의 이름으로 상당한 금액의 돈을 기부했다. 레지스탕스에 자신의 목숨을 바친 앙드레와 인권 보호 활동에 평생을 헌신한 아이비에게 헌사할 최상의 방법 같아서였다.

에이든이 자주 방문하기 때문에 라브뤼예르 광장의 아파트는 엄마가 쓰고 나는 조그만 공간을 얻어 지내게 되었다. 엄마는 다리우스와 '이야기'를 나누고 있긴 하지만 아주 멀쩡한 싱글로 살고 있다. 엄마는 하트 투 하트에서 맡은 일이 정말 좋다면서 거기 몰두하고 싶다고 했다…… 적어도 지금은 그렇다. 솔직히 엄마와 다리우스가 마침내 '그리고 그 후로도 오래오래 행복하게 살았답니다'의 주인공이 되기란 시간문제다.

엄마와 나는 우리의 관계를 위해 노력하고 있다. 우리 사이는 새해 전야에 엄마가 내 런던 아파트 현관에 도착했던 때와는 정말 많이 달라졌다. 물론 대부분의 모녀지간처럼 좋을 때도 있고 나쁠 때도 있다. 하지만 파리에서 길을 잃었던 첫날이 우리가 각자의 자아를 찾고 서로에게 다가가는 첫걸음이었다는 사실만큼은 결코 변하지 않을 것이다.

- 끝

감사의 말

앤 레슬리 터틀 담당자님, 나를 믿어 주고 소설의 틀이 잡히기도 전에 '파리'가 좋은 아이디어라는 사실을 알아보아 주어 고맙습니다. 매기 로런 편집자님, 싱거운 제 유머를 흔쾌히 받아 주어 고맙습니다. 편집자님의 날카로운 시선과 현명한 조언 덕분에 이 소설이 발전할 수 있었습니다. 편집자님이 없었더라면 이 책은 지금의 모습을 완성할 수 없었을 거예요. 로렌 맥케나, 해나와 말라의 이야기를 사랑해 주어 고맙습니다. 책을 읽는 동안 즐거웠기를 바랍니다. 레이첼 브레너, 앤 재코넷, 제니퍼 벅스트롬, 에이미 벨사이먼을 비롯한 사이먼 앤 슈스터의 모든 직원들에게 감사 인사를 전합니다.

제이, 브렌든, 이사이아, 래리, 짐 T., 바버라, 월라딘, 후아니타, 린, 앤, 알렉스, 섀런에게 감사합니다. 가족은 저의 전부입니다.

캐시 가버라, 미미 웰스, 레노라 워스, 이브 개디, 자넷 저스티스, 드니스 대니얼스, 신디 러틀리지, 르네 핼버슨, 케이틀린 오브라이언의 변치 않는 지지와 영원한 우정에 감사드립니다. 그리고 습작을 주고받으며 꿈을 꾸던 아름다운 옛 시절을 지속할 수 있게 해 준 캘리 보우만에게 감사드립니다.

파리에서 길을 잃다

1판 1쇄 인쇄	2022년 4월 13일
1판 1쇄 발행	2022년 5월 4일
지은이	엘리자베스 톰슨
옮긴이	김영옥
발행인	황민호
본부장	박정훈
책임편집	강경양
편집기획	김순란 한지은 김사라
마케팅	조안나 이유진 이나경
국제판권	이주은 한진아
제작	심상운
발행처	대원씨아이㈜
주소	서울특별시 용산구 한강대로15길 9-12
전화	(02)2071-2094
팩스	(02)749-2105
등록	제3-563호
등록일자	1992년 5월 11일
ISBN	979-11-6894-654-5 03840

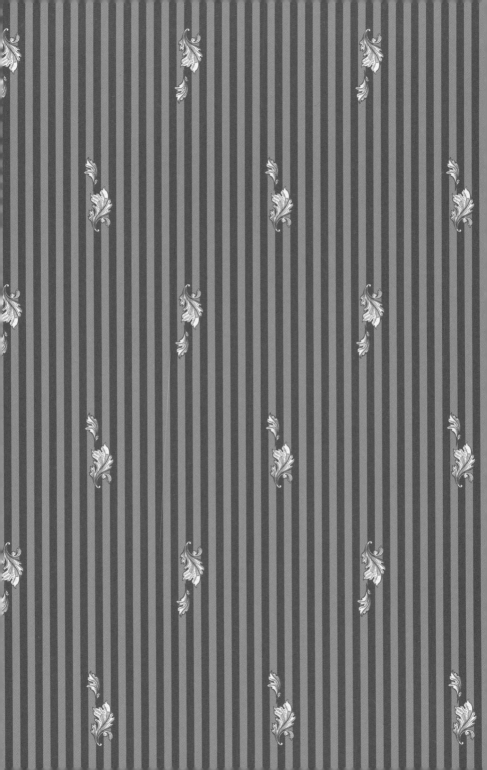